江心作品

泛泛之恋

邵慧鸿/著

天津出版传媒集团
天津人民出版社

图书在版编目（CIP）数据

泛泛之恋 / 邵慧鸿著． — 天津 ： 天津人民出版社，
2020.6
ISBN 978-7-201-15973-7

Ⅰ．①泛… Ⅱ．①邵… Ⅲ．①长篇小说－中国－当代
Ⅳ．①I247.5

中国版本图书馆 CIP 数据核字 (2020) 第 079056 号

泛泛之恋
FANFAN ZHILIAN
邵慧鸿 著

出　　版　天津人民出版社
出 版 人　刘　庆
地　　址　天津市和平区西康路 35 号康岳大厦
邮政编码　300051
邮购电话　（022）23332469
网　　址　http://www.tjrmcbs.com
电子信箱　reader@tjrmcbs.com

责任编辑　谢仁林
装帧设计　凤凰树文化

制版印刷　天津雅泽印刷有限公司
经　　销　新华书店
开　　本　710 毫米 ×1000 毫米　1/16
印　　张　20.5
字　　数　346 千字
版次印次　2020 年 6 月第 1 版　2020 年 6 月第 1 次印刷
定　　价　68.00 元

目录

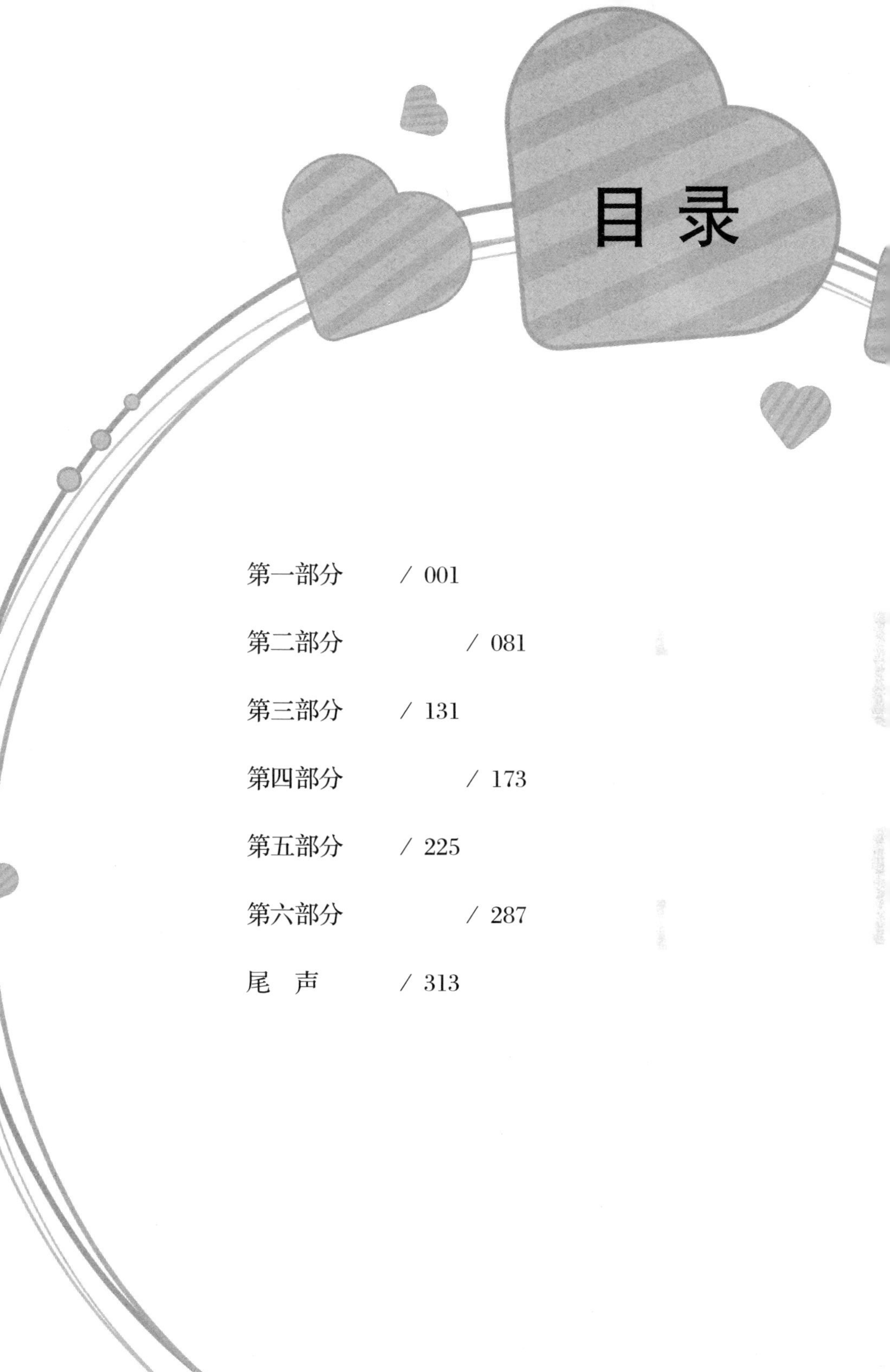

第一部分

The First Part

天边最后一抹晚霞被黑灰色的云朵渐渐取代，厚厚的云层好似将这个城市与整个宇宙隔离开来。今晚又是一个没有星光的夜。在这座大城市里高楼林立，华灯初上，街上依然车水马龙，人群川流不息，甚是喧嚣。太多的楼，太多的车，太多的人，久了，繁华也就变成了浮华，久了，激情也就变成了无情……

晚上七点半，林兰和往常一样准时踏进自己的公寓。公寓是父母为她买的，怕的是女儿婚后和夫家财产牵扯不清，提前为女儿安排了一个最基本的保障。五十多平方米的小窝，被林兰布置得浪漫雅致。生活在这个国际大都市里，没有一点小资情调是丢人的事，更何况，林兰曾经在法国留学，墙上的架子上还有一个迷你埃菲尔铁塔，一旁是她当年亲手在普罗旺斯薰衣草庄园采摘并制成干花的薰衣草花束。

梦幻的浅绿色纱窗，淡雅素净，和她的人一样。林兰，长得并不十分漂亮，却五官清秀，肌肤白皙，给人一种清爽秀丽的感觉，同时也有种与生俱来的“冷”感。

和往常一样，林兰拉开冰箱门，拿出母亲为自己准备的晚餐，放在微波炉里加热。随后，她将裹了一天、犹如盔甲般的职业装褪了下来，换上柔软舒适的纯棉居家装。

翻看手机是大部分现代人的习惯，各色各样的聊天群、五花八门的兴趣部落……林兰倒在舒适的床上,浏览着八卦新闻。现在的新闻当真是千奇百怪、样样俱全、真假难辨，也只能纯娱乐的消遣消遣。

“叮咚——”微信聊天框里弹出一个头像，是自己的闺蜜——梁晶晶。

“小妞，郭庭辉回国了，在我一朋友的公司里做高管呢，好像还单着，要不要我帮你联系联系，收集一下情报？”

郭庭辉？想起这个名字，林兰心头就有说不出的滋味。梁晶晶真是太担心自己嫁不出去了，竟然把这个早就在林兰心中成了墓志的名字提了出来。

她并不想回忆曾经的种种,可是人的记忆却没有一键删除功能,有些痛苦，越是想要忘记，就越会刻骨铭心。

郭庭辉是林兰毕业后，第一个真正意义上的男朋友，当时两人都刚参加工作，在一次行业会议上认识。郭庭辉，人如其名，俊眉朗目，身材挺拔，谈吐潇洒，有他在，沉闷的会议大厅顿时变得熠熠生辉。

两人从相识到相恋并没有什么惊心动魄的故事。林兰很享受这种安定平静、相依相偎的感觉。她爱他，很爱，很爱，即使他们的爱情其实平淡无奇，在林兰的心里，这却是一段无法忘怀的感情经历。

就在她憧憬着和他走进婚姻殿堂的时候，郭庭辉却毅然选择了出国留学。离开前两人的海誓山盟，在他出国半年后，就变成了一堆讽刺的废话。他在美国爱上了别人,还不止一个,在以后的四五年时间里,他起码换了三个女友。当然这些都是林兰后来才知道的。

郭庭辉向她提出分手。她哭得像个没有闸门的水龙头，神情呆滞，不吃不喝，胡言乱语，乱扔东西，甚至想飞到美国挽回。父母被她吓得不轻，好说歹说地将她安抚下来。她花了整整两年的时间才将情绪调整过来，接受了自己被抛弃的事实。

如今再去见他，林兰打心眼里觉得没意思，时过境迁，自己也早就不是那个二十出头的纯情姑娘了。

“别多事了，这个星期六，我和高咏约好了去见他父母。”林兰手指快速地打完这句话，发送出去。这时，微波炉“叮”的一声，晚饭热好了。

林兰把手机丢在一边，在桌子上放了一块竹编的隔热垫子，从微波炉里拿出了饭盒。为了少洗一个碗，她索性拿了一把勺子，直接在饭盒里扒着把饭菜吃了。

高咏，算是林兰现任的男朋友吧。说是“算是”，是因为有时候林兰觉得有这个男朋友和没这个男朋友差不多。高咏是乔氏集团的高管，高高瘦瘦，仪表不俗，典型的事业型男人，收入颇丰。两人在一起时，高咏甜言蜜语，殷勤备至，倒也哄得林兰心花怒放，但是两人一分开，高咏就跟断了线的风筝一般，很少主动找林兰，有时甚至一两个星期也没音讯。林兰抱怨几句，他就会倒打一耙说林兰不够体贴，为什么不主动找他。可是男女之间，如果长期要女方主动追着男方，也总觉得不是个事，尤其林兰本身就是个比较内向的女子，所以两人的关系进展得缓慢而反复。

就是这个星期六的“上门”，也是在林兰发了一通脾气后，逼出来的结果。强迫出来的东西，总是让人觉得味道不正，犹如鸡肋，但是自己到了这个年龄不能再计较太多了，必须在三十三岁之前完成她的人生大事——嫁人。

晚餐是母亲的拿手菜——糖醋小排。林兰一边津津有味地嘬着那酸甜可口的酱汁，一边看着一部眼下很火的都市言情电视剧，还是男男女女的那些事。林兰和这个城市里的很多大龄单身女子一样，在电视剧里找寻着自己的影子。

正看得起劲，电话铃响了，林兰心头一颤，拿起手机一看，是高咏。她看了下时间，快九点了，心想，估计他是因为饿了，才想起办公室外还有一个世界，还有一个她的存在。

林兰接通了电话，对方先是长吁了一口气，显然自己的猜测没错，他一定是刚停下手中的工作，

“老婆啊，要不要一起吃饭？”

林兰并不是很喜欢高咏叫自己老婆，她觉得“老婆”这个词应该是婚后才叫的，结婚不积极，老婆喊得那么积极，不是自欺欺人吗？

“我刚吃完。”

“这样啊，那你那儿还有什么能吃的？你做给我吃。”

林兰心中有些不情愿，倒不是她不愿意做，是因为高咏曾经挑剔过她的厨艺。而且现在快九点了，做饭、炒菜，起码也要十点了，等他吃完，还得洗碗，这样一折腾，估计今晚不到半夜自己是没法睡觉了。而明天一早，林兰还有一个早会，必须七点半就到公司。

可是她喜欢他，想念他，而且难得他主动联系她，于是还是愉快地应下了。好在冰箱里还有几个灯笼椒、几个鸡蛋、几个土豆和一袋速冻虾仁，林兰赶

紧将虾仁解冻，将饭焖上后，开始加工土豆和灯笼椒。

林兰的厨艺其实很不错，只不过高咏是个吃惯了山珍海味和五星级饭店的人，饭菜样样要求精致，所以给他做饭，真的是有些胆战心惊，生怕他待会儿又抱怨饭菜做得不好吃。

在像豆腐干大小的厨房里忙活了半天，总算是一切准备就绪。电饭锅里的米饭喷香，灯笼椒丝、土豆丝、鸡蛋汁都准备就绪，只等高咏一来，就可以开火炒菜。

林兰看了看时间，九点四十，她走到卫生间里，对着小镜子略略整理了一下妆容，怕待会儿高咏说自己不注重仪表。

时间一分一秒地过去，已经十点了，高咏还没出现，土豆丝已经发黑。林兰很疲倦，一直打瞌睡，只好打开手机，找闺蜜梁晶晶聊天，以解困乏。

“晶晶，陪我聊会儿天，我快困死了，但是高咏待会儿要来吃饭。”

“什么？这都几点了？你为啥不让他自己在外面吃？”

“唉，他难得来一次……你知道的……”

“嗯，我知道，你啊，哪里是谈了个男朋友？分明是谈了个祖宗！就差把他供起来了。”

林兰看着屏幕，“扑哧”一下笑了出来。她知道梁晶晶说话犀利风趣，还好自己有这个闺蜜，一直在身边给自己做参谋，听自己发牢骚。

“兰，你去给他打个电话吧，那个高咏啊，我看着是虚头巴脑的，做事一会儿一变，一点都不靠谱。”

“我知道，这回我是上了心的，如果今年他再不和我结婚，我就不和他耗了。”

“嗯，你也就嘴巴里说得响亮，我还不知道你，发发脾气，他哄你两句，你又心软了。”

梁晶晶和林兰是大学同学，毕业后，林兰去法国深造，梁晶晶则嫁了人。三年后，林兰学成归来，梁晶晶却离婚了，如今享受着单身贵族的生活。

“这次是他提出去见他父母的，事情总算是有了进展。”

“难说，还是等见了他父母再说吧。”

听梁晶晶这么一说，林兰心中“咯噔”一下，因为梁晶晶似乎每次都料事如神，她猜的事情十有八九都会发生。有时候林兰都有些怕和梁晶晶聊天。或许是经历过婚姻，所以梁晶晶对男人和婚姻的看法总是有些悲观，或者应该说是透彻。

和梁晶晶聊了一会儿，林兰心乱如麻，便匆匆结束了话题。

那天夜里，高咏到林兰家时，已经是晚上十点半了。林兰一肚子的气，开了门，白了他一眼。

高咏一边解着西装扣子，一边走了进来，嘴角带着一个抱歉又不是很认真的微笑，“对不起老婆，刚要走，就接到一个美国的电话，处理了一些事情。”

“那你还吃饭吗？”林兰叹了口气，她也是知道他忙的，也会心疼他，只是这样无序的日子，任谁都会觉得疲累、辛苦。

“有点饿过头了，不过还是吃点吧。”他坐在床沿上脱了鞋子。

“好吧，那你先去洗个澡，我去炒菜了。”林兰转身进了厨房。

油热了，放入准备好的灯笼椒丝、土豆丝，发出噝啦的声音，林兰不停地翻炒着灯笼椒丝和土豆丝。不知为何，越炒她心中就越烦躁，电视剧没看完、自己还没洗澡、疲倦的身体、渐浓的睡意、明天的早会，都让她有种焦虑感。

油烟机也不太好使，虽然开到了最大的一档，却依然无法将厨房里的油烟完全吸出去，她只得将厨房的窗户打开。

总算是把虾仁炒鸡蛋和辣椒土豆丝这一荤一素两个菜做完了，林兰又盛了一碗白米饭，放在小饭桌上。

浴室里传来高咏吹头发的声音。过了一会儿，他穿着一件藏青色的真丝睡袍出来了。说真的，他是林兰这几年遇到的条件最好的男人了，两人的年龄、样貌、学历、工作、家世都很般配。交往了两年多，感情也算稳定，所以林兰很珍惜这段缘分，希望今年年底能够开花结果。

“哟，怎么那么大的油烟味？”高咏将手指放在鼻子下，皱着眉，一脸嫌恶地说。

“油烟机有点问题。”林兰边说边将筷子放在碗旁边。

“那就请人来修一修嘛。”

“知道了，你快吃吧，我快累死了。明天还有早会。”

高咏上前微笑着从背后拥住她，在她耳边轻轻说：“老婆辛苦啦。”随后，又将她轻轻推开说：“你也快去洗洗吧，一身油烟味。”

林兰不自觉地蹙起眉头，油烟味，如果不是为了做饭给你吃，自己身上哪里会有油烟味？

花洒里喷射出来的热水，总算是让林兰精神一振，脑子里掠过刚才梁晶晶说的话，自己好像真的是谈了个祖宗，事事都得小心伺候着，事事都得小心忍耐着。

其实她并不是个没脾气的人，在这个繁华大都市里，独生子女的一代，谁不是爹妈的心头肉？谁会没点脾气？要是放在十年前，林兰估计早就发作了，只不过，如今的她，已经三十一岁，虽然看上去好似二十七八的模样，但是外表从来也只能骗骗别人，骗不了自己。

三十一岁的大龄剩女，能找到这样一个各方面条件都不错的男人，应该觉得庆幸吧。再说，谁还没点缺点毛病呢？能忍就忍了吧，这也是这几年里，她听到最多的劝慰。

吹干了头发，林兰穿着睡袍走出浴室，看到高咏已经躺在了床上，正蹙着眉看着手机，脸色有些阴沉。

小餐桌上的米饭是吃光了，虾仁炒鸡蛋吃了大半，辣椒炒土豆丝基本没动。

“米饭硬了点，下次多放点水，虾仁不大新鲜，辣椒和土豆都没熟透。”他像个美食评论家一般苛责起来。

林兰瞪了他一眼。高咏抬起眼来，脸上立马堆起了微笑，从床上爬了过来，一把将她搂住，“但是这是我老婆辛苦为我做的啊，所以你看我还是吃了那么多。我老婆最好了，最贤惠了。”

高咏是做销售出身的，那张嘴简直能把死人都说活。林兰摇摇头白了他一眼，“你需要的不是老婆，是五星级酒店的大厨！”说完转身将桌子上的碗、盘收拾进了厨房。

她将剩菜装进了饭盒里，打算明天带到公司里当午餐。

洗涮完毕，已快半夜，总算是可以躺在床上了，高咏刷了牙也跳上床来，脸上带着一抹笑意，眼底是一片欲火。林兰知道他的意思，却没兴致。

男人有时候真是很不懂女人。说真的，林兰原本是很期待今晚有个浪漫之夜的，可是白白等了近两个小时，又被这么嫌弃挑剔之后，还能有多少激情去做那最亲密的事？

但是他们还是做了，熟男熟女的，生理需要。每次亲密过后，她都会觉得他很爱自己，这种感觉大概能维持一夜，直到他第二日离去。

不过今晚，她心中更担心的是周六的“上门”。缩在高咏的怀里，她轻声问道：“礼拜五下班的时候，你来接我，我们一起去买礼物吧。”

“礼物？……什么礼物？”高咏已经睡意蒙眬，眼睛已经合上了，嘴里含含糊糊地说着，他的思维已经开始迟钝模糊起来。

“当然是周末去你家要买的礼物啊，我总不能空着手去见你爸妈吧。”

“嗯？周末？这个周末吗？”他糊里糊涂地说，“我还没和我爸妈说呢，这个星期太忙了，改天吧。”

“什么？！”林兰睡意顿消，猛地转过身来，睁圆了眼睛瞪着他，“你说什么？！今天已经礼拜三了，你还没和你爸妈说？”

她用力推了他一把，“你给我说清楚，怎么回事？”

高咏正要入睡，被她这么一推，只觉头脑发胀，心底不由得很是烦躁，没好气地说：“什么怎么回事？我说了，这个星期太忙了，星期六我还得去深圳一趟，谈项目。”

犹如一大盆的冷水从天而降，倾倒在她头上，林兰再也没有睡意，因为这已经不是高咏第一次出尔反尔了。她失望至极。

林兰翻身从床上跳了下来，想要发作，想把他揪起来问清楚，但是她知道他的脾气，曾经就因为她说了一句重话，他就足足和她冷战了将近两个月的时间。现在在这个节骨眼上，她必须忍耐，如果此时和他闹，他会转身走人，两人将再次陷入漫长的冷战。她必须忍耐，原因只有一个，他是个合适的结婚人选。

跑到厨房里给自己倒了一杯水，“咕嘟”“咕嘟”地喝了下去，她不知道自己的情路为什么会如此坎坷，不过是想找个自己喜欢的男人结婚生子过日子而已，怎么就这么难?

在厨房里深呼吸了七八下，强行将自己的怒火压制了下去，林兰再次走到床边，想平静地问高咏，去他父母家的安排，可是他竟然发出了均匀的鼾声。林兰气得只想落泪，拿起手机给梁晶晶发了一个信息：“周六上门已取消。”

梁晶晶回了一个沮丧无奈的表情过来。

“铃——”刺耳的手机闹铃响起，根本就没睡几个小时的林兰此时觉得自己的脑袋就如一个大西瓜。看看窗外蒙蒙亮的天色，她后悔昨晚伺候高咏吃喝、献身而没好好睡觉，真应该让这个“祖宗”滚蛋。

对于打工族来说，睡到自然醒是一种奢侈，奢侈不了就起床吧。林兰坐起身，却发现身边是空的，脑中一愣时，听到厨房里传出锅碗瓢盆的声响。

厨房门一打开，高咏光着膀子系着围裙，一手拿着平底锅，一手拿着锅铲，走了出来，咧嘴笑着说：“快起床吧，不然要迟到了。”

吐司烤箱“叮”的一声，弹出两片烤面包，他熟练地在吐司上抹黄油、涂果酱，倒咖啡，当真是一副绝世好男人的模样。两年多前林兰就是被他的这个模样给打动的，她认为这样的温馨画面将会出现在每一个睡意蒙眬的清晨。

后来才发现，这不过是高咏心中有愧时的一场表演。

林兰起床梳洗完毕，坐到餐桌前，看着颇为丰盛的早餐，心中并没有什么喜悦之感。这种事就如狼来了一样，次数多了，就没感觉了。

“还生气呢？”他边用刀叉吃着煎蛋，边快速地斜瞄了她一眼。对于高咏来说，他并不是不喜欢林兰，只不过人到中年，现实肯定比爱情更有意义。他也知道林兰是个很适合自己的女子，两人成长背景相似，都是本地人，家庭环境、生活习惯、审美品位也差不多，林兰工作稳定，收入理想，而且性格温顺，又很会生活，所以他才选择和她在一起。

只不过……唔，只不过……他有他的心病……林兰越想结婚，他就越有种陷阱在前，诱惑在下的感觉。他认为目前的生活状态很好，他找不出足够的理由来改变，或许可以换一种方式来说，林兰其实并没有让他爱到非走进婚姻里的地步。

“你打算什么时候让我见你父母？”林兰面无表情地咬了一口果酱吐司。

“……下星期吧。”他又蹙起了眉头，一脸的烦躁，“等我从深圳回来再说行吗？”

“不行，你总得给我一个时间吧。”她的语气很轻柔，态度却很坚定。

“我不喜欢被逼，你是知道的。”他的语气很平和，态度也同样的坚定。放下了刀叉，他从鼻子里呼了一口气，皱着眉头起身快速地穿戴。

林兰不想在上班前和他吵架，只得保持沉默。两人之间立刻冻水成冰，寒意森森。

高咏穿戴整齐，板着脸抓起椅背上的西装，拿了手机、车钥匙，就往门外走，嘴里冷冷地说了句：“我走了。”

每次他说这三个字的时候，林兰总觉得他是在和她永别，一开始她会很伤心难过，然后渐渐地变成一种习惯。她知道他还会回来，他俩还会没事人似的一起吃饭、睡觉，只要不和他提结婚，那就什么都好说，一提结婚，就是这么个鬼样子。

收拾完家务，林兰拎了饭盒坐地铁上班去了。

果然，昨夜没睡好，一整天都是昏昏沉沉的，开会的时候，她缩在角落，哈欠打得眼泪都流出来了。

会议室里的灯突然亮了，投影仪被关上，经理在讲台上朗声道：“现在有请馨兰化妆品公司的肖志明经理上台讲一下他们今年的新产品推广计划。”

肖志明？！林兰全身一颤，这个名字是那样的熟悉，是同名同姓吗？她好奇地抬头朝讲台上望去，一个三十多岁的男子，中等身材，五官俊秀，发际线有点高，到底是天庭饱满还是早秃，有点分不清了，戴着一副无边眼镜，镜片后是一双含笑的双眼皮眼睛。

就是这双眼睛，一下子让林兰整个人坐直了起来。她细细地打量了他一番，不敢确认他到底是不是当年那个拉着自己的手在公园的树林里奔跑的白净男孩。

思绪回到很多年前一个秋天的下午，她有生以来第一次和男同学单独逛公园。两人都是那样的青涩，紧张得全身僵直。她还记得在长长的沉默之后，他突然抓起她的手，拉着她在树林里漫无目的地狂奔。他手心里全是黏糊糊的汗水。直到她再也跑不动了，两人才气喘吁吁地停下脚步。然后，他就是用这双含笑的双眼皮眼睛看着她，红着脸，极快地在她的脸颊上印了一吻。

林兰惊奇、兴奋地看着讲台上的肖志明，突然觉得有些好笑。天，他怎么变成这个样子了？当年他可是班上的美男子啊，好吧，其实他现在长得也不差，只不过比林兰想象的要矮了些，头发少了些。

林兰忍不住低下头，轻轻捂住嘴“嗤”笑了一声，人生真是充满了无法预测的可能。

会议结束后，众人渐渐散去，林兰犹豫着要不要去和肖志明相认，十多年没见，想想也是挺尴尬的事，她不是那种热情活泼的人，心想还是多一事不如少一事来得好。

没想到自己刚走到过道上，身后就传来一个男性的声音：“林兰！”

转过头来，时隔多年，这对初恋情人终于再次见面了，生疏、尴尬，又有些激动，两人都不太自然地笑了笑。

“你没认出我来吗？”肖志明笑问。

“认出来了，没想到这个世界这么小。”林兰用手指将耳旁的一撮头发拨到耳后，微笑着说。

“我可是一进会议室就认出你了。哎，多年老同学了，怎么也得吃顿饭、叙叙旧吧。”他依然和当年一样，语气温和，眼中带笑，让人难以拒绝。

林兰点头答应，这实在是太难得了，这样的机缘人生能有几次。于是，肖志明开着自己的那辆现代轿车载了林兰到附近的一家餐厅用午餐。

和大多数大龄未婚女性一样，看异性的无名指已经成了一种自启程序，林兰一早就已经瞟见了肖志明无名指上那枚闪亮的铂金婚戒。

车子里的卡通贴纸和印着米老鼠、唐老鸭的座垫，还有那粉红色花边的纸巾盒套，都在告诉她一个事实，他已经是个有家室的男人了。

“结婚几年了？”林兰问。

“快八年了。”他说，“孩子都快上小学了。”他轻叹一声摇摇头，无奈地笑了笑，似乎是在感慨岁月的流逝。

林兰暗叹，自己的初恋情人竟然已经结婚八年，孩子都要上小学了，而自己依然在寻觅归宿。这不禁让她感慨又自怜起来。

“你呢？”他短促又轻声地问了一句。

林兰嘴角一扬，自嘲地一笑，“未嫁。”

“哦？”他的眼神瞥向她，将车驶进了商场的停车场里。停好了车，他转头打量林兰，她保养得很好，妆容也很精致，看上去就像二十六七岁的样子，只是脸上有些倦意和消沉。

“呵呵，不可思议。”他笑起来。

“什么不可思议？”

“怎么可能没人追求你？”

“也不是没有，只不过这年头要遇到一个情投意合又心智正常的男人并不容易。”她的这句话其实有些刻薄了，却也是她这几年来在情场上的真实感触。她边说脑海里边想起另一个人——钱风，一个人如其名的奇葩男人。

两人下了车，走进商场，坐着扶梯，边聊边往餐厅走去。等到点完了菜，林兰已对肖志明这十多年来的人生轨迹有了基本了解。大学毕业后，他一直在一家化妆品公司做市场策划。说真的，肖志明做这行还是挺符合他的性格的，典型的巨蟹座男人，妇女之友，女人缘好得很，说话温柔耐心，善解人意，又细致入微，女人和他说上几句话，就会自然而然地打开心扉，同时，他对女性客户的心态掌握得很好，所以业绩一路扶摇直上，在公司里自然平步青云。

说也奇怪，两人多年来都生活在同一个城市，相距也不太远，却从来没有碰到过，今天则是因为工作碰到了一起。

“我记得你最爱吃糖醋排骨，每回去春游、秋游，你都会带这个菜。”他弯着眼睛笑着给她的杯子里续了些茶水。

“你记性真好。”她笑。

“是因为你曾经分过几块给我，你妈妈的厨艺当真是好。”他的确很会说话，简短的两句话，又把她的青春记忆勾了起来。

她抬起眼帘再次打量他，其实他只是有些中年发福，发际有些高，五官却依然漂亮，最重要的是他一如既往的白净、整洁。林兰喜欢干净的男人，而肖志明就是这样一个看上去干干净净的男人。

“你有几个孩子？”林兰继续发挥着女人的八卦天性。

“两个，大的女孩，今年夏天上小学，小的男孩，三岁。”肖志明说着拿出手机，划开相册，选了几张妻子、儿女的照片给林兰看。

一张张的温馨家庭照，让林兰充满了羡慕，同时也有了些忌妒，如果当年他们没有被父母和学校拆开，现在照片里那个笑靥如花的女人应该就是自己吧，她心里胡思乱想着。

“没想到我们两个人的公司有业务来往，以后可要你多多提携了。”肖志明夹了一块糖醋小排给她。

林兰笑着说：“我不过是个小秘书，哪里谈得上提携。”

“总之，我很高兴与你重逢，人生无常，缘聚缘散都是常态，不过我是个惜缘的人。我珍惜每一段人与人之间的缘分。”有些矫情肉麻的话从肖志明的嘴里说出来，伴着他那双带笑的桃花眼，却让人觉得他像个人生导师，颇有境界。

肖志明果然很懂女人，几句云里雾里的人生感慨，立刻让林兰觉得和他说话很有共鸣。

一顿饭吃下来，两人之间久别重逢的生疏感竟然一扫而空，林兰甚至觉得他比梁晶晶更聊得来。

两人交换了微信，从此林兰生命里又多了一个“男闺蜜”。

如林兰猜测的一样，高咏又开始和自己冷战了，连续几天，两人谁也没联系谁。其实林兰很想他，但是自己又没做错什么，主动先去联系他，未免太掉价。

于是周末林兰请梁晶晶来自己的小窝里享受闺蜜时光，说白了就是想找个人吐吐苦水。

这个周末的阳光很好，林兰赖在床上不想动。阳光从窗口透进来，像一只温暖的手，轻抚着她的头发和肩膀，扫去了她心中的一些失落感。今天原本是她期待已久去拜见未来公婆的日子，却变成了一个慵懒的单身假日。

看着窗外的阳光和参差不齐的建筑物，林兰久久地发着呆，突然想起一个人的诅咒。

大约四年前，林兰刚刚愈合郭庭辉带给她的情伤，在亲戚的介绍下认识了一个让她大开眼界的男人——钱风。

后来，在与那个男人分手时，他用一种居高临下的姿态，满是嘲讽的语气对她说:“林兰，我告诉你，你嫁不出去的，除了我，不会有人娶你的!”

这些年来，每次感情上受到挫折，林兰就会想起钱风当年这句诅咒，心中惴惴，感觉诅咒将要变成事实。

一阵敲门声，林兰掀开被子，随意地用手指梳了两下头发，起床开门。梁晶晶一头微卷的中长发，眨巴着一双神采奕奕的眼睛，拿了一袋子水果，笑吟吟地走了进来，“怎么，想我了吧?”

林兰叹了口气，点了两下头，把门关上，转身去卫生间洗漱。

“你呀，每次想我，都是和男人出问题了。”梁晶晶熟门熟路地将水果拿到厨房，又拎了一袋夹心面包出来，对着卫生间的门说，“我给你买了一袋面包，我就知道你今天肯定起不来，伤心的人儿——”梁晶晶说着说着，居然带着音调唱起来，走到一边开了咖啡机煮咖啡。

林兰换了一身居家装走了出来。梁晶晶将两杯热咖啡端到了小餐桌上，摇头道:“吃吧，吃饱了就吐。吐槽的吐!”

林兰笑笑，吃着面包，喝着咖啡，已经迫不及待地开始“吐”起来，把高咏那出尔反尔的德行和与初恋情人肖志明的重逢，都说了一遍。

说完后，梁晶晶支着下巴，蹙着眉头，眼睛直盯着林兰，拉着嘴角，又是叹气又是摇头，嘴里发出“啧啧啧”的声音。

林兰疑惑地问:“做什么?我脸上有蚂蚁啊?”

梁晶晶摇头，手指头在空中一转，指着林兰，一本正经地说:“本大师看你今年是命犯桃花，桃花泛滥啊。”

说完，两人对视着“扑哧”一下笑出来，林兰知道梁晶晶颇爱瞎琢磨一些乱七八糟算命的东西，什么星座、塔罗……样样都会那么点，又似通非通。

“那梁大师看看我今年嫁得出去吗?再嫁不出去，我都不敢回家了。”林兰端起咖啡杯，放在唇边抿了一口。

“难，这桃花啊，开得少、开得正才是好事，像你这般满头的烂桃花，想要结果估计难咯。”

“去去去，不准诅咒我哦，我打算年底结婚的。”林兰假装生气地白了梁晶晶一眼。

“结婚?和谁?高咏啊?”

“当然啦，年头我俩就说过这事了，他也说年底。”

“哦……行啊，那我可得开始存送红包的钱了，只不过，那个高咏……你真觉得他是你的真命天子？三天两头和你冷战，一言不合就翻脸，也亏你忍得住。”

“哎呀，他就是那个脾气，过两天就好了，哪有情侣、夫妻不吵架的嘛。”林兰其实心虚得很，却依然本能地维护着高咏。

梁晶晶鼻子里“嗯哼”了一声，斜了她一眼，也不多说什么了。她知道林兰需要婚姻，就如很多围城外的人一样，总觉得走进这个“城”是必须完成的人生使命。

而像梁晶晶这样离过婚的人，看着这些削尖了脑袋拼命要往“城”里钻的人，总会觉得他们有些愚蠢，但是想想当初的自己不也是如此的愚蠢吗？

梁晶晶的离婚原因一直令林兰无法理解，因为梁晶晶的丈夫——卫蓝，和她们是大学同学，当时在校园里，他俩就是出了名的金童玉女，“狗粮”撒在校园的每一个角落，不知道有多少人羡慕他们的爱情。

然而两人婚后第三年，梁晶晶就提出了离婚。原因有很多，老套的婆媳问题、夫妻问题、子嗣问题，最终所有的问题变成了一个问题，就是梁晶晶觉得婚姻束缚了她在事业上的追求，所以毅然地结束了那段人人称羡的婚姻。

有得有失，梁晶晶做出了自己的选择，无怨无悔，结束了与卫蓝的婚姻。梁晶晶得到了自由，开始了自己的写作生涯，在各种杂志上初露锋芒。

她知道人各有志，林兰和自己不一样，林兰对婚姻依然有种迷思，而随着年纪的增长，这种迷思渐渐地变成了一种迷茫。

两人刚喝完咖啡，林兰的手机就响了，来电显示竟然是被这闺蜜俩私底下称为“绝世奇葩”的钱风。

林兰睁大眼睛看了梁晶晶一眼，对她刚才那番关于烂桃花的预测有些惊讶。

梁晶晶嘴角扬起一个得意的笑，端着咖啡杯走进厨房去了。

现在林兰对这个钱风剩下的只有好奇和莫名，想看看他到底还有什么奇葩剧情要上演。

“喂？”林兰接起了电话。

“怎么样啊林兰？我最近买房了。”

他急得甚至连与林兰虚客套一下的时间都免了，就已经说出了重点。

林兰靠在椅背上，悠悠道：“嗯，那恭喜你。”

“我早和你说过，你不够聪明，眼光不够远，当年如果你不闹脾气，你现在已经是有家的人了。”

钱风还是那副高高在上的姿态，盛气凌人的语气。和钱风在一起的一年时间里，林兰清楚地体验到了什么叫作无耻。

她只是静静地听着，因为她了解钱风，人如其名，为钱发疯，如果哪一次谈话里他没有提一个“钱”字，那太阳一定是打西边出来的。

“唉，林兰，回来吧，如果你肯回来，我们马上结婚。你看现在我房子也有了，你把你那套小公寓卖了，我们买辆车，装修费也搞定了，日子马上就过起来了。”

林兰打开了扬声器，让晶晶一起听。

“我俩的工资加起来还个房贷，也够花了。”

“哦，我没理解错的话，你的意思是说，我得把我卖这套房子的钱全贴给你，婚前财产全都变成婚后财产，替你买车、装修，还得给你还房贷？钱风，你的如意算盘打得可真够精明的。”林兰在金钱上还是很敏感的，毕竟已经不是天真幼稚的小女孩了，三十出头，每天起早摸黑，都知道金钱来之不易。

“你看你，那么计较，我告诉你，你年纪不小了，生活需要妥协知道吗？你年纪大了，性格又不好，有人肯娶你，已经很不错了。难道你还想和小姑娘一样，幻想霸道总裁来迎娶你？”

这个钱风又开始说教，紧跟着又是他那句恶毒的诅咒：“我告诉你，林兰，除了我没人会娶你的！你好好想想吧！”

林兰生气道：“我告诉你，我今年年底就要结婚了。带着你的如意算盘做你的大头梦去吧！”

林兰刚想挂掉电话，钱风突然在电话那头哈哈大笑起来，狂妄地说：“算了吧，你不用骗我，我劝你，还是好好考虑一下嫁给我吧。我等着你打电话给我。”

梁晶晶在一旁气得都要喷出火来，一把抢过电话，对着电话大吼一声：“喂！你有病吧！就你这种精神病患者，还想娶老婆？谁嫁给你谁倒了八辈子血霉了！”

钱风也不甘示弱，立刻回击：“嘿嘿，是梁晶晶吧，你一个离婚女人插什么嘴？林兰，我告诉你，你要想嫁人就得远离这种离婚女人，这种女人是天生的灾星，知道吗？在古代就是克夫！……”

“放屁！”梁晶晶“蹭”的一下从椅子上弹了起来，吼道，“你才是灾星呢！就凭你还想挑拨我和林兰之间的关系，滚蛋吧你！”

说完干脆地挂掉了电话。

梁晶晶双手环在胸前，一脸怒容，“拉黑，拉黑！这种有病人士，你以后别再接他的电话了。”

“我已经拉黑很多次了，我不接电话，他就换号码打，烦死了。”林兰心中很是郁闷，可怜兮兮地看着梁晶晶，一把抓住梁晶晶的手，“就为争这口气，我也得把自己嫁出去。”

“哎，你跟个有病人士置什么气？不过呢，如果你想给高咏发个信息，那就发吧，我看你也憋得难受。”梁晶晶又跑进厨房，切了一个火龙果出来。

林兰激动地拿起手机打开高咏的微信聊天画面，刚打了两个字，心里一阵别扭，又删了，将电话扔在床上，烦恼地支着头。

“天啊！为什么这些男人这么烦人啊？”林兰仰起脖子大声吼道。

梁晶晶边笑边将一块火龙果塞进嘴里，“人生三苦之一，求之而不得！”

“你倒是潇洒，说真的，你就不想卫蓝？”

卫蓝，也就是梁晶晶的前夫，人长得帅气，对梁晶晶是死心塌地的，可归类为经济适用男，工作稳定，没有野心，黏人，孝顺。婚前两人感情一直很好，直到结婚后才发现两人对婚姻生活的理念和期望大相径庭。

卫蓝想要过的是简单快乐的家庭生活，两人住着父母的房子，母亲包揽所有的家务，样样不用愁，而他只需要和梁晶晶两人吃喝玩乐，腻歪在一起就是幸福了。

偏偏梁晶晶是个有梦想，需要个人空间的人，她既受不了卫蓝成天拉着自己到处玩，也受不了婆婆天天催着她生孩子。

尤其要命的是，所有人的观点都是那样符合主流价值观，梁晶晶则变成了反叛，变成了另类。

爱情被反反复复的矛盾渐渐蚕食，直到梁晶晶发现自己被婚姻束缚得无法呼吸，毅然提出了离婚。卫蓝哀求了很久，但是梁晶晶明确了自己要走的路，并没有给他任何机会。于是，一段令周围所有人都羡慕不已的天作之合就这样落幕了。

当所有人都觉得梁晶晶终有一天会后悔不已的时候，梁晶晶的文章在某杂志上成功发表。但是林兰和周围的人一样，依然看不透这里面的玄机。

梁晶晶嘴角扬起一个轻松的笑，“不想。我在想我长篇小说中的男女主人公。”

“你可真是事业型女性。”

“婚姻是人生的可选之路，并非必选。”梁晶晶悠然地坐到一旁的躺椅上，伸了个懒腰，喃喃道，“哎哟我的腰，唉，作家三大职业病：近视、颈椎炎、腰椎突出，估计我都有了……”

“可是，你还这么年轻，真的不想再婚了吗？”

“随缘，我现在需要的男人，不是有多帅、多有钱、多爱我，而是理解我、理解我工作的人。如果遇不到，我宁可一个人，耳根子还清静些。”

“那孩子呢？也不要了吗？”

“也随缘，我没时间花二三十年养一孩子，有那工夫，我宁可写十几二十几本书，流传后世，名扬千古。”梁晶晶躺在躺椅上来回扭动着脖子，龇着牙，说着自己的伟大梦想。

“你啊，如果人人像你这样想，人类就绝种了。”林兰从抽屉里拿出一个电动按摩仪递给她。

梁晶晶打开按摩仪放在自己的肩头，顿时觉得舒服了许多，抬眼看着林兰说：“不可能，除非地球毁灭，不然的话，总会有像你这样渴望结婚生子的人存在。”

林兰想想也是，她这几年对婚姻爱情的看法也通透了许多，她不是一个思维僵化的人，只不过有些事情一旦轮到自己身上，和看热闹时就完全是两码事。

两人在家里追了一上午的电视剧，午饭的时候便一起出去吃饭，顺便逛街买东西。

一直逛到傍晚时分，两人在黄浦江畔一家新开的法国甜品店里坐下来喝饮料、吃蛋糕，满是花卉植物装饰的店面，充满异国风情。上海，从来都是一个海派文化的集散地。

蛋糕吃到一半，梁晶晶突然开口说道：“我觉得，你还是尽快和高咏来个了断吧，总比这样钝刀子割肉来得强。你也别矜持了，主动约约他，把该谈的事谈清楚了，总好过这样冷战，浪费时间。我总觉得他有点神秘莫测，如今这世道，男人的花花肠子多了去了，你自己可得留心点。”

“嗯。”林兰慢吞吞地将一勺慕斯蛋糕送进嘴里，眼神依然是犹豫的。

“三十五岁的人竟然一点结婚的念头都没有，孩子也不想要，你不觉得奇怪吗？”梁晶晶的确是为林兰担心，她知道林兰不是一个愚蠢的女人，只是当人被欲望蒙蔽双眼的时候，再聪明的人也会智商下降。林兰太想结婚，太想有个家了，这就是她的软肋……

梁晶晶吸了一口果汁，眯着眼睛笑，“哎，我和郭庭辉联系上了，那家伙比以前更帅了，而且已经是金领了，货真价实的高富帅，而且还是单身，要不要我给你们牵线搭桥，让你们重温旧梦？”

林兰心乱如麻，抬起眼皮来。她想见，却又不愿意见，想见是因为她好奇，不愿意见是因为心底深处那道花了两年时间才愈合的伤疤依然时不时地渗血。再说现在自己和高咏已经进入谈婚论嫁的阶段，再跑去见旧情人，于情于理都说不过去。

林兰皱着眉头思索良久，终究还是摇了摇头，“不见，我想活得简单些。”

梁晶晶托着腮注视她良久，也不再言语。

高咏坐在自己的独立办公室里，在电脑前写完市场分析报表的最后一行，直了直腰，站起身来，做了两下扩胸运动，踱步到窗前，看着窗外的灯火闪烁。在这个城市，有一个好处，就是无论白天还是黑夜，你都能感觉到生机盎然。

他很快又可以升职了，如无意外这个分公司总经理的位置非他莫属。加班已经成了他的工作常态，没有所谓，他从口袋里拿出香烟，点燃后熟练地吸了起来。

工作给他带来满足感，位置越高，权力越大，拍马屁的人越多，成就感也就会越大，他喜欢这种感觉，试问又有几个人不喜欢？

他知道自己的价码，无论在职场还是情场，他都是炙手可热的标的。看了一下手机，有好几个电话及微信、QQ 找他，却唯独没有林兰的。

他嘴角扬起笑意，这女子果然有些与众不同的地方。不过女人太过傲气，在他眼里不是什么优点，他没时间和女人斗气猜哑谜，也不喜欢女人太过犀利、精明，因为他怕自己被骗。

所以林兰并非他结婚对象的唯一选择，虽然他喜欢她，但是在心底，他觉得自己可以找到比林兰更好的。

电话响起，高咏看了下来电显示，嘴角勾起一个笑容，划开屏幕接听了。

“嗯，我知道，不过我今晚有点累，改天联系吧。”

另一个候选人，谢琴，一个刚毕业没多久的姑娘，青春靓丽，热情主动，一开口就是“我想你了，想见你”。

高咏挺喜欢她，不过谢琴是外地来的，家在一个三线城市，家境普通，这是让高咏比较介意的地方，所以对谢琴也就比较冷淡。

目前在他的候选人名单上，林兰依旧是综合条件最优秀的人选，所以他还是希望和她保持联系。

父母并不是不催他结婚，只不过他和家人的关系并不密切，独来独往惯了，哪怕是父母唠叨嘀咕，他也不太在意。

收拾了一下桌子上的东西，高咏拿着手提电脑和车钥匙走出了公司。刚坐进他那宝蓝色的宝马车里，手机就“滴滴滴”地响了几下。

他低头一看是林兰发来的微信消息：“下班了吗？吃过饭了吗？”

他嘴角不由得又勾起一个笑容，心中有种安定的感觉，很快回了一条消息：“我现在过来。”

对方回了一个笑脸。

高咏心中一阵振奋，正要启动车子，突然手机又响了，瞥了一眼屏幕，谭文丽！他的脸色立刻沉了下来，两条浓眉紧紧绞在一起。这是个他最不愿意看到和听到的名字，他犹豫着，电话铃就像是催命符一般不停地响，良久，他还是接了起来……有因就有果，该来的总会来，该还的也总得还。

林兰今天煲了鸽子汤，洗好了四季豆，等着高咏到了就炒菜。她有点后悔忘了找人来修一下抽油烟机，但是此时已经晚上九点多钟，也只能先将就着用了。

林兰边等高咏，边看着电视剧。这时，手机响了几声，微信上弹出肖志明的消息：“明天去你公司开会。”外加一个笑脸。

林兰有些奇怪他的这条消息，也没多想，就回了个笑脸。

没想到肖志明接着又发了一条：“中午一起吃饭，有事和你说。”

林兰愣了几秒,随意地回了一个“好”字。她此时的心思都扑在高咏身上，对其他人并不太在意。

但是肖志明又发了张落叶缤纷的小树林的图片过来。林兰看着那意境浪漫的图片，明白过来，他这是在怀念过去。

林兰叹了口气，嘴角扬起一个无奈的笑容，没有再回复他。往事已矣，何必再叙，况且现在他已有了一个美满的家庭，自己也有了可心的男朋友，男女间友谊的界限是很容易模糊的，还是保持距离为好。

直到九点四十五分，高咏总算来了，手里捧着一束粉红色的玫瑰花。林兰接过花束，脸上绽放出比花朵更娇美的笑容。两人紧紧地拥吻了一下，总算是雨过天晴了。

今晚高咏没有挑剔油烟味和饭菜不够完美，反而赞美起林兰的厨艺来，喝了两大碗的鸽子汤，把整只鸽子都吃了。

两人的心情都大好，鱼水之欢也自然更为和谐。

接下来的几天，高咏都会回林兰这里过夜，两人的关系变得甜蜜温馨，似乎什么问题都没有了。但是短暂的平静并不能消除根本问题，几天过去后，林兰的心里又开始不踏实起来。

高咏没有提结婚的事，林兰心中的不满和恐慌又开始如滴进清水中的墨汁般荡漾开来。当这种情绪渐渐地占领了她的心房之后，两人的相处又变得不和谐。

还有让林兰很奇怪的一点是，高咏从来没有邀请过她去他的高级公寓，只是相处初期他提过自己在寸土寸金的陆家嘴有一套公寓。有时候想想自己似乎对高咏还很陌生，却已经和他浑浑噩噩地耗了两年多，难免有些心慌。

不知道从什么时候开始，每年的五月二十日竟然变成了一个情人互表爱意的节日，商家、店铺、网络上充斥着"520等于我爱你"的信息。

今年的这一天，果真是应了梁晶晶前阵子的预言，林兰交了桃花运了，好几个男人都在微信上给她发红包表白，但是却没有一个能让林兰高兴得起来。第一个竟然是公司的一个客户，林兰只记得他的名字，连他长得是方的还是圆的都不记得，却突然地发了一个五百二十元的红包过来，还非得林兰接受。

林兰以为他发错了，问了几遍，对方信誓旦旦地说，就是发给她的，而且还借机一诉衷肠。林兰只觉得一只乌鸦从自己头顶飞过，最终还是没有接受他的红包，而是婉言拒绝了。

到了下午，肖志明突然也发了一个五百二十元的红包过来。林兰的心里当时就咯噔一下。肖志明在备注上写着："这是我当年未曾来得及说的话。请接受一个老朋友的问候。"

文艺、浪漫、暧昧，又颇为得体，的确是肖志明独有的风格。

最搞笑的是那个莫名其妙的钱风，发了一个五块二毛的红包过来，还舰着脸问："你考虑得怎么样了？"弄得林兰简直哭笑不得，当作笑话告诉了梁晶晶。

而她最期待的高咏的红包却迟迟没有发来，那一天，高咏出差去了成都，压根就没有与她有任何的庆祝仪式。

林兰买了一些食物跑到梁晶晶的小公寓里，两个单身女人过起了节日。

两人一边喝啤酒，一边笑谈着林兰今年的烂桃花。

"唉，我这是走的什么霉运！这都是些什么人啊！"林兰仰头大呼一声，抱着身边巨大的毛绒玩具熊，将脸埋进它那柔软的胸膛里。

"你竟然一个都没接受？与钱有仇啊？"梁晶晶调笑着说。

“这要我怎么接受啊？一个莫名其妙，一个已婚，一个心理缺陷。”林兰抬起头重重地呼出一口气。

梁晶晶哈哈笑着说：“那钱风可真逗，五块二毛也好意思发。”

林兰摆摆手，喝了一口啤酒，“我竟然也和他好了一年多呢，我当时一定是脑子进水了。”

两人笑了一阵，梁晶晶言归正传：“哎，高咏怎么一点表示都没有？”

“谁知道啊，他总是来无影去无踪的，想起我就甜言蜜语哄我几句，想不起就压根忘记我的存在。”林兰无奈地看着天花板。

“过不过五二零倒不是什么大事，问题是他打算什么时候带你去见他父母？什么时候准备婚事呢？你不是说年底结婚吗？你怎么就那么笃定？”梁晶晶摇着头，很不满意高咏对林兰的态度。

“不知道——”林兰沮丧地歪在那真人大小的毛绒玩具熊的怀抱里。

“我真怀疑，他是不是已婚啊？难道你从来没怀疑过他？”

“不会吧，如果已婚，他晚上怎么会到我这儿来？”

“可以瞒着家里说出差啊，他又不是天天都到你这儿来。说真的，现在的男人啊，花样多得很，你别傻乎乎的。要不要我找人替你查查？”

“查？怎么查？”

“私家侦探啊。”

林兰白了梁晶晶一眼，“噗，不用了吧，谈个恋爱还谈出福尔摩斯来了，那也太没意思了。这点上我相信他。他手上没有戒指也没有戒痕，钱包里也没有女人照片。我俩在一起的时候，他也不会偷偷接电话。应该没事的。”

“你说的这些早就落伍了，男人和女人之间的战争就像老鼠和猫的战争，各自都在进化，老鼠越来越聪明，你却还是一只笨猫。”梁晶晶调侃着，抓了两片土豆片塞进嘴里。

手机铃响，梁晶晶划开了手机，是前夫卫蓝打来的。她不禁摇摇头，轻叹一声，接起了电话。

她知道他放不下自己，他俩相识相恋在纯真岁月，一切都是那样的自然，没有考虑什么现实问题，甚至连彩礼都没谈，就简简单单地披上了婚纱。他们只是单纯地喜爱对方，美好得如童话故事般。

只不过，童话故事从来都不会告诉你王子和公主结婚后的那些烦恼。男方家对传宗接代过于重视，渐渐地让梁晶晶觉得自己不过是一台生育机器。她有她的理想，两人婚前有过口头约定，婚后不那么早要孩子的，可是在公婆整天催生游击队似的连环炮轰下，梁晶晶的心情糟糕透了，对生孩子这事越来越逆反。而公婆从一开始的苦口婆心的劝慰，逐渐变成了冷嘲热讽，加上卫蓝的愚孝，让心高气傲的梁晶晶更是难以忍受。

梁晶晶终于放弃了这段外人看起来完美的婚姻，离开了那个深爱自己，却无法在婚姻里配合自己、理解自己的男人。

离婚后的梁晶晶，变得自由、快乐、通透，明白了婚姻不是舞台剧，不是演给别人看的，哪怕全世界都在羡慕你，但是如果你觉得不幸福，那就是一段不幸福的婚姻。

如今的梁晶晶过得自由自在，写稿、写书赚钱，虽然辛苦却不亦乐乎。当所有人都认为她会失去爱情的时候，卫蓝对她的爱恋却一如往昔；当所有人都认为她会和卫蓝复婚的时候，她却坚决地说了“不！”因为她已经明白自己想要什么，她是自己人生的主宰。

有趣的是，依然有很多自以为是“大仙”的三姑六婆在那儿预测，她将来总有一天会后悔现在的选择。对此，梁晶晶只是鄙夷地一笑，“子非鱼，焉知鱼之乐？”

卫蓝给梁晶晶发了五百二十元的红包并约她周末一起共进晚餐、看电影。梁晶晶坦然自若地收了，也答应了邀约。离婚后，他俩依然保持着一种朋友之上，情人未满的关系。当然这种关系在林兰眼里是无法理解的，只不过看到梁晶晶活得轻松精彩，似乎也没什么好操心的。

“爱情中的女人多少都会有点瞎”，那天晚上梁晶晶的忠言相告，很快就变成了现实，给了林兰当头一棒。

高咏出差回来后，突然告诉林兰，他已经和父母说了和林兰的关系，邀请林兰这个周末去高家拜见高咏父母。

林兰心情大好，正想着要给高咏一个热吻，没想到高咏的脸色阴沉沉的，并没有一丝喜悦，满脸的不安、紧张、慌乱，欲言又止。

“怎么了？”林兰睁大眼睛疑惑地问。

“兰，在带你见我父母之前，我有一件事要告诉你。”他坐在床沿上，抿着嘴唇，双手十指交叉地紧紧握着。

“什么？”林兰心头发紧。

他扬着睫毛，眨着眼睛看着她，像一个做错事的小男孩，尝试用卖萌来减轻自己的罪过。他看上去很可爱，但是林兰的内心深处却知道，能让高咏用这种眼神求饶的，必然是件很可怕的事。

高咏沉默半晌，艰难地开口道:“我……我结过婚……”

犹如当头一闷棍，林兰整个人懵了，蜡像一般站在那儿，紧盯着高咏的脸，眼珠子一动不动，脑子里一片空白。

两年多的感情，两年多的纠葛，犹如一场荒唐的闹剧，眼前这个自己一心想要携手一生的人居然如此陌生，陌生到连他的婚史她都不知道，自己怎么会如此愚蠢、天真，哦，不，是白痴，白痴啊!

不对，林兰突然想起，她曾经在交往初期问过他的，他非常清楚地告诉过她，他是单身。啊，是的，离过婚的也是单身，林兰觉得自己蠢死了，笨死了，几年来她小心翼翼地呵护着这份感情，期待着这段感情开花结果，怎么会在临门一脚的时候高咏告诉她这件事。

她心里像是被压了一块千斤巨石，震惊、委屈、愤怒、后悔、失望，各种情绪涌上心头，汇成一股酸涩冲进鼻腔，眼泪滴下来，顺着脸颊往下滑。

“对不起，兰，我们认识的时候，我正在和我前妻闹离婚，当时并没有想到会和你发展到如此深的地步，所以就没说，谁知道这一瞒就再也不好向你开口了。”

“你说什么？”林兰只觉得头昏脑涨，身子都开始摇晃起来，“你当时并没有离婚？”

他低着头，皱着两条浓眉，点了点头，又猛地一抬头，急促地解释道:“可是我后来真的离了，我并没有骗你，只是晚了几个月而已。我发誓，我们正式在一起的时候，我已经离了。”

天啊，眼前这个男人竟然如此的大言不惭，只是晚了几个月而已，也就是在那几个月里，自己莫名其妙地成了自己最痛恨的“小三”。也就是在那几个月里，他一边和妻子谈着离婚协议，一边和自己谈情说爱。果然是被梁晶晶说中了，高咏就是一只进化了的老鼠，而自己就是蠢死了的笨猫!

“高咏!”她大声喊起来，“你骗我!”

“对不起，林兰，但是我对你是真心的，不然我今天不会把这事告诉你，我可以瞒你一辈子。”

林兰倒坐在椅子上，掩面哭泣，哭得很伤心，哭得让高咏觉得她有点反应过激，再怎么说，自己早就离婚了，现在的自己的确是单身，早说晚说有什么区别?

他不明白，林兰的眼泪并不只是因为他隐瞒婚史，而是为了自己这两年多不明不白的等待和隐忍。这两年多，高咏对她总是忽冷忽热，时好时坏，此时的泪水的确是有点借题发挥，宣泄着这两年多来自己的委曲求全。

高咏任由她哭了一会儿，他也是在情场上翻滚多年的人，女人的那些伎俩，他自认是了如指掌的，而且他知道林兰恨嫁，料准她不会为了这么点陈年旧账而放弃自己，女人要哭就让她们哭一会儿，哭完了，情绪没了，更容易哄。

待到林兰哭声渐小，高咏才站起身来，从桌子上拿了纸巾盒子递到她面前，用轻柔、撒娇的口吻说："好了，好了，对不起嘛，我是来和你谈我们的婚事的呀。你是要和我算两年前的旧账，还是想谈谈我们的未来啊？"

咳，这人一旦有了软肋，想要大无畏地做人是不大可能的。高咏简简单单的两句话，顿时让林兰心中的天平一边倒了，过去和未来，孰轻孰重？自然是未来更重要一些的，不是吗？

如高咏预料的一样，林兰哽咽着，坐在那委委屈屈地用纸巾擦着眼泪，一边抽噎着一边问："那你有孩子吗？我可不做后妈。"

"没有。"高咏微微一笑，摇摇头，走近她，拉住她的手。林兰别扭地甩了下肩膀，将手抽出来，依然一脸不高兴。高咏又拉她，嘴里说道："好了啦，老婆大人，我可是和我爸妈都讲好了的，这个周末，就正式带你回家。让他们看看未来的儿媳妇。"

高咏开始向她说起家里的事，描绘起他们两人美好的将来，从婚戒说到蜜月，从房子说到别墅，从工作说到经商，从存款说到理财，从孩子说到教育……

那天晚上高咏好像特别能说，硬生生地把林兰从哭脸说成了笑脸。

那个周末，林兰终于见到了高咏的父母。一对和蔼的夫妻，热情地招呼着林兰，吃吃喝喝，聊天查户口都是免不了的。

林兰表现得很好，端庄贤淑，温柔大方。只是相比父母的热情，高咏的态度就显得有些莫测高深，他并没有表现出非常高兴激动，只是淡淡地笑着，轻轻地说着，一切都很正常，却又不太正常。

见面结束，两人在高咏父母家的小区里闲逛了一会儿。

"那过阵子，你就来我家见见我爸妈吧，就下个周末好吗？"林兰的心里是喜悦的，无论如何，她觉得高咏的父母是喜欢自己的，而且见了父母就是认定了自己，年底的婚事算是敲定了。

"我安排一下时间再告诉你。"高咏一手拿着手机，一手插在裤袋里。

林兰挽着他的胳膊，两人缓步走到停车场。

“嘀、嘀、嘀”，高咏的手机响了，前妻谭文丽的电话永远都像催命符一样刺激着他的神经。他俩的确没有孩子，却有一套房子，就是在陆家嘴的那套高级公寓。

这年头，房子问题比孩子问题还难解决，那套房子是女方的父亲出了首期，高咏月供着。如今谁也不想搬出去，谁也不想拿出巨资给对方，谁也不想让对方占便宜，于是至今两人还是住在同一屋檐下。

这件事他也是不敢告诉林兰的，他的压力已经很大了，工作、生活、感情，他不想再和林兰吵吵闹闹，自己没时间也没精力整天哄女人。

并不是他无情，也不是他善变，只是他受不了女人们一个个都跟结婚狂魔似的，只要交往久一些，就想要往婚姻里钻，想要把他牢牢套起来。

他喜欢林兰，因为林兰并不怎么黏人，而且性格温柔乖巧，但是婚姻，始终是他心中的一个坎，和谭文丽的婚姻简直是一场噩梦，而这场噩梦至今也未结束，让他烦不胜烦。

接起电话，他烦躁地问了句：“什么事？”

电话那头传来骄横的女声：“卫生间的灯坏了，记得买灯泡回来，顺便买一箱矿泉水回来……哦还有……”

如果不犯法，他真想用胶布将这个女人的嘴封起来，或者直接让她从这个地球上消失。

他敷衍地“唔”了两声，挂掉了电话，转头看着林兰一脸不满的神情，他是愧疚的。

“你前妻？”

“是的，不用理会她，我和她已经没关系了。”

“那以后我们要一直被她这么骚扰败兴吗？”

“不会的，我会处理好的。”他嘴上说得很肯定，其实心里并没有底。

开车带林兰去淮海路转了一圈，买了点东西，两人就回到了林兰的小公寓里亲热起来。

在男人看来，女人实在是奇怪的动物，恋爱了就想结婚，做爱了就想生孩子。林兰做着婚后相夫教子的美梦，在高咏怀里睡着了。

高咏看着她清秀漂亮的脸，吻了一下她的脸颊，起身穿衣服，他得回陆家嘴的公寓去，而且他必须尽快和谭文丽把房子的事谈清楚。

回到自己的公寓，谭文丽穿着一身半透明的睡衣，没有穿内衣，走上前来迎接他回来。高咏暗叹一口气，她色诱他已经很久了，说过她几次，但是每次谭文丽都会说："这是我的房子，我的家，我爱穿什么衣服连警察都管不了，用你管？"

高咏只能摇头，走进屋内，将电脑和公事包丢在沙发上，拿出刚在超市里买的电灯泡走进卫生间里换上，便一言不发地往自己的卧室走去。

谭文丽闪身挡在他面前，"妈和我说，今天你带了一个姑娘回家，怎么？想再婚了？"

"关你什么事？"他语气冰冷。

"当然关我的事，你结婚后打算住哪儿？不会把她带过来住这里吧？我们可是有协议的，谁也不准带人回来的。"谭文丽双臂绞在胸前，斜睨着他。

"给我五百万，房子归你，我搬出去。"他扯了下领带。

"我没钱！我不急着嫁人，所以就继续耗下去吧。"她嘴角扬起一个得意的笑。看着高咏进退两难，她很开心。

她喜欢高咏，或者说她觉得占有他、征服他，是一件刺激兴奋的事情，他越抗拒，她就越觉得有挑战，尤其是看到他被自己弄得无可奈何、暴跳如雷的时候，她更觉得有种复仇的快感。

当初高咏上法院起诉离婚，为了保护自己的利益，她被逼无奈签下离婚协议书，肺都要气炸了。她离婚后又谈了两个比自己小的，还约会过老外，但是没有一个比得上高咏，所以最后还是把目光又转回到了高咏身上。

她也不期望和高咏复婚，就只是想让他重新爱上自己，臣服自己，她认为自己很高明，用房子把高咏紧紧扣在手心里。

"随你吧。不过请你以后不要骚扰我的家人，不要再喊我妈做妈，你已经不是我们家的人了。"高咏往前走了两步，伸手要去开卧室的门。

谭文丽突然一把抱住他，换了张脸似的，呜咽起来："你怎么会变得如此冷酷无情，你以前不是这样子的……"

高咏愤怒地拉开她的手，推开她吼道："好啦！别演戏了！大家都不是小孩子了！来这一套，你不觉得幼稚吗？我很累，我现在想睡觉！"

之后高咏二话不说，拿着自己的电脑、外套走进了自己的卧室，立刻将房门反锁。

谭文丽气上心头，奋力地对着高咏卧室的房门又是拍又是踢，恨恨地在门口说道："高咏，我告诉你，你别得意，你和那狐狸精不会有好结果的。总有一天她会发现你不过是个虚伪自私、阴暗卑鄙、无情无义的渣男，哼！"说完，咬牙切齿地在门上重重地捶了一拳，才愤愤转身离开。

高咏躺在床上，头痛欲裂，燃起一根香烟，仰着头，对着天花板吞云吐雾。他不知道谭文丽怎么会变得如此可怕，当年在朋友的生日派对上，她分明是个文静秀气的女孩子，如今怎么会变成母夜叉、雌老虎？

他不知道是不是因为自己当年对谭文丽太过宠爱纵容，才会让她变得越来越刁蛮任性，骄横跋扈。谭文丽娘家有点家底，父亲谭建中是个小开发商，很早就发迹了，虽然后来惹上官司赔了钱，但是到底烂船还有三斤钉，这套高级公寓就是谭建中送给小两口的结婚礼物，还大方地在产权证上写上了高咏的名字，一来是显摆自己的实力，二来也是希望高咏能安心做谭家的女婿。

当年结婚时，他也的确觉得自己幸运，娶到白富美，还白得一套豪宅，简直是人生巅峰。

但是日子始终是和人过，不是和钱过，钱再多高咏也无法日复一日，年复一年地忍受谭文丽的大小姐脾气。加上结婚不久他就发现谭建中不过是外强中干，打肿脸充胖子的纸老虎，豪宅还有贷款未还完。谭建中冠冕堂皇地说是要让年轻人自己多多磨炼，一句话就把偿还高额贷款的任务推到了高咏头上。原本夫妻生活就不如意的高咏，又欠了一屁股的贷款，当然是越想越气。

和谭文丽的日子是过不下去了，但是高咏是有骨气、有才华的男人，并不是小说中不食人间烟火的男主人公。他谨慎算计，心中的算盘精明得很，他不会放弃这套市值千万的房子。

当初两人的离婚协议上有一条，此房双方均不能带异性回来居住，也不能当作婚房使用，若有一方结婚，此房将以市价出售，所得房款三七分，再婚方三，未再婚方七。

他了解女人，更了解谭文丽，他知道谭文丽迟早会再婚，就算她不想结婚，她父母也会想办法让她结婚，女人的青春期、生育期总是比男人短暂的。谭文丽已经三十五岁了，她还没潇洒到一辈子不结婚不生孩子的地步。

嘴里喷出最后一口烟雾，高咏将烟蒂摁灭在烟灰缸里，起床洗漱了一下，便笃定地睡下了。

的确，女人可以和男人比拼智商、情商、工作能力、社交能力等各个方面，唯独生育期，天然的就比男人少了一大截。

谭文丽心中确实很焦躁，她很后悔当初听从了高咏的花言巧语，说过几年再要孩子，而自己也是太过自信，竟轻松地答应了。时光飞逝，一眨眼竟然已经过了最佳生育年龄，她心中恨高咏也恨自己，自己竟然从来也没真正了解过高咏这个人。

她不想输给他，但是眼看着自己的年纪越来越大，心中的焦虑也就与日俱增，甚至都不想再过生日了。

见过高咏的父母后，林兰心情大好，觉得这个城市也变得可爱起来，明明是雾蒙蒙的天空，在她眼里却是阳光灿烂。

她忍不住告诉了父母,自己和高咏的进展,父母让她赶紧安排高咏“上门”。她撒娇着应了，说得充满信心。

她也把这个消息告诉了梁晶晶。梁晶晶恭喜她，鼓励她，但是对高咏这个人，始终都是持怀疑态度。

高咏依然很忙，肖志明依然很怀旧，钱风依然很不正常……而林兰始终都无法和高咏约定“上门”的日期，日子又回到了从前。

中国人的节日多,没过几个月就到了中秋节。林兰认为这是一个很好的“上门”机会，和高咏提了几次，高咏不冷不热地算是答应了。

林兰的爸妈是安分守己的普通职工，生活安定，感情和睦，唯一操心的也就是女儿的婚事。当他们看到高咏西装笔挺、潇洒挺拔地站在门口时，二老都有种眼睛一亮的感觉。的确，高咏穿着很有品位，人也长得利落，嘴角带着浅浅的微笑，态度沉稳大气，语调温存有礼。

这简直就是再理想不过的女婿人选了，老两口是笑得合不拢嘴，殷勤备至地招呼着高咏吃喝，聊天。

林兰看到父母如此开怀，心中有种骄傲。的确，高咏除了有过婚史这一点外，就形象和条件来说，基本没什么可挑剔的。

高咏对林兰父母提出的问题对答如流，相谈甚欢。说起了婚期，高咏还拉着林兰的手，深情地说:“年底吧。”

这下可把林兰和二老高兴坏了。只是谈起房子，高咏犹豫了一下，说可以在父母名下的一套房子里居住。林兰心里虽然有些疑惑他为什么没有提起陆家嘴的房子，但是当着父母的面，她并没有提出来。林兰的父母觉得只要小两口有房子落脚，问题倒也不大，高咏是独生子，父母的房产迟早也是他的。

一切看上去都很完美，顺理成章，林兰快乐得像小鸟一般。

接下来的日子，林兰整个人都沉浸在即将走入婚姻殿堂的高亢情绪中，网上看钻戒的款式，逛街时看到婚纱店就会驻足半天，收集各种婚庆公司、装修公司的广告卡，然后兴致勃勃地转发给高咏看。

高咏偶尔也会和她畅想一下未来的家，用什么样的地砖啊，刷什么样的墙漆啊，不过大多时候都是林兰一个人在收集各种资讯，因为，高咏正在与人竞争分公司总经理的职位。

林兰知道理解体贴男人的重要性，所以她尽可能地不打扰高咏。每天也就是起床和睡前时给他发一条短信。

这种高亢的情绪一直持续了将近有两个月，林兰逐渐从兴奋变成了担忧，因为她隐约觉得事情有些不对劲。当装修公司问她房子有多大，房型是什么样的时候，她才发现，高咏从来没有带她去看过房子；当婚庆公司问她具体结婚日期的时候，她才发现，高咏从来没有和自己讨论过这件事；当首饰店的服务员告诉她，结婚戒指的款式可以简单些，订婚戒指可以夸张些时，她才发现，高咏从来没有向自己求过婚……

翻开两人的聊天记录，她更是发现，高咏已经很久没有主动联系她了，这两个月来每天都是她在找他，她的心开始逐渐往下沉。

情绪累积得久了，总会爆发出来……

转眼到了秋雨绵绵的季节，接近下班时分，窗外乌云密布，阴沉得犹如黑夜。办公室里灯火通明，大家有些松懈，有的三两个聚在一起闲谈，有的在收拾东西准备下班，有的则站在落地窗前看着天色。

没过几分钟，窗外开始狂风大作，吹得街边的大树沙沙作响，飞沙走石，落叶在空中飞舞，广告牌也被吹得发出哐当当的声响。路人被吹得东倒西歪，低着头，眯着眼各自寻找着自己的路。

林兰捧着茶杯，隔着玻璃窗，低着头看着这场景。高高在上的位置，忽然让她悲悯起路上那些缩着脖子、弓着身子在狂风中行走的人，却忘了，再过几分钟，她自己也会成为他们的一分子。

豆大的雨点从天而降，噼里啪啦地打在窗上，凝结成了珠帘，汇成水痕流淌下去。林兰这才想起来，自己并没有带雨伞。她是个小心的人，以前每天早上出门前都会看看天气预报，没想到今天却忘了。

或许这一天注定有事发生，所以才让她忘记看天气预报。

同事们陆陆续续地离开，有雨伞的，开车的，拼车的，老公接的，男朋友接的，没多久楼层里只剩下了三四个同事在那儿等雨停。

林兰的办公室是和经理办公室连在一起的，独立于其他员工。而这几天经理出差，所以办公室里只有她一个人，倒也轻松自在。

她拿出手机看到梁晶晶发来一条短信，让她下班去她那儿吃饭，想想倒是不错，自己可以不用做饭了，省了好多事。

看了看微信里高咏的头像，依然是静静的，心中很失落。他很少会关心她吃饭了没、带伞了没、生病了没，她不知道是不是真的因为他太忙，又或者是因为他根本就不在意……林兰每次都会安慰自己说那些矫情的戏码还是留给二十岁的小姑娘们去演绎吧，自己应该更为成熟独立，只不过，如此冰冷的恋情，到底有什么意义？她不禁心烦意乱。

今天的雨势很大，下了大半个小时，还没有减弱的趋势。林兰看看时间，已经快七点半了，平日里如果不加班，这个时候自己已经到家，天变得更黑，肚子也开始咕噜咕噜地叫，梁晶晶的短信又来了，问她带伞了没有，坐上地铁没有。

林兰心情低落，不太想去梁晶晶家里了，便回了梁晶晶说不去她家了。梁晶晶也没有勉强，只是让她到家后告诉自己一声。林兰心中一阵温暖，说真的，梁晶晶比高咏更像男朋友。

收拾了一下东西，林兰打算冒雨往地铁站冲，也就是半条街的距离，问题应该不大。

关了电脑，背起挎包，她刚要站起身来，一个身影站在门口敲了敲开着的门板，走了进来。

林兰抬头一看，是肖志明。他满脸微笑地走到林兰的办公桌前，用指关节轻轻敲了两下她的桌子，“还没走？我看到有灯光，就走进来看看，果然你还在这儿。”

“你怎么会在这儿？”

“哦，下午和你们市场部开会，刚结束。怎么？是不是没带伞？走，我送你回去。”他轻轻摇了摇手里的车钥匙。

“这，也好，不过你只需要把我送到地铁站就行了。”

他顿了顿，微微一笑，点点头。

两人下到车库，开了车上街，果然有车代步是幸福的。肖志明似乎兴致很高，一个红灯过后，他突然将方向盘朝右一打，车子朝着地铁站的反方向飞驰出去。

“哎哎哎，不对，不对，是左边，左边啊！”林兰坐直了身体不停地用手指指着左边。

“没错，没错，我们先去吃个饭，然后我送你回家。”他说。

她大吃一惊地瞪着他，嘴巴张成了O型，有些结巴地问：“你……你开什么玩笑？我有答应要和你一起吃饭吗？”

“老同学一场，请你吃个饭用得着那么吃惊吗？”

林兰一时反应不过来，竟然语塞。

肖志明转头，朝她一笑，“你放心，我知道你担心什么。我还没有到色迷心窍的地步，也知道你不会接受，你从来都是好姑娘。我是诚心请你吃饭，吃完就送你回去。”

人在车中，不得不妥协，呼了口气，林兰摇摇头，“那你老婆孩子呢？”

“我已经和她报备过了，告诉她我和老同学一起吃饭。”

“没告诉她是‘女’同学吧。”林兰犀利地瞥了他一眼。

肖志明摇头，“我并没想要做什么对不起她的事，男同学、女同学有什么区别？”

林兰发现肖志明变得很会说话，每句话都说得无懈可击。

“你变了许多。”她说。

“并没有，我还是一样喜欢你。”他淡淡地说着，脸上没有什么表情，眼睛直视着前方的路，一句惊心动魄的表白被他说得是如此的自然。

林兰心中咯噔一下，看着他的侧脸，极力想要驱散车子里尴尬的气氛，刻意地笑了两声，“呵呵，你开玩笑的吧？”

肖志明吸了口气，摇摇头，“我是个念旧的人，我说这个不过是表达一下自己的内心感觉，你不用太紧张。”

林兰靠在椅背上，无话可说。车外大雨滂沱，车内安静、尴尬，只有车前的雨刷“嘎吱、嘎吱”地来回摆动，刮着车窗。

两人来到一家法国餐厅，情调很好，因为下雨，没什么客人。肖志明非常绅士的为她倒酒，他还是像很多年前一样，温柔细致。说真的，如果不是他已婚，自己也有了高咏，她会尝试和他再续前缘，只不过，世上没有如果，时光也不可倒流。

林兰看着餐厅里奢华的装潢和精美的食物，心中只觉可惜，人不对，什么都不对，如果现在对面坐的是高咏，她会是多么愉悦欢乐！

他边吃边看她，有种满足感，他并没有说谎，他的确不想把林兰变成小三，因为她是他最纯真的回忆，他不想污染这份纯净。看着她低着头，垂着睫毛，略带羞涩地吃着奶酪焗蜗牛，他很高兴，仿佛看到当年小树林里那个白皙稚嫩的她。

“志明，我们以后还是不要单独吃饭了，我总觉得这样不妥。”林兰举起酒杯抿了一口。

“我让你觉得不愉快、不舒服吗？”他依然温柔地问。

“是的，毕竟你是已婚男人了，或许，索性介绍我见见你的妻子和孩子，大大方方地认识认识，不然我们这样子，总是有点鬼鬼祟祟的感觉。”林兰放下刀叉，认真地说。

“呵呵，好，有机会我就介绍你们认识。其实我不过是想和你在一起，寻找一下当初的纯真美好。”他笑着重重叹了一口气，“唉，年纪越大越迷茫，也就越怀念当初那些简单单纯的日子。”

他说着突然睁大了眼睛，伸出手指，“嗯，我有东西给你看。”说着，他解开衣领，从脖子上解下一条细细的银链子，递送过来给她。

林兰好奇地接过，打开一看，链坠是一上一下两个小葫芦，一股暖流从心间流过。虽然十多年过去了，很多记忆都已经模糊，可是她忘不了这两个小葫芦，这是当年肖志明被迫转学前，他俩最后一次偷偷背着老师和家长跑出去约会的时候，她送给他的礼物。

她的脸颊上泛起红晕，他竟然把葫芦穿成了项链戴在脖子上。

“你……你一直戴着？”她的心好似又回到了从前，扑通扑通地跳起来。

肖志明微笑着点点头，“一开始是想你，所以戴着，后来变成了习惯，就一直戴着了。”

“那你妻子没有问你吗？”

“当然问，我说是我外婆留给我的遗物，她也就默许了。”

“你们男人可真滑头。”

“也不是男人滑头，主要是女人太霸道。哈哈。”肖志明笑起来，“和她恋爱的时候，就被她严刑逼供交代了所有的恋爱史，被迫删掉了照片，被迫忘记所有的过去。咳。”他摇摇头，“如果我不撒谎，这两个小葫芦早就被扔到垃圾桶里去了。”

林兰“扑哧”笑起来，“那是因为她爱你。说得像委屈死你了一样。”

肖志明无奈地微笑着拿起高脚杯，喝了一小口红酒，眼神在林兰的脸上打转，他不明白为什么这么漂亮的女子竟然会被剩下。

“你和你男朋友什么时候结婚？我一定送一份大礼给你们。”他说。

“年底吧。”她有些心虚地回答。

“是吗？我为你高兴，提前祝福你们，记得发喜帖给我。”

林兰扬起睫毛看他，白净清爽的面容依然如故，温和的语气让人舒心，他没有高咏的英俊帅气，却胜在温柔、善解人意。林兰再一次羡慕起他的妻子，高咏，高咏……她划开桌上的手机，依然没有任何的消息。

“怎么了？”他捕捉到她脸上那一抹失落和难过，“是不是和你男朋友有什么问题？”

林兰嘴角微微一扬摇摇头，“他很忙。”

“唔……”肖志明沉默片刻说，“打个电话给他吧。”

“不用了。他忙完会联系我的。”林兰尽量让自己的微笑看上去轻松美丽，转头去看窗外的夜景，雨还在下着，就如她的心。

餐厅里播放着轻柔悠扬的小提琴曲，侍者上前来，点燃了餐桌上的蜡烛，一切都是那样的浪漫温馨，只可惜，人不对，所有的美好都被打折。

肖志明静静地看着她，直到林兰厌倦了窗外的夜色，转回头来，与他四目相对，两人不约而同地笑了笑。

结束晚餐，肖志明开车送林兰回家。林兰反复翻看着手机，她觉得有点对不起高咏，又有点得意自己对不起高咏，谁叫他对自己那么冷漠，自己和别的男人吃个饭怎么了？哼！但是，她始终心绪不宁。

车子停到了林兰的公寓楼下，林兰刚想下车，肖志明喊住她：“待会儿。”边说边从后座上拿了一把伞。他打开车门，撑着雨伞跑到林兰这边，替她打开车门，温柔地说：“来吧。”

林兰竟然有点受宠若惊，被人善待呵护的感觉是美妙的。她躲进他撑开的伞下，因为伞小雨势大，她没多想，很自然地就挽住了他的胳膊。

两人快步往楼里走去，林兰边走边翻着挎包找钥匙。

“别急，慢慢找。”他安慰她。

她抬头感激地看他，他朝她抿嘴一笑。还是那双会笑的眼睛，温柔似水的眼神，这一次竟然让林兰心中一跳。他离她很近，胸前的葫芦链坠，让她内心一阵阵的悸动。她赶紧转回头看着自己的大包包。

今晚也不知道怎么回事，那串钥匙像着魔了一般，不知道躲在包里的哪个角落，手忙脚乱地翻了好一阵才摸到它。

“找到了，谢谢你，志明。”

“老同学了，还那么客气，那你快上去吧，我回去了。”肖志明点点头正要转身离去，林兰也正微笑着与他告别，突然身侧一道强光打在二人身上。

两人都是一惊，抬起手来遮挡强光，转身朝光源看去。

过了几秒钟，林兰全身一颤，血液急速冰冻。她看到了高咏的车牌，他那辆蓝色的宝马车正停在那儿。车灯犹如魔鬼的两颗硕大眼珠，正恶狠狠地盯着他俩。

肖志明立刻知道是怎么回事了，轻声问道："是你男朋友吗？"

林兰像木偶般机械地点点头，咬着下唇缓步朝宝马车走去。

肖志明拉了她一把说："我去和他解释一下，你在这里等着，别去淋雨。"说着冲进雨里，跑到宝马车边，敲了两下车窗。

车窗缓缓降了下来，露出一张阴沉的脸。

"你好，我叫肖志明，是林兰的中学同学，在公司碰到的，刚才雨太大，我就请她吃了饭，不好意思，可能有点晚了，你可别介意啊。"肖志明微笑着向高咏解释。

高咏斜睨了他一会儿，又看看林兰，嘴角一抽，从鼻子里冷哼了一声，一言不发地又升起了车窗，发动引擎，两手一打方向盘，车子呼啸着快速开走了。

林兰的心跟着那辆蓝色宝马车走了，而躯壳依然在雨中发呆。肖志明快步跑回来，抱歉地说道："对不起！林兰，我没想到会变成这样。"

沉默良久，林兰落寞地扬起睫毛，看着肖志明，摇摇头，"没事，我都习惯了。"

"你是说他经常这样吗？"肖志明担心地问。她看上去很失落，很伤心，很无助，他想要安慰她，可是他也知道自己不能逾越那条线。

时间已经不早了，妻子、孩子都在家里等着他。果然，没一会儿手机铃就响了，妻子余瑾在电话里问他在哪儿，他也直言不讳地告诉了妻子，说送同学回家，马上就回去。

"快回去吧，我没事。"林兰挤出一个微笑，催他赶紧离开。

"好吧，我先回去了，你快点上去洗个热水澡，早点休息，别胡思乱想。"

肖志明点点头，蹙着眉头转身走了两步，又调转身来，说道："这样吧，过两天，你和他说，我和我太太请你们吃饭，大家认识认识也就不会有什么误会了。时间、地点，我回去和我太太商量一下。我们保持联络。"说完握了一下林兰的手，也匆匆地离去了。

回到家中，林兰迅速地洗了个热水澡，头脑是清醒了许多，但是心中却七上八下。她躺在床上长叹一口气，打开手机将今晚的事情和梁晶晶说了一遍。

梁晶晶沉默良久，叹气道："我估计高咏这边会有变数，你自己要有个心理准备。”

“可是，我们已经在商量结婚的事了啊，他再变化，我会受不了的。”

“兰，你不是糊涂人，他对你怎么样你自己不清楚吗？说是要年底结婚，现在都十月中旬了，他求婚了吗？房子装修了吗？婚纱照拍了吗？请柬印了吗？他做了什么事啊？”梁晶晶一提起高咏，就压不住自己内心的火。她从高咏第一次和林兰冷战开始，就对高咏反感，只不过是闺蜜的选择，她也不能说得太多，只能从旁提醒。

她知道林兰不是个能将就的人，条件与自己不匹配的人，她是产生不出感情来的，这也注定了她择偶的局限性，所以与其说她有多爱高咏，还不如说她有多需要高咏。林兰需要高咏这样一个与自己门当户对的伴侣。

林兰心情很坏，梁晶晶的一针见血，让她无言以对。的确，高咏永远都是在给她“画大饼”，却没有真正地做过什么。

在这座城市里，有过一定的感情经历，到了一定的年纪，就会自然而然地现实起来。梁晶晶不觉得现实有什么不好，只要不是势利拜金，生活在现实中的人总比生活在梦幻中的人要活得踏实。

她知道，林兰经历郭庭辉的情伤后，对爱情已经灰心。失恋让人成长，也让人变得谨小慎微。林兰这次对高咏的付出，也是极力克制着失望。

郭庭辉，梁晶晶皱着眉转头看了看身边那个斜靠在沙发里，拿着电视遥控器转换着电视频道的漂亮男人。她放下手机，走到他面前冷冰冰地说：“你到底想怎么样？林兰如今陷在泥潭里不可自拔，你真的不想去拉她一把？”

郭庭辉将视线从电视画面转到她的脸上，塞了颗薄荷糖进嘴里说：“我又不是救世主，我和她早就结束了，而且我现在和我喜欢的人在一起，怎么去拉她一把？”

“哎哎哎，少自作多情。”梁晶晶白了他一眼，没好气地说，“我不碰我闺蜜的男人的。”

郭庭辉咧嘴笑了，“你可真逗，我和她都是八百年前的事了，她现在要和别人结婚，我也有自己的意中人，怎么就成了她的男人了？”

“去去去，只要是我朋友碰过的男人，我都是不要的。我叫你来是为了林兰的事。”梁晶晶从冰箱里拿出两罐啤酒，递了一罐给他。

郭庭辉笑着接过啤酒，拉开喝了一口笑道：“你要我重新去追求林兰？让她离开那个高咏？”

“是的，我真不知道那高咏有什么好，神神秘秘，忽冷忽热，说不得，骂不得，碰不得，软硬不吃，一副天王老子下凡的样子……我告诉你，他准有猫腻，一定有见不得人的事。而林兰那个傻子还蒙在鼓里！”梁晶晶坐在地毯上，靠着沙发，边喝啤酒边说。

“男人多少都会有些秘密，这有什么奇怪的，难道还真得剖心挖肺才叫忠心不二？”郭庭辉边喝啤酒边带着微笑看她。

“有点秘密隐私倒不是什么问题，只不过高咏对林兰的态度，我实在看不过眼，今晚这事一闹，你看着吧，这高咏一定借题发挥，借机跑路。我从头到尾就没觉得他想要和林兰结婚。”梁晶晶沉浸在义愤填膺的情绪中，喝了一大口啤酒。

“说真的，如果我有更好的选择，才不会请你帮忙，可是高咏这家伙，长相、学历、工作、收入在这个城市里算是很不错的，身边认识的男人里也就只有你可以和他一较高下。而且，当初你和林兰爱得死去活来的，说不定就又找回当初的感觉了呢？”

郭庭辉举了下啤酒罐，“谢谢夸奖。只不过，我觉得你这方法是饮鸩止渴，把林兰从虎穴里救出来，又推向我这个狼窝？哈哈。”

“怎么说？”

“高咏不想结婚，难道你确定我就想吗？我快乐单身汉还没做够呢！就算我把林兰追回来，我会变成第二个高咏，林兰还是失望一场，有什么意思？”他顿了顿又说：“还有，我和林兰旧伤未愈，再去给她添新伤，我也于心不忍。”

郭庭辉舒展开自己修长的身体，靠在沙发上说：“我不会娶林兰，也不会追求她。过去的早就过去，何必非要旧梦重提。”之后他轻叹一声，又沉声说：“我现在喜欢的人是你。”

梁晶晶从地上惊跳而起，将手中的啤酒罐举起，就要朝他泼去，“你再胡说八道，看我不拿酒泼你。”

“哈哈，好好好，我求饶。”郭庭辉从沙发上站起来，整了整衣服，呼了口气说，“那我先回去了，让我去追求林兰的主意，你就打消吧，我没有结婚的打算，给不了她幸福。”

“好吧。”梁晶晶失望地叹了口气。

送到门口，郭庭辉突然又转身回来，目光在她脸上扫了一圈，良久，轻声道：“你在那本女性杂志上发表的文章我看过了，写得很好，我最喜欢那句：‘每个人的心里都有一座心城，城里藏满了秘密，不想与人分享，却希望有一天有人能够了解……’晶晶，你是个通透的女人。”

“谢谢。”她有些惊讶他竟然能将她文中的这句话背得一字不差。

“我想做那个人。”他脸上没有一丝玩笑的神情，这让她心慌。

她扬起睫毛与他对视，他的确是个好看的男人，而且很会打扮，很有品位，说不喜欢他，那是自欺欺人，但是承认喜欢他，那是卑鄙无耻。他是林兰以前的男友，她从来也不屑打自己朋友男友的主意，哪怕这个男人早就与自己的朋友没有关系了，她也过不了自己心里的那个坎。

但是她还是忍不住动心了，郭庭辉看着她亮晶晶的眼睛，微微倾了下上身。他知道她的心病，所以不敢太放肆，只是试探一下她的反应。

果然，梁晶晶满是戒备地退了一步说：“我想，我们以后还是少联系吧。你快走吧。”

“呵呵，好吧。”他点点头，转身走了。

梁晶晶关了房门，整个人贴在门板上，剧烈地呼吸着，一手按着自己的心口，过了几秒才缓过神来。这是怎么了？自己对男人早就没兴趣了，自己发过誓，再也不会掉进情网的，尤其是不会碰触朋友的男人。天，如果自己和郭庭辉在一起，那将来还要怎么和林兰见面？想想都觉得尴尬死了，她重重地吐了一口气，摇摇头，自言自语起来：“不可能，不可能，不可能！”

她和郭庭辉早在郭庭辉和林兰恋爱的时候就认识了，当时她已结婚，林兰刚回国工作，两人虽然认识，却从来没有什么感觉，后来郭庭辉出国，与林兰分手，她还帮着林兰臭骂过他，之后也就没有了联系。

谁也没想到，前几个月，梁晶晶通过朋友得知郭庭辉回国发展，在外资拍卖行里做了高层管理人员，还是个钻石王老五，人也比以前稳重了许多。梁晶晶越看他越顺眼，就想着让林兰和他旧情复燃，把高咏给甩了，可是林兰很坚持地拒绝了，一心想要和高咏开花结果。

梁晶晶和郭庭辉吃了几次饭，两人相谈甚欢，竟然有些异样的情愫暗暗地滋长起来。最近郭庭辉更是半开玩笑、半认真地表白了好几次，但是每次都被梁晶晶严肃地拒绝了。

梁晶晶的内心很混乱却并没有犹豫，她不会接受郭庭辉，这是铁板钉钉的事，但是她心中就好像有十七八只小兔子在乱蹦乱跳一般，她当然知道这是什么，这是一团危险的火焰，她不能让它继续燃烧，她要灭了这团火。

坐在钢琴前，她随意地弹着曲子，以解心中的烦躁。一个小时后，手机突然响了，是林兰打来的。刚要接起来，突然微信窗口又弹出一个视频请求，是郭庭辉。梁晶晶皱着眉，稍稍犹豫了一秒，用手指按掉了郭庭辉的视频请求，接起了林兰的电话。

“怎么了，宝贝，都半夜了，还不睡？”她问。

“晶晶，我睡不着，我给高咏发了短信，他不回复我。怎么办？他一定是误会了。”

“凉拌，你把话给他说清楚了，他爱怎么理解就怎么理解，你做啥了，那么怕他？”梁晶晶生气地回答。

“晶晶，你怎么火气这么大？”

梁晶晶一愣，发觉自己的确是跟被点了火的炮仗一样，但是此时，她自己的心情也不好，说不出更好听的安慰林兰的话。

“对不起，兰，我有点累了，明天我打电话给你。”

“好吧，周末我到你那儿过夜，行不行？”

“好啊，不过你得买菜上来哦。”

“好啦，就知道你这个懒鬼，天天吃速冻食品。”

梁晶晶“嗤”地笑了一声，挂了电话，看到郭庭辉留言：“我到家了，很想你，先睡了，晚安。”

“真是见鬼。”梁晶晶按掉手机屏幕，扔在一旁的沙发里，心中却又有些喜悦，她不喜欢自己的这种心态，却又无法克制。

父母的电话犹如警报器般刺激着林兰的神经，她知道父母想要说什么，日子一天天地过去，说好年底的婚事，至今也没有眉目，而那个准新郎又不知道消失在何方。

“林兰啊，什么时候安排我们和高咏的父母见一面啊？”

“林兰啊，你们的房子装修好了吗？我和你爸想过去看一看啊。”

“怎么这么久没见到高咏了啊？让他明天来家里吃顿饭吧。”

“哎呀，你们是不是闹别扭了啊，女儿啊，你可千万不要耍小孩子脾气啊。”

“高咏的条件那么好，很多女人争着抢着，你可不要轻易放走他。”

“女儿啊，他到底对你好不好啦？你和他在一起开心吗？”

母亲一连串的疑问和担心，让林兰心里很不好受，感觉自己像一条折价抛售的鱼，一条情场上翻不了身的咸鱼。

但是出于孝心和自尊心，她无法对父母言明实情，只能强颜欢笑，又是编故事又是撒娇地蒙混过去。

挂了母亲的电话，心中憋着烦躁，又发了一条短信给高咏，依然石沉大海，她似乎都已经习惯了他的不回应，如果他回信息反而会让她有种胆战心惊的感觉。

在超市里买了些食物，就往梁晶晶住的公寓赶过去，她急着要见梁晶晶，向她倾诉，向她寻求安慰和帮助。

秋天的下午，天气算是不错的，只是天上的云很多，移动得很快，一会儿遮住太阳，一会儿又放出太阳。梁晶晶的小公寓里的光影随着窗外的阳光忽明忽暗，光影下，两个女人坐在宽宽的窗台上喝着红茶。

梁晶晶当初选房子的时候，就是因为这个大窗台。舒适的窗台是梁晶晶儿时的梦想，在窗台上铺上柔软的褥子，背后垫着靠垫，坐在窗前看书、沉思、喝茶，是人生最美妙的时刻。

今天的梁晶晶话很少，有些心不在焉，歪着头靠在墙上，听着林兰哭诉高咏的所作所为。其实她一点都不认同林兰这种为了结婚而委曲求全的态度，这是结婚吗？这完全是一场化装舞会，双方都戴着面具，隐藏着自己的真实想法和情绪，为的是什么啊？

换作是梁晶晶，别说高咏不过是个管理人员，就算他是老板，甚至是富可敌国，这种虚伪的婚姻要来干吗？做戏骗别人，还是骗自己？最终谎言会被拆穿，最终谁也骗不了谁，每个人都要为自己的谎言买单。

听完林兰的吐槽，梁晶晶只是撇着嘴摇头，伸出手来，“把你的手机给我。”

林兰一愣，睁大眼睛问：“干什么？”

“我替你打电话问他。”

“不，不行。”林兰急忙摇头，“如果他知道我把所有事情都告诉你了，他一定会觉得我特别的幼稚。”

“你就是幼稚，谈个恋爱跟下十八层地狱似的。”梁晶晶白了她一眼，“一大把年纪，连自己的真实想法都不敢告诉对方，你谈的是什么恋爱啊？受不了你。”她喝完手中的茶，将茶杯放在托盘里，长叹一口气。

林兰微噘着嘴不说话了，她知道梁晶晶说的是对的，自己对高咏太过包容隐忍，太害怕失去他，反而让他有恃无恐，可是她害怕，如果自己说出不满情绪，后果会如何呢？她知道自己的眼界高，年纪也大了，又不是美得倾国倾城，要再找一个像高咏条件一样的男人，真的是很困难的。她怕被剩下，她怕自己一辈子都嫁不出去。

“兰，有件事，我想和你说说。”梁晶晶眉间轻蹙，脸色有些凝重地说。

“什么事？”

“我和郭庭辉联系上了，他现在比以前成熟稳重了很多，你要不要考虑见见他，如果你俩回到从前，我相信他绝对比高咏好十倍。”梁晶晶尽量平静地说，生怕林兰察觉到一丝一毫的异样。

“是吗？”林兰冷笑两声，“我不信浪子回头，也不信他花心的本性能改。我好不容易死里逃生熬了出来，不想再跳回火坑去。”

“可是他真的变了很多，可能是经历多了，开始收心了，虽然他说暂时没有结婚的打算，但是我觉得他是准备好寻觅人生伴侣了。你俩原本就有基础，为什么不试试呢？再怎么说你和庭辉相知相熟，他没有结过婚，总好过高咏那个二锅头啊。”梁晶晶努力地建议着。

林兰有些奇怪地看着梁晶晶，“晶晶，你不是从来都不信破镜重圆的吗？你对卫蓝那么绝情，怎么会想着让我和郭庭辉复合呢？”

“咳，我结过婚，是从围城里爬出来的人，和你这个削尖了脑袋想往里钻的人不同，我看你和高咏的这副牌，你是输多赢少，所以让你换个人试试啊。”

“就算换人，我也可以换新人，干吗要换一个风流成性、背叛过我的人。”

“人是会变的嘛……你也别太固执了，好好想想……”

梁晶晶轻推了林兰一把，还想再劝，突然门铃响了。

梁晶晶一边起身开门，一边嘴里说：“可能是快递。”

一拉开门，郭庭辉一手轻撑着墙，一手插在裤袋里，潇洒、挺拔地站在那儿，梁晶晶惊愕得下巴都要掉了，傻站在那儿看着他。

直到屋内的林兰在厨房里问：“是谁啊！”

梁晶晶这才反应过来，赶紧推了他一把，轻轻把门带上，拉他进到安全楼道。

郭庭辉笑道：“做什么啊，我又不是见不得人。”

梁晶晶惊慌失措地瞪着他，“你要死啊，为什么不提前和我说一声？现在林兰就在我家……”

“你根本就不回我短信，也不接我电话，我要怎么提前和你说？”

“哎呀，先别管这么多了，你快走，从这里走到下一层楼，然后坐电梯下去。”她边说边推他。

他抓住梁晶晶的手，把她往自己的怀里一拉。她一个重心不稳，扑进他的怀里，顿时觉得心中狂跳，慌乱地挣扎出来，竟然像情窦初开的小姑娘般脸上发烫。

他看着她满脸红晕，很是高兴，笑道：“你还敢否认你喜欢我？”

“你？！”梁晶晶觉得他得意又狂妄，就想挫挫他的锐气，鼻子里哼了一声，“谁喜欢你？有病。我告诉你，你最好现在快走，不然待会被林兰撞到，会很尴尬的。”

“我和她都结束八百年了，有什么好尴尬的，况且，你不是想撮合我俩吗？现在不是刚好？既然你不喜欢我，那我就听你的话，试试和她破镜重圆，行了吧。”

梁晶晶怀疑地看着他，此时此刻她的脑袋乱得一团浆糊似的，根本就无法理清头绪。他说的似乎是对的，自己几分钟前不是还在尝试说服林兰和郭庭辉复合吗？那现在他来了，不是正好？

梁晶晶强行让自己的脑子稀里糊涂地转了几下，抿了下嘴唇说道：“也好，择日不如撞日，既然你来了就见见吧，把过去的心结打开，重新开始，尽快开花结果。待会儿就说是我故意安排你来的，知道吗？”说完就要转身出去。突然手臂被郭庭辉一把拉住，他将她拉近自己，急迫地盯着她的眼睛，“我可以答应你，但是我要告诉你两件事，你给我听好了。第一，我不会和林兰结婚；第二，我喜欢的人是你。所以，将来如果林兰看出什么来，或者再次被我伤害，你别怪我！”说完，不再管梁晶晶脸上惊诧的表情，开了安全门，径直走了出去。

梁晶晶愣了几秒，虽然还不能消化郭庭辉的话，但是已经追了出去。

两人走进房内。林兰迎上来，嘴里问着：“怎么那么久……”话未说完，脸上的表情已经沉了下来，惊讶、错愕、愤怒、回忆，各种各样的情绪一股脑地涌上了心头。

时隔六年，他们再次见面了。这个负心汉，这个骗子，这个渣男，林兰死死盯着郭庭辉那张英俊的脸，心里一面狠狠地咒骂着，一面又不得不承认他比当年还要英俊潇洒，岁月的沉淀让他充满了成熟男人的魅力。

梁晶晶低着头将房门关了。

“晶晶，是你让他来的？”林兰冷冰冰地问。

“啊，哦，是的。”梁晶晶点头，有气无力地走进房里。

“你好，林兰。”郭庭辉上前两步跟她打了个招呼。林兰变了不少，穿着打扮更加时髦漂亮了，也成熟了许多。

林兰想到郭庭辉当年的负心薄幸和自己的痛苦绝望就无法对他和颜悦色，冷冷地转过身去，坐在沙发上，假模假样地翻起了杂志。

梁晶晶觉得气氛尴尬又诡异，想想自己是多余的人，便拿起手提袋，笑着说：“你们好好聊吧，我下去逛一圈，庭辉，今晚就在这儿吃饭吧。”

"好。"他温存地看着梁晶晶，微笑着点头。她赶紧转开目光开了门离开了。

空气在小公寓里凝结，林兰的眼睛盯着杂志，余光却落在郭庭辉的身上。

郭庭辉靠在沙发里，微斜着身子，两条修长的腿随意地绞在一起，一手托着下巴，注视着这个曾经的恋人。

沉默了许久，郭庭辉先开了口："多年不见，还好吗？"

"好。"林兰的口气生硬。

"听说你有男朋友了？"

林兰放下手中的杂志，斜抬起头质疑又轻蔑地打量他，"是的。你呢？一个？还是一打？"

郭庭辉嘴角扬起一个淡淡的笑，"你对我还是恨意满满啊。"

"恨？你太高估你自己了吧，我早就把你给忘了。再看到你不过是有些吃惊而已。"林兰又调转视线去看杂志。

郭庭辉摊摊手并不在意，他只是没话找话而已，话不投机半句多，坐了一会儿，便站起来在梁晶晶的小屋子里转悠。

房子虽小却布置得很温馨，软软的地毯，大大的毛绒玩具熊，内嵌式的书架上摆满书籍，最醒目的是窗边的钢琴。郭庭辉走到钢琴前，用修长的手指快速滑过琴键，发出一阵悦耳的琴声。

"以前我都不知道晶晶会弹钢琴。"

郭庭辉拿起晶晶的琴谱翻看。

"她从小就学钢琴，弹得很好。不过和某些人不同，她不喜欢显摆。"林兰尖刻地回答。因为郭庭辉也弹得一手好钢琴，这得益于他的母亲。

郭庭辉出生在一个普通的教师家庭，父亲是美术老师，母亲是音乐老师，强大的遗传基因汇聚在他身上，使得他从小在艺术方面就充满了灵气。美术学院毕业后，他在一家设计公司做了一年多美术设计，后来选择了留学读研究生，主修 Fine Arts（纯艺术）专业，同时进修了钢琴演奏的课程。因缘际会，被人赏识提拔，他进入了世界级的拍卖行，几年下来凭着高人一筹的智商和情商，晋升管理层，被派回中国开拓市场。

听到林兰的回答，郭庭辉只是笑笑，他知道林兰还在生他气，但是对于他来说那一段恋情不过是段经历而已，一切都已过去，他并不理解也不想去理解为什么时隔六年，林兰还对他有那么大的怨气。

梁晶晶下了楼，在小区花园里瞎转悠，心里好似长了一大棵的仙人球，哪儿都不得劲，碰哪儿都觉得扎手。隐约觉得自己做了件错事，但是究竟哪里错了，她又说不上来，心里七上八下的。

手机响了，是前夫卫蓝打的。接通了电话，听到对方温柔低沉的嗓音，突然让梁晶晶很想哭。

“晶晶，怎么了？”听到梁晶晶略带哽咽的语气，卫蓝紧张地问。

“卫蓝，你能不能帮我一个忙？”

“当然，你知道我愿意的。”

“今晚来我这里吃饭。”

“好啊，我求之不得。不过，你没事吧？怎么听上去你好像很难过。”

“哪有，今晚我要撮合郭庭辉和林兰，两女一男怪别扭的，你过来平衡一下阴阳。”梁晶晶故作轻松地说。

“郭庭辉从国外回来了吗？他要和林兰重新开始？”

“唔。”她含糊地应了声。

“他俩的缘分可真够曲折离奇的，好，我待会儿带瓶红酒来，大家喝个痛快。”卫蓝兴致很高。

挂了电话，梁晶晶已经打定主意，要借前夫卫蓝的力来打消郭庭辉的念头。

卫蓝和郭庭辉是认识的，当年卫蓝和梁晶晶还在婚姻中，林兰和郭庭辉在恋爱，四个人经常一起吃个饭、喝个咖啡什么的。如今的卫蓝只要能和梁晶晶有些交集都会很高兴，只因为他心中始终放不下梁晶晶，即使走马灯似的不断相亲，卫蓝却是看谁都不入法眼，几年下来，还是想着和梁晶晶复婚，可惜梁晶晶的态度很坚决，他只能退而求其次地做梁晶晶的朋友。

这是一次十分怪异的聚会，两男两女各怀心事。林兰跑进厨房将卫蓝推了出去，拉上门，焦躁地对着梁晶晶一阵吐槽：“哎，你这个坑挖得可够深的啊，怎么不先给我打个招呼就把郭庭辉给我弄来了？”

梁晶晶苦笑，连她自己也被郭庭辉的出现吓了老大一跳，可是又怎么能向林兰明说？

梁晶晶边摘菜边说：“那你们刚才谈得怎么样？”

“什么怎么样？一次不忠，百次不用，我没法接受他了。”林兰也帮着摘菜。

“哪怕他改过了也不行吗？”

“你不会真的觉得他会改过吧？”林兰有些惊讶地看着梁晶晶，平日里对男人万分挑剔的梁晶晶，今天好像对郭庭辉特别的袒护。

“他刚才可好笑了，向我道了歉，然后问我什么时候有空，一起出去逛逛……”

“哦，那你怎么回的？”梁晶晶垂着睫毛，低声问。

“亲爱的，我现在有心情和他逛吗？你别忘了，我还有高咏呢。我答应和他约会算怎么回事啊，除非我和高咏正式分手，不然我不会脚踏两只船的。”

“你真是死心眼，和男人出去逛逛又没让你和他山盟海誓。你和肖志明不也一起吃饭了吗？”

“那怎么一样？我是被肖志明骗去吃饭的。况且，肖志明也不是和我约会，只不过机缘巧合而已，现在郭庭辉是正式约我。”林兰摇着头。

梁晶晶停下手中活，抬头笑眯眯地看她问：“说老实话，有没有点动心？”

林兰一愣，扑哧轻笑起来，用肩膀蹭了梁晶晶一下，脸上微微一红说：“长得好看总是有优势的，不是吗？”

两个女人眼神交流了一下，心有灵犀地笑起来。

厨房外的两个男人正在举杯对酌，多年不见两人也颇有话题，只不过，郭庭辉的兴趣点是卫蓝和梁晶晶的离婚始末。

卫蓝并不想提这事，因为他知道在这场婚姻里自己的确有很多不足之处，他喜欢梁晶晶，但是他不知道要怎么和梁晶晶相处。

“还想复婚？”郭庭辉喝了一口开胃酒，斜着眼看卫蓝。

卫蓝嘴角扬起一个无奈的笑，摇摇头，“想也没用，她个性太强。不适合婚姻。”

“她需要一个理解她的人。”郭庭辉微笑着说。

“难道我还不够了解她？”

“你了解，但不能够理解。我说的是理解她的思想、灵魂，还有她的‘心城’……”

“心城？什么心城？”卫蓝疑惑地问。

郭庭辉仰头将杯中的酒水饮尽，微笑不语，起身走到钢琴旁，弹起了《爱情的故事》。优美的琴声，将厨房里的两个女人也吸引了出来。

音符从他的指间流淌出来，如一股清泉流过众人心头，醉人的乐曲，娓娓诉说着人类永恒不变的主题——爱情。

梁晶晶不由自主地被他吸引到了钢琴旁，他微扬眼角，浅笑着看了她一眼，继续专注地将一曲演奏完毕。

郭庭辉弹得很好，梁晶晶也有些技痒。郭庭辉站起身来拉她坐下，“还是你来吧，我就不献丑了。”

“你谦虚了。”梁晶晶对他微笑。

他咧嘴一笑，“给我们来一曲肖邦的小夜曲。”

她抿嘴一笑，打开琴谱，手指熟练地在黑白琴键上飞舞起来，顿时让这小小的公寓充满了高雅、浪漫的情调。

最终原本设定好的两两配对，不知道怎么就变成晶晶和郭庭辉一组在钢琴前四手联弹，而林兰和卫蓝在厨房里做饭炒菜了。

待到要吃饭的时候，四人才觉得这个重新分组虽然有点诡异却又很是合理，但是除了郭庭辉，其余三人心中都很不是滋味。

林兰看着往日深爱的恋人与自己的闺蜜肩并肩坐在一起四手联弹，哪怕是时过境迁，依然有股酸楚在心底漾开。毕竟这个男人曾经是属于她的，她曾经为他痴狂，为他伤心落泪，为他痛苦绝望，他可以和别的女人在一起，却不能和晶晶，绝对不能，这个声音不停的在她耳边回旋。

卫蓝看着自己的前妻和另一个男人默契地弹奏着乐曲，脸上绽放着愉悦兴奋的笑容，眼中闪烁着一种迷人的光彩，隐隐地也觉察到事情有些不对劲。虽然他知道自己已经没有资格说什么，但是无论如何，看着曾经属于自己的女人和别的男人并肩而坐，有说有笑，还是有一种酸酸涩涩的滋味在胸中蔓延开来。

一曲四手联弹合奏完毕，晶晶和郭庭辉心神舒畅，钢琴演奏给他们带来的快感，是旁人无法领会的。当最后一个音符按响后，随着那渐渐消逝的琴音，郭庭辉侧着脸看梁晶晶，梁晶晶脸上的笑容和因为激情演奏而产生的红晕，看上去分外迷人。梁晶晶一时忘情地转头对郭庭辉笑，是的，他配合得太棒了。两人四目一对，一阵高压电似的电流钻进她的心脏，梁晶晶赶紧转过脸去，一把将琴谱收了起来，转身想要去厨房看看，谁知一转身，见到的却是林兰和卫蓝那两双充满怀疑的眼睛。

一阵尴尬，梁晶晶脑子飞快旋转，挤出个笑容，强作轻松地说：“没想到你这几年琴艺进步了这么多。”

郭庭辉用拇指在琴键上快速扫过，发出波浪般悦耳的琴音，笑了笑，也站起身来，“在国外的时候专门去进修了钢琴演奏。”

“不止吧，还有泡妞谈恋爱。”林兰冷笑着讥讽他。

郭庭辉自嘲着笑了两声：“是啊，我抗拒诱惑的能力比较薄弱。”

“花心就是花心，渣就是渣，还找那么多借口。”林兰冷哼着转身进厨房拿碗筷。

郭庭辉和卫蓝相视一笑。

梁晶晶跟着进厨房，“你干吗这么说他，事情都过去那么久了，给彼此一个机会嘛。”

“想到从前，我就忍不住。”林兰嘟了下嘴，“我记仇。”

梁晶晶摇摇头无奈地说：“好吧，你自己看着办吧，反正我是尽力了。我总觉得郭庭辉比高咏要靠谱。至少我们对郭庭辉知根知底，你看你和高咏都耗了快三年了，连他的房子在哪儿都不知道，你谈的是哪门子恋爱啊？”

梁晶晶又戳到了林兰的痛点，是的，总是自欺欺人未免愚不可及，是该正视自己与高咏之间的问题了。

那天的饭桌上，梁晶晶对卫蓝特别的温柔体贴，林兰也总算是给了郭庭辉几个笑脸，而郭庭辉的视线却总是时不时地停留在梁晶晶的身上。

夜里，月光如水一般透过窗户洒在床上，林兰和梁晶晶谁也睡不着。

“其实，你和庭辉也很般配。”

林兰的语气轻柔又平静，却让梁晶晶吓得从床上翻身坐起，惊讶地看着她说：“你胡说什么啊？！这种话可不能乱说的。我对他没兴趣。说得更明白些，我对你的男人都没兴趣。”

“可是你俩坐在一起弹琴的时候，真的很美，很登对。”林兰睁着眼睛看着梁晶晶。

梁晶晶沉下脸来，“你再胡说，我就和你断交，我梁晶晶又不是没人要，稀罕你的男人啊。”说着气呼呼地又躺了下来，拉了被子，背过身去睡了。

林兰看着她的背影，暗叹了一口气。

那天深夜一点多，林兰的手机突然闪了闪，心事重重的她似乎有预感，感觉是高咏的信息，心一下就提到了嗓子眼，划开手机的手指都有些颤抖。

果然是高咏的信息：“我现在在你公寓楼下，看来你又有浪漫约会了，那就不打搅你了。”

林兰“噌”的一下从床上坐起来，拨打高咏的电话。

电话响了一声后传来最令人沮丧的提示音：“您好，您拨打的用户暂时无法接通，请稍后再拨。”林兰心头一沉，慌了神，急急忙忙给高咏发短信，打字的时候手都在发抖。

梁晶晶开了床头灯，正要安慰她，没想到自己的手机也亮了起来。拿过来一看，两条短信，一条是卫蓝的平安短信，他已经安全到家，从他们认识到现在，他总是如此的令人安心。而另一条……唉，梁晶晶皱着眉点开了：“后天我公司参办欧洲文艺复兴时期的画展，有提香·韦切利奥（Tiziano Vecellio）

和阿格诺罗·布龙奇诺（Agnolo Bronzino）的真迹，我上午十点来接你。”

这个郭庭辉真是越来越莫名其妙，自说自话了。丢开手机，梁晶晶将注意力拉回到身边的林兰身上。

“怎么了？”梁晶晶轻抚她的后背。

没想到林兰一转头，眼眶已然红了。这着实吓了梁晶晶一跳，毕竟都不是二十出头的小姑娘了，职场上的血雨腥风、情场上的大风大浪谁都没少经历，早就练就了铜皮铁骨，花脸石头心。尤其林兰一直都是内敛克制的人，突然情绪失控，是有点出人意料的。

林兰颤动着嘴唇，泪水在眼眶里打转，哽咽着说：“他好像把我拉黑了。”

“谁？高咏啊？”梁晶晶当即从床上跳起来，“他凭什么？！”说着一把夺过林兰的手机，拨打了高咏的号码，已关机。

梁晶晶抓起自己的手机给高咏打过去，却是通的。

“喂？”

“高咏，你想怎么样你直说，别玩猫捉老鼠的游戏。林兰今晚一直和我在一起。”梁晶晶气呼呼地说，真想把高咏从电话里头揪出来打一顿。

“你和她说，我和她完了。她爱和谁在一起就和谁在一起。”高咏的声音冰冷。

“完了？完了你也该亲口和她说，几十岁的人了，还玩拉黑删除的游戏？我现在把电话给她，你自己和她说。”

梁晶晶刚要把电话递给林兰，电话那头高咏说道：“没什么好说的。大家冷静一下吧。”高咏说完，就挂了电话。

梁晶晶正想要再打过去，林兰一把拉住她的手，摇头道：“不用打了，他准把你也拉黑了！”

“他以为他是谁啊？”梁晶晶把手机扔一边，气呼呼地对着林兰道，“拜托你，也争点气吧，这样的男人要来做什么？兰，你不是笨人，他不爱你，不要再自欺欺人了。我也希望你能尽快找到你的归宿，但是高咏绝对不是那个人。醒醒吧。”

梁晶晶摇着林兰的手臂，想把她摇醒。可是，一个装睡的人，又如何摇得醒呢？看着林兰那双雾气弥漫的眼睛，梁晶晶知道，她不愿醒，亦或她害怕醒来面对自己满目疮痍的感情世界。林兰的这种茫然略带呆滞的神情，梁晶晶是见过的，六年前郭庭辉从美国发来分手短信后，有一段时期，林兰正是这种表情。

一想到此，梁晶晶就揪心。当年郭庭辉和林兰恋爱时亲热的画面从记忆深处跳跃出来，她下意识地回头看了一眼一旁自己的手机，不觉皱起眉头，那个男人就像是全身镶满了警报器一样，是自己万万碰不得，接近不得的。

她心头一动，张嘴问林兰："兰，你要不要去看画展？欧洲文艺复兴时期的画作你不是也很喜欢的吗？"

林兰此时哪有心情看画展，她已经陷入了被分手的痛苦中，而这种痛苦不只是来自高咏的无情，还有面对父母、亲戚、朋友、同事的难堪。从某种程度来说，这些难堪比分手之痛还要难以承受。

林兰和梁晶晶不同，林兰是乖乖女，从上幼儿园开始就是听话的好孩子，一生的轨迹绝对符合社会主流规范，小时候顺从父母、老师，好好学习，天天向上，长大了留学归国，努力工作，朝九晚五。她的生命就是从一个"两点一线"到另一个"两点一线"，然后想着进入另一个"两点一线"，平平凡凡地过完此生，却怎么也没想到她这个平凡到不值一提的梦想居然会卡在了结婚这件事上。

她没有梁晶晶那种让全世界男人都滚蛋的魄力，她在意别人的眼光，在意别人的言论，在意别人的评价，所以就算梁晶晶说一千一万遍"不就是分手吗？有什么大不了的？管别人怎么看呢？"林兰也无法洒脱地丢弃自己三年来苦心经营的"爱情"，即使她心里也清楚，这个爱情是打双引号的。

那一夜，两个女人躺在月光下，背对背，各自翻看着自己的手机。林兰不停地翻着与高咏的聊天记录，而梁晶晶则默默地将郭庭辉拉黑了……

写作虽然辛苦，收入不稳定，但是梁晶晶庆幸自己能够从事自己热爱的工作，这一点就比很多人要强。当然，能不为五斗米而折腰，昂首挺胸地将自己的兴趣和工作融合到一起成为生活，她需要感谢自己开明的父母。

父母在她离婚后，几乎用尽所有积蓄给她添置了这个小公寓，虽然只是支付了首期，但是梁晶晶感恩在心。父亲拿出存款时，梁晶晶当场泪目，一方面是因为父母无私的爱，而另一方面是因为父母的爱把她在公婆那里受到的委屈无限放大。

梁晶晶坐在书桌前，手指在键盘上飞舞，文思如涌，灵魂已经进入了那个由她自己打造的世界里，她和自己创造的人物对话、互动，甚至谈情说爱，心情激动地飞起，时间是什么？食物是什么？男人是什么？全都忘了。

她在写作的时候，手机是静音的，门口挂着大大的"屋里没活人，请勿敲门！”的怪异指示牌！这就是梁晶晶与世隔绝的世界。

“嘀——”“咚咚咚咚！”一阵接着一阵急促的敲门声，门外的人似乎是急不可耐，按了门铃不算，还不停地用拳头敲打着门板。

文思被生生掐断，梁晶晶紧皱着眉，烦躁地拍打了一下桌子，仰天大吼一声，真是讨厌。这人是文盲吗？看不懂中文吗？难道来的是外国人？看来待会儿得把英语添上。

“谁啊！！”梁晶晶的语气简直像是一条要喷火的恐龙，趿拉着拖鞋往门口走去。

“是我！郭庭辉！”门外传来低沉、磁性又带着些许火气的男声。

梁晶晶心脏瞬间漏跳一拍，停住了脚步。唉，逃得了和尚逃不了庙啊，手机可以拉黑，可是总不能为了躲男人卖房子搬家吧。

她忐忑着，纠结着，犹豫着要不要开门。门外的人可没什么耐心，“别考虑了，你会开门的。”

的确，躲着有用吗？要面对的迟早要面对，还不如早点解决。

梁晶晶吸了口气，找了个“伟光正”的理由，给自己壮了壮胆，打开了门。

门外的郭庭辉一身笔挺的阿玛尼定制西装，系着领结，头发梳得光亮，一双皮鞋锃亮，脸上光彩照人，精致得像个王子，一双晶亮的眸子，极是深邃地盯着她。

相比之下，梁晶晶觉得自己只能用衣衫褴褛来形容，早上起床只是简单梳洗了一下就抱着电脑码字，头发没梳，更不要说化妆了，一张素脸茫然呆气，身上是一套简单的棉质睡衣裤，一双毛拖鞋。再比一下，梁晶晶觉得自己简直跟要饭的没啥两样。她不由自主地垂下头，用手捂住自己的半边脸颊，希望他能少看到些自己的不修边幅。

郭庭辉一手撑在门框上，眼睛牢牢盯着她。

“我只有半个小时，赶紧换衣服。”

“换衣服？换什么衣服？”梁晶晶抬起头茫然地问。

“画展！”他冷冰冰地说着，大踏步地走进来，往她的卧室走去。

梁晶晶跟在他身后直嚷：“画展？我什么时候答应过你啊？哎，你怎么跑到我卧室里来了？”

郭庭辉不理她，拉开她的衣柜，在她的衣服里翻找，嘴里说着：“你也没有拒绝我。”

这倒是……那天夜里自己只是拉黑了他，并没有拒绝他的邀约，梁晶晶瞬间语滞。

郭庭辉摇着头从衣柜里拿出一套还算正式的职业装，放在床上，嘴里说道："你怎么就这么几套衣服啊？连礼服都没有？"

"我又不用上班，不用见人，不用应酬，要礼服来干吗？"这就是自由职业者的生活啊，梁晶晶不以为然地看着那套职业装，那还是她辞职前买的。

想起当年因为辞职，她差点成了卫蓝全家的死对头。卫蓝的父母知道她辞去工作，宅在家中写小说，态度就像是她犯了"七出之条"一般，从一开始的劝，到后来的讽，再到后来的冷言相向，就差没有撕破脸开骂了。

注意力回到眼前这个高大英俊的男人身上，梁晶晶觉得有些难以招架，索性倚靠在墙边看着他在那儿翻箱倒柜，给自己搭配衣服。

白色花边领的衬衣，灰色的小套装，他又给她配了条蓝白相间色的纱巾，问："你有没有胸针？"

梁晶晶歪着头，懒洋洋地抬着眼皮看了看梳妆台。郭庭辉大步走过去，拿起一枚大大的水晶茶花胸针别在了小西装的领子上，抬头看看梁晶晶道："还不去梳头化妆？是要我亲自动手帮你化？"

"我没说要去啊，你自说自话的做这些干吗？"

郭庭辉脸上泛起一阵红，抿了下嘴唇说道："你在杂志上发表的那篇《爱在大西洋》，你说提香的《圣母升天》是和他的师父乔尔乔涅共同创作的，错了，《圣母升天》创作于1516到1518年期间，而乔尔乔涅1510年就去世了。"

"什么？真的吗？"梁晶晶从墙上直起身，赶紧跑出去从书架上拿起那本杂志，翻到那一页，果然，是自己弄错了。虽然对于一篇言情小说来说，大多数读者是不太会留意这些背景知识的准确性的，但是梁晶晶一向对自己的作品要求严格，犯了这样知识性的错误，简直就是在打脸，顿时脸上一阵发烫，抬头认真的与郭庭辉交换了下视线。

郭庭辉指了指梳妆台道："十分钟，我在客厅等你。"说着边拿出手机拨通电话，边往客厅走去。

"是，我要晚十五分钟到，嗯……好，鸡尾酒会安排好了吗……让小张先接待意大利人……"伴随着渐弱的说话声，郭庭辉离开了卧室，带上了门。

梁晶晶愣了两秒，求知的欲望战胜了"原则"，她知道自己需要补补这方面的知识。这是绝好的机会，她赶紧脱下睡衣换衣服。

他的确是体面的、金光闪闪的钻石王老五，相比之下，自己不过是在杂志上发表过几篇短篇小说，不成气候的小作家，只能勉强糊口，偶尔还需要父母接济一下，这差距不是一两条街可以形容的。

梁晶晶一边在镜子前描眉弄粉，一边心里进行着各种“逻辑分析”。其实，分析个啥呢？大家都是熟人，朋友嘛，一起去看一场画展又怎么样嘛？越分析越有些做贼心虚的嫌疑，还不如大大方方、光明正大地去看画展。

快速地换好衣服，将卷发熟练地盘起，用发卡固定好，喷了些定型水，戴上一条白金细链子，又戴上了眼镜，梁晶晶在镜子里看了看自己，唔，也算得上是个美人吧？

果然，美丽是可增加自信心的，梁晶晶顿时有了一种征服世界的勇气，快活地套上了一步裙，伸手将身后的拉链拉起……

“刺啦——”

啊哦！拉链的排齿咬住了束在里头的衬衣，上不去也下不来，卡住了！

梁晶晶急得满头大汗，妆都要花了，不得已……

“郭庭辉！”她叫。

他疾步推门进来，看到梁晶晶微撅着臀部，挤着眼眉，双手在背后和那条拉链做斗争，哭笑不得，上前道：“别硬拉，我来。”

郭庭辉小心翼翼地将她的衬衣从拉链齿中慢慢拉出来，松了口气：“行了。”说着帮她将腰间的搭扣扣好，轻轻将拉链拉了起来，嘴里笑道：“你胖了不少。”

“哪壶不开提哪壶。情商欠费啊。”梁晶晶白了郭庭辉一眼，唉，怎么会不胖嘛，每天在家吃吃喝喝然后就是坐、坐、坐，又不运动，没变成米其林轮胎已经很不错了。

“好好好，是我眼神不好，行了吧。”他笑，一抬头被穿衣镜里两人贴身相靠的样子给震住了，穿戴好的梁晶晶，虽然神情中依然是洒脱不羁，却多了不少女性美。

如果不知道他们中间的那堵无形的城墙，穿衣镜中当真是一对璧人，只可惜……

两人对着镜中的人影都有些恋恋不舍。

郭庭辉凑到她耳边，鼻尖轻轻碰触到她的耳廓，轻问：“为什么拉黑我？”

他的声音是那样地充满了男性的魅力，淡雅的男士剃须水的香气，将她重重包围，就要突破她的心理防线。

梁晶晶赶紧将视线从穿衣镜里挪开，挪开两步，踩上高跟鞋，“我想我们需要好好谈谈了。”

“好，随时恭候。”他为她打开房门。

“那就展览会后。”她提议。

“晚宴后。”他说。

她深看他一眼，点头，“好。”

到了楼下停车场，走到他的奔驰车边，郭庭辉很绅士地开了副驾驶的车门。梁晶晶略停片刻走到后排，伸手要去开车门。郭庭辉突然伸手将她抓到身边，塞进副驾驶位，替她扣好安全带。

“我是请你去参加展会，不是要做你的司机。”他将车门关上走到驾驶座上，脸上分明有了不悦的表情。梁晶晶不再多说什么，想着待会儿他还要主持大局，还是等到晚上一切结束后和他说清楚，自己是无法越过林兰去和他交往的，他俩只能做普通朋友，抑或连朋友都别做了。

一路上，车厢里只有轻柔悠扬的钢琴曲——电影《傲慢与偏见》的插曲《晨曦》，优美的旋律像清凉的溪水般将两人之间那讳莫如深的战火悄悄熄灭。

梁晶晶大着胆子侧头看向郭庭辉，他的眉间还是有些轻蹙，这些年他有些变化了，应该说时间真是神奇的东西，六年时光，竟然可以将一个浮躁好胜的人打磨得如此精致沉稳，不得不说，岁月是能够雕琢人心的。

《傲慢与偏见》，梁晶晶不禁联想起这部经典名著，如今的郭庭辉与自己又何尝不是如同书中的男女主人公，他是傲慢的，而她是偏见的。

郭庭辉快速地侧头看了她一眼，嘴角扬起一个浅笑，“怎么这样看我？”

“觉得你很陌生。”

郭庭辉的笑意加深，“那很好，我就怕你觉得我太熟悉，总带着六年前的印象看我。我希望你能看到全新的我。”

“你是变了很多，只不过，再变你也是郭庭辉，再变你也是林兰的前男友。”她明白地给他指出来了。

郭庭辉转着方向盘，不再说话。其实，如果有的选，他也不愿意和自己的前女友的闺蜜搅和在一起，这并不是一个好玩的游戏，弄得大家都尴尬并不是什么明智的行为，只不过，爱情从来都只有法则而没有道理可讲。

自从他无意中看到梁晶晶在杂志上发表的短篇小说《心城》，他就被梁晶晶的文字吸引。早在梁晶晶找他之前，他就在打听梁晶晶的消息，一开始只是想以朋友的身份联系一下，谈谈文学。没想到打听之下，得知梁晶晶已经离婚，后来又通过一个同事知道其实梁晶晶也在找他，两人便相约见了一面。

再次见面时两人都给了对方一个惊喜，梁晶晶变得自信知性，而郭庭辉变得成熟稳重。两人聊文学，聊音乐，聊人生，也聊林兰，聊了很多很多，无比投契。几次约会下来，他迷上梁晶晶身上那种独立通透的气质，总想要进一步接近梁晶晶，了解梁晶晶。

郭庭辉的感情经历颇为丰富。可是那些女人，大多在熟悉了之后就令他觉得索然无味，从而草草了结。经历多了，就产生了怀疑，这个世上真的有天长地久的爱情吗？抑或就像是那些泛黄的老照片，都只保存在历史的相册中了？或者已经变成了童话，只存在于文艺作品和人们的希冀中了呢？

近两年来，他没有对任何女人产生过兴趣，连逢场作戏他都懒得应付。年岁越大，他就越想看看自己是否能够找到那个让自己不停探知的女性。

直到和梁晶晶再见，他才意外地重新有了心动的感觉。他想要把握这来之不易的感觉，可是横在两人中间的那堵“心城”的城墙，厚得几乎难以穿透，难以翻越，难以推倒。

随着钢琴曲缓缓结束，车子泊在了展览馆前。他回头对梁晶晶笑笑，解开安全带，下了车，走到她这边，替她开了车门，伸出了手。

梁晶晶想拒绝的，可是车门打开的瞬间，“咔嚓！”一声，相机的声音，梁晶晶抬起头，嚯！大门两旁站满了记者，摄像机、麦克风，长枪短炮的，一个个的都显得十分兴奋、紧张。

梁晶晶还是第一次受到如此“礼遇”，脸上一阵僵，咽了口唾沫，茫然地看着郭庭辉，瑟瑟地将柔软的小手放在他的掌心。

郭庭辉微笑着将她拉起，一手将车钥匙交给了代客泊车的服务生，顺势就揽住了梁晶晶的腰，往里走去。

梁晶晶踩在红地毯上，当真有些自己是大明星的幻觉，看看四周富丽堂皇的环境，锦衣华服的宾客，自己身上的这套半新不旧的小西装当真像是旧货摊上收来的货色。

再看看那些外国女宾客，穿得花红柳绿，夸张的首饰在灯光下闪得人眼都要瞎了。

梁晶晶整个人都有些僵了，后悔自己干吗要来这里出丑。

“你怎么没提前告诉我是这样的奢华场合？”她悄声嘀咕。

“你有给过我机会说吗？”郭庭辉的手在她腰间微一用力，让她靠自己更近些。

“我现在有事要做，这张贵宾卡给你，一楼有三个展厅，二楼有两个展厅，休息室也在二楼，那里有很多书可以看，午饭我可能不能陪你了，饿了就在休息室里吃自助餐，下午三点在一楼的多媒体厅我有演讲，你要来，知道吗？”

郭庭辉边说边从一旁的咨询台上拿了两本宣传册塞进梁晶晶的手里。这边话音未落，不远处已经有个穿着小洋装的女子快步跑上来，“郭总，你可算来了，快，保罗已经到了，小张正陪着。”

郭庭辉握了下晶晶的手，快步朝跑过来的女职员迎上去，进了会议室。

梁晶晶傻站在大厅中央，一时间还没反应过来这一切到底是怎么回事。一个小时前，自己还披头散发，穿着睡衣坐在电脑前码字的，现在却已经被丢进了一个五光十色的世界。

既来之，则安之，这样顶级的画展并不是经常能看到的，梁晶晶拿着画册翻了几下，果然有趣。正要走进第一个展厅，身后有人唤道：“梁小姐。”

一转头，原来是刚才那个穿洋装的小姑娘，跑得有点急，一手压着胸口，喘着气，笑道：“郭总让我来给你做向导。”

这郭庭辉真够婆妈的，难道自己这么大个人还会走丢吗？小姑娘二十五六岁的年纪，脸蛋光洁，眉清目秀，长得讨人喜欢，但是神情还是有些刚入社会的青涩。

“哦，自我介绍一下，我叫莫莉，是郭总的秘书。”她露出职业化的笑容，想让自己尽量显得成熟老练。

梁晶晶微笑着朝莫莉点头，“你好，我自己逛就行了，今天的展会如此隆重，一定有很多事要做的，你去忙吧。”

莫莉笑道：“还好，一切都已经安排妥了，不会有什么事的。”

“我不过是来随便看看的，真的不需要人陪，你去忙你的工作吧。”

莫莉脸上有些为难之色，低声道：“郭总给我的工作就是陪你看展览。”

梁晶晶翻了个白眼，对莫莉说道：“别理他，他为难你，你就说是我的意思。他不信就让他自己来问我。”

莫莉眼中泛出笑意，咬了下嘴唇道：“你不怕郭总吗？”

“怕他？”梁晶晶奇怪地看着她，“他可怕吗？”话说出口才想起她是郭庭辉的下属。

当初辞职回家从事自由职业的一个重要原因就是不想再看人脸色，虽然少了每月几千大洋的稳定收入，但是自觉脊背还是挺直了些的。

莫莉脸上的神情变得复杂，好奇，佩服，八卦，也有些……嫉妒。唔，毕竟这个钻石王老五的男神上司，对于单身未婚的小姑娘是个极富诱惑力的幻想对象。

“我从来不知道郭总有女朋友。”莫莉半笑着说。

梁晶晶张着嘴想要解释自己和郭庭辉的关系，但转念一想这是属于他们的私事，何必去和不认识的人解释？

梁晶晶淡淡一笑。

两人走进展厅，梁晶晶伫立在一幅画作之前，细细欣赏。莫莉则站在一旁无所事事，从身后把梁晶晶从头到脚打量了一通。女人嘛，相互比一比功能都是24小时开机的。而莫莉对梁晶晶的评价总体就是三个词：廉价、不得体、配不上。奇怪郭总怎么会找了这么个女朋友。

午餐时分，梁晶晶在自助餐厅里拿了简单的食物，坐在最不显眼的一个角落一边独自用餐，一边摘录着几幅名画的知识点，不知不觉就密密麻麻地写了好几页纸。

“不要在吃饭的时候工作，会影响消化的。”一个男声响起。

梁晶晶一抬头，居然是郭庭辉拿着托盘站在面前，不顾她瞪得圆溜溜的眼睛，一屁股坐在了她的对面。

“你不是说没时间一起吃饭吗？”梁晶晶问。

“是的，原本是要陪意大利参展商和几个客户吃饭的，不过我的大老板从美国飞来了，还有几个董事也来了，由他们亲自接待，我就找了个借口开溜了。”

郭庭辉转头望向另一桌的六七个人，笑道：“我同事都在那桌，打个招呼吧。”说着举起杯子朝同事们点点头，梁晶晶也只好跟着举杯点头致意。

“你怎么不和同事们一起吃啊？”

“我更愿意和你一起吃。”郭庭辉笑道。

那些同事各个脸上都带着好奇、八卦、兴奋的笑容拿起酒杯朝这里回礼。

梁晶晶摇摇头，再一看，莫莉已经在那儿和另外几个同事小声私语了，很明显，自己已经成了别人的八卦话题。天，这是什么乱七八糟的？

“郭庭辉，你这样做会让人误会的。”

“误会什么？”他若无其事地切了一小块意式火腿送进嘴里。

梁晶晶一脸正经地说：“人家会以为我和你有什么……那个的……”

“哪个啊？”他端起酒杯轻碰了下她的杯子，优雅地抬头饮了一口。

“人家会以为我是你女朋友的。”

“让他们去以为好了。”他继续吃着他的午餐，看起来胃口很不错。

梁晶晶摇头，“我离过婚，可你不一样，你还没结过婚，到时被我挡了你的桃花可别怪我。”

他嘴角勾起个骄傲又无所谓的弧度，不再接话，扬起睫毛，改了话题道："今天的画展怎么样？"

"太棒了，其实我真的该谢谢你的。你看，我做了好多笔记。"梁晶晶兴奋地拿起笔记本给他看。他接过来认真地看了，笑道："看来你最喜爱印象派。"

"是的，我最爱莫奈。"她笑。

"我家里有关于印象派的书，我可以……"郭庭辉狡黠地看她一眼，改口道，"你可以来我家看。"

"那好，我下次约了林兰一起去你家。如果你不介意，我还想约上卫蓝。你知道卫蓝是做广告设计的，也算半个内行。或许你能帮到他呢。"梁晶晶刻意又故意地提议。

郭庭辉停下手中的刀叉，拿起餐巾抹了下嘴，端起红酒杯，靠在椅背里深深地看她。

"你很关心你的前夫？"

"算不上关心，他是个好人，一个爱我的好人，所以我想我可以和他做朋友。"梁晶晶也端起酒杯，抿了一口酒水。

"你俩为什么离婚？"

"生活理念不合，并非感情破裂。"梁晶晶故意加上了后半句。

"你的意思是，你还爱着他？"

"我一直都是喜欢他的。"

郭庭辉脸色沉下来，"你是故意说给我听的吗？"

梁晶晶沉默不语，其实答案是，也不是。她的确不是因为感情破裂而与卫蓝离婚的，但是她也很清楚地知道自己和卫蓝再也回不去了，这是事实。然而，她在郭庭辉面前说出来，的确是故意的，她想让他知难而退。

郭庭辉放下酒杯，用餐巾擦了下嘴角说道："下午我的演讲你来吗？如果你想走，我不勉强你。"

梁晶晶犹豫片刻淡淡笑道："来都来了，怎么也要捧场的。况且，我很想听你的演讲。"

郭庭辉忍不住笑了，极快地、轻轻地握了下她的手，"晚上的鸡尾酒会，我需要你。"说完站起身，快速回到了同事的那一桌，交谈了几句，就大步离开了。

梁晶晶迷茫地看着郭庭辉离去的背影，手背上是他掌心的余温，心跳明显比平时要快。合上画册和笔记本，她知道大事不好了，自己真的要想想办法才行，如果被林兰知道这一切，这闺蜜还要不要做了？自己最鄙视的就是抢闺蜜男人的女人了，前阵子还写了一篇有关这方面的评论文发表在网上，这下真的是自己打脸，还打得啪啪响。

下午三点，梁晶晶悄然走进演示厅。本想找个不起眼的角落坐下就好，谁知屁股还没沾到椅子，莫莉就上前笑道："梁小姐，您的座位在第一排。"

"啊！？"梁晶晶简直不敢想象自己的脸上是怎么一副见了鬼的表情。

跟在莫莉身后，梁晶晶尴尬又无奈地来到第一排的两个空位前。莫莉指了指座位说道："这是郭总和您的座位，这位是我们关董事的夫人。"

莫莉极为礼貌地介绍着隔壁位子上坐着的一位身材丰腴、珠光宝气的贵妇人。

"您好关太太。"

那关夫人抬起眼皮看了梁晶晶一眼，优雅地微笑道："你好，你是……"

梁晶晶脸上一阵发热，有生以来还是第一次不知道要怎么介绍自己。好在身旁的莫莉解围道："这位是梁小姐，是……郭总的……"莫莉抛过来一个为难疑惑的眼色。

"朋友！"梁晶晶带着假笑回答。

"哦，好的，这还是郭庭辉第一次带女朋友参加公司的活动呢。请坐吧。"关太太满脸笑容，和蔼地说。

梁晶晶想要解释，可是事到如今，不管再怎么解释，估计只能越描越黑，而且也显得太小家子气了。唉，还是等晚饭后，拉了郭庭辉把所有的事情都说说清楚才是正经。

梁晶晶坐了下来。关太太倒是个热心肠，大肆赞美起郭庭辉来："梁小姐，郭庭辉可是个不可多得的优秀男人啊。他在美国总部的时候，表现就相当优异，所以我和老关决心重点培养他，他也果然不负所望，在这几年里，他为公司做了很多业绩，最重要的是他为人热诚善良，为我们公司树立了很好的口碑。现在的年轻人啊，有能力的不少，但是人品过硬的就不多咯。"

梁晶晶安静地听着，心里泛起好奇，自己以前只是听林兰吐槽郭庭辉有多花心、有多渣，这还是第一次听到有人如此高度评价他。

"梁小姐在哪里高就啊？"

从踏进这个金碧辉煌的展览中心的那一刻起，梁晶晶就有些心慌，她知道今天到场的宾客非富即贵，都是画界、收藏界、鉴定界的精英翘楚，自己这个才摆脱"家庭怨妇"头衔没几年，没什么知名度的小作家，在这群人眼里就有些不务正业的味道。

“我……写书……”梁晶晶的声音轻微。

“哦？原来梁小姐是作家。”关太太倒是一脸的惊喜。

“作家”这一词让梁晶晶更是尴尬了，自己只是在杂志上发表了几篇短篇小说，而且其中一篇还犯了知识性错误，“作家”这个称呼，她是怎么都无法承受的。

“梁小姐有什么大作啊？能不能让我拜读一下啊？我是很喜欢看书的，《茶花女》《双城记》《雾都孤儿》《巴黎圣母院》……哎呀，还有很多很多。”

梁晶晶整张脸都火烧般的发烫，正不知道要怎么回答，突然肩头一沉，一只大手按在她的肩膀上，像是给她吃了一颗定心丸。

“她的小说讲的是永恒的爱情，文字优美，直击灵魂，我就是因为看了她的小说才迷上她这个人的。”郭庭辉“天使”般地来救场了。

关太太笑意更深，“庭辉啊，你的眼光和品位我是绝对相信的。我有空一定要拜读梁小姐的大作。对了，改天带梁小姐来我家做客吧。我想和梁小姐谈谈文学。”

梁晶晶抬起头看着身后的郭庭辉，向他抛去求助的眼神：“拒绝啊，拒绝啊！”

郭庭辉与她交换了一个眼神，咧嘴笑道：“好啊。等圣诞节的时候我带她过来。”

“圣诞节要等到什么时候？就下个星期吧。下个星期六阿力和苏珊回来，他们很想念你呢。”关太太热情的邀约令梁晶晶更是进退两难。

“好。”郭庭辉一口应下，完全不管身边梁晶晶的眼珠子瞪得都要凸出来了。

“哦，阿力和苏珊是关董事的儿子和儿媳，也是我在美国的同学。到时我给你介绍他们。”郭庭辉亲昵地揽了下她的肩头，若无其事地坐到椅子里。

梁晶晶不好意思当着关太太的面拒绝，只好一脸尬笑，一转头凑到郭庭辉耳边说道：“你到底想干吗？”

郭庭辉翻着资料，嘴角扬起浅笑，抬起眼皮轻声道：“追你啊。”

梁晶晶心头“咯噔”一下，他的直言不讳令她哑口无言，他见她怔怔望着自己，笑意更深，拍拍她的手道：“我现在要上讲台了，你不准备给我点鼓励么？”

看着郭庭辉那几乎完美的侧面，说不心动、不开心是骗人的，但是她总觉得这个节奏大大的不对，问题很多，他就像个挥舞着宝剑的王子，一路披荆斩棘，直奔主题，将两人之间的巨大障碍完全忽略不计。

可是，他能做到如此，她却做不到。毕竟，林兰是她最好的朋友；毕竟，她发过誓不再堕入情网；毕竟，她知道他是个以自我为中心，花心的渣男。天……越想就越觉得把自己和郭庭辉凑成一对简直就是天方夜谭。

心中的火花立刻被理智的冷水扑灭，梁晶晶呆呆地说了声“加油！”就倒回了自己的椅子里。

郭庭辉十几分钟的演讲很完美，精练、生动、条理清晰，梁晶晶不得不叹服他的口才和魅力。在全场雷动的掌声中，她心中突然有种骄傲的感觉。不过嘛，这人在职场上的素质并不等于在情场上的素质，他在讲台上的风采并不能让梁晶晶忘记他当年给林兰带去的伤害。

这个男人曾经背叛过自己的好友，如今又来追求自己，仅这一点就可以给他戴上道德败坏的帽子，外表再鲜艳，光环再耀眼，也只能用金玉其外败絮其中来形容。

这么一想，梁晶晶更坚定了拒绝郭庭辉的信念。

鸡尾酒会上，流光溢彩、香鬓华服、珠光宝气，处处熠熠生辉，美人、美食、美酒、美景，或许童话里的场景也不过如此吧。

梁晶晶从餐桌上拿了些精美小食放在盘子里，站在角落里独自享受着食物，同时也观察着那些“高人一等”的贵宾们在那儿表情丰富的彼此交谈，倒也有趣。

“你怎么在这儿？我找了你好半天了，还以为你走了呢。”

一转身，郭庭辉面带迷人的笑容向她走来。

梁晶晶吓了一跳，“咕噜”一口将食物咽下去，差点没噎死。

“呵呵，慢点。”郭庭辉从餐桌上倒了一杯水给她。

梁晶晶“咕嘟”“咕嘟”喝了两口，斜他一眼，“我是该走的。”

“唔，那你为什么不走呢？”他一手撑在墙上，倾着上身问，眼中带着笑意。

“我答应你了啊……”梁晶晶一抬头看到他眼中的笑意，忙皱起眉，改口说道：“哎，郭庭辉，别用这种眼神看着我好吗？你是勾引不了我的。”

他嗤笑，“你觉得我在勾引你吗？”

梁晶晶咬住嘴唇，自己的确用词不当。

“晶晶，我喜欢你。”他收起笑容，温柔地说。

“拜托！都不是十七八岁的人了，认识了那么多年，这种感情游戏还是少玩吧，不然大家都尴尬，连朋友都做不成有什么意思？”梁晶晶气呼呼地放下杯子和盘子，抓起手提包就要离开。

郭庭辉伸手拉住她，“你现在走我很尴尬，陪我把今晚的戏演完。”他语气诚恳。

他承认是演戏，她心里倒是好受了些。既然是演戏，自然一切都是假的，只要是假的，那出于朋友之义帮帮他也就没有了道德上的亏欠感。

再说，今天他邀请她来看了这场顶级画展，让她受益良多，她是该谢谢他的。思虑片刻，梁晶晶抬头看看他，点了点头。

郭庭辉浅浅一笑，勾起手臂。梁晶晶叹了口气，轻轻挽住他的小臂，陪他走进人群。

晚宴后，又是半个小时的小型音乐会。等到一切结束，已经是晚上十点半了，不知是梁晶晶进入角色了还是豁出去了，不知不觉地也就陪在郭庭辉身边直到宴会结束。

当两人踏出会展中心的那一刻，随着身后展厅的灯火熄灭，有种繁华落尽之感，四周只有夜的宁静和微风拂面。梁晶晶酝酿了一整天拒绝的话，却在此刻不知该如何启齿。

郭庭辉也没有什么过分亲热的言行，只是默默地开着车，车上播放着肖邦的小夜曲。或许就是这浪漫美妙的旋律，使得梁晶晶完全没有了战斗力，甚至有些昏昏欲睡。

“铃——”梁晶晶的挎包里传来清晰的电话铃声。郭庭辉将音乐声调小。

梁晶晶拿出手机一看，全身一个激灵，直起身子，紧张地对郭庭辉说：“是林兰，你别出声。”

郭庭辉蹙蹙眉，叹了口气，默然不语。

“喂？兰啊！……啊，哦，我现在在外面，快到家了。嗯，是的，是和我以前的同事，你不认识的……好，我到家给你打电话。”

梁晶晶挂了电话，头脑里一片混乱，她还是第一次向林兰撒谎，好似与人偷情的小三，还是偷了自己朋友的男人，当真愧疚难当。

“我什么时候变成你的旧同事了？”郭庭辉轻笑着看她一眼。

梁晶晶心绪烦乱，摁了下额角，摇头道：“不行，郭庭辉，真的不行，我们真的不能再这样偷偷约会了，太危险了。万一林兰知道了，我真的是跳进黄河都洗不清。”

郭庭辉转着方向盘，叹气道：“危险什么？她知道了又怎么样？我既不是她的丈夫也不是她的男朋友。我怎么就不能和你在一起？”

“你别幼稚好不好？我不希望我和林兰的友谊被男人破坏。”

“那你是打算牺牲掉我咯？”

“我怎么就牺牲你了？我和你一点关系都没有。”

“是吗？”郭庭辉快速地斜睨了梁晶晶一眼。

“郭庭辉！你非要搞到鸡犬不宁才开心吗？”

“我不明白，为什么我追求你就会鸡犬不宁？”

梁晶晶吸了口气，提起精神，“你停车。我和你说几句心里话。”

郭庭辉抿着嘴唇看了她一眼，将车缓缓停靠在小区门口的路边。

梁晶晶转身严肃地看着他：“第一，你很优秀，喜欢你的女性比比皆是，没必要非盯着我这个离过婚的女人。第二，你背叛过林兰，你有过黑历史，我不知道浪子是否真的能回头，但是至少，我觉得你的言行很轻浮，让我不适。第三……”

梁晶晶叹了口气，摇头道：“你知不知道当年林兰有多爱你？你知不知道你和她分手，她有多伤心？是，她现在是和高咏在谈婚论嫁，但那只是因为高咏是个合适的结婚人选。林兰爱高咏还不及当年爱你的十分之一，你才是她最爱的那个人。”

梁晶晶顿了顿，接着说：“女人是不会希望自己的朋友和自己最爱的男人在一起的，哪怕这个男人是过去式，那也是不行的。郭庭辉，相信我，如果你重新去追求林兰，她会愿意的。如果我和你在一起，林兰会伤心难过，会恨死我的。而我，我不要失去我的朋友，我也不打算恋爱。”

她吸了口气，声音渐弱道：“再说，林兰和你都是未婚，远比我合适。明白吗？”

“是的，我听得很明白，但是你似乎漏掉了两个最关键的问题。”郭庭辉道，“第一，我不爱林兰。第二，你在自欺欺人。”

车里的空气凝滞了，是的，他说得很对，她忽略了他和自己的情感。鼻尖突然一阵酸涩，眼前竟然有些模糊起来，她赶紧转过头去，却又被郭庭辉的手指勾了回来。

郭庭辉深情地凝望她，认真地说：“晶晶，我知道你心中的那座心城，我有耐心，也有决心慢慢把城门叩开。你可以选择不开门，但是也请你不要阻止我敲门好吗？”

她倔强地拧过头去，冷冷道：“不行！我不是那些不谙世事的小姑娘，不想和你玩猫抓老鼠的游戏。”

梁晶晶不想再纠缠下去，解开安全带，就要开车门，郭庭辉一把拉住她的手腕。

“你觉得我是在玩弄你？”

“是的。”

“你误会我了。”

“你以前就背叛过林兰。”

郭庭辉委屈地摇头，“天地良心，我当时才二十五岁，家里帮我安排了去美国进修的机会，放着大千世界我不出去看看，闯荡一下，我怎么能甘心？”

“但是林兰是想和你结婚的。”

“可是我不想啊，我到了美国，投入全新的环境里，渐渐发觉林兰其实并不适合我。她需要的是一个平凡、无风无浪、按部就班的人生。而我不是，我想要探索、尝试、开拓自己的人生，并不想早早的就结婚生子，把自己的一辈子定格，所以我选择与她分手。”

“也包括探索不同的女性吧。”梁晶晶讥讽道。

郭庭辉蹙眉，“我不否认，是的，我想知道到底什么样的女性才适合我。我不去接触、不去尝试又怎么能知道？”

“狡辩。”

“晶晶，你并不是迂腐的人。难道这么浅显的道理都不能理解？我试了几个，但是都不合适，所以就把时间、精力全部投入在了事业上。我已经两三年没有对女人动过心了，直到与你重逢……”

梁晶晶斜睨着打断郭庭辉：“所以，我也是你的小白鼠之一？或许过几个月你发觉我也不合适，然后我就会被盖一个不合格的戳，被弃之如履吗？”

郭庭辉有些百口莫辩，好像是又好像不是。他对梁晶晶有种强烈想要亲近的欲望，但是将来的事谁能说得准呢？之前的女友们似乎也是一开始有兴趣了解，但是了解下来觉得不合适而分手的，那么梁晶晶会不会与众不同呢？他目前还真不能下结论。

见他哑口无言，她心头一沉，知道自己说中了郭庭辉的内心想法。她不愿意做任何人的小白鼠，相比之下，还是卫蓝更能让她有安全信任之感。郭庭辉？瞧瞧这张魅惑众生的脸，把心交给他？简直就是把自己的心放进赛马场里，等待被践踏得粉碎。

梁晶晶吸了口气，下了车，快步朝家的方向走去。

郭庭辉呆呆地目送着梁晶晶的背影走进小区里，叹了口气，捏了两下眼角，或许自己是该冷静下来了。

午间休息的时候，林兰通常会小睡十几分钟，这是她从小养成的习惯。可是今天她却睡不着，眼睛干瞪着桌子上的一张大红喜帖。年纪越大就越怕收到“红色炸弹”，不是怕送礼金，而是这一张张的红色喜帖就像是一张张的催婚符，提醒着她被“剩下”的窘境。

今天发喜帖的是部门经理的小助理，二十六岁，小姑娘姿色平平，却胜在皮光肉滑，上围傲人。有时候林兰真的会想，是不是胸部丰满的女人更容易嫁出去？说到底天下大多数男人是肤浅的，女人在他们眼里更多的是一个物件、玩偶、工具、点缀。

这个跟学历、工作、家庭其实并没有必然的关联，哪怕是高咏这样的社会精英，骨子里依然觉得女人蠢笨，被感情主宰。

也怪不得男人，事实上，大多数女人也的确是被感情主宰的，痴痴傻傻地期待着天荒地老。运气好的碰到一个“进化”得不错的，和和气气地过完一辈子，运气不好的也就只能靠自己不停地调整、抗争来找寻一片生存的天地。

林兰将喜帖扔在一边，叹了口气，心中一片灰色。她是不会再打电话给高咏自取其辱的，对这段感情她也已经心灰意冷，眼看就要进入十一月了，年底结婚的希望已成泡影。

冷冷清清地过了一个多星期，虽然她的心还在痛，但也已经平静。这次能够那么快恢复，一来是和高咏几次三番的冷战，二来是因为多年前与郭庭辉那段夭折的纯爱，让她明白想要在感情中不输得一败涂地，就只有尽量少地付出真心，多为自己考虑。

人的一生，不计回报，刻骨铭心的爱恋一次就够了，多了谁也吃不消。

郭庭辉当年的抛弃，令林兰早早悟出这点，所以这次与高咏的恋情，虽然钝刀子割肉了几年，浪费了时间，浪费了青春，但心理上倒也没有让林兰伤筋动骨。

为什么人一定要结婚？这个问题是梁晶晶向她提出来的。当时她认为结婚生子和上学工作一样是人类必须经历、必须要做的事，一个女人如果一辈子没有结过婚，生过孩子，那就是不完整的人生。可是从高咏这次拉黑了她的电话后，她突然想到几个问题：完整人生的定义是谁下的？如何才叫完整？没有结婚生孩子的人生就真的不完整了吗？

“笃笃笃！”敲门声打断她的思考。

林兰一抬头，见到肖志明衣着光鲜地站在门口，脸上带着温和的笑容。

“没睡午觉吗？”

林兰却笑不出来，淡淡地摇摇头。

“我和我太太说了，这个周末想请你和你的男朋友来家里吃顿便饭。大家认识认识。”肖志明走到桌前，见林兰一脸颓靡之色，不禁有些奇怪，问道：“怎么了？”

林兰苦笑道：“我已经没有男朋友了。”

“怎么会这样？”肖志明非常吃惊地睁大眼问，“是因为那天晚上的事？可是我们也没做什么啊？”

“冰冻三尺非一日之寒，和你没多大关系。你不过是给了他一个发作的借口罢了。”

肖志明蹙着眉摇头，一脸的懊悔失望。

沉默片刻，肖志明劝慰道：“林兰，你别太伤心，你这么优秀，一定会找到幸福的。”

“谢谢，可能是分分合合太多次，麻木了，也不是非常伤心，只是觉得浪费了太多时间。”

肖志明叹息一声，“我们认识得太早，如果晚几年，我一定不会离开你，一定会让你幸福的。”

他这样说，林兰是吃惊的，但是他的话似乎又很有安抚作用，静下心来一想，其实真是如此，如果他们不是相识在中学，而是在大学，那一切都会不同。就性格来说，肖志明性格温柔、细致，善解人意，做老公过日子是首选。只可惜，命运的安排往往就是这样事与愿违。

那天下班，林兰同意了让肖志明送自己回家。为什么？或许是不想感觉自己太过凄惨吧，被抛弃的感觉总是不好的。

一路上林兰都只是撑着车门支着头，看着窗外发呆。肖志明知道她心情低落，没有多说什么，将车子停下后，轻轻说了句：“晚上早点休息，别想太多，一切都会好的，有什么事记得找我。快上去吧。”

话语很简单，却温柔得令林兰想哭。虽然年岁不小了，经历的也不少，但是自己的很多坚强也都是伪装出来的，谁也不是木头人，受伤了还是会痛，受辱了还是会怒。三年来被高咏的忽冷忽热、阴晴善变弄得林兰几乎都不知道被人关心、被人温柔对待是什么滋味了。

肖志明的几句轻言细语，居然轻而易举地将林兰坚强的面具撕去，她鼻头一酸，竟然红了眼圈。

说实话，肖志明不是个好色之徒，虽然女性喜欢向他倾诉，但是他从来没有背叛过妻子。然而，他却是一个怀旧的人，在他心底深处与林兰那段青涩纯洁的青青之恋，是他的一个遗憾。

他拿起纸巾盒子递给林兰，林兰抽出几张擦了擦眼角。

“对不起，我失控了。”

“在我面前你可以卸下所有的面具。别害怕，你和别人不同，无论发生什么事，你在我心中永远都是纯洁美丽的。”他的声音溪水般流进她的心房，继而他的手覆在了她的手上。

她抬头看着肖志明那双桃花眼，皱起眉头，打开车门下了车。肖志明也跟着下车，一直把她送到大门口，等到林兰上楼了才恋恋不舍地离去。

回到小公寓，林兰如往常般换拖鞋时，一眼看到一旁高咏的那双大拖鞋，心里又堵又愁。前两次冷战时，林兰都会一股脑地将他的东西打包，塞到床底下，但是每次复合了就又要拿出来，这一收一拿的工夫，总是让她对这段关系有“闹着玩”的感觉。

她不知道这次是真的分手了，还是另一场冷战。

正盯着拖鞋发愣，手机响了，是母亲的来电，林兰暗叹一声，已经知道她要说什么。

孝字当头，中国的土地上有多少婚姻是因为“孝”字而凑合在一起的。结婚是为了父母，不离婚也是为了父母，勉强忍耐着。

林兰的焦虑很大一部分是来自父母。她是个孝顺的女儿，虽然各方面都不是很出众，但是从小到大没有让父母操过什么心，乖巧、懂事、听话是老师、长辈们给她的一致评语。

林兰接了母亲的电话，才喊了一声“妈”，对面就是一声叹息。

“林兰啊，怎么样啊？”

“什么怎么样啊？”

“你是不是和高咏有什么问题啊？都十一月了，你们打算什么时候办？”

林兰坐在桌子前，支着额头，鼻酸眼热，已经到了不得不说实话的地步了。前两次冷战，林兰都是在父母面前强颜欢笑，勉强掩饰过去，而这次，双方已经见过家长，高咏又把话说得那么满，自然是再也无法遮掩了。

强忍着心中的伤痛，林兰不希望自己像六年前被郭庭辉抛弃时那样歇斯底里地吓坏父母，故作镇定地道：“我和高咏分手了。”

“什么？！分手了？”母亲的语气中充满了失望和惊慌，“怎么会这样啊？之前不是说好的吗？兰兰啊，你已经不小了，可不能再任性了，什么事都要多多忍耐，要多多理解男人啊。你从小就要强，要改改脾气啊……到底是因为什么事分手的呀？”

还是那样，每次出现情况，母亲一定是先批评林兰，然后再问发生了什么事。

不知道要如何把交往中的所有细节归拢总结，林兰最终只有对母亲说：“我遇见了肖志明，一起吃了顿饭，他送我回家，被高咏撞上了，就借题发挥和我分手了。”

“哎哟，你看看，我就知道你把握不好的，都要结婚了怎么又和……等等，你说谁？肖志明？哪个肖志明？”母亲的声音明显紧张起来，“是你中学时候的那个男同学？”

“……是的。”林兰无力地回答。

电话那头响起一阵母亲和父亲交谈的声音，模模糊糊，听不太清。林兰也不想听清，事已至此，落幕收场即可，还有何话可说？

过了一会儿，母亲又拿起听筒道：“兰兰啊，你爸让你这个周末回家一趟，要和你谈谈。”

“妈，如果你们是要说我，就免了吧，我好累，想一个人静静。”

“哎呀，你这孩子，爸妈不是要说你，是关心你……”

好像天下的父母总是不能够明白他们的关心也能变成紧箍咒、穿心箭的，虽然他们的出发点是爱，但是，事实就是，此时此刻父母的爱让林兰窒息。

母亲的话还没说完，话筒已经被父亲夺了过去。父亲低沉严厉的声音传来，顿时让林兰心头一颤。父亲早年在部队，转业后在单位做领导，终是有些专制独裁，喜欢发号施令，平日里倒也还好，但是如果有事，一声令下，家中上下就只有听命的份。

林兰无奈地接受了命令，挂了电话，她知道接下去的日子将又回到三年前，不停相亲，在嫌弃人和被人嫌弃中度过。

最近一年林兰开始羡慕梁晶晶有开明的父母和爽朗的性格。当年梁晶晶坚持和卫蓝离婚的时候，梁晶晶的父母了解了女儿的真实生活状态后，就坚定地站在女儿一边。

在人生经历风浪变迁的时候，亲人的理解和支持就像是定海神针、擎天之柱。

想到梁晶晶，林兰才发现自从上次聚会后，已经一个多星期没有和梁晶晶联系了，这是很不寻常的事。这么多年的闺蜜，她们基本每天都会聊几句，像这样一个星期音讯全无真是很稀奇的事。

于是她赶紧戳了一下梁晶晶的微信。

“晶，你在忙什么呢？闭关了？”

过了几分钟，梁晶晶回道：“是的，闭关码字，除了你和我爸妈，谁也别想找到我。”

“好吧，大神，等你有空再聊。”

“好，我明天给你电话。”

放下电话，林兰将自己抛到床上，枕头上还散发着高咏的气息，她心中一阵疼痛，虽然她克制着自己的感情，但是毕竟三年的相处，她是喜欢他的，哪怕梁晶晶不停地说他不靠谱……

她拿起手机写下留言：咏，对不起，事情不是你看到的那样的，我们能好好谈谈吗？

手指在发送键上犹豫良久，最终还是放弃了。这就是她的悲哀，她的年龄、教养都不允许她疯狂地去联系他、找寻他，因为她要脸，说到底，她爱高咏远不如当年爱郭庭辉那样投入。

梁晶晶放下电话，望着沙发上的几个快递盒子和一大束的香槟玫瑰发呆。

这些就是她没有联系林兰的原因，因为……心虚……她这几天犹豫着要不要把郭庭辉追求自己的事原原本本地告诉林兰，但是始终觉得不妥。

林兰才和高咏分手，心上有伤，自己怎么能够在这个时候用友情再去插她一刀？梁晶晶知道，就算林兰不打算和郭庭辉再续前缘，但是如果自己染指，那这段十多年的友情就算是完结了。

原本连这些快递和玫瑰都不想收的，但是夹在花束里的卡片上的一句话让她改变了主意。

卡片上写着：“拒绝只能将你变成一棵月桂树，而我将把你变成皇冠戴在我的头顶上。”

她莫名地感动，因为这是她小说里男主人公对拒绝他的女主人公说的话，而这句话是出自希腊神话太阳神阿波罗和达芙妮的小故事。

希腊神话中，神多，故事也多，而梁晶晶偏爱这则小故事。她怜惜这段注定没有结果的追求，他们的故事起因只是太阳神与小爱神丘比特的一次打赌，于是他变得多情，而她则变得无情，多情追逐着无情，最终他只能得到一棵无声无息的月桂树，而他始终深情，将月桂树的枝条变成了桂冠，永恒地戴在自己的头顶上，以纪念这一段无望的爱恋。

梁晶晶拿起花店精美的宣传卡，浪漫、漂亮的字体，抒情地写着香槟玫瑰的花语是：我只钟情你一个，想你是我最甜蜜的痛苦。

打开快递盒子，一件蓝白色的简约风连衣裙，一顶扁圆帽，还有一条浅橙色的纱巾。虽然知道学艺术的郭庭辉品位不会差到哪里去，但当她看到如此适合自己风格的衣着搭配，心中还是小有惊喜的。

现在要怎么办？如果自己是坚持原则，道德无缺的人，应该把这些都扔掉吧？可是，面对如此美丽的东西，怎么忍心？

最终，她还是拿出自己心爱的水晶花瓶，将那束香槟玫瑰修剪之后插进了清水里。

挣扎了几个小时，她终于划开手机，将郭庭辉的电话号码从黑名单上拉了回来。

“花和衣服都已经收到，谢谢你。”她将消息发出去后，心突突地跳。

超越常规的心跳，让她意识到自己恋爱了，可是这个意识并没有让她觉得愉悦。再美好的爱情都无法逃脱时间和现实的消磨，更别说与卫蓝的爱情就是一个由甜变酸，由酸变苦的过程。

纯纯的校园恋情，自行车上的笑语，风中的追逐，无忧无虑的嬉闹，再美妙的文笔也写不出她与卫蓝当年的单纯欢乐。他俩经历了彼此所有的第一次，够浪漫，够美丽，够纯洁了吧。四年大学生涯，郎才女貌，她爱卫蓝爱到几乎痴傻，什么金钱、房子、车子完全不在她的考虑范围，只因她认为爱情掺杂了铜臭味就会变得庸俗！

因为她眼里、心里只有卫蓝，梁晶晶当时甚至连林兰身边的郭庭辉有多英俊都没留意。毕业后两人儿戏似的一句：“要不我们结婚吧？”便告知了双方父母，过家家似的披上了嫁衣。因为梁家父母开通，所以连礼金都没有要，只是在出嫁前，梁晶晶的父母给了女儿一笔存款作为嫁妆。而如此“大贱卖”还倒贴的媳妇，卫家自然是欣然笑纳。

婚后，两人依然嘻嘻哈哈，浑浑噩噩地日复一日，以为神仙眷侣般的生活会伴随他们一生。可是很快，卫蓝的父母就开始旁敲侧击地询问梁晶晶的孕情。梁晶晶傻乎乎地直言不讳地说自己不想那么早就有孩子，想先过几年二人世界。

这句话立刻将抱孙心切的婆婆给激怒了，婆婆偷偷搜走了抽屉里的避孕药和避孕套，像审问犯人般，质问她是不是要让卫家断子绝孙。梁晶晶百口莫辩，期待卫蓝的庇护，可是结果却是卫蓝希望自己妥协，说晚生早生都是要生的，还不如早点生，让父母高兴。

一夜之间，梁晶晶突然成长，发现原来自己早已在婚姻中失去太多，青春、自由、金钱和爱情。

她尝试妥协，跟着婆婆去医院做妇科检查。当发现梁晶晶一侧输卵管不通畅，内分泌有些紊乱后，即便医生说了这并不是什么大问题，婆婆那阴沉的脸色却已经在她的身上贴上了“不会生孩子的女人”的标签。

接下来的日子就是不停看医生、吃药、打针，一个星期被公婆拉着去医院三次。卫蓝却从来也没有为她的苦难说过一句话，相反，他认为父母的做法是在关心爱护自己和梁晶晶。

曾经有过一段时间，梁晶晶的确很想生个孩子出来，以洗刷自己不会生孩子的罪名。可是，压力大加上心情低落，夫妻间摩擦越来越多，亲热越来越少，哪里还有兴致造人?

就这样，她与卫蓝曾经小说般单纯美好的爱情渐渐被蚕食。在迷失了一段时间后，梁晶晶开始怀疑这段婚姻的正确性，没过多久夫妻间的一场普通争吵，因为婆婆的加入演变成了一场家庭大战。卫蓝在母亲的挑唆下，甚至摔坏了梁晶晶的电脑。梁晶晶再也忍受不了没有隐私、没有自由的生活，一怒之下向卫蓝提出离婚。

梁晶晶紧蹙着眉头看着眼前娇媚欲滴的玫瑰花，掐断自己的思绪。如果能够选择，她宁可将这段婚姻里的点滴全部抹去，让那个天真到傻的自己继续活着。

有时候“傻”真的也是一种福气，看看如今的自己，醒了，悟了，却也累了，淡了。

就算自己与郭庭辉之间没有林兰这座高山，她也已成惊弓之鸟。除了望风而逃，她根本不知道要怎么去迎接这段诱人的爱情。

天空下起雨来，雨声很好听，有种洗刷记忆的效果，暂时让梁晶晶回到了眼下。

“叮咚”手机闪了一下，一条留言。

“这个周末，关董事和夫人邀请我们去家里做客，别忘了，我需要你的陪伴。”

她的嘴角扬起微笑，被喜欢的人需要是一种甜蜜。但是这种甜蜜只维持了一秒，突然又是“叮咚”一声，林兰发了一条留言：“周末要被我爸妈审问，下午我得借你土遁，不然我一定会阵亡的。亲爱的，陪陪我这个可怜的人儿吧。”

梁晶晶当即答应了林兰，一方面是朋友之义，另一方面是她不想和郭庭辉再有什么交集，以免不可自拔。

她叹了口气，给郭庭辉发了条短信：“对不起，林兰有难，周末我要陪她，不能去了，请代我向关夫人道歉。”

消息发出去的一瞬间，梁晶晶有些愧疚失落，甩甩头，想想自己也没必要如此，本来就没打算和郭庭辉发展的，拒绝他也在情理之中。

郭庭辉没有再回信息，梁晶晶也就把此事抛在了脑后。

这个周末好像上天刻意安排了一场大戏，发生的事令所有人都措手不及。

林兰回到父母家中接受父母的盘问和教育。母亲的愁怨与父亲的愤怒，一个白脸与一个黑脸轮番上阵。

“你怎么又和肖志明搅在一块？人家都结婚了，你难道就不懂得避嫌？”父亲说。

“是啊，怪不得高咏要生气，这种事换哪个男人不生气？”母亲说。

“你啊！难道就不长脑子的吗？都要结婚了，怎么还可以和别的男人出去吃饭？”父亲说。

“这个肖志明也太不是东西了。他想干吗？当年就是他弄得兰兰成绩下降。现在自己结了婚，又来破坏兰兰的婚姻！”母亲说。

“林兰，你必须立刻和肖志明断绝来往，赶紧去向高咏道歉。”父亲说。

“是啊，高咏这样条件的男人真的难找了。兰兰啊，你得珍惜啊，不要再犟了，赶紧去找高咏解释清楚。”母亲说。

“这事就是你不对。怪不得你和高咏谈了三年一直是分分合合，断断续续。我一开始还以为是高咏的问题，现在看来，你自己也有很大的问题啊。”父亲说。

“电话拉黑了，你就换一个电话打啊，你这孩子也是笨。”母亲说，顿了顿，一抬眼皮道：“我去给他打个电话。”

看到母亲拿起电话，在一旁沉默了一上午的林兰顿时像是被狠狠抽了一鞭子，本能地从沙发中弹跳起来，上前摁住母亲的手。

“妈！给我留点尊严吧！”她语带哀求。

“尊严？什么尊严？是你不对！”父亲严厉地呵斥，“你一个已经订婚的女人就不该和其他异性有过多的交集！你现在就给高咏打电话道歉。”

“是啊，不要那么倔。马上要结婚的人了，兰兰啊，你年纪不小了呀，如果是十年前，妈妈绝对不会催你的，可是你要知道你再拖下去的话，就要变成高龄产妇啦！”母亲唉声叹气，不停搓着双手。

父亲皱着眉头生气道：“半夜三更和别的男人出去吃饭，这种事哪个男人碰到都要生气的。”

“是呀，是呀！兰兰，快去打个电话吧！乖！”

林兰只觉得头痛欲裂，太阳穴发胀，再也忍不下去，大声喊叫：“爸！妈！你们是要逼死我吗？！”

父母愣住了，停止了讨伐，不约而同地长叹一声。

“算了，可能也是没缘分。”母亲说，“对了，我同学的儿子不错，上个月还问过我呢。”

“哪个同学啊？张丹？”父亲问。

“是啊，她儿子是医生，长得也还可以。”

“不是离婚的吗？”

“唉，离婚没孩子就行。”母亲叹气。

林兰坐在沙发里抱着靠垫，看着父母一问一答，只感唏嘘，不知不觉中，自己已经需要把离过婚的男人纳入择偶范畴了。这是几年前他们全家都不会考虑的事，而如今，一向高要求的母亲竟然主动提出了这么个人选。

“不行，不行，还是我战友的儿子好，我待会儿给他打电话安排一下。”

“哎哟，就是上次那个啊，长相……”母亲刚要抱怨，父亲丢了个眼神过来，母亲即刻会意，再挑肥拣瘦，女儿可能就真的嫁不出去了，赶紧不再作声。

父母还在讨论候选人，林兰拿出手机看了看，高咏的头像还是灰色的。灰色，象征着缘尽。她还是舍不得删除他，说到底，还是有一丝期待奇迹出现的心理在暗涌。

看到梁晶晶给自己发了一条留言：“中午和卫蓝一起吃饭，吃完就开车来救你出苦海。”

林兰嘴角扬起笑容，还是友情可靠。

十点卫蓝准时敲开了梁晶晶的房门，手上提着早餐，笑着说：“那些外卖盒子遇热会致癌，所以我拿了家里的微波炉专用盒去买的，快来吃。”

梁晶晶穿着睡衣，伸着懒腰，迎接他的到来，反正做过夫妻，连对方身上哪里有痣、哪里有疤都一清二楚，形象是不用太顾及的。

所以说人总是有点虚伪的，在郭庭辉面前她就算穿着居家装也会装装淑女，婚姻也是一个撕去美好面具的过程。

这也是梁晶晶喜欢和卫蓝在一起的缘故，熟悉，所以舒服，不用伪装。

梁晶晶转身去梳洗，卫蓝熟门熟路地将早餐放在餐桌上，又去厨房拿碗筷。

餐桌中央是那一大瓶鲜艳欲滴的香槟玫瑰，香花美食，颇有情调，很温馨。

“生煎包，白粥，还有健康油条。”卫蓝笑着将花瓶端到一旁的矮柜上。

梁晶晶淡淡地笑了笑，视线却一直追随着那些玫瑰花。

阳光，鲜花，早餐，一男一女，拼凑成一幅祥和浪漫的图画。

看着卫蓝帅气的脸和温柔的样子，一时间还真让梁晶晶忘了当初离婚的因由。他们曾经是那样的相爱啊，怎么就会走到如此地步？

不过只是一刹那的念头，很快梁晶晶就又从他的脸上看到了另外两张脸——卫蓝的父母，那两张嫌弃她、厌恶她的脸。她立时清醒，知道自己和卫蓝永不可能再回到婚姻里了。

桌子小，吃着吃着卫蓝伸出一只手，轻轻地握住了她的手。

“晶晶，我想你。”他深情地说。

“你最近没去相亲吗？”她将手抽出来。

“我想和你恋爱。”

“你妈能饶过你？”

仅一句话，就轻易地让卫蓝闭嘴了。梁晶晶心中发笑。所以，谈恋爱时你可以光看脸，风花雪月，你侬我侬，然而结婚就不只是这些了。这些年里卫蓝提复合已经不下十次，每次只要梁晶晶把前婆婆的名号抬出来，就一定能浇灭他的爱火。

所以爱情到底是什么？卫蓝真的爱自己吗？真爱自己的男人又怎么会向母亲妥协而让妻子受尽委屈？抑或这只是一种软弱的爱。

原以为话题就此结束了，没想到卫蓝喝了口粥之后，垂着眼皮轻声道：“我们可以出去单过，就如现在这样，就你和我。”

梁晶晶吃惊地看着他，轻蹙的眉头和温弱的语气都暴露出卫蓝的底气不足。

是否要出去单过也是他俩当初离婚的原因之一。

梁晶晶不禁眉头紧锁，记忆翻腾出那个令她无法忘记的事件——那是两人结婚两个月后的一天，小夫妻情深爱浓，一时兴起就在沙发上恩爱起来。正当爱火烧到热烈时，突然，家中大门被人打开，卫蓝的母亲带着亲戚和亲戚的孩子说笑着走了进来。

当时的场面当真是比抓奸好不了多少，惊呼、尴尬、害怕，将梁晶晶团团围绕。两人只能在卫蓝母亲和亲戚的惊奇的注视下，狼狈地穿衣提裤，匆匆回到卧室。

而更令梁晶晶震惊的是，直到这时她才知道婚房是卫蓝父母名下的财产，虽然给他们住，但是父母却握有钥匙，想来就来，想走就走，而真正属于他俩的小天地其实就只有他们的卧室。

不久，梁晶晶在客厅、厨房、卫生间里的摆设、装饰品都被肆意地搬动。她满腔热情布置的小窝，在婆婆的“一番好意”下变得面目全非。

渐渐的，梁晶晶就把自己所有的活动浓缩在了卧室里。

后来，矛盾越积越深，梁晶晶尝试为自己的婚姻找一条生路，就提议说两人搬出去单过，可是卫蓝犹豫了。

他从小到大没有离开过父母，上大学都是在本地学校，说是住校，其实一个星期起码回家三次。他认为有父母的照顾是一件幸福的事，梁晶晶应该感恩，因为父母几乎包办了所有的家务和大多数的生活费用。

他和梁晶晶的工资就只是负担他们自己的吃喝玩乐，生活是多么的惬意，何必自己独立过活，操心那么多琐碎的事，还要承担一大笔的房租。

后来，梁晶晶妥协了，于是，事情变得更糟糕，最终走到了尽头。

现在再来提这茬，一来晚了，二来梁晶晶知道他并非出于真心想成长，只是想把自己哄回去而已。

梁晶晶嘴角勾起一个无奈的笑，摇摇头，视线又转向了那瓶香槟玫瑰。

两人吃完了早餐，卫蓝抢着收拾碗筷。梁晶晶没和他抢，自己走到钢琴旁，轻弹着《傲慢与偏见》的插曲《晨曦》。

自从在郭庭辉的车子上听到这首曲子，她就记下了，找了乐谱自己练了好几天。

卫蓝洗了碗，擦干手，轻悄悄地走到她背后，伸手抚摸她的头发。梁晶晶停下弹琴，淡淡地说道：“卫蓝，我们不可能了。”

“可是我舍不得你。”

梁晶晶轻蹙着眉头，不再言语，心里想的却是郭庭辉果然没有了信息。

卫蓝也觉得没意思，他是知道他俩之间的问题的。梁晶晶自由散漫的生活方式始终都入不了他和他家人的法眼，他希望她改变，希望她接受，希望她变成自己和家人期望的样子。

虽然理智上是如此，但是情感上，他忘不了也放不下他俩之间曾经的纯爱。离婚后他无奈地相亲过几次，但是总觉得刻意又无趣，一上来就是摆条件、看背景，就好像是在谈交易，荷尔蒙都无法发挥效力，又怎么看得上眼。

“走吧，我们去逛街，后天是我生日，我想买几件新衣服。”卫蓝说。

一语惊醒，梁晶晶立时有些抱歉。也是奇怪，这么多年，每一年都是她为他庆生，早就成了她记忆中的烙印，只要一入秋，这个日子就会如闹钟般提醒她，然而，唯独今年她神思恍惚，居然忘了。

梁晶晶有些局促地展开笑颜，说道：“啊，对，后天是你生日，那我今天就提前给你过生日吧，我请你吃饭，晚上我和林兰一起请你，然后一起去看电影，然后去酒吧玩，怎么样？我先给林兰打个电话，让她订蛋糕。”

梁晶晶打开手机正要拨号，卫蓝一把拉住她，摇摇头，“我想和你单独过。就今天，满足我一下。”

梁晶晶为难了，她知道林兰今天有难，需要自己的陪伴。正在犹豫，电话铃突然响起，她心头正烦，也没看是谁，就划开了电话。

“喂？”

“我在你楼下，是你下来，还是我上去？”郭庭辉的声音低沉平静。

轰！梁晶晶的脑袋被那磁性男声轰然炸响。

看来今年闹桃花灾的不单是林兰，自己也不能幸免。

“不，我这里有客人，我不下去，你快走吧。”她慌张地回答。

“还是我上去吧。”

“不要！！！”梁晶晶几乎是尖叫地阻止他。一旁的卫蓝一脸疑惑，“怎么了？谁啊？”

梁晶晶心生一计，急忙大声说道：“没什么，你去把我的外套和包拿来，我们这就走。”

“哦，好，哪件外套啊？”卫蓝问。

“我卧室门后挂着的那件，你以前给我买的那件米色小风衣。”

“嗯好。”卫蓝应着朝梁晶晶的卧室走去。

梁晶晶吸了口气，回到与郭庭辉的通话里。电话里是一片沉默，梁晶晶知道卫蓝的声波已经传送到了郭庭辉的耳朵里，心跳着轻声道：“对不起，我现在要出去了。”

对方深吸一口气，又重重呼出，“是卫蓝？”

“是的，我今天要替他庆生。”

“唔，好吧，那我不打搅你了。”

挂了电话，窗外传来汽车的发动声。梁晶晶走到窗边，目送郭庭辉的奔驰车渐渐远去。她有些失望，心底深处希望他能够冲上来，演一出夺爱大战，就如小说里的情节。

她叹了口气，自嘲地一笑。都多大岁数的人了，居然还在想着小说中的爱情，什么霸道总裁、痴心恋人。在这个物欲横流的浮躁世界，有几个人能掏心掏肺地与人交往，爱情如此，友情如此，有时甚至连亲情也是如此。并非沮丧，而是无奈，每个人都怕受到伤害，筑起高高的城墙保护自己自然是有必要的。

年纪越大越懂得什么叫作泛泛之交，大家说着无关痛痒的话题，皮笑肉不笑地交际着，如此这般真爱何来？说到底终不过是泛泛之恋，点到即止，再下去大家都怕被撕得血肉模糊。

郭庭辉走了，梁晶晶估计他是不会回来了，他的香槟玫瑰的确是拨动了她的心弦，只是还未能敲开她的心城。

这样也好，梁晶晶兀自想着，如此一来至少自己与林兰十多年的友情得以保存。

只不过，想归想，自我安慰了一番后，梁晶晶的心情已然蒙上了一层灰色。

梁晶晶心不在焉地陪着卫蓝在一家主题餐厅里吃过午饭，又在商场里瞎转悠，陪卫蓝买衣服，心里想的却是如果身边的男人换成郭庭辉那该有多好。

谁说男人不爱漂亮，卫蓝就是个比女人还喜欢买衣服的男人，从前如此，现在依然如此，每次上街购物，卫蓝总是比梁晶晶还要兴奋。梁晶晶有时候都会怀疑是不是自己和卫蓝投错了胎，把性别搞错了？

卫蓝抱着一堆衣服裤子走进试衣间。梁晶晶提着大袋小袋，坐在凳子上支着头发呆，和身边三个看包等老婆的男人成了伴。

等的时间长了，梁晶晶觉得无聊，便在店里瞎转悠，无意中抬头往店门外看去，一个熟悉的身影突然跳入眼帘。

高咏，一身休闲服，一手拎着大包小包，一手牵着一个二十多岁的小姑娘，正在逛街。

小姑娘一脸娇媚，高咏一脸淫荡！对，就是淫荡！在梁晶晶眼里他的眉开眼笑简直就是卑鄙无耻！林兰此时此刻为了他正在饱受父母的质问批评，而他居然在和小姑娘逛街吃饭，谈情说爱？！

是可忍孰不可忍！梁晶晶想到林兰三年来受到的委屈，心火上蹿，义愤填膺，怎么会有这么渣的男人？怎么会有这么该死的男人？

怒火上冲，梁晶晶扔下手中的东西，冲过街，站在两人面前，大声吼道："高咏！你是不是人？才分手几天啊，就拖着小姑娘逛街了？"

高咏一愣，脸上一阵青白，还没反应过来，倒是身旁的小姑娘长发一甩，上前道："你是谁啊？"

"我是谁你管不着，他认识我就行。"梁晶晶懒得和她说话，直视着高咏。

高咏沉下脸来，蹙着眉，不言语，就往前走。他知道此时此刻只有沉默才能维持自己的形象，只有沉默才能气死梁晶晶。

梁晶晶挡在他前头，怒道："高咏，别以为没人收拾得了你，人在做天在看，你等着吧。"

梁晶晶转身就要走，没想到那个小姑娘突然发话："大姐，有话好说，别在大街上乱嚷……"

梁晶晶快速打量她一眼，的确是青春靓丽，冷笑道："我没话和你说，只是奉劝你一句，要带眼识人，别到时候被人骗了还在那儿做梦呢！"

那姑娘倒也算礼貌，柔声道："大姐，谈恋爱分手是平常事，你得想开些。"

梁晶晶睁圆眼睛，指了指自己，气呼呼地说道："我会被他分手？他也配！……"正要指高咏，一转头，哪里还有高咏的影子，原来高咏早就趁她俩说话之际走开了。

这个该死的千年渣男，梁晶晶心里恨骂。一旁的小姑娘已经急匆匆地快步去追高咏了。看着两人远去的身影，梁晶晶心中感叹，果然坏男人都是傻女人培养出来的。

这个小姑娘估计又是下一个林兰，梁晶晶只觉恨铁不成钢，愤愤不平地在空中挥了下拳头。

卫蓝提着大包小包从商场追了出来，一脸疑惑地问："怎么回事？你怎么跑出来了？"

梁晶晶怒气未消，狠狠瞪了他一眼，没好气地道："你买完了吗？买完了就去接林兰吧。"

卫蓝见她变了脸色，知道她心火正旺，也不敢再多造次，讷讷地点点头，两人一起往停车场走去。

在路上就接到了林兰的呼救电话，让梁晶晶赶紧来父母的家里接自己。想到高咏那趾高气扬，软硬不吃的样子，梁晶晶更是烦躁，待会儿要不要把刚才的事告诉林兰？说了又有什么用？他俩已经分手，说了，除了让林兰更伤心之外毫无用处。想想还是算了，摇摇头，梁晶晶重重叹了口气。

“晶晶”卫蓝小心翼翼地唤。

“什么？”

“你……有男朋友了吗？”他心虚地朝她瞥了一眼，继续若无其事地开车。

梁晶晶转过脸来看他，疑惑他怎么突然问出这个问题，“没有，怎么了？”

卫蓝的脸上有一丝喜色，“哦，没什么。我只是在想，如果你有男朋友，我就不能经常约你了，怕你男朋友吃醋。”

梁晶晶眨了两下眼睛，愣是没明白他这话什么意思。

“我刚才看到你指着一个男人……”

梁晶晶这才明白过来，想起卫蓝是没见过高咏的，估计是误会了。没有心思和他解释，因为如果解释势必就要把林兰的遭遇扯出来，梁晶晶不想嚼舌根。

“卫蓝，你该去恋爱了。”

卫蓝脸上是一片苦涩，声音很轻：“我有在相亲。可是我不喜欢她们，我喜欢你。和你在一起我快乐……”

“和你在一起我并不快乐。”梁晶晶打断他，“当初你说你需要一个过渡期，让我不要太绝情，可是已经五年了。如果再这样下去，我会内疚的。你需要结婚，需要传宗接代。”

卫蓝没再说话，他心中的苦又有谁知道？

两人从林兰父母的家将林兰接到梁晶晶的公寓，梁晶晶打发卫蓝离开，将林兰迎了进来。

林兰的憔悴让梁晶晶心痛，决心把刚才偶遇高咏的事隐瞒了。

“好了好了，都过去了，什么大不了的，不就是分手失恋吗？谁没经历过？”梁晶晶一边泡咖啡一边说。

林兰坐在地毯上，紧紧抱着那个巨大的毛绒玩具熊，眼泪倒是没有了，只是心情还是很低落。

梁晶晶端了咖啡出来，咖啡的浓香温暖很提神，林兰喝了一口，心头稍稍舒服了些。

“我爸妈又要安排我相亲了。”林兰叹道。

“相呗，看看新鲜也好啊。”

“你没相过亲，你不知道有多无聊。每次花时间打扮得漂漂亮亮的，跑去一看不是歪瓜裂枣就是稀奇古怪，就没一个正常人。”

“呵呵，谁叫你颜控？”

“难道你不喜欢美男子？”林兰反问。

梁晶晶语塞，弯着眼笑。

“如果我自己长得丑也就算了，可是你看看。”林兰将脸凑近晶晶，“算不上大美人，也还有些姿色吧。”

梁晶晶轻轻捏了下她的脸颊。林兰的确是漂亮的，不艳丽却淡若清泉，尤其是那白皙光滑的肌肤，真的可以用吹弹可破来形容。

林兰接着说:“我也不求对方家财万贯，也没想过要嫁豪门，我只是希望找一个和我差不多，心智正常的就行了，怎么就那么难？”

梁晶晶笑道:“怪就怪你自己条件太好，能配得上你的男人，早就名草有主了。你啊，是甲女。”

“什么甲女？”

“呵呵，如果将男女都分成甲、乙、丙、丁四个层次，而女子上嫁作为主流形态的话,那么丁女配丙男,丙女配乙男,乙女配甲男,而两头的甲女和丁男，因为差距太大，是没什么希望配成一对的，所以最后剩下的就是甲女和丁男。”梁晶晶喝了一口咖啡，颇为得意，侃侃而谈。

她顿了一下接着道:“你瞧，你长得也有中上之姿，受过高等教育，有留学背景，工作体面，收入丰厚，家境殷实，生活精致，自己还有房子，如果你想买一辆车也是易如反掌的事。国内百分之八十的凡夫俗子已经出局了，剩下的百分之二十精英人士里五成已婚，三成离婚有孩，一成心理不健康，还有一成嘛……”

梁晶晶扑哧一笑,“性取向打问号。就算有那么几个完全符合你的条件的，散落在这么大个地球上，遇见的概率是多少？遇见之后看对眼的概率又是多少？唉……”

林兰哭笑不得，既佩服梁晶晶的分析，又心里堵得慌，“照你这么说，我横竖是嫁不出去的咯？”

“我只是分析现实，但是缘分这种事谁也无法预料，或许明天你就遇到了那条漏网之鱼呢。有梦想总是好的，不是吗？”

林兰苦笑着将咖啡饮尽，“其实我从来都觉得自己很平凡，也不想有什么轰轰烈烈的事业和爱情。既不想做女强人，也不想做灭绝师太，我就想按部就班，结婚生子，过平凡的生活。”

“命运大多数时候是不顺人意的。我觉得还是顺其自然吧。反正就算你嫁不出去，不还有我陪你吗？”

林兰失落地靠在玩具熊的身上，“可惜你不是男人，不然我倒贴也要嫁给你。”

梁晶晶哈哈大笑，眯着眼道：“荷尔蒙水平升高了，想男人了吧？”

林兰白她一眼笑道：“不至于，只是觉得空虚。”

梁晶晶一把拉起她说道：“走走走，做饭去，精神空虚，就先填饱肚子。我知道你厨艺好，快点，给我做好吃的去。”

两人一起做饭、吃饭，一起看电视、聊八卦、吐槽男人，倒也不亦乐乎，林兰心中也松快了许多。

梁晶晶收拾了碗筷进厨房洗碗，林兰一个人百无聊赖地走到钢琴旁敲了几下琴键，抬头看到桌子上那瓶鲜艳的香槟玫瑰，凑了上去，嗅了嗅芬芳，视线落在一旁的两本精美的画册上，正好奇地想要翻看，手机突然响了，接起，是肖志明。

肖志明在电话那头说道：“都是因为我，才会导致你和你男朋友分手，我心中过意不去，和我太太商量了一下，想请你吃一顿饭。请不要拒绝。”

林兰抿了下嘴唇，想想也好，一来，再三拒绝太过冷漠，再怎么说也是老同学；二来，她还真的有些好奇肖志明的妻子是怎样一个女人。她现在满心的迷茫，不知道为什么自己就会被剩下，想近距离接触一下那些婚姻幸福美满的女性，看看她们到底有什么过人之处。

“好的。”林兰答应下来。

肖志明顿时兴致高涨，笑道：“那就明天中午吧，我把我家地址发给你。”

挂了电话，很快肖志明就发来一个地址，林兰默默收了。

视线又落回那两本精美的画册上，她不禁有些疑惑，轻蹙眉间问道：“咦？这个画展……是郭庭辉的公司主办的。但这是行业内展，不公开的，一票难求，你怎么会有会展资料？你去看了吗？”

梁晶晶端着水果盘，心头一颤，忙措辞道：“哦……不是，你不记得我有朋友在郭庭辉的公司么？是她给了我一些展会资料，让我长长知识的。”

她心虚地编着谎言。

林兰想都没想就接受了梁晶晶的解释，一边吃水果，一边问道：“你觉得郭庭辉这次回来，有变化吗？”

梁晶晶心有愧意，垂着睫毛，将一块苹果塞进嘴里，面上虽然淡然镇静，心中却咚咚打鼓，惶然道:“有点吧。”

“我觉得他变化还挺大的，那天我生着气，他和我说什么我都觉得恶心。但是现在想想，你说得对，他真的比高咏好多了，而且当年分手，也是因为我们异地，我不能陪在他身边……如果这次我们复合，我一定不会让他离开了。”林兰自顾自地说着，“哎，神婆，万一他约我出去，你觉得我要答应吗?”

嘴里的苹果顿时没有了滋味，梁晶晶傻傻地看着林兰发愣。她知道林兰这几年虽然相亲，恋爱，急着结婚，但是心里始终都挥不去郭庭辉的影子，然而怎么也没想到她那么轻易地就能放下高咏，重新拾起与郭庭辉的旧情。

“唉，你怎么了?我在问你话呢。”林兰疑惑地问。

“没什么，你想答应就答应呗，反正男未婚女未嫁的。”梁晶晶犹豫片刻，抿了下嘴唇，“那……他约你了吗?”

“没有啦，我只是有些吃惊他的变化。不过我还是不信花心出轨的男人会痛改前非。”

梁晶晶茫然地笑，果然，闺蜜的男人是碰不得的。自己还没沦陷，局面就已经如此尴尬，如果真的和郭庭辉发生些什么，还有什么面目和林兰相见?

林兰又把肖志明的邀约说了下，梁晶晶总觉得有些不妥，提醒林兰要与肖志明保持距离。她自己心中烦乱，划开手机看了看，除了卫蓝发来的到家的平安信之外，别无他音，心头不禁有些失落。

“晶晶，你怎么了?我总觉得你最近好像有些魂不守舍的。”毕竟是十多年的闺蜜，彼此间的了解和默契绝不比亲姐妹少。

“没事。”梁晶晶淡淡一笑。

“是为了卫蓝吧?”林兰笑道，“你啊，就是任性，说实话，现在像卫蓝这样痴情的男人简直就是稀有动物，难道真的没有办法尝试重新在一起吗?”

梁晶晶抿嘴一笑，“你那么欣赏他，不如你收了吧。”

林兰笑着抓起盘子里的苹果皮假装要扔过去，“胡说八道，你的男人就算是镶满钻我都不会要的。”

梁晶晶笑着看她一眼，女人间要成为闺蜜，必然是要三观相近的，林兰的话更加坚定了梁晶晶斩断与郭庭辉那根情丝的决心。

第二部分

The Second Part

当高咏踏进自己在陆家嘴的豪华公寓时，心中真是说不出的不情愿。但是他还不得不回来住，每月高额的房贷，几乎占了他三分之一的收入，不回来住岂不是亏死。

但是花那么多的钱供这么一套冷冰冰、毫无温情的房子到底有什么意思？他最近不禁疑惑起来，越来越觉得不值，尤其房子里还有一个自己看到就烦的谭文丽，自己到底是造了什么孽？

公寓里到处都是谭文丽的品位和气味，花里胡哨的窗帘，夸张的巴洛克风格家具，奇形怪状的沙发和吊灯，加上满屋子熏的印度香。

这些稀奇古怪的东西都是谭文丽花重金从各国搜罗来的名设计师的作品。高咏不知道是自己的审美有问题，还是谭文丽的眼睛有问题。这么多高级的东西，居然被她拼凑成一个不伦不类的组合，简直无法入眼。

还有那印度香，高咏是怎么也无法消受，每次一闻就感到头晕反胃。皱着眉，上前一把将香头掐灭，拉开窗帘，打开窗户，让夜风吹进来。

在这个公寓里，只有那间30多平方米的卧室才是他的天地。自己每月花那么多钱供的只不过是这30多平方米的地方。亏！大亏特亏！他心里实在不平衡。

但是他无法找谭文丽理论，因为他不想与她吵闹，甚至连与她说话都嫌累。

走回自己的卧室，路过谭文丽住的主卧房，一阵风骚的笑声飘入耳内，房门半开半掩着。

“怎么？想我啊？……呵呵，可惜你没我前夫帅啊……”

“呵呵，吃醋啊，我说事实而已，床上啊？……”

高咏心中“咯噔”一声，这个谭文丽不会拿自己和别的男人在床上的表现做对比吧？要死了，这可是男人最忌讳的事，难道……难道她把自己的隐私都告诉了别人？

这下戳到了高咏的肺管子，高咏转身走到主卧室门口，敲了两下门板。

谭文丽一身半透明睡衣趴在床上，身下是一个枕头，正一脸春笑地讲电话。看到高咏，她停下电话，板脸道：“做什么？没看到我在讲电话吗？”

“我警告你，我的隐私不准你到处乱说！”

谭文丽挂了电话，翻身起床走到他面前，意味深长地一笑，“怎么？很怕我说吗？”

高咏嘴角一勾，斜睨她一眼，“呵，说啊，有本事你说到满世界都知道，我手上可还有你的裸照的。看看是你的嘴厉害，还是你的裸照厉害。”

“你！高咏！快把照片还给我。”

“哈哈，还给你？当初可是你逼着我给你拍的。现在想要拿回去你觉得可能吗？”高咏阴笑，“给你也可以，答应把房子卖了，大家分钱，各走各道，我自然会把照片全都还给你，包括电子版本的，我这里一张不留，全部删除。怎么样？”

谭文丽气得发抖，眯起了媚眼，切齿道：“高咏，你休想，我告诉你，你如果敢把那些照片流出去，我就告你，告到你身败名裂！大不了两败俱伤，我也不会便宜你的！”

稍顿片刻，她嘴角扬起冷笑，“你最近不是要升职做总经理了吗？啧啧啧，一个把前妻裸照泄露出去的人，不知道还能不能服众呢？呵呵。哦对了，我忘记告诉你一件事。你的老板乔振邦最近正在求爷爷告奶奶地求我爸从中牵线，介绍他给李万认识。你这么聪明，不会不知道里面的关联吧？”

高咏一愣，脑子转了两下忙问："我知道乔振邦和你爸是同学，但是乔氏是做外贸的，你爸和李万都是做房地产起家的……难道……乔振邦要进军房地产？我怎么一点风声都没听到？"

"对呀！"谭文丽摘下手链，套在手指上轻轻转动，一脸的得意。

高咏对这个消息并不满意，谁都知道如今的房地产市场低迷，而且受国家宏观调控影响，早就不是十几二十年前的光景了。

"怎么样？要不要我爸出面让你来主持乔氏的房地产生意？"

"呵呵。"高咏只是轻笑两声，不做回应。

他知道对于这种晦暗不明的事情，最好不要太快下决定，小心驶得万年船，自己晋升在即，何必另做他想？还不如先静观其变来得好。

谭文丽那双眼尾上飞的眼睛在他身上滴溜溜地转了一圈，继续说道："别不识抬举，这可是你飞黄腾达的好机会！你是什么人，那些莺莺燕燕不知道，难道我不知道么？这个星期六中午，我爸在锦江饭店请客，乔振邦和李万都会出席，你作为乔振邦的下属是肯定不在受邀范围内的，但是如果作为谭建中的女婿自然是受欢迎的。你那么聪明，不会不明白的吧？"

她一面说一面跪在床上，环住他的腰。

高咏心中一沉，不自觉眯了下眼睛，拉下了嘴角。看着谭文丽得意扬扬的表情，他当然明白，这个世界上什么事情都是有正反两面的，几年前攀上白富美，得到老岳父谭建中的提拔，令他的事业迅速上蹿，而如今，这门显耀的亲事，又变成了一把割喉利剑。

对于高咏来说，谭文丽实在是不值一提，打死他也不会再和这个女人有什么牵扯，但是前岳父的势力他是不得不畏惧几分的。

尤其是这个李万，是本城的商界传奇，削尖了脑袋想认识他、巴结他的人估计可以排满整个外滩，甚至在国外也有一堆人想要得到他的垂青。他的些微帮助，就有化腐朽为神奇的力量。

这不是吹牛，是高咏亲眼所见。自己那个曾经差点坐牢，身败名裂，几乎破产的前岳父谭建中，就是使尽九牛二虎之力巴结上了这个大富豪，之后将公司挂靠在李万 RH 集团旗下的一家房地产开发公司里做些零碎的活计，才苟延残喘到今日，稍稍恢复了些元气。

谭文丽见他脸上神情有变，心中又爽又喜，换了一副面孔，上前娇声道："高咏，我们复婚吧，我答应你以后听话，不闹腾了，我让我爸说两句好话，那个总经理的职位非你莫属的。”

“呵呵，条件开得好。只不过你太小看我了。”

谭文丽伸出修长的手指在他胸前轻轻滑过，笑道：“高咏，你那副正人君子的模样骗骗小姑娘也就算了，我再不济也和你做了五年的夫妻，你是什么样的人，难道我不知道吗？”

谭文丽轻抚高咏这张轮廓分明、精明利落的脸，含蓄、隐晦、充满野心，让她又爱又恨、欲罢不能。他眼中那份傲气无情，时时刺激着她的征服欲，她最近想来想去也不能轻易放过这个男人。

她笑了笑又道：“你我在骨子里是一路人，所以当初才会走到一起。我婚后虽然算不上贤妻良母，但是总归，你是从我们家得到了好处，我也没亏待你。如今在你身边的那些小丫头能帮到你什么？别倔了，我们复婚吧，我保证以后我一定安分守己，然后我们生个孩子，我就在家带孩子好不好？”

高咏看着她的脸，只想笑，“带孩子？你？哈哈。算了吧，谭文丽。我实话和你说，我现在过得很好，既不想结婚也不想要孩子。如果你想用我老板来压我一头，那也不过是东家不打打西家，多得是猎头公司找我，你爸和乔振邦也并非能够只手遮天。”

说着高咏拉开她的手，摇摇头讥讽道：“你啊，不过是个蠢女人，我再给你上一课，你以为你爸有本事说服我老板给我小鞋穿？呵呵，我掌握着公司的命脉和机密，他巴结我还来不及。我劝你还是省点力气，我对你是一点胃口都没有。你一定要和我争这房子，我就奉陪到底。”

谭文丽竖起大拇指，轻笑道：“有种，忘了告诉你，这个周末的饭局除了你老板乔振邦，还有你的另外两个竞争者，曲正和魏明达会到场。到时候是什么氛围，我可就不知道了。当然，你可以握着你们公司的命脉和机密高傲地拒绝，反正多得是猎头公司找你，我会向你老板如实转达你的意思的。”

说完，谭文丽轻轻摸了一下高咏的脸颊，昂着下巴，带着得意的笑，将他推出卧室，关了门。

高咏回到自己的卧室，赶忙燃起香烟，想要平复心中的波涛汹涌，居然手都有些颤抖。今天这一场较量，自己居然败了。是的，他无法欺骗自己，说得再响亮、再霸气，但是真正的职场，尤其是到了他这种位置，哪里是想走就走，想跳槽就跳槽的？

一来去新公司，人气、人脉都得重新经营；二来新公司对自己的信任和器重必然是比不上老东家的。就算工资不少，但是多年软实力的累积也等于是付之东流，少说也等于是倒退了三年。

再说，自己一走就等于是放弃了这个分公司总经理的职位，平白无故便宜了另外两个竞争对手，凭什么？再熬几个月，就要揭晓结果了，何苦在这个时候自动退出？

他猛地连连吸了几口烟，高咏的眼睛朝书架上那本已经被他翻烂了的《孙子兵法》望去，心中升起越王勾践“卧薪尝胆”的典故。他是有才学有智慧的男人，成大事者定要能够忍辱负重。下定决心，掐灭烟头，高咏走出卧室，再次敲开谭文丽的房门。

果然是无巧不成书，人生处处充满了意外。一个星期后，当梁晶晶接起郭庭辉的电话时，激动的同时更是惊讶不已，郭庭辉在电话中让她赶紧换衣服。

“十分钟后，我到你楼下接你，现在没法和你解释那么多，总之这件事和林兰有关。”郭庭辉匆匆忙忙地挂了电话。

梁晶晶一头雾水，但是听到是和林兰有关的事，自然是义不容辞，赶紧拿出之前郭庭辉送给自己的那套简约风的长袖连衣裙穿了，简单地化了点妆，拿了包匆匆下了楼。

上了车，发觉郭庭辉眼角含笑地看着她，梁晶晶有些不好意思，即便是强行克制着，她却无法抹杀自己嘴角那个因为喜悦激动而露出的笑容。

气氛很尴尬，有些东西是怎么藏也藏不住的。郭庭辉拉过她的手，在她的手背上轻轻一吻。

“你……”她想质问他，但是张开嘴又说不下去了，因为她的心是那样的愿意看到他，愿意被他亲密地对待。

“想我吗？”他凑过上身来问她。

她的脸瞬间火烧般发烫，咬着下唇，不置可否。

他脸上的笑意渐深。

梁晶晶轻轻推开他，强行板着脸道：“你叫我下来就为了问这个吗？”

郭庭辉微微一笑说：“你不用回答，你的眼睛已经回答我了。”说罢坐直身子，边发动车子，边说道，“我今天在锦江饭店有一个饭局，但是饭桌上有一个人估计你会感兴趣的。”

“谁？”

“高咏。”

“高咏？”

“是的，你上次给我看过他和林兰的合照，长相一样，名字一样，工作一样应该是不会错的了。”郭庭辉边转着方向盘，边说道。

“你怎么会和高咏一起赴饭局？你是做收藏拍卖的，他是做外贸的，八竿子也打不到一块儿啊。”

“天意吧，今天是他的前岳父谭建中做东，请了我一个地产界的客户。那个客户很喜欢附庸风雅，时不时会托我给他介绍些名画古董什么的，就硬拉了我去。”

“原来如此，还真是够巧的。”

“所以我立刻打电话给你，因为他是和他的前妻一起赴宴的。我想可能你想看看这个画面吧。”

“没想到你也够八卦的。”梁晶晶扑哧一笑。

郭庭辉嘴角一扬，笑道：“我对他没兴趣，我是为了见你才弄了个这么牵强的理由。”

梁晶晶转头看他，心中泛起丝丝甜蜜。果然，男人想要追求一个女人的时候，什么借口、机会都会利用上的。

他快速地转头和她对了一眼，还是那个迷人的笑容，“高咏外表、气质、谈吐都不错，你怎么会那么讨厌他？”

“长得好看有什么用，他这人性格阴沉、心胸狭窄，对林兰一点都不好，没有嘘寒问暖也就算了，这年头现实主义的恋爱原本也没什么好期待的，林兰不过是想结婚罢了，但是再怎么现实，也得做一天和尚撞一天钟，把最基本的义务给尽了吧。三天两头给林兰脸色看，挑三拣四，还动不动就冷战分手。他以为他谁啊？哦，上次我还在街上碰见他和一个小姑娘在逛街。真是替林兰不值！”梁晶晶一说到高咏就压不住火气。

郭庭辉微笑，“那我们谈一场浪漫主义的恋爱好不好？”

“好你个大头鬼！”梁晶晶瞪他一眼，“我现在一看到你们男人就觉得烦。”

“哈哈哈。”他被她逗笑了，“你看到我可一点都不烦。”

“你最烦，老自作多情，我都没法和你说话。”

“你啊，是自欺欺人，无法面对自己的内心。不过我也不逼你了。你不喜欢我，那我就滚远点，省得惹你生气。”他叹了口气继续开他的车。

梁晶晶也暗叹一声，不再说话。

到了锦江饭店，郭庭辉微笑着牵着梁晶晶的手，缓缓走进华贵气派、复古典雅的包厢里，里面已经人影交错地站了十几个男女。

梁晶晶挣脱开郭庭辉的手，却又被他搂住腰。她抬头看他，他却不以为意地领着她走进人群。

梁晶晶环顾左右，很快就捕捉到了高咏的身影。他西装笔挺，手上端着酒杯，正在前岳父谭建中的身旁陪着笑脸和宾客们交谈，而他的手臂里挂着他的前妻谭文丽。

呵呵，梁晶晶心中只是冷笑，止不住地摇头，这个世上真的是有这种衣冠禽兽的。梁晶晶悄悄走到角落，拿出手机，快速地拍了一张照片。如果林兰哪天再昏了头要和这个男人复合，她就拿出这张照片给林兰醒醒脑。

“唉，你们女人的心眼真多。”郭庭辉轻笑着说，吓了梁晶晶一跳。

“是女人心眼多还是你们男人诡计多？”梁晶晶狠狠瞪了他一眼。

郭庭辉淡笑着递过一杯开胃酒给她，道：“我又不是他，干吗把火力对准我？我对你可是一心一意的。”

“拉倒吧。”梁晶晶白他一眼，“我不是林兰，才不信你们男人的花言巧语。”

“我也不是高咏，你能不能不要有偏见？”

“是吗？那你为什么要追求我？我又不是十七八岁的小姑娘，以你的条件找什么样的没有，为什么要盯着我不放？不就是为了满足你的征服欲吗？”梁晶晶洞察先机般地说。

郭庭辉咧嘴一笑，露出洁白整齐的牙齿，摇头道：“谁告诉你男人都喜欢十七八岁的小姑娘的？我又不玩养成游戏。不过，至于征服欲嘛……我承认，如果一个男人对一个女人连征服欲都没有的话，估计就没有爱情了。征服欲是爱情的一部分，也是促使爱情发生的先决条件之一。”

梁晶晶语塞，只能眨着眼睛怔怔看着他，因为他说的正是自己心里认为的。他的眼睛犹如两潭深邃的湖水，渐渐将她引入他的心湖。

“晶晶，为什么不给自己一个机会？”他的声音犹如仙乐一般飘入她耳内。

眼神、声音、气息，他简直就是个强力磁铁，充满诱惑力的魔鬼。

他温柔地将她散落的发丝拨到脑后。

一阵心神恍惚，梁晶晶几乎就要挂白旗投降了。好在，场合不对，有人在她就要投降之际，喊住了郭庭辉。

“郭先生，李董请您过去一下。”李万的手下上前来邀请。

“哦，好，我就来。”郭庭辉拉着梁晶晶的手，来到李万的面前。

李万是大名鼎鼎的富商，就算是梁晶晶这样的大宅女也在新闻上听到过他的大名，五十多岁的年纪，宽广的额头和一双精光四射的眸子，一身高品质的羊毛衫，既休闲又优雅，在西装华服的人群中很是独特。

“李董，您好。我来介绍一下。”郭庭辉把梁晶晶拉到身旁，微笑道，“晶晶，这是 RH 集团的李董。李董，这是我的女朋友，梁晶晶。”

呃！？什么？梁晶晶懵然，半张着嘴干瞪着郭庭辉，怎么都反应不过来。上次画展上是郭庭辉说好了让自己假扮女友，她才勉强答应，可是这次根本没有预先打过招呼，令她猝不及防。

“你好啊，梁小姐。”李万淡淡的打招呼，那双精明的眼睛已经上上下下地审视起梁晶晶来。

郭庭辉笑着给梁晶晶使了个眼色。梁晶晶知道在这种场合下怎么也要给他面子的，总不能大庭广众地和郭庭辉吵架吧，那也太难看了。

她狠狠瞪了郭庭辉一眼，堆起一脸假笑，转头大方地对李万笑着点点头，“您好李董，我在新闻里见过您。”

“呵呵，不过是虚名。”李万摆摆手，似真似假地谦虚了一下，“梁小姐是做拍卖还是收藏？”

梁晶晶摇摇头，“不是，我写小说。”

“哦？……不错，不错。”李万带着一丝尴尬的笑容轻赞，镜片后的眸子里不经意间已经流露出轻视，虽然他有所隐藏，却也并不太在意梁晶晶看出他的思想。

说实话，李万算不上刻薄狂妄之徒，对小辈也多有提拔，只不过几十年的追名逐利，他的世界里全是用金钱衡量成败的人，要么你有很多的钱，要么你有很高的地位，要么你有很响亮的名气，然而这三者，梁晶晶一样都没有。

一个崇尚精神世界的人和一个崇尚物质世界的人，是没法看对眼的，前者觉得后者俗，后者觉得前者虚。

李万对梁晶晶的冷淡不单是因为看不上她的职业和身份，还有一个原因就是，他心中早就把郭庭辉当作乘龙快婿的第一人选，正要安排自己的女儿李婷与郭庭辉见面，却没想到郭庭辉会突然带了女友出现。这自然让他心中有些不快，对梁晶晶就更没了好感。

自己的女儿不知道比眼前这个平凡到不值一提的女人优秀多少倍，郭庭辉怎么会这么糊涂？

顿了下，李万浅笑道：“庭辉啊，我有事和你商量，能不能占用你几分钟时间？”

“哦，当然可以。”郭庭辉恭敬地说。

梁晶晶已经敏感地感觉到李万对自己的漠视，赶紧道：“你们聊。”说罢转身就要走。

郭庭辉凑到她脸旁温柔道：“我和李董说两句，你就站在我身边。”他细心地关照她，梁晶晶感动又疑惑，如果他不是林兰的前男友，自己会不会爱上他？

可是，他就是林兰的前男友，曾经他们四个人一起去旅行，途中他和林兰的亲密恩爱，她是亲眼所见的。这根刺是怎么都拔不掉的，她旋即打消了自己那隐约动摇的念头。

李万慢悠悠地开口：“庭辉啊，有了女朋友就忘了事业可不好哦。”

郭庭辉还想说什么，梁晶晶赶忙轻推了他一下，制止他得罪李万。

郭庭辉会意地笑了笑，“那我先过去，你别走远了。”

梁晶晶点点头，心中是说不出的酸甜苦辣。

郭庭辉被李万拉到一边去鉴赏他刚从拍卖场上拍到的清宫鼻烟壶。梁晶晶拿着开胃酒，一个人晃到了一个角落，没人认识她，也没人理睬她，她和这些人来自两个世界，乐得自在地看着“众生相”，尤其是那个人面兽心的高咏。

高咏沉浸在和商圈里的人交流，并没有注意到梁晶晶的到来。

直到开宴，郭庭辉和梁晶晶恰巧被安排在高咏和谭文丽旁边。高咏此时才看到梁晶晶，脸色大变，赶忙将身边的谭文丽拉到梁晶晶身旁的椅子里。

“哟，高咏，这位是？怎么不介绍一下啊？”梁晶晶面带微笑故意问道。

高咏最厉害的一招就是视若无睹，听而不闻，让对手一拳打在空气里，自讨没趣。

梁晶晶心火上蹿，不是为自己，而是为林兰三年里受到的欺骗，索性提高嗓门朗声道：“高咏，高经理可真是贵人多忘事啊，才几天不见，就已经不认识了？”

她的声量压过所有人，大家都被这突如其来的响亮话语弄得有些疑惑，齐齐朝高咏和梁晶晶投来注目礼。

梁晶晶突然举着酒杯，面带微笑地向高咏敬酒，“这个世界就是这么小，你看，没想到在这里遇见了精明能干、傲视群雄的高经理。怎么？就不和我干一杯？”

包厢里一片安静，大家都好奇到底发生了什么事？

高咏脸色一阵青白，犀利地盯了梁晶晶一眼，生硬地举起杯子，皮笑肉不笑地和梁晶晶碰了杯，匆匆喝了一口。

梁晶晶也喝了一口。高咏以为没事了，没想到，梁晶晶又举起杯子朗声道：

“听说高经理就要升职做总经理了，来，我再敬你一杯，提前祝你马到成功，早日升官！”

这话一出口可不得了，桌子上有三个人立时黑了脸，正是与高咏竞争总经理之位的曲正和魏明达，还有老板乔振邦。

高咏更是僵了脸，怒目而视。

“咦？高经理要接任总经理一职了吗？”曲正斜着嘴，酸溜溜地发问。

“怎么我没听说过呢？”魏明达接嘴，“黄总虽然年纪大，但是并没有听说要退休啊。不知道高经理是要做哪里的总经理啊？”

高咏脸上的肌肉轻轻颤动，脸颊、眼眶都在发热，他已经感应到来自乔振邦的火辣辣的目光。

“没有的事……”高咏尴尬地笑笑。

乔振邦脸色很难看，他是要面子的人，自己公司的人事机密居然被人在大庭广众之下抖搂出来，三个候选人还当场针锋相对，真是把老脸都丢尽了。

总经理职位即将空出的事在公司里并没有正式公开，只是因为现任总经理过完年就六十岁了，身体也不太好，自己说过两次想要退休的话，所以小道消息一直不停地在公司内部流传。而乔振邦对三个候选人虽然有暗示，却也没有明说什么。

这里头还有乔振邦自己的小九九。独生子乔雨生已经大学毕业，他正在考虑让分公司总经理老黄再多待一年半载，等儿子在公司里实习一段日子后就直接接替这个总经理的职务，但是又担心儿子资历太浅无法服众，所以最终要如何安排还未有定论。没想到却被一个完全不相干的陌生人在这种场合说了出来，乔振邦的心里怎么能舒服？他眉头蹙得很紧，脸上阴云密布，不满地盯着高咏。

“没这回事吗？难道不是高经理拍胸脯说这个位置非你莫属吗？”

高咏心如擂鼓，知道坏了大事，但是他毕竟是职场上滚爬了十多年的人，临危不乱、随机应变的能力还是有的，忙笑道：“呵呵，乔氏人才济济，哪里轮得到我拍胸脯？梁小姐不知道是从哪儿听到的错误消息，我们公司内部都没有这样的安排，不知道梁小姐是怎么知道的呢？”

梁晶晶就等他这句话，笑道：“唔，或许我的消息有误吧，想来是我的好朋友林兰听错了。高经理不会告诉我你不认识林兰吧？”

高咏火气上涌，猛然侧过脸来盯着她。梁晶晶毫不示弱迎着他的目光。

一桌子的人虽然搞不清楚事情的来由，但是高咏和梁晶晶之间的战火已经烧到了大圆桌上的每一个角落。

高咏知道自己再辩下去情况只会更糟糕。他和梁晶晶虽然不熟，但是也接触过很多次，两人属于天生八字不合，三观相悖的人。高咏最讨厌的就是梁晶晶这种胆大妄为、特立独行的女人，因为这种女人难以掌控，难以支配。他也看不起这种自以为是的女人，说到底，在他眼里，梁晶晶这样的女子就是不知好歹，挑战他大男子尊严的蛆！

所以他一向对梁晶晶没好感，甚至几次三番地挑拨林兰和梁晶晶的关系。

郭庭辉在一旁惊奇地看着梁晶晶，没想到她会突然向高咏发难，正在想要怎么救场，一旁的谭文丽冷笑起来，“哟，这位梁小姐是来吃饭的还是来挑事的？”

梁晶晶笑道：“咦？我好心恭喜高经理升迁，怎么会是挑事呢？谭小姐多心了。”

“你分明就是挑事！”谭文丽从来也不是好惹的主，大小姐脾气上来不管不顾，如今她想要和高咏复婚，自然是要想尽办法讨好他。

“哎，文丽，今天是爸爸宴客，来的都是客人，不得无礼，梁小姐也没说什么嘛。”谭建中毕竟是看惯风云变幻的人，立刻打圆场。谭文丽这才住了嘴，狠狠瞪了梁晶晶一眼。

梁晶晶也见好就收，轻酌了一口酒杯里的酒，坐了下来。她面上潇洒，其实心中紧张得发颤，身心都处于一种迎敌的状态。

她的左手紧紧地握着拳头，过了一会儿，一只大手覆在她的拳头上，手指抠进她的掌心，将她的手指渐渐掰开，牢牢地握住了她的手。

梁晶晶转头看他。郭庭辉凑到她的耳边道：“没事，别怕，有我在。”说罢给了她一个坚定的笑容。

梁晶晶真的是无所适从，如果，只是如果，如果郭庭辉是她的男朋友，她应该是觉得很幸福、很安慰的吧，可是他不是，也不会是，所以他所做的一切都变得突兀、尴尬、不合适，梁晶晶无法对他报以感激。

她现在必须把注意力放在高咏这个渣男身上，还没工夫去细想和郭庭辉之间的纠葛。

一顿饭下来，梁晶晶和高咏同样的食不知味。

中途又收到林兰和卫蓝的微信留言，问她在哪儿，在做什么。这更让梁晶晶坐立不安，自己居然和闺蜜的前男友共赴饭局，自己到底要不要向林兰坦白解释这一切？可是，这要怎么开口？

还有卫蓝，一个小时内发了五条留言："晶晶，找到一家很好吃的酸菜鱼，晚上一起去吃？""晶晶，我想买条牛仔裤，你陪我去挑好不好？""晶晶，我想换工作了，你看怎么样？""晶晶，想和你一起吃饭行不行？""晶晶，最近有一部不错的电影，一起去看吧。"……

梁晶晶只觉得烦不胜烦，一个字都不想回复他。

总而言之，梁晶晶的心情坏透了，宴席一结束就匆匆和谭建中打了声招呼要走。

"我送你回去。"郭庭辉道。

"不用，我是无名小卒，走不走都不重要，你是贵宾，还是留下吧，我自己打车回去。"梁晶晶背起背包快步走出贵宾厅。

她需要一个安静的地方放空自己，让这些纷繁复杂、乱七八糟的人和事都滚一边去。

她既没有回林兰的短信，也没有回卫蓝的留言，快速地将手机调到静音状态，按下了电梯。

才呼出一口气，一回头就见郭庭辉站在自己身后，梁晶晶下意识地一掌拍在自己的脑门上，叹了一口气。

进了电梯，梁晶晶伸手要按一楼大厅，却被郭庭辉一把抓住手，按了负一层停车场。

"喂，郭庭辉，你到底要怎么样？"

"送你回家。"

"我和你说了，我不需要……我今天就不该跟你出来的。"

"可是你已经跟我出来了，那我就要把你平安地送回家里去。"

梁晶晶无力地摇头，沉默片刻，咬了咬下唇，自言自语："不，不对，完全的不对！"

郭庭辉也不说话，只是默默地站在她身旁。

到了停车场，郭庭辉牵着她的手往车子旁走去。走到一半，梁晶晶再也忍不住，用力甩开他的手，大声道："够了够了，郭庭辉，我想我们还是把事情说说清楚吧。"

"你要说什么？又要把八百年前的事翻出来说，是吗？"郭庭辉摊手。

"是的，我就是要翻出来说。"梁晶晶难过地看着他，不知道为什么心中一阵阵的酸楚。

"我不能，我真的不能，我不是小女孩了，我知道什么事情能做，什么事情不能做。庭辉，你到底明不明白？你是林兰的前男友，这是一个死穴，我们跨不过去的，我不想因为你而和林兰闹翻。爱情至上、重色轻友那些都是幼稚病女人才会犯的错，我不会犯这种低级错误的。”

她吸了口气，又说道：“对不起，我不想恋爱，更不想和你恋爱。我最最最不想做的就是你的爱情小白鼠！我输不起，我不想有朝一日，失去了林兰的友情，还要失去你的爱情！”

她边说边不停地摇头，不知不觉眼中泛起水雾，红了眼眶。

眼泪让她褪去了坚硬的外壳，露出感性女人的一面，让郭庭辉吃惊的同时又心疼不已。

“你喜欢我，是不是？”他上前一步，想要靠近梁晶晶。她却下意识地倒退一步将两人的距离拉开。

“为什么你非要问这么愚蠢的问题？是又怎样？不是又怎样？我们是走不远的，更别说有结果了。”

郭庭辉也心乱如麻，不知道要说什么。他是不婚主义者，根本没想过那么长远的问题，结果？结婚？他完全没有准备。虽然他知道自己被梁晶晶牢牢吸引，但是什么长远、结婚这些事他都没想过，他只是想享受爱情，听到梁晶晶这么一说，心中也犹豫起来。

梁晶晶从他的沉默与轻蹙的眉间看到了答案。其实她也不想结婚，甚至都不想恋爱，离婚后她就对婚姻和男人都有排斥感。但是，或许是女人的天性，一旦喜欢上对方，就会考虑到千八百年后的所有未来。

男女之间的误会可能就是由此而来的吧。女人要的是男人的一个态度，而男人总以为女人要的是一个结果。

梁晶晶怕自己不争气地落泪，一甩头，转身就走。没想到，就在此时，突然一辆面包车快速冲了出来……

“嗞——”

“啊——”

“晶晶——”

一刹那，梁晶晶只看到两只巨大的车头灯，耳旁只有尖锐刺耳的喇叭声。完了，完了，她的意识瞬间空白了……只觉得有人重重拉了她一把。

等到她再次有意识的时候，自己却是在郭庭辉强壮的臂弯中。他死死抱住她，将她的脑袋牢牢地摁在自己的胸膛上。

他从死神手中拉回了她……

这是一个温暖、舒适、安全的怀抱，梁晶晶闭上了眼睛伏在他胸前，听着他的心脏激烈地跳动着，情不自禁地环住了他的腰。

两人都惊魂甫定，还没理顺思绪，忽然一旁的柱子后面传出一阵狂妄的笑声："哈哈哈哈……有趣，有趣。"

伴随着两声掌声，一个西装笔挺的男人带着阴森的笑容走了出来。

梁晶晶吃惊，赶紧挣脱开郭庭辉的怀抱，转头一看，不知道高咏是什么时候跟下了停车场。

像是被抓奸的第三者，梁晶晶尴尬、羞愧、又愤怒地瞪着高咏："你笑什么？"

"呵呵，我笑有的人说一套做一套，我就算是负了林兰，好歹也是分手后再找的新欢。你在大街上指责我，在饭桌上给我难堪，我只当你是什么为朋友两肋插刀、冰清玉洁的道德伟人，原来……"高咏眼珠子在郭庭辉的脸上溜了一圈，"原来你是看上了林兰的前男友，哈哈哈……难道不有趣吗？连男朋友都能共享，果然是好姐妹啊，此等友情，我佩服得五体投地啊！"

就像是被人打了两嘴巴一样，梁晶晶竟然无法反驳，自己的确是做了自己都觉得恶心的事，再也无法理直气壮起来。

郭庭辉吸了口气，冷眼扫了一眼高咏说道："我是和林兰恋爱过又怎么样？我和她六年前就分手了，我既没有欺骗她说要和她结婚，也没有隐瞒自己的婚史，更没有为了名利还和自己的前妻纠缠不清。呵呵。我现在就光明正大地追求她，怎么样？"说着郭庭辉将梁晶晶牢牢抱在怀里。

高咏一听这话，气往脑门冲，自己的私事居然会让郭庭辉这么一个特殊身份的男人知道，伸出手指指着梁晶晶恶狠狠道："臭婆娘，是你，是你把这些事告诉他的，还是林兰？"

郭庭辉一把打开高咏的手喝道："嘴巴放干净点！男子汉大丈夫，敢做就别怕别人说。"

高咏刚才被梁晶晶坏了升职的大事，现在又被郭庭辉将隐私抖搂出来，数落一顿，简直就要抓狂。他握着双拳大声道："梁晶晶，你等着瞧，嘿嘿，林兰很快就会知道你和她前男友的好事了。"说罢一挥手臂，气势汹汹地大踏步往电梯口走去。

"不，不……高咏，你等等。"梁晶晶急忙喊道。高咏最后那句话把梁晶晶吓得脸色惨白，正要追上去求饶，郭庭辉拉住她道："晶晶！你以为哀求对这种人渣有效吗？他们天生就喜欢践踏别人的尊严，你还送上门去？"

是的，郭庭辉说得没错，但是，正因为知道高咏是人渣，所以梁晶晶更加确认他一定会将今天的事告诉林兰。

“完了，完了……我和林兰的友情……”憋了一下午的泪水，终于夺眶而出，想到林兰就要知道自己与郭庭辉的事，梁晶晶双手捂着脸痛哭起来。

郭庭辉叹了口气，怜惜地将她搂在怀里，温柔道：“晶晶，对不起，但是，事情总有一天要捅破的，我们没有犯法也没有损害谁的利益，我们只是彼此喜欢而已。走，我们现在就去找林兰，当面诚恳地把这事告诉她……”

梁晶晶抬起头，泪水涟涟地推开他嚷道：“你以为是在演电视剧啊！你以为林兰会像电视剧女主角那样原谅我们，接纳我们，然后继续和我们友情万万岁？”

吸了下鼻子，梁晶晶继续说：“我是女人，我知道女人有多小气！就算我和你现在没什么，但是如果你喜欢上别的女人，我也会难……”话说到一半，梁晶晶突然发现自己说漏了嘴，立马抿住嘴唇。

唉，今天是什么“黄道吉日”？感觉地球都是倒着转的，混乱、愤怒、迷茫，她知道自己当下已经情绪失控，再纠缠下去，不知道还会说些什么，发生什么。

郭庭辉心中倒是欢喜，眼中含笑。他并不在意林兰会不会知道，或者林兰和梁晶晶的友情会有什么变化。

他不是圣人，也不想是圣人，而且人到中年，得失取舍之道早就了然于胸，又何必自欺欺人？眼前一会儿哭，一会儿笑，一会儿大女人，一会儿小女人的梁晶晶让他越来越感兴趣，她的书还未写尽她的内心世界，而她本人就已经是一个精彩的世界了。

最后还是郭庭辉将梁晶晶送回了家，一直送到门口。梁晶晶开了房门，郭庭辉并没有进屋，而是识趣地离开了。他知道梁晶晶现在很慌乱，很虚弱，但是他并不想乘虚而入，他要她真正地爱上自己，而不是因为孤单无助才倚靠自己。

“想我的时候就给我打电话。”郭庭辉只是轻轻地说了这么一句，便笑着离开了。

而梁晶晶是翻着白眼关的门，将挎包扔在椅子上，就把自己丢进了沙发里。四周很静，但是她的脑子里就像开着轰炸机一般，千般的挣扎，万般的烦恼。

怎么办？她不停地问自己，高咏这种心胸狭窄、睚眦必报的小人是断然不会放过她的。若郭庭辉是个实诚君子，事到如今，如果真的被高咏公开，那也是命数，林兰或许会一时接受不了，生自己的气，但风波总会过去，总好过遮遮掩掩、偷偷摸摸。或许她们的友情再也回不到从前，若真能够找到真爱，也算有失有得，没什么好埋怨的。

只是，郭庭辉对自己的感情是真，是假？她一点都不确定。

郭庭辉性格复杂，像个谜，这种男人是极危险的，晶晶再清楚不过，这不是个能够天长地久的对象。他的条件太好，霸气，做事坚毅、果断，处事风趣幽默，对女人细心贴心，而且绅士得体，不骄不躁，礼待他人。这种男人简直就是天生的发电机，选择多了自然诱惑也多。别忘了他的劣迹，他背叛过林兰；别忘了他的信条，他把女人当作课题在研究。所以他的追求到底有多少感情成分呢？抑或只是自己的拒绝，激发了他望而不得的征服欲？

不，不，不，太可怕了，梁晶晶猛地从沙发上站起来，走到桌边盯着花瓶里已经开始枯萎的香槟玫瑰，他的爱情，就如这束枯萎的玫瑰，迟早会凋零，剩下一片破败。难道自己在感情道路上受的打击还不够重吗？难道自己与卫蓝当年的爱恋不够纯美浪漫吗？然后结局又是如何？

爱情，男人，爱情，男人……不，她再也不要让自己受伤，再也不要掉进感情的陷阱里去，眼前的皱巴巴的花瓣好似在向她证明爱情是短暂而终究会枯萎的东西。

她猛吸一口气，一把抓起花瓶里的花，丢进了垃圾桶，拿起手机再一次将郭庭辉所有的联系方式拉黑删除了。

就在梁晶晶担心高咏会去向林兰告密的同时，林兰也已经咬着牙将高咏的所有联系方式给拉黑了。

林兰做出这个决定着实是她对自己的一次巨大挑战，她将房间里和高咏有关的一切都打包扔了出去。虽然心中依然在淌血，可是她不想每天回到家中对着一堆“曾经拥有”而发呆难过。

单身的日子就像阴沉沉的天空，没有阳光，但至少不下雨，林兰照旧过着朝九晚五的日子，参加着各种相亲。

林兰不知道是自己要求太高，还是剩下的男人条件实在太差，她已经很努力地说服自己听从父母的安排，认认真真地去相亲了，可是……

奇怪的是，最近几次的相亲，居然都是男方率先拒绝了她。原因是林兰太“冷”，太“漂亮”，太“讲究”……呃？看来现在剩下的“丁男”也比“甲女”要高出一头。

总之，错永远在女方，连漂亮、有钱、有品位都成了相亲场上的缺点了。林兰无语至极，也懒得辩驳，看不上就看不上，本来自己也没看上他们，让这些男人从拒绝小女子上找到优越感，算是自己做善事吧。林兰自我安慰着，虽然心中依然不服气。

转眼就到了年底，自从扔了家里的高咏的东西，林兰的心情渐渐平复，唯一有些不太习惯的就是梁晶晶最近和自己似乎有些疏远了，很少和自己聊天、见面。

当然她知道梁晶晶是搞创作的，需要独立、安静的空间，也就没有怎么打扰，只是隐约感觉有些蹊跷。

没有了梁晶晶作为倾诉对象，不知从何时肖志明居然取代了梁晶晶，成了林兰的“男闺蜜”。上一次去他家吃了一顿饭，与他的妻子余瑾见了一面，大家也就变成了光明正大的朋友。

说实话，那天去肖志明的家，真的狠狠虐了林兰一把。

宽敞整洁的三房一厅，窗明几净又温馨和谐，余瑾在厨房里忙碌，肖志明一边看着孩子，一边给妻子打下手，一边还招呼林兰吃喝。两个孩子活泼可爱地嬉闹着，奶声奶气地和她交谈。

林兰坐在沙发上，虽然是客，却更像是一个局外人，一幕幕甜蜜温馨的家庭画面闪入林兰的眼帘，让她羡慕不已。家具上处处可以看到一家人的照片，幸福，不用任何修饰地填满了林兰的眼睛，进到心中却是酸涩的。

肖志明的妻子余瑾，中等之姿，普普通通，一笑就眯了眼，露出一颗虎牙。虽然长相普通却很会生活，家中满是生趣，阳台上的绿色植物、亲手织就的家庭装毛衣、自己钩的杯垫，墙上一幅漂亮的十字绣，都是出自她的双手。

坐在饭桌上，余瑾略带骄傲地介绍着自己的手工活。林兰是发自内心地啧啧称奇，由衷地佩服。

不得不承认，余瑾是贤妻，一个接地气、实实在在的女人。

肖志明对妻子、孩子也分外体贴照顾，他并没有告诉妻子，自己与林兰那段青涩的恋情，只是说在工作上偶遇了高中同学，余瑾自然是招呼周到。

饭后，肖志明开车送林兰回家。林兰嘴角带着一丝耐人寻味的笑容。

“今天吃好喝好了吗？”

林兰的笑容化开了，“当然啦，那么一大盆的狗粮，吃得我现在饱上脑了。”

“呵呵，你真夸张。”

林兰看着肖志明的侧面，从相貌上说，肖志明比余瑾好看得多，但是她也知道的，余瑾这样的女人宜家宜室，男人都会喜欢，愿意娶回家的。

而自己就算有再高的学识、再好的工作、再高的品位，在人们传统的男尊女卑的世俗观念下，都算不上优点。

长叹一声，林兰笑道：“和你太太一比，我差多了，估计是嫁不出去了。”

肖志明侧过脸来看看她，摇头道：“我和余瑾都平凡，所以配成了一对，而你那么出色，眼界自然要高一些。”

“平凡？难道我不平凡吗？我又没多长一只眼睛、一张嘴，既没有显赫的家世，也没有倾城的容貌，不过是个平平凡凡的小秘书罢了。”

每次说起自己的平凡时，林兰就死活想不通自己到底是哪里出了问题，就是嫁不出去，到底是自己有问题，还是这个社会有问题？

“那是你谦虚。”肖志明柔声道。

“我宁可和余瑾交换，把我所有的都换给她。”林兰说着往椅背上靠了靠，伸了伸腿。

说者无心，听者有意，林兰不经意间说了句肺腑之言，却让肖志明心头一动，也成了后来许多事情的导火索。

对相亲活动已经麻木的林兰，怎么也没有想到自己会在公司举办的相亲活动中碰到钱风。

这次别开生面的大型相亲活动是由林兰所在的公司牵头，与关联公司、客户公司一起举办的。

林兰在法国老板的关心劝说下勉为其难地参加了，就当是给自己一个机会吧，毕竟如果能和行业内的人配对的话，会有更多的共同话题，也是不错的选择。

五星级酒店宽敞、气派的宴会厅里，人头攒动，谁说人不八卦呢？说好是相亲大会，却来了一堆已婚有主的看热闹。

站在宴会厅门口，林兰还没从尴尬和犹豫中回神，手里已经被塞进了一张写着数字的粉色心形纸片了，四十五号，看来单身人士还真不少。

“这是你今晚速配的号码，要收好哦。”大会工作人员笑眯眯地说着。

林兰点点头，正纠结着要不要进去，当下已经被两个二十五六岁的单身小姑娘拖拽着走进了会场。

行吧，豁出这张老脸再碰碰运气。

主持人在台上大声宣读着游戏规则，什么“一分钟自我介绍”“三分钟初次交谈”“贴面游戏”“智力竞猜”“才艺表演”“号码配对”……简直比春晚还热闹。

林兰晃了一圈，心中已然“偃旗息鼓”，长得能入眼的百分之八十都比自己小，剩下的百分之二十歪瓜裂枣的自然是连胃口都没有。好在会场人多，台下灯光昏暗，林兰趁乱，悄悄溜出了会场，走到一旁的自助餐桌边，吃点心去了。

“没有心动的？”一个男声在身旁响起。

林兰一愣，转过身来，原来是肖志明，有些意外地笑道：“竟然你也来了，你一个有家室的人怎么会来相亲？”

“我是带我们公司的‘单身汪’们来的。你们公司这个主意可真不错，比普通的年会好玩多了。不但给‘单身汪’们相亲的机会，还联络了各个公司的感情。”

“你不觉得像一场闹剧？”林兰笑问。

肖志明眯着眼睛笑：“怎么会？你看他们玩得多开心！就算找不到另一半，今晚也够娱乐的了。”

林兰转头看看舞台上嘻嘻哈哈的单身男女们，的确是够娱乐的，“唔，年轻人高兴就好。”

“说得自己七老八十一样。”肖志明笑笑，凑近林兰的耳边说道，“今晚最美的就是你。”

温柔磁性的嗓音、迷人带笑的桃花眼、微微上扬的嘴角，加上这恰到好处的恭维，林兰一下子像是被灌了一大杯的甜酒，有些醺醺然起来。

林兰脸上不置可否地淡笑着，心里却很是受用。

肖志明继续说道：“你根本不需要参加这样的活动，他们配不上你，你需要的男人是和你有同样层次的。”

林兰叹了一声，不言语，因为肖志明说的是对的，只可惜，要到哪里去找这个人？

林兰回头对他微微一笑，眼前这个好看的男人，如果不是时间不对，可能就成了自己的丈夫了。她的视线落在他脖子上的银链子上。肖志明立刻会意，轻轻将链子从衣服里拉了出来。两个可爱的小葫芦，虽然有了岁月的色泽，却依然记录着两人那段青涩纯真的恋情。

说真的，林兰一瞬间真的想和肖志明再回到校园时光里。在成人世界里沉沦得越久就越回味当初简简单单的一切。

让那些没心没肝的男人见鬼去吧！让庙会似的相亲大会见鬼去吧！如果时光能够倒流，她绝不放走他。

肖志明从林兰的眼中看到了她心里的波澜，看到了情丝，悄悄地、很隐蔽地握了下林兰的手。林兰有些慌乱，有些惊讶，又有些愉悦地愣在那儿，直到音响里突然传来响亮的声音:“现在到了‘天赐良缘’的环节了，请大家拿着自己的号码到对应的‘见面桌’与今天晚上上天为你安排的另一半见个面。”

林兰赶紧缩回手来，拿出自己的号码，尴尬地笑了笑，转身匆忙地走回相亲大会现场去。她并没有兴致参加什么相亲会，只不过拿这个做借口逃离肖志明对她的诱惑。

她对肖志明并没有什么情愫，有的或许只是一些陈旧的、已经不值一提的回忆，尤其他是已婚人士，林兰更是没兴趣。只不过……他的恭维和殷勤让她有点“微醺”。

其实林兰压根就没好好地谈过一次恋爱，与肖志明高中时早恋是学校和家里都禁止的，以肖志明远走他乡求学而告终；和郭庭辉谈恋爱的时候是天真无知，最终无疾而终，平淡的恋情只不过是因为郭庭辉不够投入而已；和高咏的恋情是苦涩孤独的，一路走来都是林兰在迁就高咏，所以她一直以来也没有享受过来自男性的关注和关怀。而肖志明再次出现，虽然是个不可选对象，却也多少弥补了一些林兰感情世界的空白。

林兰坐在四十五号桌边，百无聊赖地等着今晚和自己配对的人。她也的确是有些好奇老天还要让她见识怎样的奇葩。

“哟！林兰！！！”对面的来人惊呼道。

林兰一抬头，一张她最不愿意见到，又最令她意外的脸！果然老天还是不放过她！眼前的男人，居然是自己避之如瘟疫的钱风！

林兰差点没晕过去，今年自己的桃花运实在是匪夷所思。她愣愣地瞪着钱风那张有点滑稽的脸，满脑子只有一个问题:当初自己怎么会和他交往一年的?

人都有点好了伤疤忘了疼的贱性，其实当初她会和钱风走到一块是因为被郭庭辉的决然分手刺激到了。家人为了让她尽快走出失恋的阴影，就介绍了钱风给她认识，她是在无比沮丧失落、自暴自弃的情况下接受了他。

钱风并非一无是处，至少，他在当时扮演了一块浮木的角色，让林兰不至于在失恋的苦海中溺毙。钱风到底是怎样的一个人？渣吗？他并没有背叛过林兰。坏吗？他并没有欺骗过林兰。

这样看来哪怕他的脸长得像麻将牌里的“一筒”，似乎也比郭庭辉和高咏强多了不是吗?

钱风的问题在于太过现实。现实是好是坏，其实只在于一个“度”，适当的现实让人觉得踏实、安心，过分的现实就让人反胃了。

钱风的另一个令人难以忍受的缺点就是不会说人话，俗称“嘴贱”。他自以为那叫真实，其实不过是粗鄙，没风度罢了。

果然，林兰还在头脑风暴时，钱风已经哈哈笑起来。

“林兰，你看看，被我说中了吧，还骗我说年底结婚，哈哈，怎么样？认输了吧？”

林兰又气又羞，脸已经僵得连假笑都维持不下去了，一个字都不想对他说，背起挎包，就要起身离开。

钱风快速伸手拉住林兰，脸上的笑容也有些僵硬，“哎，今晚都是同事熟人在场，就算是演戏，也得给自己留几分面子吧。我劝你还是坐下聊聊。”

林兰快速地扫了一圈周围的人，还真是，本公司的，还有关联公司的，一堆熟人像走马灯似的在场子周围走来走去。

怂，是的，林兰是怂了。这就是成年人的世界，你得看场合、看人情，那些拎包走人、甩脸泼水的情节只能在小说或者电视剧里演演，试问真实世界里有几个人能不顾自己的名声、饭碗、体面，大庭广众之下显摆一下自己的刚烈个性？况且此时此刻钱风并没有做什么出格或者令人无法容忍的事情，自己若甩袖而去，在他人眼里估计只能落得一个“莫名其妙”或者“另有隐情”的评价，成为他人茶余饭后的谈资罢了。

林兰不喜欢惹事出风头，更不希望自己被人当作话题去谈论，所以，她只能缓缓坐下，放下了背包。

钱风长了一张圆脸，不俊不丑，中等身材，十来年的职场打拼，在一家银行混到了一个经理的位置，收入不能算丰厚，但也已经是中等偏上的水平，如果不是那奇葩性格的话，是不难找到一个与他过一辈子的女人的。

只不过……也不知道是不是职业病的关系，钱风对钱特别的敏感，总觉得那些收入比不上自己的女人是看中了自己的钱，所以对她们百般提防，处处试探，连约会吃饭，他也习惯记账，如果自己请了她三次，对方没有回请一次的话，他就觉得对方贪得无厌，并非良妇了。

所以钱风倾向找与他收入相当的女性，但是问题又来了，收入相当的女性，要怎么控制呢？他又担心万一将来吵架，女方拍拍屁股走人，自己不是弄了个人财两空？这是万万不能接受的！

思来想去，他觉得只有掌握绝对的经济大权，才能让女方生是他钱风的人，死是他钱风的鬼。故而，在交往的时候，他总是绞尽脑汁，想尽办法，哄着、骗着女方同意将经济大权交给自己，还美其名曰：替女方理财。

可是，一来钱风没有长一张能让女人爱得如痴如醉的脸，二来蠢到能把自己全部身家都押到男人的一张嘴上的女人毕竟是可遇不可求的。一来二去，挑肥拣瘦了几年，不知不觉地就变成了大龄剩男。

感情？钱风属于天生情感极度匮乏的人，这一类人的世界完全是物质结构的，爱情多少钱一斤？灵魂是何物？

如果母牛能够为他传宗接代、分担生活重担的话，那么女人和母牛对于他来说基本没啥区别，甚至母牛比女人更好，因为母牛不需要谈恋爱，不需要他花钱买奢侈品去讨好。

如果不是当年处于浑浑噩噩、自暴自弃的状态，林兰是根本看不上钱风的。钱风的那套现实物质学说，让当时饱受失恋之痛的林兰耳目一新，从一个极端滑向另一个极端，似是而非地觉得金钱物质远比爱情可靠得多，嫁谁不是嫁呢？自己和钱风各方面还算匹配，尤其是工作收入上，除了没有爱情，过个太平小日子，维持一个小家庭还是绰绰有余的。

当时林兰就是怀着这样一种心态和钱风走在了一块。直到，两人谈婚论嫁时，钱风突然提出，让林兰将所有积蓄交由他来买理财产品，犹如当头一盆冰水，林兰瞬间心生反感，一口拒绝。接着，钱风又提出让林兰将小公寓卖掉，和自己一起支付新房的首期，林兰更是厌恶。

林兰告诉钱风，小公寓是父母给自己的一个保障，是父母的一片心意，不会变卖，新房首期由钱风支付，婚后贷款由钱风支付，而自己的工资支付家中开销，房产证上写双方的名字，钱风占百分之七十，自己占百分之三十。

林兰自觉很是公平合理，可是这一建议却戳了钱风的肺管子。他一下子跳了起来，指责林兰不是真心实意要跟自己过日子，就是想白占百分之三十的房产。林兰觉得无比委屈，原本就没有什么感情基础，为了钱和房子两人争执不下，后来又演变成两家人的战争，闹了几个月。当时梁晶晶听了只是摇头，淡淡说了一句："你这是在谈婚论嫁，还是在谈离婚协议？"

林兰顿时清醒，向钱风提出了分手。钱风怎么都接受不了，不是情感上的接受不了，而是他觉得自己赔了太多的时间和金钱，亏了，这才疯了一般诅咒林兰。

记忆的回放戛然而止，林兰无聊地用吸管搅动着玻璃杯里的柠檬红茶。看着对面钱风的嘴巴一会儿扁，一会儿圆地不停变换着形状，她一个字都没听进去。因为她实在没兴趣听他说话，也知道自己不可能和这个男人再有任何的交集。

“林兰，你看看，这么偶然的机会，这么多人，这么小的概率，我们都能拿到同样的号码，难道你就不想想是为什么吗？那是因为我们有缘分啊。”钱风倾着上身，激动地说，“考虑下吧，别再逃避了，老天注定我们是一对，别倔了。”

“这几年你和别的男人怎么样，我可以不计较，我还是愿意接受你的。还有，你也知道我已经买房啦，七十平方米，向南的房子，就在奉贤，离地铁站近，怎么样？哦，对了，还是学区房，附近幼儿园、小学都全的……”

林兰支着下巴，双目无神地听着钱风喋喋不休，因为她知道这些美妙的画面只不过是为了带出后面他的真实目的，就如一个捕兽器，总得放点诱饵在里面不是？

“说真的林兰，我知道你们女人要什么浪漫啊、情调啊，但是，那些有什么用呢？玫瑰花能吃吗？真送你一盒巧克力，你吃完还不是要减肥，没意思的，过日子啊最重要的是实惠。我告诉你，我们银行最近推出了新的理财产品，你把钱转到我们银行，我来给你操作，保证你赚钱……哎，你最近涨工资了没？一个月有没有一万五？应该有的吧，我就按照一万五的基数给你算哦……”

钱风说得唾沫横飞，神魂已经掉进钱眼里了，居然从上衣口袋里掏出计算器，手指头滴滴答答地按着数字键，好像眼前的林兰早已经不是一个女人，而是一堆钞票。

这还是在相亲会场吗？林兰有些恍惚，是不是自己灵魂出窍到了银行办公室？

当钱风将显示着一串数字的计算器递到林兰面前时，她忍不住笑起来，这一笑怎么都止不住，笑得肩头耸动，花枝乱颤，引得一旁围观的同事们投来好奇的目光。

钱风愣在那儿，虽然不知道林兰为什么要发笑，但是下意识地也感觉到这笑意背后的嘲讽，顿时觉得失了面子，难堪很快变成了羞怒。

钱风一拍桌子，拉下脸来，“你笑什么？”

林兰也知道不该笑他的，大庭广众的怎么也得给对方留点颜面，但是眼前这滑稽荒唐的一幕实在让她觉得好笑。这人果然是本性难移，三年多的时间，钱风还是在为钱发疯。

“抱歉……”林兰笑着道歉。

但是钱风那可怜的男性自尊似乎是受到了巨大的打击，他突然站起身来，竖着眉毛，鼓着腮，指着林兰，劈头就嚷：“林兰，你敢笑我?！你以为你是什么货色？我告诉你，像你这种女人，一辈子都嫁不出去的！”

说完一挥手，就要转身离去，却不想他的动作幅度过大，灯光又昏暗，一下打翻了花瓶，花瓶又砸到了林兰的柠檬茶，大半杯的柠檬茶泼到了林兰身上，林兰下意识地喊了一声。

更倒霉的是此时活动已经结束，大堂里灯光亮起，钱风的叫嚷和林兰的惊呼，在低频的嘈杂声中显得特别的突兀。

没有镁光灯，林兰却变成了会场的焦点，近百双眼睛盯着她和她胸前那一滩水渍，还有那片薄薄的柠檬片。

大家还在惊疑之中，钱风倒是反应过来，悄然转身从人群中挤出去，匆匆离开了会场。

八卦的人群开始窃窃私语起来，不得不佩服某些人的想象力、创造力和传播力，短短几分钟之内，各种猜测流言已经开始蔓延。

林兰胸前发冷，脸上却发烫，赶紧撣掉身上的柠檬片，拎起背包就要走。一转身，肖志明已经急匆匆地走进会场，用温柔关切的声音问：“没事吧，我送你出去。”

林兰低着头，疾步往前走，因为她知道肖志明此时此刻的关怀很不合时宜。好在很快，公司的两个女同事上前来护驾，陪着林兰去了洗手间整理。

林兰在洗手间里狼狈地用干手器吹干了衣服，勉强地应付了那两个热情八卦的女同事的各种问题，匆匆走出洗手间。她只想赶紧回到自己的小窝里疗伤。

为了不成为同事们的目标，林兰没有在酒店门口等出租车，而是径直走出了酒店大门，快步地走过一条街，才停下脚步来，扬手叫出租车。

没想到才一招手，一辆熟悉的银灰色现代轿车已经停在了她的面前。车门打开，肖志明从驾驶座上探出上身，“上车吧，我送你回家。”

肖志明的那双桃花眼真的是有点勾魂的魔力，林兰一肚子伤心委屈，犹豫了片刻，还是坐上了副驾驶的位子。

车子在大街上缓缓行驶，肖志明故意开得不快。

林兰脑袋里是一团风暴，心中有一股愤懑。她后悔当时自己为什么没有赏钱风一巴掌，那样不但解了气还可以树立自己大女主的霸气风范。当下的电视剧里不都是这么演的吗？女人就该是能上天、能入地，无所不能，十八般武艺样样精通，遇到渣男就释放绝招，一招毙命。

自己怎么就反应那么迟钝？吃了那么大个闷亏，而且她知道今天晚上吃的这个亏的后遗症还将延续到无数个明天。林兰，总经理秘书，一向以高贵、时尚、优雅、精致的形象展现人前的美人儿，竟然会在相亲大会上被人指着鼻子诅咒“嫁不出去”，还被泼了一身的柠檬茶……

想想都知道这将会是多么引人入胜的公司大新闻，她是最注重形象，最害怕别人说三道四的，可如今，明显地，自己已经成为公司和关联公司的新闻人物了。

委屈，如汹涌澎湃的浪潮在心中翻腾，化成了酸涩的泪水，鼻腔一酸，条件反射地从眼眶中溢出。

她哭了，虽然知道在肖志明面前哭极不合适，但是被高咏分手的伤痛、被钱风诅咒的屈辱、被众人围观谈论的压力，压得她喘不过气来，她需要释放，需要宣泄。

肖志明很知趣地没有问任何问题，也没有说话，只是静静地开着车，但是车子不是开向林兰的小公寓，而是开到了浪漫绚丽的滨江大道。

车子泊在停车场，肖志明从纸巾盒里抽出两张纸巾递给林兰。

“下去走走，呼吸下新鲜空气，会觉得好很多的。”

林兰擦擦眼泪，抽泣着看看窗外的景色，哽咽道：“我都这样了，你还带我来黄浦江边，就不怕我想不开跳下去吗？”

肖志明笑了，“就这么点事，至于要跳黄浦江吗？”

“怎么不至于？我的一世英名都毁了。”林兰伤心地说。

“为了一个薄情的男人和一个没风度的男人值得吗？我认识的林兰可没有那么愚蠢。”肖志明说着解开安全带，也帮林兰解开了安全带。

“走吧，下去吹吹风，看看夜景，保证你心胸开阔。”他顿了一下，桃花眼里闪出一抹光华，嘴角勾了一下，“相信我。”

肖志明下了车，来到林兰这边打开车门，向林兰伸出手。

一阵江风吹来，果然感觉好多了，林兰不再坚持，将手伸入肖志明的手心，下了车。

他没有再松开手，而是牵着她缓缓走向迷人的黄埔江畔。

滔滔江水，发出悠扬有节奏的水声，对岸是璀璨闪烁的浦西外滩。肖志明是对的，江风习习，顿时吹散了林兰许多烦恼，而他掌心的温度也像是阵阵暖流抚慰着她受伤的心灵。

两人走了一段，肖志明脱下西装披在林兰肩上。

林兰抬头看他，苦笑，“你很懂女人心。”

肖志明淡淡地笑着，转身趴在护栏上，面对着江水说：“所以也懂得女人苦。”

林兰趴在他身边的护栏上，抬头看看星空，长叹一声，“为什么你那么早结婚？”

肖志明苦涩地摇头，“年少无知。”

虽然这话听着刺耳，但他说的是真心话，妻贤子孝，家庭美满，还有什么不满足的？不满足是因为当初结婚的时候他并不知道有朝一日他和林兰会再度相逢，而相逢之后她又是那样地令他心动。他并不想背叛妻子和婚姻，只是有些感悟。

他看着江水，想着他男人的心事；而她看着星空，想着她女人的心事……

风中，他轻轻握住了她的手；而她，轻轻地靠在了他的肩膀上……

他俩都知道，这是他们越过道德禁区的尽头，不会再有比这个更为亲密的事情发生，因为他们是有分寸的好人。所以，他们的故事仅此而已……

当林兰在电话里将今晚发生的一切告诉梁晶晶后，梁晶晶吃惊过后是长长的沉默。

“晶晶，我是不是变坏了？”

梁晶晶叹气，“你不是变坏了是变弱了，肖志明是乘虚而入。”

“是啊，我真的该醒醒了，不过我和肖志明也就到此为止了。以后除了公事，我不想再单独见他了。”林兰说。

梁晶晶“嗯”了一声，“有妇之夫毒比砒霜，碰不得。我知道你最近空虚寂寞冷，但是有我这个灭绝师太给你垫底你怕什么？你好好休整一段时间，再重出江湖。哎，我告诉你，我给你算了一卦，你今明两年桃花旺着呢，放心，很快就有男人了。”

林兰扑哧笑道：“你把我说得好像没男人就活不下去一样。”

“你本来就是！”梁晶晶打趣她。

林兰被她逗笑了，“好好好，要不我再去撩一把郭庭辉好了，你还别说，你上次说他变了，我还真觉得他有点不一样了。要不我去试试？”

电话那头安静了两秒，突然响起梁晶晶的笑声，“好啊，我乐见其成。如果你和郭庭辉成了，我就包一个大大的红包给你们。”

“好歹他是个单身人士，怎么折腾都心安理得。”

梁晶晶又“嗯嗯”了两声。

林兰笑道:“那你帮我约约他?”

“我?”梁晶晶几乎是怪叫起来,又立刻调整了声线,“哎,你俩不是有彼此的电话号码?你直接发个微信过去,约约他不就行了。我就不要瞎掺和了。”

林兰笑道:“也是。哎,神婆,等你有空的时候帮我和郭庭辉算一卦,看看我们能不能成。”

梁晶晶讪笑答应。

两人又说起钱风今晚令人发指的言行,轮流批判着这“奇葩”“渣男”“变态”“精神病”的恶行。梁晶晶足足陪着林兰发泄了一个小时,林兰才算顺了气,洗澡睡觉去了。

可是梁晶晶却睡不着。硬生生掐断了与郭庭辉的情缘之后,梁晶晶好像是交了霉运,事事不顺,文思迟缓,稿件被退,心情烦躁。

她一整晚都坐在电脑前,断断续续,语无伦次地写了几百字,实在是写不下去,只得关了文档,放着轻音乐,给自己泡了杯玫瑰花茶,放松一下。

她再次把郭庭辉全面地拉黑删除,就像是隔绝病毒似的把他隔绝在自己的世界之外。她心安了,觉得自己是个品德高尚的女人,可是心底深处却隐隐作痛,刻意地、强迫地让自己忽视这痛楚,使她在不知不觉中变得烦躁、焦虑、坐立不安。

喝着芬芳的玫瑰花茶,坐在窗台上看着窗外的夜色,她知道自己要成为“灭绝师太”的路还很长。

自从那天宴会后,郭庭辉再也没有找过自己。梁晶晶心里明白,在自己如此决绝的抗拒之下,郭庭辉这样条件的男人是不会再低声下气地继续追求下去的。这就是现实世界,和那些写出来满足女性幻想欲望的小说完全不同。

现实毕竟不是小说,尤其是成年人的世界,小说情节更是少得可怜,那些看上去浪漫唯美的影像背后往往都是层层叠叠的利益算计。超过三十五岁还追求唯美爱情的人,要么是言情小说看多了坏了脑的,要么就是钱多事少闲出病来的。

失败的婚姻真的很让人成长,梁晶晶通过一段婚姻竟然凤凰涅槃一般地看透人性和男女间的那点事,是福是祸?是幸还是不幸?不得而知。

林兰和梁晶晶各自经历了一大波的感情沉浮后,生活又回归到原先的脚步,林兰依然朝九晚五,梁晶晶继续她的写作生涯。周末两人会小聚,彼此关怀一下。

虽然生活节奏又回归了原来的轨迹,不过两人的心事都各自有了些变化。

经过钱风那一闹，林兰真成了公司的新闻人物，周围都是异样的、意味深长的眼光,有几个“胆大”“热情”的同事还会以关心的口吻来刺探“隐情”。

林兰是要面子的人，钱风这下是彻底戳到了林兰的底线，她将钱风的所有联系方式全部拉黑，删除得干干净净，甚至动了辞职的念头。

而梁晶晶比林兰更惨，感情上的波澜还未平息，焦头烂额的事情却接踵而至。

一大早她就和某出版社的编辑差点吵了起来。

“梁小姐，你的书是写得不错，但是题材和文笔都太过成熟了，不适合现在的流行趋势。”

“现在的流行趋势？你指的是什么？”

“现在流行青春文，你试试写一些青春校园恋情吧。”

梁晶晶真想将手伸进屏幕里把那编辑从电脑里拉出来，对她咆哮。

“青春，青春，青春，没完没了是吧！这个世界上除了未成年人，还有成年人，除了青年，还有青中年、中年、中老年、老年。”

梁晶晶在杂志、网络上发表的一些文章，口碑算是不错的，但却始终不敌所谓“潮流”的冲击，一个作者写出好作品的同时也得需要有些好运气。

“梁小姐，现在看书的大多数都是年轻人，我们必须配合他们的兴趣点和审美。”对方倒也算是有耐心地解释着，“哦，你可以看看阿阮的书，她的书通俗易懂，很受年轻读者的喜爱。”

梁晶晶实在憋不住，问道：“编辑，你真的觉得阿阮写得好吗？”

对方讪讪而笑，不置可否，轻声道：“这个嘛，读者喜欢就好，年轻的读者大多很难领会深奥艰涩的文字和意境，他们看的是一个‘爽’字。说白了，就是小白文。梁小姐，我们都知道你的文字功底扎实，但是题材和内容都太成熟了，年轻读者会觉得沉闷。”

“沉闷？”梁晶晶握着手机的手都在颤抖，“我的目标读者本来就是青中年读者啊。我早就和你们说过的。”

“是的，但是现在市场不行了。你想啊，青中年又要上班，又要照顾家庭，上有老下有小，哪有时间看小说啊。所以现在的市场就是以十五到二十二岁年龄段的年轻人为主体的。”

这句话倒是不假，梁晶晶一时无法反驳，自己的小说所写的还真都是每天为了生计、家庭、名利奔波的快吐血的人群，而这群人怎么会有工夫好好坐下来看一本言情小说呢？

编辑又说道:“我们出版社最近希望出版一批大叔配‘小萝莉’,御姐配‘小奶狗’题材的小说，梁小姐，你看看能不能写一篇?”

梁晶晶下巴差点没掉下来,觉得滑稽又尴尬,心中有一股不平之气往上涌，回道:“不如我写一本机器人配外星人，牛魔王配孙悟空的小说吧!”

“哎，这样的脑洞文也很受欢迎哦，可以考虑的。”对方居然有种挖到宝的兴奋。

梁晶晶觉得再谈下去，非把手机砸了不可，“好好好，行行行，让我酝酿酝酿吧……再联系。”

匆匆向对方告别，她一手指按掉了电话，气呼呼地坐在椅子上发呆，脑筋怎么都转不过来了，这个世界到底是怎么了?到底是自己有问题，还是出版社有问题，抑或是读者有问题?

梁晶晶起身将自己抛进床里。这是她热爱的职业啊，虽然不是名家，但是自己是怀揣着一腔热忱创作的。

福无双至，祸不单行。梁晶晶还未从愤愤不平中缓过劲来，手机又响了。梁晶晶抬了抬眼皮，屏幕上的来电显示让她整个人从床上弹了起来。

不是别人，正是自己的前婆婆陈宝梅。梁晶晶顿时心头一颤，从嫁到卫家后的第一天起，只要是陈宝梅找她就必然没有好事。但是陈宝梅有个本领，就是任何时候，说任何话，哪怕是指责埋怨，都是面带笑容，温文尔雅，令人觉得容易亲近而不设防，最后往往是稀里糊涂地就被数落了一顿还无从回击。

梁晶晶迟疑着接了电话:“喂。”

“晶晶啊，你最近还好吗?”陈宝梅的声音很温和。

“还好，谢谢伯母。”梁晶晶尽量礼貌些。

“哎哟，虽然你和卫蓝离婚那么多年，我还是习惯听你喊我妈。”

梁晶晶脸上肌肉一阵僵，干笑两声，也不知道要怎么回应。

陈宝梅接着说:“晶晶啊，今晚回来吃火锅吧。”

梁晶晶自然地抵触，“不了，我今晚约了朋友。”

“那就明晚?”陈宝梅坚持着。

这让梁晶晶很是莫名，索性挑明了问:“伯母，你是不是有什么事要和我说?”

陈宝梅发出几声柔笑，“晶晶啊，还是回来一起吃顿饭吧。”

不是梁晶晶不礼貌，也不是梁晶晶不给对方面子，只是将近三年的婚姻生活，令梁晶晶对这个前婆婆是看得透透的。虽然梁晶晶和卫蓝离婚是因为自己想要摆脱婚姻的束缚，但是造成梁晶晶产生拼死挣脱，宁可净身出户也要离开卫蓝，这种刚烈甚至是惨烈的决心的正是卫蓝的父母。

梁晶晶原本也心情不好，言辞间自然是有些犀利："伯母，吃饭就不必了，你我除了卫蓝应该也没有其他话题，所以如果有话就请直说吧。我虽然和卫蓝做不成夫妻，但我还是把他当作朋友的。"

电话那头沉默了一会儿，梁晶晶都能想象出陈宝梅那张皱眉的脸，但是她不在乎，因为事实就是如此。

果然，陈宝梅的语气也渐渐冷了下来，不再客套："晶晶啊，既然你这么说，那我也明说了，你和卫蓝打算就一直这么下去吗？"

这可奇怪了，梁晶晶愣了两秒，"我和卫蓝怎么了？"

"怎么了？你把他弄得神魂颠倒，到底是什么用心？"

梁晶晶瞪大眼睛，"我把他弄得神魂颠倒？伯母，你搞错了吧，我和卫蓝早就说得清清楚楚，明明白白，我俩不可能了。"

"那你为什么要约他出去？"

"我没有。是他约我出去。"

"那你就不能拒绝吗？你既然不想和他复婚，为什么要答应和他出去呢？"陈宝梅的语气里充满了抱怨。

梁晶晶也知道快刀斩乱麻的道理，无论是对卫蓝还是对自己，既然没有未来，还不如一刀两断来得干净，只不过，当初离婚的时候，两人并非感情破裂，而是迫于各种压力和现实问题。离婚后，卫蓝始终对梁晶晶念念不忘，苦苦哀求梁晶晶给他一段缓冲时间。梁晶晶也是在矛盾纠结之下答应了他的请求。之后两人就又像是回到了当初校园恋爱的时光，吃吃饭，逛逛街，看看电影，聊聊天。

但是梁晶晶心中清楚地知道卫蓝永远也摆脱不了他父母的羁绊，他俩也都已经不再是当初的懵懂少年，哪怕天天约会吃饭，也不过是在悼念曾经的纯真美好，并不代表一切可以从头来过。

梁晶晶有些语塞。陈宝梅继续说道："晶晶啊，其实这些年我也看得出来，卫蓝对你还是余情未了，如果你不是有那病，我也希望你们能够复婚。可是你也知道，卫家三代单传啊，不生孩子是不行的。现在呢，拖拖拉拉了几年，卫蓝已经三十三岁了，还是孤身一人，我们做父母的能不急吗？"

她叹了口气又说："所以晶晶啊，你也别怪我说话直，要么你把病看好了，两人先要个孩子，有了孩子就结婚，以后啊，这个家我就全交给你，再也不管你们的事了，你要写书也好，要创业也好，要做女强人也好。我帮你带孩子，保证你没有后顾之忧。但是啊……”

陈宝梅话锋一转，接着说：“如果你不想和卫蓝好了，那就拜托你不要再给他希望了，你干脆点，离开他，让他彻底死心，我会给他安排相亲对象。”

呃？先要个孩子再结婚？梁晶晶静静地听着，心中一阵寒风吹过，越听越觉得自己永不可能和卫蓝再走到一起。

过去的伤痛梁晶晶已经不想再提，对于卫蓝母亲的这一番言论，她除了厌恶没有任何想说的话。

待到陈宝梅停歇下来，梁晶晶轻轻说道：“我知道了，以后卫蓝再来约我，我会拒绝，一点希望都不会给他的。”

“嗯，你最好把他的电话也删了，所有的联系方式都屏蔽了，让他找不到你。他上门找你的话，你就别开门，别出声。”陈宝梅得寸进尺地要求。

梁晶晶心火上蹿，直起身子大声道：“你够了吧！我敬你是长辈所以称呼你一声伯母，但是并不等于你能够干涉我的人身自由，难道我和卫蓝是怎么离婚的，你一点数都没有吗？好，既然你要我屏蔽卫蓝的所有联系方式，那你也是其中之一，请你以后不要再打电话给我了！”

对面的陈宝梅在电话那头喊着：“哎，你怎么……”

梁晶晶已经无法再听下去她说一个字，按掉了电话，极快地将陈宝梅的电话拉黑删除，然后连带着将卫蓝的联系方式也都删除了。

好了，这下世界清净了，事业受挫，感情消散，她突然间真的有些感悟到了色即是空，空即是色的境界。

什么都没了不也就如此吗？

窗外，一大片的乌云沉甸甸地滚来，遮蔽了刚才还是阳光灿烂的天空，毫无预兆地落下雨点，急促地冲刷着世界的各个角落。梁晶晶坐在窗台上看着玻璃窗上的点点雨珠，心中突然很想给郭庭辉打个电话。

奇怪，自己不是应该第一时间想给林兰打电话的吗？每次遇到困境，她们总是会先想到对方，从对方那里得到鼓励和安慰。

可是此时此刻梁晶晶并不想打给林兰，而是出奇地想听听郭庭辉的声音。

然而，她已经把他给删除了，再也找不到他的痕迹。

其实不然，就在不远处的书架上，那两本画展资料里就夹着他的名片。

梁晶晶的眼睛一眨一眨地盯着那两本画展资料，脑海中回放着那天在地下车库他将她救下的一幕。他的怀抱是那样的温暖、宽广，带着迷人清新的古龙水的味道，像一座开满鲜花、绚烂多姿的庭院，她当时情不自禁地抱住了他，如果不是高咏出现，可能她就缴械投降了。

想归想，看归看，梁晶晶始终也没有去拿出那张夹在画展资料里的名片……

两个女人同时走进人生的低谷，同样的迷茫、纠结、彷徨，于是她们再次习惯性地聚在了一起，约在本城一家顶级法国餐厅里用餐。

花钱消烦，每次她们遇到这样的时刻，总会约到一起吃顿好的，用美食来消减心中的伤痛。

她们来这里吃饭，不但因为这里的法餐十分正宗美味，还因为这里的老板和服务生都是地道的法国帅哥，吃着美味看着美色，果然是有止痛提神的效果。

两人边吃边悄悄议论着这些异国美色。

“哎，你觉得哪个好看？不如去要个电话吧！”梁晶晶狡黠地朝林兰使了个眼色。

林兰笑道：“算了吧，他们好看是好看，但是我还是喜欢中国男人多些。”

梁晶晶嘴角一扬，呵呵笑道：“你真够挑剔的。我呀只看颜值，不限国籍。哈哈。”

“那好啊，你看上哪个，负责放电，我去帮你拿电话。”林兰半真半玩笑地说。

梁晶晶止不住咯咯地笑。

两人互相吐吐槽，开开玩笑，评论美食美色，相当的欢愉快乐。

地球到底是大还是小？缘分到底是远还是近？

就在两人吃到一半时，从餐厅门口走进一对光彩夺目的男女，瞬间像两块强力吸铁石般牢牢吸住了林兰和梁晶晶的目光。

男的穿一身合身的黑色休闲西装，浅灰色的衬衣和深蓝色的领带，极为绅士优雅地轻揽着身边明眸皓齿，精致贵气的女子。

那女子半依偎在男子的身上，微仰下巴，轻笑密语。而男子则微微低下头聆听，嘴角勾起迷人的笑容。

这个男人的出现顿时让梁晶晶和林兰目瞪口呆。

郭庭辉为身边的女伴拉开椅子，转身正要坐下的那刻，也发现了两张桌子外的她们。

空气凝结，刹那间，三人的心头都已经各自写下了自己的剧情。

郭庭辉依然和对面的女伴微笑交谈，但是明显已经心不在焉，眼神一而再再而三地朝梁晶晶这边投来。

林兰是失望的，郭庭辉依然是花心的，他和六年前的不同只是在外表和气质上，然而他的内心、骨子里依然是风流花心、处处留情。

“你看，你还想让我和他再续前缘？”林兰冷笑着低头切了一块牛排塞进嘴里，喝了口红酒，“也不知道这个能够谈多久。唉……”

原以为梁晶晶会加入自己的阵营批判郭庭辉，却没想对面的梁晶晶是一片沉默。她一抬头，只见梁晶晶脸色苍白，神情忧伤地垂着眼皮。

“你怎么了？”林兰问。

梁晶晶惶然抬头看她，匆忙地挤出一个牵强的笑容结巴道：“哦……我是吃惊，怎么会在这儿遇到他？”

林兰叹气，“这就叫冤家路窄。我们吃我们的，别管他。”

梁晶晶笑笑，点点头，伸手拿起酒杯，发现自己的手居然不受控制地发抖，便快速地喝了一大口酒，想用酒精将自己心头的痛楚压下去。

接下来美味已是味同嚼蜡，尤其是梁晶晶，像是失去了味觉，既吃不出鱼子酱的咸鲜，也尝不出水果的香甜。

两人再也无兴致玩笑，匆匆吃完，结了账，强作骄傲地抬头挺胸，摇曳着身姿离开了饭店。

路上，林兰的失落感加重，她发觉自己对郭庭辉其实是有欲望的，只是自己一直被高咏牢牢掌控，以至于忽视了郭庭辉带给自己的电流。而饭店里的那一幕，像是狠狠地扇了一她耳光，让她明白郭庭辉依然是“行走的荷尔蒙”，是四下放电，处处留情的花花公子。

她没有兴致说话，应该是情有可原的，令她觉得奇怪的是，平日里犀利风趣的梁晶晶今天却安静地和平时判若两人。

若按林兰对梁晶晶的认识，梁晶晶此时应该与自己心有灵犀，知道自己受到了刺激来安慰自己的，却怎么会如此安静地侧着脸看着车窗外的街景一言不发？

因为离林兰家近，林兰想邀请梁晶晶去自己的小公寓里住一晚，想着晚上还能在床上继续闺蜜话题。可是梁晶晶却摇摇头说自己有事而拒绝了，林兰也只得作罢。

回到家中的梁晶晶行尸走肉般地做着一切生活中必须做的事，关门，开灯，换鞋，换衣服，洗澡，吹头发，看电视，尽量让自己脑袋里保持一片空白。

不想感觉痛楚的最好方式就是让自己变得麻木，而变得麻木的方式之一就是假装什么事都没发生过。

梁晶晶躺在床上漫无目的地转换着电视频道,完全不知道电视里在演什么。

果然自己的猜测是对的，郭庭辉并非小说中的男主角，他是真实世界里的男人，甜言蜜语却虚情假意，积极主动却没有耐心毅力，稍受挫折便退缩离去。

这就是泛泛之恋，点水而过，处处留情，却不动心，说他爱你，不过是空说一场，说他不爱你，却又如梦似幻，若有似无……

流年不利，事事不顺，虽然已经尽量不往那些倒霉事上去想，但是积压在心底的委屈、不平、失落，终究还是化成了一股浓烈的痛楚，在心底发酵成酸涩的眼泪涌入眼眶内。

梁晶晶哭了，坐在床上，捂着脸，哭得像个孩子。

原来,活得太糊涂和活得太明白都是痛苦的事,糊涂人的痛苦是在事发后,而明白人的痛苦是在事发前。

她哭了很久，很久，哭得眼酸鼻塞喉咙痛，哭累了，居然迷迷糊糊地倒在床上睡着了。

不知睡了多久，突然手机铃声响起，将她从无梦之眠中惊醒。

一个陌生电话号码，唉，现在的电话促销员也太勤劳了吧，都已经凌晨两点了还要推销电话套餐？

梁晶晶实在很累也很烦，顺手将电话按掉了。

只隔了两秒钟，才合上眼皮，楼下大铁门的门铃被按响了。

又是哪个疯子？半夜乱按门铃，还让不让人睡觉了？

梁晶晶用被子蒙住头，希望那个按门铃的疯子赶紧离开。终于，门铃不响了，可是还不到两秒，手机又响了！

这下梁晶晶是彻底没法睡觉了,生气地坐起身来,接起电话,没好气地“喂”了一声，正要开骂，手机里传出那个自己魂牵梦萦的声音。

“开门，我在楼下，不然我只能把整栋楼的人都吵醒了。”

“郭……郭庭辉？”梁晶晶愣住了。

“是的。”

天！

怎么会？是不是自己在做梦？她伸出手指掐了下自己的小臂，疼的，不是梦。

“滴——滴——”急促的门铃声，也不是幻觉。

她的心加速跳起来，哈，他来了，他真的来了，她破涕为笑。

他在电话那头问：“你开门吗？”

开！哪怕是要骂他一顿，她也要见到他。

像是隔了一个世纪，从一个遥不可及的星球走来，他站在门口。两人怔怔地看着彼此，她的泪又落了下来，就像那些在她笔下被她嫌弃的平凡女人一样，此时此刻，她发现自己是如此的平凡，平凡地站着，平凡地看着，平凡地爱着，心中是翻腾不息的情感。

他走进屋里，关了门，高大的身子走到她的跟前，皱着眉，手指轻轻捏住她的下巴问：“为什么哭？”

她拍开他的手，用手背擦掉泪水，倔强地抬起下巴，“为什么要来？”

“因为我知道你想我来。”

“那你错了。我并不想。”她一边强硬地说，一边软弱地流泪。

这些讨厌的眼泪怎么就那么不争气，她心中咒骂着，却无济于事，看到他，之前的痛楚瞬间变成了委屈，本能地想要告诉这个令她委屈的男人。

“晶晶，别犟了好吗？你处事一向都是很理智、很犀利的，为什么你就不肯承认你喜欢我，你爱我呢？”他说，“你看到我和别的女人在一起，你吃醋，你伤心，难道我是木头人，看不懂你的反应？晶晶，如果你爱我，就抓住我，不要把我往外推。”

“我不爱……”

那个“你”字还没说出口，她已经被他强有力地拉进了怀里，一只大手固定住了她的后脑，两片火热的嘴唇已经吻住了她。

她的脑海瞬间一片空白，生理上的原始渴望像山洪暴发，狂风暴雨般席卷了她全身，什么理智、道理全都被他给吻没了。

她只知道他的舌柔软、湿润、灵活，奋力地与她纠缠，他的气息喷在她脸上，像麻醉剂般，摧毁了她的意志。

她完全不知道自己正在回吻他，自己的手臂已经紧紧地缠绕住他。

这是一个悠长的吻，吻得她神志不清，吻得她全身战栗，吻得她此时才发现自己已经有五年没有与男人有过亲密接触了。

他轻轻松开她，又在她的唇上轻啄两下，柔声说：“和我恋爱，和我在一起。”

她没有回答，咬着下唇，眼泪扑簌而下，抬起泪眼蒙眬的双眼看他，简直成了琼瑶小说里的女主角。

梁晶晶并不想弄得这么苦情，毕竟自己已经是三十好几的人了，但她就是止不住泪水。奇怪了，当年和卫蓝离婚她都没有掉过一滴眼泪，今晚怎么就变成了林黛玉？

但是感动归感动，兴奋归兴奋，一个吻并不能解开两人之间的死结。

梁晶晶慌乱无措地坐到沙发上，郭庭辉也跟着坐了下来。

郭庭辉将她揽在怀里，下巴轻轻摩挲着她的脸颊，“你哭是因为你生气、你吃醋对吗？你喜欢我，你爱我。”

“你为什么要来？为什么不让一切都随风而逝？”

“因为我的心告诉我，你需要我来，我的心不愿意让一切随风而逝。”

“你已经一个多月没有找过我了，为什么不坚持？”

“我不找你是怕你难过。”他磁性的嗓音，娓娓诉说着情话，简直比歌剧中的咏叹调还要动听。

“可是你已经有了新的目标，为什么还不肯放过我？”梁晶晶说的是在餐厅里遇见的那个一身名牌，贵气逼人的女子。

“新的目标？”他稍稍一愣，马上明白过来，轻笑一声，“哦，她叫李婷，二十六岁，是李万的女儿，上个月从洛杉矶回国。”

“你喜欢她。”

“如果我喜欢她，我干吗半夜跑到你这里？”

“你不过是想和我玩猫捉老鼠的游戏罢了。”

郭庭辉摇摇头，叹了口气，轻轻捧起她的脸，“为什么你总觉得我是在和你玩游戏？说实话，我没那么多时间和女人玩游戏。是，李万想把女儿嫁给我，李婷也的确很优秀，也喜欢我，可是我并没有动心啊。”

“怎么可能？她那么漂亮，那么高贵，而且有个有钱有势的好爹。我比不上她。”梁晶晶微微噘了下嘴唇。

郭庭辉将她抱得更紧，笑道：“你觉得我那么肤浅？况且，我也不过是小康人家的孩子，一路走来都是靠自己，我还没到需要用自己的婚姻去换更大的成就的地步。再说，你怎么忘了，我是不婚主义者。昨天我约李婷去吃饭，就是告诉她这一点。”

梁晶晶支着脑袋，此时的她很迷茫，很混乱，不知道要说什么，甚至不知道郭庭辉的不婚主义到底是好事还是坏事。他的不婚主义自然可以吓退一些以结婚为目的的妹子，可是同样地也就意味着自己和他也不会以结婚为终点，虽然目前自己也没有结婚的打算，但是无论如何这也是给他俩未来的关系埋下了一个不稳定因素。

“她怎么说？”

郭庭辉往沙发后背靠去，伸展了一下修长的身体，淡淡笑道：“她说她不介意，就是她父亲那关比较难过。所以我就顺水推舟地告诉她，既然未来会造成她家的困惑，那还不如不要开始了。”

梁晶晶瞥他一眼，讥讽道：“你们男人啊，说一句‘我不喜欢你’‘我不爱你’很难吧。”

郭庭辉笑笑摇头，“不难，只不过没必要让对方太难堪。”

梁晶晶叹道：“你不懂女人，我保证她不会放弃你，她会认为如果攻克她父亲那关，你们就会畅通无阻。”

“那是她的事，只要你答应开始我们爱的旅程，我可以向全世界宣布我心有所属，梁晶晶就是我的世界。”

梁晶晶苦笑着站起身来，他的情话说得很好，编织着童话般的情网，如果自己还是十年前那个单纯地认为相爱即是永恒的傻丫头的话，她此时可能会义无反顾地扑进他的怀里，将自己全身心地奉献给他，将自己的命运交到他的掌心。

可是，想想当初自己与卫蓝不也是爱得死去活来吗？结局又如何？

更别说，卫蓝至少愿意给她一个婚姻承诺，而眼前这个男人甚至连婚姻承诺都不可能给她。那么，当激情退却，他们的爱情将如何升华，如何继续？

而且，他俩之间还有林兰这个不可跨越的高墙，如果和这个男人在一起，那么就必然要在爱情与友情中二选一了。一段没有未来的爱情和一段可以相伴终身的友情，选哪个？梁晶晶深吸一口气，答案是那样的明显。

梁晶晶走进厨房泡茶，尝试让自己的理智回归。

端了清香的花茶出来，却不知道什么时候郭庭辉已经脱了西装、鞋，解了领带，敞着衣领，倒在沙发上睡着了，看看钟，已经凌晨三点多了。

坐在沙发边上，梁晶晶看着他那张俊朗的脸孔，唉，这皮相实在让人难以抗拒，怪不得当初林兰为他寻死觅活，几乎有了抑郁症的所有症状。

想想真是可笑，当年自己为了安慰林兰，把他骂得一文不值，怎么也没有想到事隔多年，这个男人居然神不知鬼不觉地闯入了自己的生活，将自己的心夺走，将自己的生活搅乱，难道这也是因果报应的一种吗？

她伸手轻抚他熟睡的脸庞，倾了上身吻在他的嘴唇上。

她承认自己爱上了他，可是也明白自己不能接受他。

梁晶晶拿出一条薄被轻柔地盖在他的身上，自己喝了点茶，也上床睡了。

再醒来，是因为梁晶晶忘了调来电静音，刺耳的电话铃声电钻似的钻进脑子里。她在黑暗中摸到床头柜上的手机，眯着睡眼匆匆看了一眼，是林兰的电话，开了床头灯，划开指纹锁，慵懒地接听："喂？"

"晶晶，你起床了没啊？"

"嗯？几点了？"

"十点了，我在街上，想买点生鱼片、猪肝、鸡肉什么的上你那儿，中午我们吃火锅怎么样？"

梁晶晶睡意蒙眬地"嗯"了一声，答应了下来。

"那你记得买海鲜酱……"话音未落，突然身旁的光线一暗，一个黑影附上来，"啵"的一声在她脸上亲了一下。梁晶晶猛一转头，看到郭庭辉那张笑嘻嘻的俊脸，简直就跟见了鬼一样，噌一下从床上坐了起来，一面惊恐地看着郭庭辉，一面慌张地拿着电话，急急忙忙地对着电话那头的林兰说道："啊……兰……兰……"

她想阻止林兰上门来，可是那头已经挂断了电话。梁晶晶赶紧回拨过去，却怎么也接不通……

无奈地放下电话，她只能想办法打发郭庭辉走人。

"你怎么还没走？"

"你还没答应我，我怎么走？"他兴致盎然地笑。

"答应你什么？谁允许你进我房间的？谁允许你上我床的？"梁晶晶推开他。

"答应做我的女朋友。"他又搂住她，耍起无赖。

"不可能。"她斩钉截铁地答道。

"为什么？"郭庭辉吃惊，坐在床上愣愣地看着她。昨晚上那个悠长美妙的吻，让他确信她是爱他的，他以为她会感动地流泪，投入他的怀抱，欣然答应。

他的前几任女朋友，哪个不是在他表白后，兴奋地又哭又笑的，他在情场上还没失过手，可是眼前"不可能"三个字不单从梁晶晶的嘴里说出，更是从她的眼睛里、脸上、身上每个地方传达出来。

他心头一冷，松开了搂住她的手臂。

梁晶晶吸了口气，郑重地说："是，你是赢了，你攻破了我的城池，占领了我的心城，可是我宁可与城共亡，也不愿意向你投降。"

他皱起眉来，“你这是何苦？你爱我，我也爱你，为什么……”

梁晶晶扬起睫毛，微昂下巴倔强地说：“你真的爱我吗？你曾经那么爱林兰，可是最后你抛弃了她，中间你又交了多少女朋友，难道你不爱她们吗？那么我，一个年过三十，离过婚的女人，你又能爱多久？”

“晶晶，你太牵强了，当年我刚出社会，还很青涩。我想我是爱过林兰，但是当年我对她的感觉还没有现在对你的十分之一强烈……”

梁晶晶觉得刺耳，忙打断他：“别这么说，林兰是我最好的朋友，你这样说，我会讨厌你的。再说，我们不幸生活在鸡肋时代，爱，不能痛痛快快地爱，恨，不能痛痛快快地恨，所有的人都戴着面具生活，过着泛泛尔尔的日子。我看不透你，也不想看透你。看不透你让我觉得恐惧，但是令我更为恐惧的是，我怕有一天我看透你，我会对爱情、人性彻底绝望。”

她的话不仅没有让他的爱火减弱，而且令他为之震撼，因为她就像是一幅名画，必须细细鉴赏才能品味她的内涵。郭庭辉眼中跳跃着更为炙热的火焰，他是鉴赏家，他看到眼前这个穿着睡衣，睡意蒙眬的女人从骨子里散发出来的点点光辉；她是璞玉，未经雕琢，没人知道她的价值，而他却已发现了她的与众不同。

很突然的，令梁晶晶措手不及的，郭庭辉捧起她的脸，用力地吻了下来。吻完之后他突然激动地笑起来，“晶晶，我没有那么复杂，当然我也不是那么完美，但是相信我，等你看透我，一定不会绝望，给我时间向你证明……”

“你是听不懂我的话吗？”梁晶晶烦躁地掀开被子站起身来，大声道，“你不用向我证明任何事，去找林兰，去找李婷，她们才是你该去追求的人。这辈子，你是林兰的前男友，所以我俩无缘，而且我并不打算恋爱。我这样说，够明白的了吧？”

郭庭辉淡淡地笑笑，从床上下来，说道：“好——”

他走到客厅里，坐到钢琴前，手腕一个优雅的起伏，手指在黑白琴键上飞舞起来，电影《傲慢与偏见》里令人陶醉的钢琴曲《晨曦》在他修长白净的手指下流淌出来，流畅、清新、浪漫、静谧……

梁晶晶倚在门边，头歪在墙上，安静地看着他在阳光里弹奏，瞬间火气全消，嘴角带着一丝微笑。宽宽的肩膀，窄窄的腰，完美的比例，如果是十年前，如果他不是林兰的前男友，她相信自己一定会疯了一样地爱上他，奉他为神，围着他转，只可惜，年纪越大，胆子就越小。一想到林兰知道自己与郭庭辉谈恋爱后的愤怒、失望、痛苦，梁晶晶就退缩起来，她做不到。

一曲弹罢，音符似乎还在空气中徜徉，梁晶晶的灵魂被优美的旋律给带进了梦幻世界。

郭庭辉转身走到她面前，轻轻抚摸她白皙的肌肤，在她脸颊上印上一吻。

“把我的号码加回来，想我的时候就打电话给我。放心大胆地打，我会等你。”

郭庭辉转身到沙发旁穿戴衣物。梁晶晶只是眨着眼睛看着他的一举一动，她知道自己不会打给他，她从来都是说到做到的人，就像当初向卫蓝提出离婚，当她说出口的那一瞬，她就不会改变心意，无论卫蓝如何苦苦哀求挽回都无济于事。

她没有再说话，郭庭辉始终都是不了解她的，也没有必要了解，他们即将成为陌路。想到这儿，梁晶晶心中一阵抽痛，从昨晚到现在，十个小时，既是他们故事的起点，也是他们故事的终点。

她送他出门。他依依不舍地看着她，眼中是千言万语，却无从说起，而她已经垂下睫毛，关闭了交流的渠道。

郭庭辉叹了口气，转身离开了。梁晶晶关上门的那一瞬间，仿佛自己的那颗想要飞出去追随他而去的心被门缝牢牢夹住。疼，无比的疼，无法形容的疼……

林兰兴致勃勃地拎着一大包食材走进梁晶晶的小屋，却被梁晶晶憔悴、彷徨的神情震了一下，赶忙将购物袋扔在一旁，拉了她到沙发边，正要坐下，视线停驻在沙发上散乱的被子上。

“哟，昨晚有人在这儿留宿？”林兰问，脸上浮起一个打趣的笑容。

梁晶晶赶紧将被子团起丢进卧室里，拿着头绳随意地将卷发束起。林兰见她神色不对，上前拉着她坐下。

“晶晶，你怎么了？这两个月来，我一直觉得你不太对劲。”

梁晶晶抬眼看着林兰真挚关切的目光，要是在从前，她早就拉着林兰大吐苦水，可是如今，要她怎么说？难道说你的前男友昨晚在我这儿留宿，向我表白，我们接吻了？

梁晶晶慌乱地摇摇头说道：“没什么，我最近写作投稿都不顺利，所以心情不太好。”

“哎，那是他们没眼光，你写得好极了，我可是你的忠实粉丝。”

“我知道你对我最好了。”梁晶晶笑着轻捏了下林兰的脸颊，无奈道，“不过我们这行没有名气的时候就像是菜市场上的白菜，不值钱。”

“行行都有难处的，我每天坐在办公室里，处理那些烦琐又重复的工作不也无聊么，我最近都在想要不要自己也弄个什么小店做做生意。”

梁晶晶笑了，“你？不行的，一来你我都不是那种成天往钱眼里钻的人，不是自己的兴趣爱好，是很难撑下去的；二来你也不是那种能赔笑脸的人。俗话说得好，没有笑脸莫开店，你这张冰山美人的脸会去讨好那些挑剔的客人？”

林兰“咯咯”地笑,梁晶晶是了解自己的,自己的个性淡然,不喜讨好他人，又怎么去伺候那些难搞的客人？

梁晶晶提了购物袋进厨房。林兰坐在沙发上正要打开电视，却看到茶几上有两个茶杯，又勾起了她对昨晚留宿在梁晶晶家的客人的好奇心。

“哎，昨晚是谁在你这儿过夜啊？”

梁晶晶一面整理食材，一面转着脑筋编故事：“哦……昨晚有个网友来借宿。”

“什么？网友借宿？我怎么从来没听你说过？”

“因为不是什么重要的人啊。”梁晶晶洗了两个苹果出来，放在茶几上。

林兰审视她，摇头道：“你学坏了，胆子也太大了，怎么可以随随便便把网友带家里来嘛。是个男的吧？”

“嗯。”梁晶晶敷衍地笑笑，为了让故事听上去更符合逻辑，补充道：“我寂寞啊。”

“寂寞，那你不会找我啊？……”话一出口，林兰失笑起来忙轻拍了几下自己的嘴，“哎呀呀，你看我笨的，懂了，我不问了。你也有五年没碰男人了。理解理解……”

梁晶晶尴尬得脸上发烫，推了林兰一把，“死丫头，你胡说什么啊？”

林兰笑着偎在她的肩头，在她耳边轻问：“话说，你和卫蓝离婚后真的没有再那个过？”

梁晶晶用手指轻轻夹了一下林兰的鼻头笑道，“没有，我这样直白地拒绝他，他还纠缠呢，如果和他睡了，我还跑得了吗？”

“可是，你真的不想？”林兰认真地问：“我不是开玩笑的，医学上都说阴阳调和对健康有好处的。”

梁晶晶想起昨晚上与郭庭辉的拥吻，他男性的气息、男性的体魄着实是迷人的，可即使如此，她还是克制住了，想想觉得自己的自控能力还真够了得。

“好了好了，你我两个单身女人谈什么阴阳调和啊，我是希望你早点嫁，但是我自己嘛，就不做他想了。”

“不就是一次失败的婚姻吗？你还那么年轻，无论是生理，还是心理都是需要男性的啊。”林兰咬着苹果说。

梁晶晶眯着眼打量她，笑说：“你是不是荷尔蒙泛滥了？怎么今天老往那事情上想？”

林兰叹气，“荷尔蒙泛滥也好，爱心泛滥也好，总之我还是想要结婚，想过安安稳稳的生活，一个人总有种漂泊无依的感觉。”

她抿了下嘴唇，有些扭捏地开口道：“晶晶，有件事我想让你帮我。”

“什么？”

“你不是有朋友在郭庭辉的公司里吗？能不能帮我打听下他是不是有女朋友了？”林兰低声说。

梁晶晶心头“咯噔”一下，眨巴着眼皮，呆呆地看着林兰。

林兰见她神情有异，问道：“怎么了？”

梁晶晶赶紧堆笑道：“这个不难，不过，你怎么突然问起郭庭辉来？”

“你没看见他昨天和那个女人的样子吗？六年前他甩了我，在美国逍遥快活的样子肯定就和昨晚一样，我不甘心，晶晶，我还想试试。”

“可是……可是……”梁晶晶矛盾地看着自己最好的朋友，“他和我说过，他是不婚主义者。我怕你最终还是要失望的。”

“什么‘不婚主义’，现在扯着‘不婚主义’大旗的人少吗？但是有几个人能够坚持到最后的？不过是没碰到自己真爱的人罢了。”

林兰的一番说辞，让梁晶晶无可辩驳。谁说不是呢？人是善变的，一时一个想法不稀奇。

梁晶晶心中有种冲动，想把自己和郭庭辉的事告诉林兰，可是，几次话到嘴边，看着林兰期许的眼神，怎么也说不出口。她无法预料林兰知道真相后的反应，她害怕看到林兰伤心难过的样子。

她只得微笑着点了点头，算是答应了林兰的要求。

林兰似乎已经把目标移回到了郭庭辉身上，一上午的话题总也离不开郭庭辉，从六年前的爱恨情仇说到重逢后的点滴变化。

梁晶晶只是默默地陪吃陪笑，完全不知道要说什么，自己的唇上还依稀留着郭庭辉的痕迹。林兰说得越起劲，她的心里就越愧疚。

林兰笑说：“你说是不是天意，郭庭辉回来了，我和高咏分手了，或许冥冥之中有什么安排呢。”

“那……万一……万一他爱上别人了呢？”梁晶晶小心翼翼地问。

“那就算了，我也不会死皮赖脸地缠着他，只不过我知道他眼界高，不容易动心的。”林兰边吃边说。

梁晶晶道：“昨晚上我们见到的那个女子我看就很不错。”

林兰微微一笑，咬着筷子尖摇头，“我敢打赌郭庭辉不喜欢她。”

“为什么？”梁晶晶有些讶异。

“女人的直觉。”

两人相视而笑。

真是多事之秋，两人吃饭吃到一半，居然又有人敲门。

梁晶晶觉得自己的小公寓简直是太热闹了。

一开门，竟然是卫蓝拎着一个水果礼篮站在门口，脸上是一脸愁容。梁晶晶当下知道他是因为自己把他拉黑了，所以直接冲了上来。唉，让男人知道自己的住所真的不明智。

林兰也迎了出来，接过礼篮，笑道：“卫蓝，你来的还真及时，我正愁忘了买水果呢。我们正在吃火锅，快进来一起吃吧。”

卫蓝还真的黑不提白不提地坐了下来，加入了火锅大餐，却只是一言不发地闷头吃，弄得林兰和梁晶晶都很莫名尴尬。

吃完饭，林兰和梁晶晶在厨房里，一个切水果，一个洗碗。

林兰低下头在梁晶晶身边悄声道：“他好像有点不对劲呢。”

“我把他和他全家都拉黑了，我不想再纠缠下去了。”

“怪不得。”林兰转身看看客厅沙发里的卫蓝，颇为唏嘘，“其实卫蓝人不错啊，虽然少了点男子气，但是这年头，他在婚恋市场上起码也有八十分的。而且你俩还是初恋，多美好啊。你啊，不是我说你，虽然我知道你和他父母处不好，但是你能说你自己一点都没错吗？”

梁晶晶叹气道：“林兰，婚姻原本就没对错可言，而是合不合适，需不需要。我现在不需要婚姻，而我和卫蓝也不合适。我明说吧，我已经不喜欢他了。”

林兰停下手中的水果刀，疑惑地问：“真的不喜欢了？”

“是的，不喜欢。我再说得明白些，如果你喜欢他，你可以去试试，我也不会在意。”

“你胡说八道什么啊？你的男人我是不会要的，你大方我还嫌恶心呢。”林兰坚定地说，“再说，他不是我喜欢的类型。你知道我喜欢什么类型的。”

梁晶晶扑哧笑道：“我知道，你就喜欢霸道总裁型的，高咏、郭庭辉都属于那类型的。”

林兰含笑点头，顿了下又问道：“晶晶，告诉我，你是不是另有心上人了？是不是……就是昨晚在这儿留宿的人？”

梁晶晶抬起眼睑，定定地看了她一会儿，点点头，“可以这么说吧。不过也已经结束了。”

“哎，你太不够朋友了啊，我有什么事都告诉你，你有这么大的事怎么不告诉我呢？那男的帅吗？多高？做什么的？你俩怎么认识的？什么星座的？”林兰噼里啪啦一连串地发问。

梁晶晶哭笑不得，女人的八卦天性真是无敌的，看上去冷冷的林兰，骨子里却是十足的小女人。

“不帅也不高，就一普通人，程序员，网上认识的，处女座。”晶晶胡编了一个男人出来以满足林兰的好奇心。

“哎哟，你饥不择食啊？”林兰揶揄。

“所以我没让他进卧室啊。”梁晶晶轻笑，捧着水果盘走了出来。

林兰还想追问，但是碍于卫蓝在场，只得作罢。

看了卫蓝一眼，林兰识相地说：“你们有话要说，那我先走了。”

梁晶晶抓住林兰的手臂低声说道：“不准走。”

卫蓝抿了下嘴唇道：“晶晶，我有很重要的话要和你说，还是让林兰先走吧。对不起林兰。”

林兰正要离开，梁晶晶一把拉住她，对卫蓝道：“有什么话，你就说吧，林兰不是外人，我有事不瞒她的。况且这里是我家，林兰是我请来的客人。”

卫蓝无奈，三人僵持在那儿，场面很是尴尬。

林兰只得自嘲地笑笑：“又要我当电灯泡。不过呢，卫蓝，你是知道我和晶晶情同姐妹的，既然她要我留下，那我就不走了。要不，你们去卧室聊，我在这里看看书。”说着随手从书架上拿了两本书便坐到窗台上去，让卫蓝与梁晶晶谈话。

卫蓝迫不及待，一把拉了梁晶晶进卧室关了门。

“你把我删除了？”

“是的。不止你，是你全家，我都删除了。”

“为什么？”卫蓝急得眉头紧蹙。

“你妈的要求，也是我自己的心愿。”

“我妈？她打电话给你了？可是，我早和你说过我会努力的，我会去赚钱，我想办法买房子，我们自己搬出去住。”他急迫地说。

“卫蓝！我不会和你复婚的。”

“那，那就不结婚。”

“我生不出孩子。”

“那就不生，晶晶，我爱你，我想和你在一起。”他急得几乎要哭出来，双手紧紧握住她的手臂。

又是这样，这样的桥段在离婚后的几年里已经反反复复上演过不下五次，梁晶晶觉得很疲倦，而且她也知道后面将会发生的事。

往年，每次看到卫蓝泪眼汪汪，梁晶晶就会心软，可是今年，尤其是今天，大不一样，她的唇上有了郭庭辉的唇印，他霸道地进驻了她的心房，给了她无比的勇气和决心。

“不不不，卫蓝，我不爱你，我已经不爱你了。”梁晶晶终于把话说到了尽头。

卫蓝怔住了，脸颊上的肌肉轻颤。虽然离婚多年，但是他一直以为他俩的分离是家庭因素造成的，而不是他俩的感情有问题。

梁晶晶继续说道：“对不起，卫蓝，我应该早点告诉你的。”

“早点告诉我？你是说你早就不爱我了？”卫蓝倒吸了口气，眼眶泛红。

梁晶晶垂下头，无法正视他的眼睛。因为当初林兰曾经劝诫过她，让她和卫蓝尽早切割干净，不要藕断丝连，但是她却自私地认为和卫蓝保持朋友之上恋人未满的关系很酷、很完美。

如今因为自己心中有了别人，就立刻翻脸要与卫蓝一刀两断，自己是有些亏心的。

梁晶晶皱着眉点点头，“是的，我想我一直错误地把怀念当成了感情，但是我们都已经长大了，变了……”

“是你变了！我没变！”卫蓝突然大声打断梁晶晶的话，全身战栗，眼中像是要喷出火来。

“你骗我，你骗我！晶晶，你是骗我的是吗？当年我们在校园看星星，你说我们会一直相爱到永远的。你还给我做寿司、做蛋糕，你说你喜欢我，说我是你最喜欢的人，没有人可以和我比的。”卫蓝突然间把陈年旧账翻了出来，让梁晶晶有点猝不及防。

哦，是的，她说过的，梁晶晶心里喊着该死，谈恋爱时真的不该说那么多肉麻的话的，现在真的是噼里啪啦地打脸。她只能低着头沉默，紧紧抿着嘴唇。

“当年是你追求我的！”卫蓝又说出了一个让梁晶晶无地自容的事实，唉，当初的确是梁晶晶追的卫蓝。

梁晶晶的头低得更低，简直想直接变成工地上的钻头，开足马力，一脑袋钻到地底下去算了。

“不，你不能扔下我，你不能这么狠心！！晶晶！！”

……

听着卧室里卫蓝越来越激动的嗓音，林兰坐在窗台上只是摇头。这一天终于来了，再长的丝，也无法改变“藕断”的事实，总有一天丝也会断。

窗外的天阴阴的，林兰拿起手中的言情小说翻了两页，可是卫蓝的大呼小叫，把什么浪漫气氛都破坏了。看来言情小说里的情节终究是作者想象出来的，而眼前这对曾经的恩爱夫妻的针锋相对才是真实世界。

看不进去，索性丢开，她拿起了一本精美的画展宣传册。心头一动，正是上次看到的那本郭庭辉公司参办的画展宣传册。

轻轻一翻，美轮美奂的页面间突然掉出一张名片，林兰赶紧接住，定睛一看，“郭庭辉”三个字赫然跃入眼帘。

郭庭辉的名片？！

奇怪！林兰心中疑窦丛生，这是众所周知的，宣传册里大多夹的是业务经理的名片，只有小公司的光杆司令才会将总经理的名片廉价散发，很少有大公司会将总经理的名片夹在宣传册里分发给所有来宾，除非是非常重要的大客户，或者是特邀嘉宾。

晶晶是怎么会有夹着郭庭辉名片的宣传册的？而且她说这宣传册是她的朋友给她的，那就更不可能把总经理的名片夹在里头了。

林兰不禁抬头朝卧室的门看了看。

“嘭！”一声巨响。

“啊！卫蓝你要做什么？”卧室传来梁晶晶的惊呼声。

林兰大惊，想起当初梁晶晶提出要和卫蓝离婚时，卫蓝也曾经有过过激行为，当时还摔了梁晶晶的手机，差点将梁晶晶掐死。

“你为什么那么无情？！你为什么要抛弃我？！我那么爱你！……”

卫蓝在卧室里咆哮怒吼，林兰赶忙冲进卧室。

只见梁晶晶被卫蓝摁在床上动弹不得，卫蓝的双手紧箍着她，疯了一样亲吻她。梁晶晶奋力挣扎，却毫无用处。

“卫蓝！”林兰大喝一声，“你做什么！？放手！”

梁晶晶的无情无义让他痛彻心扉，忘了外头还有一个林兰。他不明白为什么梁晶晶如此决绝，他已经很努力地想要满足她一切的愿望了。五年来，每次相亲他都是敷衍了事，为了解决梁晶晶和父母之间的矛盾，他也已经背着父母存钱买房了，甚至还动了不要孩子的心。然而自己如此的努力，如此的真诚，换来的却只是她轻描淡写的一句“我不爱你了”。他接受不了。

在林兰的呵斥和阻止下，卫蓝渐渐冷静下来，松开了梁晶晶，但是他的怒火和沮丧并没有结束。

卫蓝喘着粗气，掉转头对林兰说：“你先出去，这是我们夫妻之间的事。”

“你们已经离婚了，你这样做是犯法的！”林兰严厉地指了指卫蓝，又指了指大门，“你现在情绪太激动，根本解决不了问题的。晶晶的脾气你还不知道吗？你硬来是不会有任何好结果的。我劝你先回去，冷静冷静，过段日子，你俩再好好谈。”

卫蓝喘着气，翻身坐在了床沿上，弓着身子，双手抓着自己的头发。

林兰赶紧把梁晶晶从床上拉起来，拉到自己身后。

一阵沉默过后，卫蓝抬起头来，红着眼眶，看着梁晶晶，缓缓说道：“你是不是爱上别人了？”

梁晶晶吸了口气，摇摇头，言不由衷：“没有。”

“那你为什么不接受我？”

“我不知道，感情无法勉强……”

“你这样太残忍了，追求我的人是你，说爱我的人是你，提结婚的人是你，说要和我一生一世的人还是你啊，晶晶！我相信了你，我爱着你，我发誓要爱你一辈子，和你在一起一辈子的。你怎么可以如此轻易地放弃我们的感情、我们的婚姻？”

泪光在他的眼中闪烁，悲伤的神情令人心碎。

他的话发自肺腑，真诚又感人，说得连林兰这个局外人都充满了同情，梁晶晶更是愧疚难当。

他错了吗？没有，他说的都是真话，他爱她，想要和她一生一世的。那么是梁晶晶错了吗？似乎也没有，她只是逃离了一段令她痛苦的婚姻，过自己想要的生活。

梁晶晶很是迷茫又困倦，脑子里不停地闪烁着昨晚和郭庭辉拥吻的景象。看着挡在自己身前保护自己的林兰，她觉得自己罪孽深重。

昏昏沉沉地想了想，她拍了下林兰的肩头，“兰，谢谢你，我自己处理吧。”

林兰蹙着眉点点头，“也好，解铃还须系铃人。”

她转头对卫蓝说：“你们好好谈，如果你再发疯，我就直接报警。”

林兰出了卧室，将门虚掩着。

梁晶晶走上前，怜惜、同情地看着眼前的男人，不似郭庭辉那种剑眉星目、英气逼人的俊朗，卫蓝的漂亮带了点江南男子的阴柔儒雅、白净温柔，平日里对谁都非常温和，两次失控都是因为梁晶晶要离他而去。

卫蓝抬头看她，喉结上下滑动，在极力地克制自己的情绪。

“你要我怎么办？”梁晶晶皱着眉问，“难道我们永远这样下去吗？我没有再婚的想法，甚至连恋爱都不想谈，和你耗个十年八年，对我都没什么影响，但是你怎么办？你父母怎么办？卫蓝，你是不可能永远不结婚不生孩子的。”

“你真的一点都不喜欢我了吗？”他可怜兮兮地问，这种神情极为容易激发女性的母性。而这也是每次梁晶晶要分手，卫蓝必然会使出的撒手锏，他知道她心软。

果然梁晶晶慌乱中再次妥协了。

人越大越明白这个世上绝对的黑与白是很少的，大多数的人和事都是灰色朦胧的，感情也是如此。梁晶晶不爱卫蓝，但是那么多年的情愫，夫妻情分，说要一扫而空，从此陌路是不太可能的。

她无奈地、怜惜地轻抚他的发丝，叹了口气，“好吧，我们就做个最后约定吧。半年，半年里如果你能让我再次爱上你，我们就试试看重新开始。但是如果半年内你无法让我再次爱上你，你就要离开我，去过你自己的人生。同意吗？”

卫蓝一把将她搂过，将脸埋在她的胸前，吸着她身上熟悉的幽香。他死死抱住她，害怕她会再次离开，“可是万一你爱上了我，却骗我说没爱上我呢？”

梁晶晶摇头，“怎么可能呢？如果我爱上了你，那什么力量也无法让我离开你。当年我对你的痴狂难道忘了吗？”

“没忘没忘，我知道你会再爱上我的，我知道我们的缘分还没完。晶晶，你放心，我已经在存钱买房子了，以后我们搬出去住，我会保护你，我什么都听你的。”他的泪痕在她胸前的衣服上留下了一条印子，她心中很是酸楚，情不自禁地将他的头抱在怀里。

她安抚他，脑子里却不停地闪现着昨晚上激情的拥吻。郭庭辉会像卫蓝这样爱自己吗？估计是不会的，郭庭辉太优秀了，身边围绕着出色的女性，自己怎么高攀得上？就算一时迷情，又能坚持多久？他能像卫蓝这样矢志不渝吗？估计是不能的，别忘了，他曾经频繁地换女友；别忘了，他曾经背叛过林兰；别忘了他是个把女人当爱情小白鼠的情场浪子。

一想到此，梁晶晶心头一颤，自己昨晚上是中了什么邪？怎么会为他伤心、为他哭，还与他激情拥吻？自己脑子进水了吗？郭庭辉这样的男人是绝对碰不得的。

她好悔，心头一阵痛楚，咬着下唇，下意识地紧紧抱住卫蓝，想用卫蓝的痴情来抵御郭庭辉的诱惑。

林兰讶异地看着梁晶晶和卫蓝手牵着手走出卧室，卫蓝的情绪说不上好，但是明显平静了许多。

梁晶晶将他送到门口，卫蓝吻了一下她的脸颊，才依依不舍地离开。

林兰真是由衷地佩服，笑着朝梁晶晶竖起大拇指。

梁晶晶已经累得够呛，倒进沙发里长长地吁了口气，将刚才和卫蓝达成的协议告诉给了林兰。

林兰笑道："你是在使缓兵之计呢？"

"是的，不然怎么办？"

"不过也好，万一半年里你又爱上了卫蓝，不就皆大欢喜了？"

梁晶晶坐起身来，白了林兰一眼，"我和卫蓝怎么可能皆大欢喜？他是独子，不生孩子是大不孝，我承受得起，他承受得起吗？再说，我不想再被感情婚姻束缚了，每天被人管头管脚的，我现在多逍遥自在，所以即使我爱上他，那也只能拍拖约会，我这辈子都不会再被男人束缚了。"

"真奇怪，你不想结婚生子，却偏偏有男人寻死觅活就得要和你结婚生子，而我想结婚生子，却碰不到一个正常男人。"

林兰从窗台上走下，来到沙发旁，扬了扬手中郭庭辉的名片，朝梁晶晶挤挤眼睛。

"唉，帮我联系下，怎么样？"

梁晶晶笑容凝结，"兰，你一向都很被动的，男人不主动示好，你就算再喜欢也是一动不动的，哪怕男人示好，你也是冷若冰山。怎么这次对郭庭辉那么感兴趣呢？"

林兰惨然一笑，"或许就是因为过去我太被动，所以错过了太多，我在想如果当年我奋不顾身去美国见他，故事也许就不一样了。当年是因为距离的原因，我们的感情才冷淡下来。如果不是那样，我想或许我们已经成了。"

梁晶晶无言以对，她无法将郭庭辉那个版本的解释告诉林兰，只能默默地听着。

“哎，你帮不帮我？我的幸福可能就在你的手上了。去年可是你先挑的头，是你告诉我郭庭辉回国的。”

梁晶晶只有尴尬地笑，不知道事情怎么会变成这个样子。

“你帮不帮？”林兰伸出手指，戳了一下梁晶晶的腰。梁晶晶怕痒，笑着蜷起身子。林兰又咯吱她，梁晶晶没办法，只得在笑声中答应了下来。

第三部分

The Third Part

落地窗前，高咏难得空闲地坐在藤椅里欣赏窗外美丽开阔的黄浦江景。滨江豪宅的气派的确是不同凡响，不夜城的万家灯火与天上的璀璨繁星相互辉映，江上游船缓慢前行，显得悠然自得，与岸上来去匆匆的人群形成对比。

这样的空闲时光在接下来的日子里估计会越来越多，因为泄露公司人事调整的秘密，老板乔振邦把他骂得狗血淋头，没多久又将自己学成归来的儿子乔雨生安排给高咏做助手。

高咏是聪明人，一看就知道这是准备要让“太子爷”接替自己的位置了。一开始高咏还以为是要提拔自己做分公司总经理，所以让太子爷来接替自己，但是很快高咏就发现事情并非如此，现任的总经理与公司又续签了两年的合约。也就是说，分公司总经理这一职位暂时已经安稳，不再存在晋升希望，那么乔振邦把儿子派到自己身边来的用意就很耐人寻味了。

高咏心中很不是滋味，若是其他人，不教也就完事了，甚至可以找个什么由头把对方开除，可是“太子爷”亲临，你若是不倾囊相授，遮遮掩掩，这碗饭估计也就别吃了。

当然高咏也不是傻子，一张病假条、一堆资料数据移交给了太子爷，然后将核心数据备份带走，悄悄给几家经常联系他的猎头公司打了个电话，静待佳音。

可是他千算万算也没想到，曲正和魏明达这两个竞争对手竟然会联手对付他，在公司内外到处散播，甚至是捏造高咏的种种劣迹，泄露商业机密、违规操作、利用裙带关系、私受回扣等，虽然都是些没根没据的事，但是好几家想要录用高咏的大公司都不禁犹疑起来。

在家里呆坐了半个月，高咏心里开始犯嘀咕，猎头公司那里支支吾吾也就算了，连老东家都没有催他上班的声音，仿佛没有了他也一切照旧，完全没有他预想中的惊慌失措，急着请他回去的意思。

这让高咏焦虑起来，拿起手机看了看时间，星期四下午七点十分，往常这个时间还是他的正常加班时间。

人真的有点贱骨头，累得像狗一样的时候，时时刻刻盼着周末假期睡个囫囵觉，拥有一点点属于自己的时间，可是真的让你无所事事，天天睡到自然醒，你又开始恐惧自己被世界抛弃，怀念起累得像狗的时候。

高咏实在不习惯没有加班、没有工作、没有电话的日子，而且更可怕的念头在他心中慢慢升起，自己的离去会不会是中了别人的圈套？职场如战场，好职位永远都有人觊觎，自己的一走了之不会成全了别人吧？

哎呀！高咏心头一个冷战，大肆懊悔！是啊，再怎么样，只有身在战局中才有胜利的希望，退出那就必输无疑啊！

他赶忙拿起手机，正要拨号给自己的秘书小陈，打算明天就回公司去上班的时候，手机铃声却抢先一步响了。高咏一看，是谢琴，一见这名字他就皱起眉头。

男人在事业落魄的时候，是没有心思风花雪月的，甚至看到女人都觉得“烦”字当头。很多女人总是把自己想当然地放在男人生命的第一位，殊不知，男人与事业才是天生的原配夫妻。

高咏冷漠地挂断谢琴的电话，没想到谢琴又打过来，高咏又挂断，谢琴再打。如此反复几次，高咏气往上冲，接起电话，张嘴就吼：“你闲的没事做吗？！”

“我想你啊……”

“我很忙。”

“我什么时候才能见到你啊？”

高咏最后的一点绅士耐心终于被磨灭了，“你真是有病！大家你情我愿地玩玩也就算了，你还想怎么样？我警告你，别再打电话给我了，不然别怪我不客气！”

“喂？你说什么？玩？……喂……喂？”谢琴在电话那头大声喊叫，高咏却已经将电话挂了，顺手将她的手机号给拉黑了。

之后，高咏拨通了自己秘书小陈的电话。

电话铃响了一次，两次，三次……N多次，这是以前从来都没有过的事，高咏心里感觉更不好，蹙紧眉头，紧握拳头，耐着性子等待小陈接电话。

终于在不知道多少声响铃后，电话那头终于传来小陈有些心虚尴尬的声音。

“啊……是高经理啊……不好意思，刚才在地铁上……没听见电话……”

高咏懒得管他是不是说谎，直接挑明自己的意思：“我明天回公司上班。公司有什么事吗？”

“啊？！”小陈显然慌张得有些不知所措，支吾道，“高……高经理啊……你不是已经……辞职了吗？”

“什么？！”高咏“噌”的一下从椅子上弹了起来，“咣当”一声碰倒了桌上的茶杯。

小陈的话犹如炸弹从天而降，炸得高咏一阵头脑空白。

小陈在电话里头断断续续，遮遮掩掩地说：“前天，人事部发了份电子邮件，说你已经向公司提交辞呈了。”

“放屁！！”高咏脱口而出，“我根本就没有辞职！该死的，他们想用这种方法赶我走？！如果他们要开除我，就得按照合同支付我赔偿金！”

小陈在那头有些尴尬，不知道说什么才好。

“我明天一早就回公司，这事没那么便宜！”

“高经理……有句话我不知道该不该说……”

“说吧！”

“我只是提醒一句，道理谁都懂，但是他们还是这样做，是为什么？你自己要想想。”

小陈说完就把电话挂了。

高咏一愣，当真不能小看任何人，这个平日里不声不响的小陈一语中的，违反劳动合约的后果乔振邦怎么会不知道？而他们却非要这么做，一定是有十足的把握。

高咏看了看自己的手提电脑旁的一个U盘，嘴角拉了下来。曲正和魏明达编排的那些谣言并非空穴来风。高咏是聪明人，也是有野心的人，让这样的人安分守己是很困难的，私收佣金、中饱私囊、以公谋私，这些事他都是做过的，但是他自认对公司是尽心竭力的，好几个大项目都是由他操刀，完美收官，公司名利双收。自己的过比起自己的功压根算不上什么。再说，这个行业里这样做的大有人在，做到这个职位，谁都会有一些重要资源捏在手上，这也不是什么稀奇的事。

话虽如此，但是毕竟是不合法规的操作，高咏还是有些担心，自己泄露公司人事安排的确是个不小的错误，不过照着过往的交情，还不至于用这种卑劣的手法赶他出公司。这中间一定有古怪。

第二天一早，高咏回到公司里，踏进自己办公室的那一霎，整个人都呆了，自己的办公桌后赫然坐着一个年轻人——“太子爷”乔雨生。

乔雨生见他进来，嘴角勾起一个笑，倒在椅背里说：“哟，终于来啦，我爸正在等你。走吧。”说着合起笔记本电脑站了起来，径直就往外走。

高咏蹙着眉头，事情变得越来越蹊跷，只得跟着他来到董事长办公室。

门一开，高咏顿时倒吸一口冷气，止住了脚步。办公室里好一派阵仗！乔振邦与谭建中正喝着红酒，抽着雪茄烟。谭文丽一身红色窄身连衣裙，依偎在父亲身旁说笑着。一旁是曲正和魏明达两人端着红酒赔笑。另外还有一男一女西装笔挺地正在办公桌前翻弄着文件。角落里站着高咏曾经的秘书小陈，看到高咏走进来，有些愧疚地低下头去。

高咏立刻明白，是小陈告诉了他们自己今天回公司。人心的确是世界上最复杂的东西，他也明白小陈这么做是为了讨好领导，就如古代宫廷斗争一样，主子被贬了，自己自然是要赶紧撇清关系，巴结下得势的一方，或许道德层面上算不上君子，然而为了生存往往需要这样的手法。

“爸！他来了。”乔雨生喊道。

乔振邦和谭建中停下他们的高谈阔论转过头来打量高咏。乔振邦和谭建中眼中是一抹笑意，谭文丽眼中是一抹得意。

谭文丽已经一个多星期没有回滨江豪宅了，不承想居然出现在自己老板的办公室里。

乔振邦悠然地坐到那张宽大的老板椅里，朝烟灰缸里弹了下烟灰，指了指办公桌前的椅子说道：“坐。”

高咏走过去坐下，盯了谭文丽一眼。谭文丽微抬下巴骄傲地笑着。

乔振邦转头看看谭建中笑道：“谭老板，是你来说呢还是我来说？”

谭建中摇摇头，“这是您的地盘，我就不掺和了，你们先谈公事，我们先出去。”

“好，请。小陈，带谭老板和谭小姐去会议室休息。曲正、魏明达，还有雨生你们去作陪，再和谭老板详细谈谈我们公司的海外市场。”

众人应了，都退出了董事长办公室，屋子里只剩下乔振邦、高咏和那两个陌生的男女。

乔振邦说道：“我来介绍一下，这位是杨律师，这是他的助理。”

高咏心头咯噔一下，律师？那自然是牵涉法律事务了，看来乔振邦的确是有备而来。

“乔董，听说我‘被’辞职了，您这葫芦里卖的是什么药？不妨直说。”高咏故意强调了“被”字。

乔振邦喷了一口烟雾，“那是人事部搞错了，我的原话是你的职位需要变动一下，也不知道他们怎么就以为公司要开除你？然后稀里糊涂地就发了封邮件，我刚才已经把曲正给批评了。”

高咏不语，等着乔振邦揭开谜底。

乔振邦慢条斯理地说：“乔氏打算进军房地产业，有个新项目要在非洲开展，你能力出众，又在我公司里效力多年，所以我希望你能负责这个项目。”

高咏皱起眉头，越听越离奇，“房地产业？非洲？乔董，我对房地产业一窍不通，对非洲也一无所知，我怎么负责这样的项目？”

乔振邦笑了笑摇动了两下手指道：“这个你不用愁，你不懂房地产业，但是你的岳父懂啊，这也是我和你岳父商量的结果。”

“我岳父？谭建中？他怎么会和乔氏有了关联？”高咏问。

乔振邦眼中透着谜一般的犀利，淡笑道：“RH 集团的建筑公司几年前就搭上了政策顺风车在非洲打下了基础，后来进军当地的房地产业，赚的是盆满钵满，你岳父今年也想从中分一杯羹，RH 却对他的资质不满意。你也知道，你岳父的实力已经大不如前，所以上个月建中房地产公司已经加入了乔氏，成为乔氏的下属公司。”

高咏一愣，脑子转了转，立刻明白过来。谭建中想跟着李万去非洲做房地产生意，但是资金不够，于是想借乔氏的资金实力和名声加入李万的队伍，此等有利可图之事如何不为？乔氏立刻顺势收购了谭建中的建中房地产开发公司，加入了李万的 RH 集团，作为自己进军房地产界的第一步棋。

乔振邦继续说道：“我们常年做国际贸易，对非洲的形势还是相当了解的，另外货运物流方面也是我们的强项，所以 RH 集团也非常乐意和我们合作。”

高咏心中已经明镜似的，这三家已经结成同盟，打算整合资源做更大的买卖，但是这和他并没有多大的关系，他不想成为他们棋盘上的一颗棋子，但是隐约间他感觉到乔振邦必然有他的计划。

“乔董，谭建中是我的前岳父，我已经和他的女儿离婚三年了。所以你们之间的合作计划我就不参与了，我还是希望继续为乔氏服务，做我的老本行。”

“呵呵，我知道。你的私事我原本是不该干预的，只不过我想提醒你一句，做事不要任性冲动，要三思后果知道吗？老谭虽然今非昔比，但是也算有恩于你。何必搞得那么僵呢？我和老谭是同学，文丽是我从小看大的，虽然有点大小姐脾气，但是也没做什么对不起你的事情。”乔振邦笑笑，“哦，当然啦，你的私事你自己做主，我不过是作为长辈说几句而已。”

高咏不置可否地微微颔首，他在乔氏的几个项目之所以能够开展顺利，很大程度上的确是倚靠了谭家的人脉。但是无论谭建中帮过他什么忙，他也不后悔与谭文丽离婚。

就在高咏迷茫之际，乔振邦使了个眼色给一旁的杨律师。

即刻，一份早就拟好的新的劳动合同摆在了高咏面前。

高咏接过来快速地浏览一遍，眉头越蹙越紧，心头一阵阵的寒意。这份新的合同密密麻麻写了十几页纸，重点无非两条：一、解除乔氏与高咏原先的劳动合同，不再另行补偿；二、高咏将被外派到谭家的建中房地产开发公司工作，主管两家在非洲的房地产开发项目，名义上还是乔氏的员工，前期办公地点在谭家公司，中后期将常驻非洲，工资福利均由建中房地产开发公司负责安排。

说得简单点就是高咏作为乔氏的员工被派到下属的建中房地产开发公司去工作，实际上就是变相地将他赶出了乔氏。

胸中一股恶气凝聚，高咏“噌”的一下站起身，将合同扔到桌面上，大声道：“我不同意！！”

乔振邦吸了口雪茄烟，烟雾从他的口鼻处袅袅升起，遮住了他的脸。

高咏气道：“我们的原合同中写得明明白白，工作地点是在上海，而且我对房地产业根本不熟悉，为什么要派我去？”

乔振邦没答话，倒是一旁的杨律师很合时宜地开口道：“高先生不用激动，你与乔氏的原劳动合同里，有一条是你需要服从公司的调派，你看，在这儿……”说着递上一份高咏的雇用合同的影印本，手指指了指合同上的一条条款。

乔振邦慢条斯理地说:“你不懂房地产,公司可以出钱培训你,让你慢慢学。”

高咏立刻理亏，自己的职位再高也不过是打工的，拿人钱财替人消灾，拿人薪水替人工作,公司安排你做什么工作、什么职位,哪里轮到你说“不”字，除非你有胆量辞职，卷铺盖走人。

辞职！高咏心头一坠，突然嗅到圈套的味道。

非洲他是肯定不会去的，大上海如此繁华，无端端地跑去非洲做什么？外派到谭家的公司，其实就是为谭家打工，受谭家上下的监管命令，当然也就包括谭家大小姐谭文丽。呵，他太了解谭文丽了，有这么好的复仇机会，她是绝对不会轻易放弃打击羞辱他的。

于公于私，无论从哪方面考量，他都无法接受这份新合约，而如果自己不想接受，那么唯一能做的就是辞职……想到这儿，高咏背脊发凉，看着眼前的乔振邦，暗叹自己果然还是不够火候。

高咏缓缓坐了下来，收敛了自己的傲气，低声道:“乔董，您这样的安排，我真的无法接受。在公，我不熟悉业务怎么主持大局？在私，不瞒您说，我不愿意和谭家再扯上什么关系。所以，还请您再斟酌一下。”

“高咏啊，你该感谢你的岳父大人。”乔振邦弹了下烟灰。

“为什么？”

“这些年你虽然对公司颇有贡献，但是公司对你也不薄，你去看看你这个职位的市场价，再看看乔氏给你的薪资福利，乔氏有什么地方对不起你吗？你泄露公司的人事机密一事，闹得沸沸扬扬，议论纷纷，我都可以睁一眼闭一眼，但是你私收佣金，将公司的客户变成你的私人客户，这一条可是踩到底线了。”

乔振邦从桌子上扔过来一个文件夹，高咏接过一看，顿时全身冰凉，文件上是高咏与客户之间的邮件往来、电话短信、交易记录和银行往来记录。

冷汗从额头上渗出，高咏一阵阵的发颤。

“乔董……”

乔振邦一抬手，“你什么都不用说，你说得越多对你越不利，你也不用问我是怎么得到这些记录的，毕竟我比你多混了三十年，想要弄到这些并不是什么难事。出口巴西的那批货，价格低了那么多，公司少赚的三十多万，都进了你的腰包了吧？还有去年西班牙的货，你也做了手脚，从中拿了不少好处吧？国内工厂那里你也没少拿油水吧？”

高咏双拳紧握，脸色煞白，却说不出一个字。其实这种事在业界也不是什么稀罕事，但是毕竟是台面底下的事情，一旦拿到台面上来说就真的有点难看了。

“眼下你有三条路可走。”乔振邦眯了下眼睛，“一是接受新的工作岗位；二是自动辞职；三是和乔氏打官司。你自己考虑吧。”

呵呵，很显然，这三条路都是要赶高咏走人。高咏低着头，眼珠子快速地转动，心中的算盘打得噼里啪啦。按照雇佣合同，如果公司合约期内单方面辞退他的话，按照他的工资和工龄计算，经济赔偿可以高达四百多万，但是如今自己舞弊的证据已经坐实，自己已成违约方，乔振邦没将自己送上法庭已经不错了。

乔振邦继续说：“我原本打算让律师起诉你的，是你的岳父出面替你求情，我才同意放你一马。你的岳父已经是我乔氏集团的股东之一，他爱惜你这个女婿，希望你能和他的女儿破镜重圆，可怜天下父母心啊，我也是做父亲的人，太理解他的心情了，所以这个面子我是肯定要给的。”

乔振邦抬头看了眼杨律师。杨律师点点头，带着职业化的笑容递上一份文件给高咏：“高先生，这份是我们草拟的辞职信，您看看有没有问题，如果没问题就请签字。乔先生愿意以个人名义拿出十万元作为人道主义补偿。”

“哈。”高咏真想放声大笑，十万元？自己在乔氏做了八年，经手的大小生意少说也为乔氏赚了七八千万，如今遣散费却只有十万元……哈哈，真是可笑之极……

只能说自己还不够老道，看看这些金字塔顶端的老狐狸们，世界几乎就是在他们手中玩转的，七八千万的人才效益，临了四百万的赔偿金，略略动动手脚就变成了十万的人道主义补偿。

小辫子被抓，胜诉无门，这十万元的骨头啃还是不啃？尊严重要还是金钱重要？

高咏吸了口气，说道：“我是不会去谭家的公司的。”

乔振邦将烟蒂摁灭在烟灰缸里说道：“好吧，那就在辞职信上签字吧。”

“两百万，我签字走人。”高咏倒也沉着冷静。

乔振邦抬起眼皮注视他，嘴角一拉，第一次用一种平等的眼光打量高咏，“有胆识，罪证确凿还能狮子大开口。不过我看不出我为什么要答应你。”

“呵呵，我是不干净，但是乔董，您能四海通达，招财进宝，也不见得光明正大吧，都是混这一行的，如何做阴阳合同，如何避税逃税，我都是从您那里学来的……”

“放屁！”乔振邦顿时黑了脸，直起身子指着他，“你敢诬陷我，我就让律师起诉你，让你吃不了兜着走！”

高咏呵呵冷笑，抬头看看身旁的律师，回过头来笑道：“好好好，我不说，我不过求财，大家一人退一步，海阔天空，将来也好见面不是？”

乔振邦用警觉的眼神瞥了下身旁的杨律师和其助手。

所谓“水至清则无鱼”“马无夜草不肥”，生意做到如此地步，有点说不清道不明的事也算不上什么稀奇的事。

今天的这出戏其实就是乔振邦借了个由头想把高咏打发走，让自己的儿子取而代之。另一层，谭建中明说了要高咏去他的公司效力，摆明了是为了满足女儿谭文丽要控制打压高咏的复仇心理。这对于乔振邦而言，一石二鸟，做个顺水人情何乐而不为，所以才有了调职的这出戏。

两人你看我，我看你，心中各自敲打着算盘。不一会儿，乔振邦从西装口袋里拿出支票本，大笔一挥写了一张五十万的支票交给杨律帅。

“五十万！识趣的就拿钱走人，如果你不愿意走，那就接受调职，杨律师在场可以作证，公司并没有要开除你，是你不服从公司的安排，违约在先。”

杨律师在一旁点点头，“高先生，我劝你三思，慎重做决定。”

事到如今，高咏已经知道自己是无法再在乔氏待下去了，哪怕死皮赖脸地留下，但是得罪了老板，口碑尽毁，还有什么意思？自己毕竟是个打工的，乔振邦要整自己实在太容易了，不说别的，就说在公司里不安排工作给你做，任由你每天对着空办公桌也够你受的，不是吗？

识时务者为俊杰，想了想，高咏心中愤愤地接过了支票，在辞职信上签下了名字。

乔振邦的脸色松了下来，绽开笑容，换了口吻：“高咏啊，你是个人才，说真的，放你走是乔氏的一大损失，只不过，你岳父也是惜才之人，他希望你能去谭氏效力，我也是要给他个面子的，你自己考虑吧。”

好一招嫁祸于人，瞬间将自己的阴谋推给了谭建中。

高咏知道这一仗自己是实实在在地输了。走出乔振邦的办公室，他快步走向电梯，算了，吃一堑长一智，自己有能力还怕不能东山再起么？

只不过高咏没想到自己人到中年竟然会在职场上摔那么大个跟头，而这个跟头追根溯源的导火索，他认为是梁晶晶在饭桌上引起的。

梁晶晶！高咏紧握拳头，咬紧了牙关，眼中满是怒火。

深夜，四周一片寂静，屋内只有手指敲打键盘的声响。梁晶晶沉醉在自己的小说世界，完全忘了自己身在何处。

突然间，刺耳的电话铃声响起，让她心头一惊，文思戛然而止。她不耐烦地斜眼睨了一下手机屏幕，上面居然显示出“高咏”的大名，这才想起，自己并没有将高咏的电话号码给删除。

唔，俗话说得好，宁可得罪君子也勿得罪小人，想要让心胸狭窄的人原谅你，放你一马简直比登天还难。

梁晶晶看了看时间，已接近午夜，没好气地接起电话：“喂，什么事？”

电话那头传来一阵凉飕飕的笑声，“梁晶晶，呵呵，你好啊，很好，怎么样？为你的宝贝姐妹出气了，开心了吧？满意了吧？”

梁晶晶莫名其妙，“你在说什么？”

高咏并不解释，只是慢条斯理，阴恻恻地说道：“你等着吧，既然你要为你的姐妹打抱不平，那就打到底，别让我小看你。”

“你说什么？”

“嗒……”高咏已经挂了电话。

梁晶晶看着手中的电话，脑子转不过来，这高咏是发什么神经？

但是半分钟后，她立刻意识到高咏是在恐吓她，可是除了上次在宴席上让他难堪了一下，自忖和他也没什么深仇大恨啊。

梁晶晶完全不知道她在宴席上的一句话不但让高咏失去了晋升的机会，还丢掉了工作。虽然事实上是乔振邦借题发挥，但是高咏的一腔憋屈和怒火无处发泄，需要为自己的失败找一个根由，无法和乔振邦叫板，自然只能磨刀霍霍向梁晶晶了。

高咏的电话令梁晶晶心神不宁，顿时没有了写作的心情，想想就生气，拨打回去后，却发现高咏竟然把自己给拉黑了。

梁晶晶想起林兰曾经和自己说过高咏是个可以让人爱到心醉也可以让人恨得牙痒的男人，如今梁晶晶是体会到了。这种气死你，然后拉黑删除的手段，真的会让人有种万虫钻心的感觉。

她拿起电话就想给林兰拨过去，但是一想不行，如果林兰问起为什么高咏会恐吓自己，自己要怎么说？难道要把在宴会上的细节告诉林兰吗？林兰是个心细敏感的人，一定会打破砂锅问到底，什么样的宴会会把自己和高咏两个风马牛不相及的人扯到一块？一旦扯出郭庭辉，那真是越描越黑。最终想想还是算了。

梁晶晶想重新投入写作，可惜文思已经接不上，自己又是心事重重，情绪混乱，捏了下鼻梁，叹了口气，关了电脑。

她心情波动的另一层原因是高咏的威吓电话让她又想起了郭庭辉，心潮起伏，根本无法再投入到小说的世界里去，因为她必须面对自己在现实世界里的感情危机。

自从上次郭庭辉留宿了一晚之后，他俩就再没联系。其实，这就是让梁晶晶始终无法放开心怀去爱他的原因，郭庭辉不是小说男主角，既不痴情，也不完美，每一次两人有了些纷争，他就会消失。这让梁晶晶很怀疑自己在他心中的分量。不能否认，梁晶晶还是希望郭庭辉能够再勇敢些，再奋不顾身些，虽然是她赶他走的，但是她的心城已经被他攻破，正当自己想要投降时，他却撤了军，这未免让她难堪。

他的诚意到底有多少？梁晶晶看不清，只得退到残垣败瓦之后将自己隐藏。

手指滑过联系人一栏，郭庭辉的头像灰暗无光，梁晶晶有种按下去的冲动，但一想此时已经夜深人静，想必他已经睡熟，即便没有睡，也有可能软玉温香在怀，自己还是识趣点的好。

放下手机，梁晶晶双手支着额头，最近真的事事不顺，小说屡屡被退稿，文思不畅，而编辑的解释只是一句：“如今的读者更喜欢简单易懂的快餐文学，建议多看看现在流行的套路文……”

梁晶晶扫了一眼台灯下压着的几张账单，房贷、信用卡还款单、水电费、物业管理费、社保缴费单，如果再卖不出作品，她的存款可能只能维持 3 个月的生活。当然，幸运的是她还有父母，饿死还不至于，但是 30 多岁的人不能赡养孝敬父母已经说不过去，还要啃老？于情于理都让梁晶晶内心难受。

突然间，她觉得自己的人生很失败，没有工作，没有爱情，没有婚姻，没有子嗣，最重要的是——没有钱！

她长叹一声，再次打开电脑，将脑海里自己心爱的故事隐去，开始按照世俗喜爱的套路构思新文。

“叮咚！”右下角自动登陆的 QQ 突然闪动了一下。

梁晶晶点开一看，像是有一只小鹿突然闯进了心房，令她嘴角不自禁地漾开一个笑容。

“还没睡？”郭庭辉的头像闪动着。

梁晶晶被自己的笑声吓了一跳，自己到底是爱他的，而且爱得那样的深，大半个月断联，其实已经快将她折磨成痴。

“还没。”她回，触动键盘的手指都在轻颤。

“还在写？”

“是的。你呢？”

“我今天刚从西班牙出差回来，刚到家。”

“加班？”

“呵呵，是的，时差还没倒过来，所以就收收邮件。看到你登录，所以敲你一下。”

“哦，原来是这样。”

对面停顿了几秒，写道：“这大半个月还好吗？”

梁晶晶嘴角苦笑，手指却写下：“还好。”

“什么时候可以拜读你的大作？”

“我想要很久以后了……”

“为什么？”

“我想我可能会放弃写作，先找份工作赚份稳定的工资，把自己养活了再说。”

“发生什么事？怎么突然要放弃？”

“没什么，我需要一份稳定的工资养活自己，就是如此。”

“唔……需要我帮忙吗？”

“不要。”

“好吧。你很倔强。”

“是的。”

“太过刚直会失去很多机会，你要三思。”

“你指什么？”

“你知道我指什么，工作、爱情……”

“我倔强，也认命，失去的终究不属于我。我不是个讨人喜欢的女子。”

对面沉默了，梁晶晶盯着屏幕两分钟后发现自己简直就像个情窦初开的初中生，傻透了。想想自己也是够无聊的了，她关了聊天界面，尝试将心神集中到新书的创作中。

大约又过了五分钟，右下角郭庭辉的头像又闪动起来，她再次欣然打开。

“你开一下摄像头，我想看你。”他写道。

“不方便。”她回，因为她此时披头散发，素面朝天，对着电脑坐了一整天，脸色苍白，一脸油光，两眼深陷，眼圈发黑，实在不愿意让他看到自己这副样子。

“那好吧，那你看看我。”说着，郭庭辉打开了摄像头。

晶晶的心脏“扑通扑通”地跳动着，快速蹿流的血液令她精神兴奋。

视屏里显出他那张英俊漂亮的脸庞来，灯光很柔和，甚至有点昏暗，他只开了一盏台灯。朦胧中，他的脸上有些倦意，身上穿着衬衣，衣扣都敞开着，结实宽广的胸膛和那性感的腹肌若隐若现，手中端了一小杯红酒，眼神迷离，放松地倒在椅子里。

“哇，真是美色当前……”梁晶晶不自觉地倾了上身凑到屏幕前，摇头晃脑地喃喃自语。

没想到郭庭辉嘴角一扬轻笑，“谢谢。”

啊呀！梁晶晶一拍脑门，赶忙捂住自己的嘴，真是尴尬，自己怎么忘了视频一旦接通，语音功能就会自动接通的。

“我刚才去行李箱里拿这个。”他拿起一个包装精美的长方形的盒子在镜头前晃了一下。

“这是什么？”

“送给你的。”

“送给我？”

“是的，只不过我不知道要怎么交给你，我知道你不愿意见我，我想我还是叫快递公司送给你吧。”

他苦涩地笑笑，端起酒杯，喝了一口红色的酒水，性感的喉结上下滑动了几下。看着他眉间轻蹙，她差点冲口而出“我想见你”，可是嘴唇微张，却吐不出声音来。

她的心里像打翻五味瓶一般，又是难过，又是心疼，又是激动，又是害怕。

她的确是一朝被蛇咬，十年怕井绳了，自己和卫蓝那么纯洁美好的爱情走到了如今需要用暴力恐吓，谎言推搪的地步，不可谓不令人沮丧心凉。

还有自己和他之间那座无法翻越的友情大山，林兰还想着让自己牵线搭桥与郭庭辉破镜重圆，自己如何能让自己最好的朋友失望？

她的心突然抽痛，裂开般地疼痛，她不敢说话，因为此时此刻她脆弱得犹如一个装满泪水的气球，只要一开口，她必然会放声大哭。她好想扑进他的怀里痛哭，无论他是真情还是假意，她只想让自己的心有个休憩的港湾，在自己心爱的男人的臂弯里享受片刻的保护。

可是当梁晶晶的脑海里有了这样的念头，她又立刻鄙视起自己来，离婚后，她一直坚守着做一个独立自主，不需要男人的女人的观念，怎么可以如此软弱？

她的爱情被毁灭过，她的尊严被践踏过，她的坚强是从那深不见底的泥沼中排除万难才开出来的莲花。

两人隔着屏幕期待着对方更多的回应。

渐渐的，郭庭辉也有些失落了，疑惑起来，自己如此掏心掏肺到底为了什么？其实这个问题他足足问了自己几个月了，梁晶晶一而再再而三地拒绝，是令他失望的。

很多女人总认为男人应该坚持不懈地追求，可是那是在有回应、有提示的前提下，如果女方始终都是抗拒的态度，那么男人就会如一辆耗尽汽油的汽车般停止转动。

时光飞逝，断断续续的，自己已经追求她将近一年，自己的表白还不够明显、不够热诚？自己都已经疯狂地爬上她的床了，还要怎么做才能让她接受自己？是因为自己与林兰曾经的那段往事，还是因为她与前夫藕断丝连？

他的双眉在眉心扭成一个疙瘩，他厌烦了，他是人，是男人，他需要在事业之外有个女人给他情感和肉体上的抚慰。

他仰头一口将杯中的红酒饮尽，重重地将酒杯搁在桌子上，抬起手关掉了视频，并简单地写下："早点睡，晚安。"

郭庭辉关掉了电脑，不再去想梁晶晶会有什么反应。爱情是需要勇气的，如果她不够勇敢，那就算他把心掏出来，也无济于事。

他起身脱了衣服，准备去洗澡。

手机响了，郭庭辉看了看，捏了下眼角，叹了口气。他真希望来电显示能显示一次，哪怕只有一次梁晶晶的名字，可是一年了，除了一开始为了撮合自己与林兰，她给他打过电话外，她从来没有给过他一个电话，连短信都没有，什么都没有。

"喂。"

"到家了？"一个温柔的女声从电话那头传过来。

"是的，三小时前。"

"爸爸约你周末打高尔夫，说要介绍几个朋友给你认识。"

"好。"

"那你早上过来，在我家吃了早饭，我们一起出发。"

“好。”

“你是不是很累？”

“还好，飞机上睡了一觉。”

“庭辉……上次你和我说的事，我想过了，我不在乎，国外现在也不流行结婚了，只要我们相爱……”

“李婷，这事不妥，你爸爸不会同意的，而且我……”他原本想说“而且我已经有了心上人了”，可是一想到梁晶晶冷漠的反应，他硬生生地把这句话给咽了回去。

“什么？”

郭庭辉顿了顿轻笑一声，“没什么。你最近还好吗？打算留在国内发展还是回美国？”

“嗯……我想我们很快就要成为同事了。”

“哦？”郭庭辉有些吃惊，却也不太意外。

“一来我喜欢拍卖行的工作，我以前陪我爸参加过几次拍卖会，觉得非常有趣；二来我希望能多了解你。”

“呵，好啊，那你什么时候入职？”

“下个星期一，原本想周末告诉你的。”

“好，那我们周末见，到时你有什么问题就尽情问，我会倾囊相授。”

“好。”

挂了电话，郭庭辉倒在床上，仰面看着天花板，长叹一声。都说男人是情场上的猎人，其实女人又何尝不是？只不过男人的捕猎方式猛烈直接，女人的则阴柔婉转。

李婷很漂亮，很有气质，几乎完美，可以说是和自己郎才女貌，天生一对，令他意外的是她居然接受了自己不婚不育的理念。

因为像李婷这种大家闺秀，受过良好的教育，虽然有着独立人格，但是顺应主流人生依然是她们的归宿，尤其有李万这样传统、强势的父亲，要想跟着郭庭辉过合则聚、不合则分的游离式恋爱生活，父女之间爆发冲突几乎是必然的。

郭庭辉觉得很无奈，李婷的优秀并不能打动他的心，她缺少一种逆境中打磨出来的光彩，那是一种钻石般的光芒，只有在千百次的打磨切割之后才会拥有的魅力。

郭庭辉侧身抓起床头柜上的那本女性杂志，翻到梁晶晶的那篇短篇小说

《心城》，再一次阅读里面的文字：

他知道城内没有食物没有水，她守着的只是一座孤城。

她每天都站在城堡的最高处，眺望着城外旖旎的风光，嘴角嘲笑着苍生在海市蜃楼的幻境中起舞，而眼底却悲悯着那些浑浑噩噩的生命，也忌妒着他们的欢乐。

有一天，他拿着一个大红苹果从墙上的一个小洞递给她，想着，只要她伸出手来，他就能将她紧紧抓住，把她从厚厚的城墙背后拽出来。他渴望触碰她的凝脂般的肌肤，亲吻她的玫瑰花般的嘴唇，带着她看沙漠中的那片绿洲。

“亲爱的，接受我吧，服从我吧，我的心就如这个苹果一样的甜美，尝一口，你将终生不忘；尝一口，你将拥有幸福……”

她却只是冷漠地看着遍体鳞伤的他在城外苦苦哀求……

她离得太远了，她站得太高了，以至于他看不到她眼中的泪光……

郭庭辉心有感触，合起书本，捏了下眼角，发现竟然有些潮湿，这还是他懂男女之事以来从没有过的。

曾经他看这些小说时，是带着审视，甚至是挑剔的眼光在阅读，好似在与作者作战，希望找到作者逻辑上或者观点上的漏洞，从而可以嘲笑、讽刺他们的平凡和片面。

而他现在明白，自己无法融入那些小说，只不过是因为自己没有类似的经历，如果不是自己与梁晶晶之间的关系走进如此僵局，这段文字他只能说，写得很美，却不会令他眼眶泛潮。

他从床上起来，脱了衣裤，走进浴室。他需要好好地洗个热水澡，让自己放松。

“唰——”花洒里喷出温热的水，将他整个人包裹在水雾弥漫之中，他全身心地享受着热水带来的舒适。

床上的手机突然响动起来，一声，两声……断了，屏幕上“梁晶晶”三个字闪烁了几下就渐渐地黯淡了下去。

直到他洗完澡出来，吹干头发，换上睡衣，也没发现这个他等了很久的名字。他累了，埋头就睡。

而此时的梁晶晶正坐在灯下看着手机发呆，手指因为紧张而冰冷，她真的发现自己越发地像个初尝爱情的小女孩，怎么会连打个电话都如此的战战兢兢，其实有什么可怕的？自己是要和他谈林兰的事。

她的神思混乱，坐在电脑前，头脑里一片空白，眼前满是他俩在沙发上拥吻的情景，他的嘴唇，他的气息，他的身体，他的手……

完蛋了，完蛋了，梁晶晶觉得自己简直虚伪透了，她不是不知道自己应该主动找林兰忏悔，祈求原谅，可是，她太了解林兰了，温柔优雅的外表下是一颗疾恶如仇、恩怨分明的心。

林兰不会原谅她，不会的，哪个女人会甘心被闺蜜夺走最爱的男人？换做是自己，也无法接受这样的打击。

死局，无限死循环，梁晶晶想得大脑都要破了也无法找出两全其美的方法。

梁晶晶一直写到早上七点多才爬上床睡觉，一觉睡到傍晚才悠悠醒来，整整睡了一个对时。

“嘀——”刺耳的门铃声。

梁晶晶头昏脑涨地从床上爬起来，趿拉着拖鞋走到门口，从猫眼里一看，一张熟悉不过的胖乎乎的大脸——物业管理处的张阿姨。

开了门，张阿姨打量了一下梁晶晶睡意蒙眬的样子，干笑两声，“梁小姐啊，刚睡醒啊，呵呵，你们年轻人都爱日夜颠倒的。哦，我是来收这两个月的物业管理费和水电费的。”

梁晶晶抓抓头发，皱着眉点点头，“哦，多少钱？”

“管理费是五百八十六块四，水电费是五百五十二块，总共是一千一百三十八块四。”

张阿姨递上单子，梁晶晶摇摇头，“单子我有，我去拿手机给你们转账。”

梁晶晶混混沌沌地跑回卧室，拿起手机一看，顿时挑起眉毛，睡意全消，眼珠瞪着手机屏幕发愣，上面竟然显示有二十个未接电话，微信、QQ都在不停地闪烁，上百条的留言。

略略一看，梁晶晶突然高兴地笑了，因为二十个未接电话中，有五个是郭庭辉打来的。是的，只要有他的电话，其他所有的电话都可以忽略不计。

梁晶晶又划开微信，郭庭辉从早上到下午发了十条信息。

“你昨晚打电话给我了？”

“对不起，我昨晚睡着了。”

“有什么事吗？怎么不接电话？”

“我现在去上班了，尽快给我电话。”

“都几点了，怎么还不接电话？”

“天，我是不是该报警？”

“会议一完我就去找你。”

“唉，不行，我走不开，刚回公司，很多事情。”

“晶晶别闹了，我想你，快点回我电话。”

最后那一句，简直让梁晶晶的心里甜出蜜来。正要拨号，门口的张阿姨却敲了两下门板，“喂，梁小姐啊，你好了吗？我待会儿还要去其他家呢。”

“哦哦哦，我来了。”

梁晶晶快活地拿了电话出来，赶紧用微信将钱转给了张阿姨，一边按着金额，一边痴痴地笑。

张阿姨疑惑地看着她泛着红晕的脸庞，笑道：“我还是第一次看到有人缴费缴得那么开心的。”

梁晶晶一愣，哈哈傻笑两声。

送走了张阿姨，晶晶激动地正要拨号给郭庭辉。

“晶晶！”

“晶晶！”

一男一女两个人已经从电梯口走到了门前。

“林兰，卫蓝？”梁晶晶惊讶地看着他二人。

还来不及回神，林兰和卫蓝已经满脸紧张，慌乱地跑了上来。

“你没事吧？”卫蓝一边拉起她的手，一边就环上了她的腰。

林兰白了卫蓝一眼说：“我都说了她不会有事的，就你一惊一乍的。”

三人进了屋。

林兰拎起手上的购物袋道：“中午给你打了两个电话，你没接，我就知道你这个大作家又日夜颠倒了。我特意买了些吃的过来，还有很多水果。你日夜颠倒容易上火，要多吃点水果才好。”

林兰拿着购物袋进了厨房，梁晶晶看着她的背影，眼眶一下热乎起来，愧疚难当，下意识地合上了手机盖。

“你吓死我了。”卫蓝揽住她的肩，“我给你打了十个电话，留言留了一大堆。我还以为你出什么事了，所以一下班就赶来了。”

林兰走出厨房道：“我在楼下碰到他，他呀，紧张得脸色都是白的。你真是好命，有个男人那么关心你、心疼你。”

梁晶晶抬头感激地对卫蓝笑笑。

卫蓝拨弄了一下她的发丝说道："晶晶，你这样日夜颠倒很伤身的，让我来照顾你好不好？我知道我有时候会烦你，打断你的文思，但是健康才是最重要的啊。"

梁晶晶知道他说得对，也很感动，但是她此时担心着另一件事，现在卫蓝能够如风似火地赶过来，那么郭庭辉很有可能也会不顾一切地赶过来。到时四个人撞在一起，自己要怎么去圆场？

丢下卫蓝，梁晶晶快速冲进厨房。林兰正在水槽里洗菜。梁晶晶上前关了水龙头，抓住她湿哒哒的手，慌慌张张地把她拉了出来。

"做什么啊？"林兰一脸疑惑。

"我们出去,我请你们吃饭。"梁晶晶一边说,一边走进卫生间洗漱,换衣服,以最快的速度搞定自己，拉了他俩就往外走。

三人在附近的川菜馆里点了菜。

梁晶晶怕郭庭辉这时候打电话进来，悄悄将手机设置了静音。

"晶晶，我是真的担心你的身体，不如……"卫蓝凑到梁晶晶耳边小声说，"不如我搬过来吧？"

梁晶晶触电般直起身子，"你搬过来？那我干吗和你离婚？"

"可是当时是因为你和我爸妈合不来……我们搬出来住不就没问题了吗？"

"卫蓝，"梁晶晶顿时胃口全无，瞪着他，"我们有约定的，你还没能让我重新爱上你呢。"

卫蓝微蹙双眉，"可是，你也答应过我，半年内不接受其他男人的，你现在一个人住，我怎么知道你……是不是遵守约定？"

泄气，梁晶晶止不住内心的泄气和失望，她知道自己和卫蓝缘尽了，无论是约定半年还是半个世纪，除非世界上其他男人都消失，不然她再也不会回到卫蓝的身边。

她的眼神令卫蓝心中大乱，她变了，变得冷漠、冷静、冷淡。这么多年，哪怕当年他们迫不得已地离婚，她每每凝视他都还会有几分情意，这也是他坚持至今的精神支柱。然而近一年来，他发现她变了，虽然她依然会和他出去约会，偶尔一起吃个饭，逛个街，看个电影，可是，眼底的那几分情意不知何时已然消失。

所以他才会暴躁，才会疯狂，才会失控。梁晶晶越想逃，他就越想抓紧，他越想抓紧，梁晶晶就越想逃，两人的关系已然变成了一个无法突破的恶性循环。

林兰坐在一旁已从他俩的眼神中读到了一切。她了解梁晶晶，梁晶晶是个至情至性的人，当她爱一个人的时候，会奋不顾身地投入其中，眼中只有那个人。而如今梁晶晶看卫蓝的眼神中没有一丝的情意，她的瞳仁里只有卫蓝的人影却没有卫蓝这个人。

卫蓝脸上的表情又变得焦躁、愤怒起来，突然伸出大手抓住梁晶晶的手臂。

“你是不是在外面有人了？”他用丈夫的口吻问出心中压抑已久的疑问。

梁晶晶觉得可笑又可悲，到底自己做错了什么？要被卫蓝如此质问纠缠。

“没有。”她答。

“我不信！把手机给我。”他咄咄逼人。

“凭什么？！”梁晶晶猛地站起身来。

“你答应过半年里不交往男人的。”

“我没有交往男人！但是我不想再和你纠缠下去了。卫蓝，求求你，给我们留一个美好的回忆吧，不要把我们当年纯洁美好的感情毁了。”

卫蓝也站了起来，脸庞因为激动而泛红，“是你要毁了我们的过去、我们的美好。”

真是话不投机半句多，梁晶晶看着他那张熟悉又陌生的脸，不知还要说什么，或许是自己这几年来的藕断丝连造成了今天的局面，活该吧，她也不埋怨什么，只是希望尽早地结束这场闹剧。

抓起背包，梁晶晶抬腿就走。卫蓝一把抓住她的手臂，两人的拉扯引得周围食客纷纷侧目。

林兰赶忙走到两人中间，拉开二人，“行行好，加起来都六十多岁的人了，好好坐下吃饭，有什么话待会儿回家说。”

话音刚落，林兰的手机铃声响起。

卫蓝和梁晶晶彼此瞪了一眼，气呼呼地坐了下来。

林兰接起电话，电话那头的男声让她心中一荡。

“喂，我是郭庭辉。”

“什么事？”她尽量保持着冷漠的声调，他俩之间还有一笔六年前的旧账未了。

“唔……你还好吗？”

“好。”林兰缓步踱到饭店的玄关处。

对方一阵沉默，林兰有些期待地问道：“你不是故弄玄虚的人，说吧，找我什么事？”

“哦，是这样的，我公司收了几件名家珍藏，下个月要举办一个小型拍卖会，我手下的文案休假，所以想找晶晶帮我写几篇宣传稿……不过我今天打了几次电话给她，她都没接，所以只能打给你，请你……转达一下。”

“哦？”她发出疑问的声音并不是因为她觉得郭庭辉找梁晶晶写文章奇怪，而是，时隔多年，郭庭辉第一次打电话给自己用的却是找梁晶晶帮忙的由头。

“她就在我身旁，我们在吃饭，你要不要自己和她说？”

“是吗？她在你身边？哦……那我能不能和她说几句？”

“你等着。”

林兰回到饭桌旁，将手机递给正一脸怏怏的梁晶晶。

“郭庭辉找你有事。”

像被大锤子敲了一下后脑，梁晶晶睁大了眼睛愣愣地看着林兰。

她接过电话，在林兰和卫蓝四只疑惑好奇的眼睛的注视下，轻轻地“喂”了一声。

“呼——你没事就好。”郭庭辉的第一句话。

“嗯。”

“我原本要过去找你的，但是临时出差去西安，现在在机场。”

“哦。”

“晶晶，你昨晚打电话给我，我没接到，是有什么事吗？”

“哦，没什么事。”

“你说话不方便是吗？”

“嗯。”

“好吧，等你方便了就给我电话。我有话要和你说。”

“嗯……好。”

电话里传来机场的广播声。

“哦，我的航班开始登机了。记得，给我打电话。”

“哦。”

收了线，梁晶晶简直无法直视林兰充满疑问的眼神，但是，戏还是要演的，不然要怎么办？梁晶晶故作镇静地笑笑，将手机还给林兰。

“郭庭辉找你什么事？”林兰问。

“哦，没说，他在机场，正要登机，说有事找我，让我有空就给他打个电话……”

真是，年纪大了，说谎的技巧也会越来越高明，这个擦边球打得是如此巧妙，以至于梁晶晶都暗自心惊。林兰果然也就信了，没有再追问下去。

而一旁的卫蓝却脸色越发阴沉，不再说话。梁晶晶根本没心思管他。

那天夜里，梁晶晶收到了郭庭辉写来的邮件："晶晶，我需要你的帮助，公司的文案休假，请你帮我写几份宣传稿，要求、资料和范本请看附件，下周三前交稿。每份稿以千字一千元算。"

看到稿酬时，梁晶晶眼睛一亮，这个价格是她这个小作者做梦都不敢想的。

这人吧，和人有仇的满大街都是，和钱有仇的那可是稀有品种。

尤其此时的梁晶晶，银行里只剩下不到一万块的存款，再没点收入，那真的只有觍着脸，举着白旗回家讨救兵了。开口求助，伸手要钱就意味着被人质疑唠叨，梁晶晶不喜欢被父母说教，因为他们说来说去无非就是："放着好好的日子不过，瞎折腾，三十多岁的人了，没个家，没个孩子，没个工作，将来怎么办？"

父母已经算是开明的了，至少没有在梁晶晶坚持离婚的时候，寻死觅活地为了自己的面子而让梁晶晶继续在噩梦般的婚姻里坚守。

可怜天下父母心，看到自己孩子生活无靠，总是担心的。

梁晶晶既不愿意听父母唠叨，也不愿意让父母担心，唯一的方式就是与命运做暂时的妥协。

她拨通了郭庭辉的电话。

电话那头，郭庭辉是欣喜的。其实他才刚踏进酒店的房门，行李员才走，关了门，脱外套，脱鞋，偏着头，用脸颊和肩膀夹着手机和梁晶晶通话。

"呵，我刚到酒店，你就来电话了，太好了。"他笑。

"那我要不要待会儿再打过来？"

"不不不，难得你给我打电话，说吧。"

"我收到你的邮件了，我有几件事想问你。"

"问吧，我听着呢。"

"第一，我对古董、字画的研究只限于皮毛，肤浅得很，我怕我写不好。第二，我看了样稿的篇幅，每一篇几乎都有三四千字，五篇的话，大概就有两万字左右，草稿、查稿、修稿、定稿，我怕时间太短了，我赶不及。第三，你……邮件上写的稿费……没有多写一个零吧？"

梁晶晶的语气渐弱，经历了几个月的投稿失败，屡屡受挫，她的确自信心大打折扣。

郭庭辉笑道："我还没老眼昏花到这地步。当然没有。就是这个价。"

钱，好东西，梁晶晶的眼睛里转动着两万大洋的钞票，忍不住笑出声来。

“这么点钱就能让你高兴成这样？”郭庭辉倒在床上，心情大好。

“我和你这个年薪百万的人没法比，我呀，只要能把每个月的房贷、水电费、物业管理费、养老保险、公积金都交齐了，我就觉得自己了不起了。”梁晶晶开心地笑，为了那两万大洋。

郭庭辉顿时自责起来，自己追了她一年，居然连她生活窘迫成这样都没察觉出来，整天里爱啊想啊，却从来也没关注过她的生活，也没有给过她任何实质的帮助。

坐起身，郭庭辉想了想问：“你房贷还剩多少？”

“你问这个做什么？”

“我替你一次性全交了，还有那些什么保险、公积金，我帮你一次性交到退休年龄。”

“你疯了啊？干吗帮我交这些？我有手有脚的，不用你包养我。”

“谁要包养你？我只是借给你。”郭庭辉快速地转着脑筋，“我帮你先交了，这样你就不用烦心那么多繁杂的事，专心写作，有钱了再还给我。”

“这……”梁晶晶犹豫，这是个诱惑力极强的约定，但是她也知道答应了郭庭辉，就等于答应了和他永远纠缠在一块儿，房贷要还多少年，她就得和他纠缠多少年。

可是他说得没错，自己每天被这些琐事烦扰，被逼着放弃梦想和气节，随波逐流，金钱至上。坚持梦想是需要金钱做支持的，如果他能帮自己一把，一切都将会简单得多。

“不行……”梁晶晶还是拒绝了，还是老问题，他是林兰的前男友，自己需要敬而远之，而不是沉迷诱惑。

“唉，我就知道你要拒绝，反正我为你做什么你都要拒绝。你这叫作‘此地无银三百两’知道吗？”

“怎么说？”

“难道我是第一天认识你吗？如果是在以前，我提出这样的条件，你会哈哈大笑着全盘签收，还会找林兰说我人不错，就是脑子不太好，有点傻。对吗？”

郭庭辉拿起床头柜上的一瓶矿泉水，拧开瓶盖，喝了一口水，轻笑着接着说：“因为你知道，这是再好不过的方案，你能大大方方地接受，是因为那时候你不爱我，我只是你的一个朋友。而如今……”他抿嘴笑。

“如今怎样？”

“晶晶，你不接受我的帮助是因为你害怕，怕与我更亲密无间，怕林兰伤心难过，而这些害怕背后的原因是……你爱我……”最后三个字他说得极为轻柔深沉，伴随着男性磁性的嗓音，通过电波信号传送到她的耳朵里，就像是给她的心脏灌了一杯浓烈的甜酒。

她深吸一口气，想努力稳住自己的思绪，“你又在诱惑我。”

“我只是在讲述事实，是真是假你比我清楚。我们都不是小孩子，还需要玩捉迷藏、猜谜语的游戏吗？以你对男人的认识，你觉得我是那种吃饱了饭没事做,每天抱着电话和女人聊天的男人吗？”郭庭辉捏了下眼角,摇摇头,“我今天到了西安,明天参加这里的一个文物展,还要见一些考古界和学术界的人,后天一早回上海，大后天飞纽约，要待上两周，之后可能还要去一次智利。”

梁晶晶沉默不语，年薪百万的工作其实并不是那么好做的，突然心疼起他来。

“你什么时候回来？”她问。

“想见我？”

“是的，我也有话要和你说。”

“那好，后天晚上，我们共进晚餐。不过可能我要加班，你来我公司等我好吗？”

他的声调既温柔又谦卑,像棉花挠耳,令她无法拒绝。她吸了口气点点头,“好。”

“至于你说的担忧尽可放心，我会让我的助手莫莉和你保持联系，你有什么知识上的问题可以发邮件问我,如果需要协助可以找她。”郭庭辉顿了一下,“我看过你的几篇广告文，对你有信心才会让你帮我这个忙的。我相信你能写得很好。”

“我尽力而为，你早点休息，不要太操劳了。”

“好，那就后天见。”

放下电话，梁晶晶深吸口气，丢开那篇哗众取宠的短文，打开郭庭辉发来的资料打印出来，细细地摘抄，彻夜在网上搜寻着有关资料。

她在心底是感激郭庭辉的，他抛来的橄榄枝将她救出水火。不用违背本性地去趋炎附势，不用迁就他人是一件令人神清气爽的事。

对于梁晶晶来说，眼下面包远比爱情重要，桌子上还有一打账单，虽然还不至于停水断电，但是也已岌岌可危，写好这几篇宣传稿，拿到两万元钱，比送她一个有六块腹肌的帅哥要有吸引力得多。

而工作稳定的林兰，似乎有点饱暖思淫欲的状态。一晃眼和高咏分手已经三个多月，加上工作上一直平平稳稳，波澜不惊，想男人、想结婚、想生孩子就成了林兰的生活主旋律。

她甚至羡慕梁晶晶可以与郭庭辉有工作上的交集，自己上一年的烂桃花，如今已经全都败落，高咏离开了，钱风消停了，肖志明也收敛了。

自从郭廷辉上次打电话问梁晶晶的情况后，林兰对郭庭辉又有了兴趣。是啊，曾经的挚爱，经过了岁月的打磨，如今变成了熠熠生辉的钻石，重点就在于他还是个王老五，未婚。与其等着别人抢先下手，为什么自己不争取一下呢？

梁晶晶那儿传来的“可靠”消息说郭庭辉目前连女朋友都没有，这难道不是一个绝佳的机会吗？

上天让他们重聚，上天让他们依然都是单身，或许有其特殊的用意？

林兰坐在办公桌前边等下班，边胡思乱想，手中反复滑动着手机屏幕，好几次都想按下郭庭辉的电话号码。只可惜，她是要面子的人，怕被拒绝，毕竟当年是他抛弃了她，狠狠地伤了她，至今他也未对她做出任何的解释或者道歉，自己这么贸然地打电话过去，要表达什么呢？

原本就是文静内向的人，加上年纪大了，胆子更是小，十七八岁的冲动，能轻易地用青春懵懂来自解，三十多岁还不计后果，那只能用没分寸来形容。

林兰从来都是做事有分寸的人，她身上的冷感就是出自她身上的精准分寸感。

最后，她拨通了最知心、最依赖、最信任的好闺蜜梁晶晶的电话。

“晶晶，你能不能帮我约一下郭庭辉？”她轻声问，即使是对着梁晶晶，她也一样的战战兢兢。

电话里，梁晶晶沉默片刻，随即答应：“好，我昨天晚上和他通过电话，谈了一下工作上的事，他明晚回上海，原本约了明晚一起吃饭谈事情的，因为后天他就要飞纽约，然后去南美洲，我估计一两个月都未必能回来……这样吧，明晚你和我一起去吃饭，我和他谈完正事就先离开，然后你俩好好谈谈，把过去的心结解开，重新开始。”

梁晶晶故意保持一种公事公办的语调，生怕一点点的不连贯会让林兰察觉出什么来。

林兰有些担心道：“晶晶，你支持我这么做吗？”

“当然，我早就想和你说，郭庭辉变了，不再是六年前的莽撞青年了，而是响当当的钻石王老五，和你很般配。”

“他会不会看不起我？觉得我太主动了？”

“他敢！他敢看不起你，我就捏死他。兰，别怕，相信我，他是个好选择，你俩再试试。”

梁晶晶的鼓励让林兰心头稍觉安定，“扑哧”笑了出来：“有你真好，我这辈子最大的福气就是有你这个闺蜜。”

“嗯，明晚我俩一起去他公司楼下等他。”

“好，有你在，我觉得安心多了。”林兰放松地笑了。

而梁晶晶这头，放下电话，整个人像被抽掉了脊椎骨似的，“吧嗒”一声，瘫软趴在满桌子的资料上。

她知道自己做了对的事，可是这件做对的事似乎并不能令她快乐。

第二天，梁晶晶勉强地收拾了下自己，她知道林兰一定会精心装扮，自己作为陪衬还是黯淡些为好，一头卷发随意地束在脑后，淡淡地描了两下眉毛，抹了点唇膏完事，简单得连像样的首饰都没有，只是在灰色的毛衣裙上别了一个胸针，背着一个大大的半新不旧的挎包，穿着一双旧帆布鞋，就出门了。

梁晶晶和林兰约在地铁站里碰头，林兰还未到，梁晶晶独自坐在椅子上看着来来往往的人群和呼啸而来呼啸而去的地铁发呆。

她在调整自己的情绪，想尽量把自己的情绪调得高昂些、高兴些，因为今晚她一定要演一出一场完美的戏，必须毫无破绽，必须全身而退。

今晚，她不是去吃饭，而是去表演，她要拿出曾经开朗、泼辣的那一面来面对郭庭辉。

“铃——”手机铃响，梁晶晶看了下屏幕，叹了口气，是卫蓝。

“你在哪儿？今晚我们去看电影好吗？”卫蓝问。

梁晶晶叹气：“不行，今晚我和林兰要去找郭庭辉吃饭。”

“哦？你又要撮合他俩？”

“是的，另外我也有点公事要和郭庭辉谈。”

“这样啊，要不要我出席平衡下阴阳？”

“这……”

“人家小情侣久别重逢，你在一边当电灯泡多尴尬。”

卫蓝这么一说，倒是给了梁晶晶一个灵感，可不是吗？让卫蓝露露脸，或许场面会更自然些。

“好，那你现在就开车到陆家嘴地铁站吧。我和林兰坐地铁过去。”

“不用我开车接你们？”

“不用，现在是高峰，地铁绝对比车子快。”

“好。”

与卫蓝说完，林兰正好赶到。果然，林兰一身时尚优雅的装扮，化着精致的妆容，飘然而至，简直就像个小仙女。

“兰，你真漂亮。”梁晶晶诚心地赞美。

“你也不差啊，就是太朴素了。你又不爱逛街，改天非得拉你去好好买几件衣服。”

梁晶晶笑道：“算了吧，我哪有那闲钱，我得先把房贷、水电费、网络费交了，还有就是把肚子填饱了。衣服这些能穿就行，我没那么讲究。”

“你啊，太浪费你的这张脸了。”林兰摇头。梁晶晶五官清丽，容颜姣好，只是太过随性，从来也不好好地打扮自己，所以在花枝招展的人群中显得平凡。

“我从来也没想过要靠脸吃饭，又不想男人爱上我，管它呢，好看难看我都孤芳自赏，哈哈。”梁晶晶自嘲。

两人一路上心情都是紧张兴奋的，一个准备着破镜重圆的话题，一个尝试着戴上大大咧咧、嘻嘻哈哈的假面具。

林兰不停地小声问着梁晶晶各种问题，梁晶晶尽力安抚着她不安的情绪。

大城市的下班高峰，天色灰蒙蒙的，路灯未启，车龙长得看不到头尾，红色的尾灯亮成串，站在高处俯视，倒也变成了一道风景线，好似长长的红宝石项链缀在黄浦江两岸。

郭庭辉开着电话会议，修长的手指同时在键盘上“滴滴答答”的飞舞。

手机闪动了一下，郭庭辉眼角瞥了一下，是梁晶晶的留言：“我和林兰，还有卫蓝已到，在楼下的咖啡馆等你。”

郭庭辉眉头轻蹙，原本激动期待的心情被人浇了一瓢冰水。为了今晚的约会，他特意在威斯汀酒店定了最豪华的晚餐，当天空运的澳洲龙虾，订了一大束的玫瑰花，办公桌桌角上的一个精美礼袋里面还装着自己特意在机场的卡地亚专卖店买的一套钻石首饰。而这些，如今都成了毫无意义、荒唐的无用功。

按下助手莫莉的对讲按钮：“取消今晚威斯汀的晚餐和玫瑰花，费用照算，另外给我订一家饭店，随便哪家都行，四个人。哦，威斯汀那里，如果你想吃，就带朋友去吃吧。”

“真哒郭总，你简直是男神，那我就和我朋友去吃了。”

“唔，十分钟后，我会发给你一份策划案，你排版修改一下，打印出来，明天一早交给关董。另外明天安排部门会议，临走前把重大事情安排一下。”

“是，老大，还有什么吩咐？”

“美国那里都安排好了吗？”

“都安排好了，行程单已经发到你的邮箱里，打印本就在你的电脑前，另外小秦那里也有一份。放心吧。”

“好。”

“哦，对了，有件事忘了和你说。”

“什么？”

“李婷明天会和你一起登机。”

“唔？为什么？”

“我不知道，我订机票的时候，关董让我给李小姐也订了一张头等舱。”

郭庭辉叹了一口气，“我知道了。”

李婷已经加入拍卖行成了他的同事，因为没有多少工作经验，郭庭辉就安排她先在基本岗位上实习，但是因为她的特殊身份，公司上下都把她当公主似的捧着。

郭庭辉也对她颇为照顾，有时候会一起吃个工作午餐。李婷工作上有问题总是直接找他请教，郭庭辉也会耐心教导。

很快公司上下就都看出这两人之间的一些端倪，流言渐起，将两人凑成了一对。郭庭辉因为工作忙碌，并没有留意到这些，但是李万和自己的老板关国栋撮合的意思他心里是清楚的。

关了对讲机，匆匆结束了电话会议，快速将策划案完成，他看了看手表，已经晚上九点多了。

再看看手机，梁晶晶没有再发信息来，他也没有心情给她回信，因为她伤了他，令他失望又气恼，已经没了急着要见她的欲望了。

他整理了下东西，慢吞吞地拿起外套，低着头缓步走出办公室。

“郭总。”秘书莫莉打断了他思考私人感情问题的思绪。

“嗯？”郭庭辉茫然地抬起头。

莫莉上前轻声道：“李小姐来了。”说着转头朝一旁的沙发看过去。

李婷也同时看到了郭庭辉，脸上绽开花一般的笑颜，站起身来。

“庭辉。”她轻快地迈动着两条修长的美腿，身影在高跟鞋的衬托下更是显得摇曳生姿。

“对不起，事先没告诉你，想给你一个惊喜。”李婷娇俏地笑道，一双明亮的眼睛顾盼生辉。

精致优雅，郭庭辉由衷地在心里赞美，微笑道：“你今晚真美。”

“谢谢。”李婷笑得更加灿烂。

“现在都九点多了，你怎么还不回去？”郭庭辉看看手表，“我约了朋友吃饭，要不……一起吧。”

“好啊，我每天看你都是埋头工作，从来没见过你和朋友们聚会玩乐呢。今天可是难得一见，我非得参加不可。”

郭庭辉尴尬地笑笑，正要开口，莫莉塞了张纸条进他的手里：“我订了‘望江楼’，吃完可以去顶楼的酒吧聊天看夜景。”又附耳轻声笑道：“要不玫瑰花就不要退了，我让他们送到望江楼去给李小姐。”

郭庭辉刚要摇头，转念一想，正好借这个机会气气梁晶晶，顿了一下，点点头。

申城的夜，璀璨迷人，“不夜城”绝非虚名，灯光闪烁，江水潺潺，倒映着两岸的繁华和故事。

这座城市就是如此令人迷惑，白天是冷酷无情的名利场，钢筋水泥中、大街小巷里满是锱铢必争的小气，甚至让人觉得此地没有文化、没有灵魂，现实空虚得像一台追名逐利的机器。然而一到夜晚，她突然有如换下职业装、穿上晚礼服的绝世美人一般，妩媚、高贵、神秘，又充满内涵。

“望江楼”名副其实，江景极美，因为不是周末，又是熟客，莫莉顺利地订到了靠窗的桌子。

酒店里是中式复古装修，幽雅含蓄，镂花木门，浮雕架子，还有封闭式玻璃架子里的装饰品，都绝非市井货，看得出主人家产是有些底蕴的，老板也是郭庭辉的客户之一。

只不过再美的环境也无法缓解餐桌上像是结了冰似的气氛。三女二男，谁都不知道要说什么。

李婷的出现让梁晶晶和林兰措手不及。

“比一比”的功能开启后，立刻让林兰心中自矮了一头。李婷一身普拉达今年推出的灰色中长束腰大衣，里面是漫画印花纯棉连衣裙，手上是博柏利的手提包，从头到脚，包括首饰在内绝不低于一二十万，不单纯是贵，而且颜色、款式搭配得极好，显示出时尚、高雅的品位。

林兰虽然也是一身名牌，但都是前两年的款式，不比的话倒也大方得体，但是现在把两人放在一块，背景、实力自然一见高下。

梁晶晶是更不用提了，从头到脚都是商场打折货，既没有品牌，也没有流行可言。只不过梁晶晶并不在意这些，自从看到郭庭辉带着魅惑的微笑轻搂着李婷出现的那一刻起，她就觉得自己与郭庭辉之间就像是一出可笑的闹剧。

他全程的注意力都在光彩照人的李婷身上。说真的，别说是男人了，连身为女人的自己都被李婷的美丽优雅吸引得目不转睛。

原本两个人的烛光晚餐硬生生地变成了五个人的恋爱大杂烩，也真够可笑的。梁晶晶缩在椅子里，不自觉地摇头自嘲这顿尴尬的晚餐。

还没等点餐，就有个服务生捧着一大束紫玫瑰送到了李婷的手里。

李婷露出迷人妩媚又纯真的笑容，这种微笑只有当女人面对自己心爱的男人时才会绽放出来。

林兰和梁晶晶立刻明白：李婷爱上了郭庭辉。

"真美，紫玫瑰代表浪漫、真情、喜悦与深深的爱情。恭喜李小姐。"梁晶晶淡淡地笑，却不知道自己的笑容带着一丝酸意。

郭庭辉斜眼看她一眼，嘴角是意味深长的笑。

"谢谢你，庭辉。"李婷突然凑上前在郭庭辉的脸颊上吻了一下。

林兰冷着脸说："希望郭总的这次恋爱能够早日开花结果。"

卫蓝的注意力都在梁晶晶身上，看到那一大束的紫玫瑰，突然受到了启发，暗自懊悔自己怎么从来都没想过给梁晶晶买花呢？自己真是太没情趣了。

他轻轻握住梁晶晶的手，倾了上身道："喜欢吗？下次我也买给你。"

"不喜欢。花开花谢，如过眼云烟，我更喜欢永恒的东西。"

"那你喜欢什么？"卫蓝问，完全不知道梁晶晶这话其实是说给郭庭辉听的。

郭庭辉看着卫蓝握着梁晶晶的手，上半身几乎贴在梁晶晶身上，心中更是醋意翻腾。他自己也不知道怎么回事，眼前的三个女子，梁晶晶是最随意、最寒酸的那个，却牢牢地抓住他的眼球。

"这还用问，钻石呗。"林兰接话。

"那我买钻石给你好吗？"卫蓝问梁晶晶。

梁晶晶蹙着眉头看卫蓝，心烦意乱道："不用，你有见过我戴那些东西吗？钻石这种奢华的东西，只能配像李小姐那样高贵，或者像林兰那样精致的女人。我还是算了。你买了我也不会戴的，钻石对我来说不过是会发光的石头罢了。"

卫蓝正要接着问，李婷抢先一步道：“其实，钻石也好，玫瑰花也好，只不过是借物寄情的一种表示罢了，珍贵的是送礼人的那一片心意。”

“我并不觉得用钱买得到的东西可以代表心意。”梁晶晶没来由地针锋相对。

“哦？那梁小姐觉得什么东西可以代表心意呢？”李婷嘴角也挂起了应战的笑容。

梁晶晶不屑地瞥她一眼道：“首先送礼的人得先了解收礼人的喜恶，真心地了解那人喜欢什么，需要什么，既然是为了讨人欢心，自然是要花点心思的。就我个人而言，我更喜欢有人亲手为我做礼物。”

“呵，梁小姐这话说得也太绝对了吧。就算不了解对方的喜恶，把自己认为最好的东西送给对方不也是一片心意吗？还有，不是每个人都像梁小姐那样在家自由自在地工作的，有几个人有时间和精力亲手做礼物？”

“你这话是什么意思？我在家工作也不比那些朝九晚五的人工作量少。再说，这种花几个臭钱就能买到，甚至连挑都不用挑，随意打个电话就能订购的东西，我是不稀罕的。”

“你不稀罕？我想可能是因为梁小姐还没有遇到爱你的男人买给你吧。等有一天梁小姐的爱人送花给你的时候，我想你就不会这么说了。”李婷捧着玫瑰花，脸上已然是一个胜利者的神情，但是她毕竟是有修养的，虽然言辞犀利，但是语气依然温柔平和。

林兰立刻站在梁晶晶的战线上，冷笑道：“李小姐，买花给你的男人并不一定就是爱你的，别把爱情想得太简单了，男人心是很善变的。所以还是先别开心过了头。”

李婷锐利地瞟了林兰一眼笑道：“林小姐受过情伤？”

林兰盯了郭庭辉一眼，脸色变得更是难看。

“芸芸众生，有几个能像李小姐这样幸运，含着金钥匙出生，一生风调雨顺。我们不过是普通女子，在红尘中翻滚，跌跌撞撞，有什么稀奇？”梁晶晶护着林兰。

李婷不屑地笑，“果然是作家，既然如此透彻，怎会不知富贵天注定，嫉妒也好，仇恨也罢，是不会改变世界上的贫富差异的，况且那些仇富的人通常永远都不会富有。”

梁晶晶忍无可忍，拍案而起，她不知道自己为什么要坐在这儿被一个富家女羞辱示威。

“你有钱我也吃不着你的，花不着你的，关我屁事，我需要仇你的富？”

梁晶晶愤怒地提高声量。说着从挎包中拿出一个资料夹，用力扔到郭庭辉的身上，怒道：“这是你要的文案的初稿，三篇，时间有限，还未修改，这些算我送给你的，你另请高明吧。”说完，挎起背包转身就走。

林兰和卫蓝也紧随其后要走，郭庭辉急忙起身拉住林兰和卫蓝，让他们坐下，自己快步追了上去。

“晶晶！”

梁晶晶正在气头上，全身冒烟冒火，理都不理他，大步走出了餐厅，径直往电梯走去。想想前天晚上他还在电话里对自己大诉衷肠，刚才那一幕又算是哪一出？真是莫名其妙。

按下电梯按钮，她转头看到郭庭辉追上来，等不及电梯下来，扭头就往一旁的楼梯间走去。

“晶晶！你做什么啊？”

郭庭辉跟进楼梯间，总算是抓住了她。

梁晶晶甩开他的手，“做什么？我也不知道我做什么要坐在那儿看那个白富美和你这个花花公子演蹩脚的言情剧！真是吃饱了撑的！”

梁晶晶火力十足地对着郭庭辉开火。看着他那张妖孽般的脸，她就来气。

“不就长得好看么？肤浅！”她对着他吼，转身就踩着楼梯往下冲。

郭庭辉在后面喊：“你这么生气做什么？”

“还要我说白了？”

“我没生气你倒先气上了。我约你吃饭，你把林兰和卫蓝拉来做什么？”郭庭辉边追边质问。

“林兰喜欢你，要我撮合你们。”

“哦，她喜欢我，你就把我让给她？你也太大方了吧？还是说你压根就不喜欢我？”

“我本来就没喜欢过你，早和你说了是你自作多情。”

“那天晚上在你家，你为什么吻我？”

“被你的色相诱惑了……”梁晶晶突然停下脚步，转过身来瞪着他，“这件事不准告诉任何人知道吗？尤其是林兰。”

郭庭辉无奈地摇头，叹了口气，“你太倔了，就不能停下来好好说两句话吗？”

“不能！”梁晶晶继续往下快步走，“林兰说得没错，你太花心了，前任还没分清楚，又来勾搭我，弄得我神神叨叨的，现在又有了新欢。烂人！我永远都不要和你有交集！”

“我烂人？我怎么没和林兰分清楚？自从我回国，我就没有和她主动联系过，唯一一次打电话给她，是因为你不接电话，不回短信，我担心你出事。是你一直把她硬塞给我的，李婷是她爸要撮合我们，我也没有答应她。”

“那你送她玫瑰花，还是紫色的玫瑰。恶心！”

“恶心？好吧，那‘恶心’的玫瑰花本来是要送来给你的！”

一听这句话，梁晶晶停下了脚步，转过头来看他。两人不知不觉边跑边说地下了六七层楼，都有些上气不接下气。

“给我的？”梁晶晶靠在墙上喘着气问。

“对啊……”郭庭辉一手撑在墙上喘着气答，“我压根就没有约李婷，是她自己来找我，碰巧赶上的。玫瑰花原本就是要送给你的，我送给她是故意气你。”

她垂下睫毛，默然不语。

“晶晶，我不知道我算不算花花公子、渣男、烂人，我也不知道将来会发生什么，但是自从我追求你，我并没有和其他女人有什么不正当的关系。”

吸了口气，郭庭辉接着说：“可能是我太忙了，也有可能是我中了你的毒。我不知道，也没工夫想这些。我只是自然而然地想和你亲近。”

“可是……李婷才是你的最佳选择。”

“呵……在我看来卫蓝也是你的最佳选择，你为什么不要？”

“我……不爱他了……”

“那不就结了，爱情是没有道理可言的，我不喜欢李婷。至于林兰……她是我人生中的一个故事，一段记忆，都已经过去了，我现在对她真的没感觉，不要问我为什么，我也不知道为什么。”

郭庭辉努力解释着，忽然发觉自己有生以来头一次如此在意一个女人的想法；如此紧张一个女人误会自己的心意；如此害怕一个女人会抛弃自己。一时间自己也愣住了，深深地凝视着梁晶晶那张憔悴的脸。

他知道她憔悴是因为睡眠不足，睡眠不足是因为她每晚努力地赶写着稿子，过着日夜颠倒的日子。

她低着头，背脊靠着冰冷的墙，散落的发丝无力地垂在脸颊旁。与李婷和林兰的精致相比，她就如路旁一朵不起眼的小花，李婷的能量是一目了然的，林兰的能量是含蓄待发的，而梁晶晶的能量是由内向外自然释放的。

他不由自主地盯着她的嘴唇看，她正轻轻用牙齿咬着下唇，两条淡淡的眉毛轻蹙在眉心。

她在思考，她在犹疑，她在抉择……

“晶晶……”他伸手想要拉她。

她抬手格挡开来，抬起头深吸口气说：“对于你来说一切都过去了，你和林兰之间的爱情已经随风而逝，但是对于我来说一切都没有过去，我和林兰之间的友情依然真实存在，而且我希望能够维系一生。”

“那我呢？”他急得紧紧抓住她的手臂。

她深深地凝视他，“你应该选择一个与你匹配的女子。如果你不喜欢李婷，不喜欢林兰，那就去物色那个你喜欢的人。但那个人不是我。”

“你简直是自相矛盾。”他焦躁地站到她面前，“晶晶，我们现在一起上去，当着所有人的面把关系公开了，可能一时间他们会接受不了，但是迟早他们都会明白，李婷和林兰会明白我爱的人是你，而卫蓝也可以对你死心。”

“你想得太简单了，如果能如此简单地解决所有问题，我就不用那么烦恼了。”

“烦恼？因为你爱我，所以你烦恼对吗？”他逼问她，心中却像是发现宝藏般的一阵欣喜。

“郭庭辉！”她阻止他继续向她逼供，因为她害怕下一秒自己就会不顾一切地扑进他怀里，不顾一切地接受他的提议。

但是后果会是什么？她不敢想象，她不知道自己是不是懦弱，但是她无法面对林兰惊愕、失望、嫉妒、痛苦、仇恨的表情。

她想不到两全其美的方法，她的头脑昏昏沉沉，连日来的睡眠不足、熬夜写稿，已经让她体力透支，而眼前这个无法解开的情感死结更是令她心力交瘁。

她不再回答他，也无法回答他，挣脱开他的手，头重脚轻地往下踩着楼梯。

心慌意乱之下，脚底虚浮，一脚踩滑，整个人摔下了阶梯。

郭庭辉大惊，急忙上前抱住她。

“晶晶！怎么样？”

“疼！”梁晶晶崴了脚，脚痛加心痛，让她的眼泪顺理成章地流了下来。

“我看看。”他俯身查看，“没事，没事，没有伤到筋骨，只是扭了一下，我给你揉揉就好了。”

说着郭庭辉扶着她坐在楼梯上，自己蹲下身子，小心翼翼地将梁晶晶的鞋子脱下，用手掌轻揉着她的脚踝。

梁晶晶歪着头靠在墙上，默默地看着他捧着自己的脚，替自己按摩。他掌心传来的温热，如几百万伏的电流透过肌肤顺着血管流进她的心脏。

不只是爱，还有欲，她喜欢他的体温，他的气息，他的一切。

此时此刻，哪怕他俩站在光秃秃、毫无装饰的楼梯间里，她都觉得身在天堂般。

在他的摩挲下，疼痛感渐渐消失。他扬起睫毛，与她对视。

“好点没？”他问。

她轻轻点点头，心头被无名电流刺激着。

“来，站起来走两步试试。”他为她穿上鞋子，扶她起身，一只大手搭在她的腰上。

“我们从这层楼出去，坐电梯上去吧。”

“不，我不上去。”她倔强地说。

两人僵持了一会儿，梁晶晶抬起头看他，他脸上的忧郁、愁绪像一片乌云凝结在眼眉之间。

烦躁地甩甩头，她真的讨厌现在的自己，简直就是个蹩脚言情小说里的女主角——男总裁爱上穷困潦倒的女作家？狗血剧情！完全不合理的狗血剧情！

他抬起双手，轻轻捧住她的脸庞，止住她乱晃的脑袋，深沉地凝视她。

她迎视他的目光，为之着迷。他凑近她，鼻尖抵着她的，迷人的气息麻醉着她的意志。

“做我女朋友。”他真挚地请求。

她有些意动神摇，这该死的爱美之心。像吃了迷药般，她上身情不自禁地往他身上凑去，想要索要他的亲吻。

正当他低下头要吻她时，“滴滴滴——”电话响起一阵刺耳的音乐，乐声将一切中断。

她猛然惊醒，睁大双眼，将他推开，这是她为林兰特意设定的来电铃声。

“喂。”

“晶晶！你在哪儿啊？”林兰在电话里急问。

“我……”

“那个郭庭辉说追你去，却也不见了人影，你有没有见到他呀？”

林兰在电话里显然焦急万分，“晶晶，这到底是怎么回事？怎么会搞成这样？我不懂，到底发生了什么事？”

梁晶晶不知如何作答，心虚地看看身旁的郭庭辉，因为楼道里安静，所以林兰在电话那头的话，郭庭辉都听得一清二楚。

“你现在在哪儿？”梁晶晶问。

“我和卫蓝在楼下找你们啊，我受不了那个李婷趾高气扬的样子。”

“她还在餐厅？”

“是的。”

梁晶晶沉默片刻，刚想开口说话，郭庭辉的手机又响了起来。

郭庭辉看看屏幕摇摇头，拉开楼梯间的门，走了出去接听。

林兰听到了电话铃声，惊奇地问道：“有人在你身边？”

“是郭庭辉，我们有些争执。”

“哦？”林兰不再说话。

“我这就下来。”梁晶晶怕越说越出纰漏，匆匆挂了电话，走出楼梯间，看到郭庭辉还在讲电话。

“唔，不好意思，好，我这就上来。”他挂了电话转身看着梁晶晶，神情有些尴尬。

梁晶晶苦笑一声，“李婷？”

“嗯，是我带她来的，我总得上去陪陪，送她回家。”郭庭辉抿住嘴唇。

他的表情中有抱歉、无奈，也有一种清醒，而这份清醒也感染了梁晶晶，理智回归，两人又从小说情节回到了现实生活。

看看这个钢筋水泥铸成的冰冷世界，哪里来的总裁爱上小作家的剧情？他们都已经过了做梦的年纪，他们每天面对的都是这个现实的世界。

这层是办公楼，夜深无人，格外冷清。两人站在电梯前，相对无语。

“林兰和卫蓝在楼下等我。”她说，审视着他的表情。

“嗯，那好，你早点回去休息，抱歉，我把今晚弄得一团糟。”他吸了口气。

两人伸出手，一人按了向上的按钮，一人按了向下的按钮。梁晶晶顿时觉得这就像是他俩未来的人生，他注定是人中龙凤，要出人头地，而自己……下个月的账单，生活费还是个问题。

啊，钱！梁晶晶立刻心虚地搓了下鼻子，在金钱面前，尊严又矮一头。自己起早贪黑地写了几天的稿子，一分钱没见，刚才被李婷刺激到失去了理智，才会把稿子丢在郭庭辉身上，真是够蠢的，她暗自后悔。

“我……我的稿子……还没写完……”她嗫嚅着，朝他挪近几步。

他看着她笑，“还写吗？”

“写！我……需要这个工作。”她低下头。

郭庭辉点点头，从上衣内袋里拿出支票本和签字笔，在一旁的小桌子上唰唰写了几笔，转身递给梁晶晶，“拿着。这是预付款。”

梁晶晶接过一看，眼睛睁得老大，“二十万！你，你干吗给我那么多？不是两万吗？”

“我公司里的文案辞职了，如果你愿意，我让人事部给你发雇佣合同。”

“我不上班。”

“你可以在家工作，签合同不过是走个流程，但是每天要和我保持联系，做得到吗？”

“可以。只不过这钱太多了……”

“你需要钱，我需要雇员，公平交易罢了。放心，我不会让自己亏本的。”他拉起她的手，将支票放进她的手里，“如果你觉得过意不去，那这钱算是我借给你的。等你有钱了再还给我就行了。”

她的心里是高兴的，也知道他是故意的，他的理由编得堂而皇之，堵截了她所有可以编出来的虚伪拒绝的理由。

他轻抚了一下她的脸庞，摇头道：“两个月，你好好考虑我刚才问你的问题。”

“什么问题？”梁晶晶拿着二十万的支票，心头正在为了这笔巨款而狂跳。

“要不要做我女朋友啊。”

梁晶晶手上拿着钱，嘴上自然就短了半截，想着要怎么委婉地措辞拒绝，电梯来了。

“早点回去吧。别熬夜，我需要头脑清醒的员工。”他替她按住电梯。

梁晶晶将支票收了起来，头脑有点熏熏然，被人宠爱、被人照顾、被人保护的感觉就像是一大杯蜜酒。

她抿着唇点点头，想想还是快点下楼和林兰会合，回家好好冷静冷静。

走过郭庭辉身旁，郭庭辉一把将她搂过，极快地在她唇上印上一吻。

梁晶晶惊魂未定，已经被他塞进了电梯。电梯门缓缓关拢，她看到他嘴角勾起一抹笑意。

唉，要怎么办？梁晶晶心烦意乱，却不得不面对千头万绪。电梯一层层地下降，梁晶晶想着待会儿要怎么面对林兰，或许，坦白是唯一的解决方式，至少自己不用再背负如此沉重的精神枷锁。

林兰会是什么样的反应？她不敢猜测，她太清楚林兰外柔内刚的个性，生气是肯定的，翻脸也是有可能的，而她俩十多年的友情是否还能继续实在是个未知数了。

破镜重圆的爱情并不是稀罕事，但是破镜重圆的友情，有几个人见过？

毕竟，友情是建立在信任的基础上，没有荷尔蒙的刺激，没有性吸引，纯粹只是信任，如果信任瓦解，那友情就失去了基石，不复存在了。

这就是梁晶晶内心深深的恐惧，她无法预测林兰知道事情真相后，会怎么样处理她俩的友情，但是自己如今和郭庭辉纠缠得越来越紧，无谓的抗争已经显得幼稚虚伪。到底该怎么办？她百思不得其解。

下到大堂，电梯门一开，林兰和卫蓝就急急地迎了上来。

“怎么回事？你跑哪儿去了？”林兰问。

“没什么，我和郭庭辉在楼道里吵了一架。我看不惯那个李婷。”梁晶晶说的也算是真话。

“是啊，我也看不惯，那郭庭辉呢？”林兰问。

“回去陪他的紫玫瑰了呗。”

“呵呵。”林兰冷笑两声，“现在流行攀龙附凤。六年了，我还当真以为他越来越优秀，没想到优秀的只是外表，骨子里原来俗透了。”

“嗯。”梁晶晶暗叹一声，附和着点头，完全不知道要如何开口把自己与郭庭辉之间的纠葛告诉林兰。

“算了，既然他找到了白富美，我还是知趣点绕道吧，不阻着别人的大好姻缘了。”林兰的话里是带酸味的，鼻子里冷哼一声，“紫玫瑰，当初还送过我红玫瑰呢，又如何？”

梁晶晶叹了口气没有接话。

今晚所有的计划都被李婷的出现给打乱了，就像是完全没有章法的乐曲。

一路上，林兰沉默不语，心事重重。梁晶晶则是垂头丧气，寡言少语。

卫蓝开着车子先把林兰送回了家，再送梁晶晶回家。这时梁晶晶才发现卫蓝从刚才到现在没有说过一句话，安静得像换了一个人。

车子开到小区的楼下，梁晶晶有些抱歉地说：“谢谢你卫蓝，害你晚饭都没吃。原本我该请你吃点东西的……”

“不必了，我想今晚谁都没胃口。”卫蓝冷淡的语气让梁晶晶心头一颤，转头看他。

卫蓝注视着她，眼眸深深。

“怎么了？”梁晶晶问。

“什么时候开始的？”他严肃地问。

“什么什么时候开始的？”梁晶晶一愣。

“你和郭庭辉。”

梁晶晶心中“咚”的一声，惊异地看着他。

“你在说什么？”

“我真没想到，原来是他。呵呵。年头我就觉得你很不对劲，总觉得你变了，你的心不在了。果然……不过我没想到竟然会是他。”

梁晶晶觉得头痛欲裂，加上没吃晚饭，全身没力，不想再和他说下去，张张嘴一个字都不想多说，转身就开了车门要下车。

卫蓝一把拽住她的手臂，将车门关了起来，上了锁。

“你做什么啊？”梁晶晶喊道。

“你告诉我，我说的是不是真的？你和郭庭辉是不是在一起了？”

“没有。”梁晶晶无奈地摁了一下自己的太阳穴，感觉脑袋随时都有可能爆炸。

“你喜欢他？”卫蓝并不想就此放过她。

梁晶晶摇摇头，“没有。”

“你撒谎！”卫蓝突然暴跳起来，用力地捏住梁晶晶的手臂，捏得梁晶晶很疼。

梁晶晶尝试甩开手臂，大吼：“你放开我！你弄疼我了！”

“呵呵，我还以为你和林兰的友情有多伟大，原来你在她背后挖她墙角。”卫蓝面容狰狞起来，好似抓到了对自己不忠的妻子。

这些年，卫蓝始终都没有从与梁晶晶的婚姻里走出来。离婚对于他来说，只是一场闹剧，他知道梁晶晶曾经爱他爱得如痴如狂，他不相信梁晶晶能够抛下他，他答应离婚的出发点也是为了爱梁晶晶，让她暂时摆脱来自父母的压力和排挤，让她能够自由呼吸。

他一直认为只要他俩感情还在，总有一天他俩会再次走进婚姻里，甚至决心和梁晶晶做试管婴儿，解决所有的问题。

他从没想过梁晶晶会爱上别人，梁晶晶大半年来对他越来越冷淡，虽然还是会答应出去逛逛街，看看电影，但是明显的，她时时刻刻都是心不在焉的状态。他爱她，熟悉她的一举一动、任何一个表情。大半年里他一直在寻找蛛丝马迹。

凡事只怕有心人，今晚在饭桌上，她和郭庭辉之间那些稍纵即逝的眼神交汇，不知不觉中露出了马脚。

林兰关注着李婷，李婷关注着玫瑰花，而卫蓝却关注着梁晶晶，她看郭庭辉的眼神就如她当年看自己时是一样的，虽然她极力掩饰，但哪怕只是一秒的对视，她眼底的那簇火焰都已经将她心底的秘密泄露了。

之后梁晶晶与李婷发生言语冲突，再后来她朝郭庭辉丢出文件夹，甩手离去，一切的一切都只证明了她是在吃醋，她爱郭庭辉，很爱。而郭庭辉紧张地追随她而去，更是说明他俩早已不是在试探阶段，更不是梁晶晶单相思，而是两情相悦了一段日子了。

卫蓝其实并不是什么情感高手，他能灵敏地捕捉到这一切，只因为他深爱这个女人，关注这个女人，熟悉这个女人。

而这个女人在他心里，依然是他的妻子，她背叛了他，背叛了他！

“我没有！”梁晶晶竭力否认，想要挣脱他的胡搅蛮缠。

“你还撒谎！告诉我，你和他发展到了什么程度？亲过？睡过？”

天，梁晶晶忍无可忍，当然，她也心虚，不知道要从何解释，她只想尽快逃回家里去。

“卫蓝，你放手啊！我和谁发展关你什么事？”

“我是你老公，我是你男人！”他瞪着眼珠子恨恨地说。

梁晶晶惊讶地盯着他愤怒的脸，觉得完全的陌生，眼前这个男人还是自己曾经在校园里一见钟情的那个大男孩吗？她不知道说好的天长地久，一生一世的爱情怎么就会变成如此不堪的样子，曾经那张青春阳光的脸怎么就会变得如此的狰狞可怖？

“你疯了，你疯了……”她落下泪来，哪怕刚才和郭庭辉争吵、生气也没有落泪，而此时此刻她看着卫蓝却哭了，她的心好痛好痛，不只是为了消失的爱情，还为了岁月对一个人的改变。

她还记得卫蓝牵着她的手坐在校园的长椅上，抬头看着蓝天，向着阳光，说着梦想，规划着未来的人生。可是十多年下来，梦想成了幻想，人生蓝图也早就面目全非，他终究也沦为了滚滚红尘中的一个碌碌凡人。

事业一般，收入一般，家庭一般，婚姻失败，过着比上不足比下有余的日子，她知道卫蓝是个平凡的男人，没有野心，对生活也没有什么想法。和自己心爱的女人朝朝暮暮，吃喝玩乐就是他对幸福的全部理解，甚至连孩子他其实也并不热衷，要孩子只不过是为了顺从他父母的心意。

而他却有一个无法解开的死结，他简单的幸福中必须有一个自己心爱的女人，而他全部的爱情早早地、一股脑地投注在了梁晶晶身上。他爱她，一往情深，甚至她要离婚，拒绝亲密行为，他都依她。但是他无法忍受她变心，抛弃他。

“晶晶，你要怎样我都能答应你，可是你不能离开我啊。”他摇晃着她，眼眶泛红，“你说过你不再找男人的，你说过给我半年的时间追求你的，你怎么可以移情别恋？你怎么可以如此狠心？我为了你和爸妈说了要搬出去住，他们骂我不孝我都不管了，你还要我怎么样？”

梁晶晶不知道要说什么，是的，自己说过，答应过，可是感情的事从来也不是可以预知、预料的啊。

“答应我，离开他，离开郭庭辉。他是林兰的前男友啊，难道你就不想想今后要如何面对林兰吗？还有，他有了新女友，他根本就不会对你认真的。你忘了，当初他是怎么抛弃林兰的？他就是花花公子，本性难移，如果你和他在一起，你也会步林兰的后尘，他会背叛你，抛弃你，他不值得你喜欢，你不能喜欢他啊……”

“我知道，我知道！”她抽噎着，泪珠滚滚而下。

“天，你怎么会喜欢他？”卫蓝推开了梁晶晶，痛苦地瘫倒在车座上，将双手覆在脸上，梁晶晶的反应已经证实了自己猜测的一切都是真的，她真的爱上了郭庭辉。

“我……不喜欢他。我只想回家睡觉，可以吗？”她几乎是乞求。她不想再刺激他，但是她实在撑不住，想要回去好好睡一觉。

卫蓝一拳砸在方向盘上，沉默良久，咬咬牙，将自己翻山倒海的情绪压制下去，“好吧，你别忘了我们的半年之约。”

“我知道。”梁晶晶点头，只想尽快结束对话回家。

“早点睡，别熬夜，明天下班我买饭过来。”说罢，他凑上前，在她脸颊上吻了一下，才打开车门的锁。

梁晶晶像是逃兵似的，跌跌撞撞、狼狈不堪地回到家，锁了门，冲进卧室，将自己抛在床上。

回到自己的小窝，林兰也一样疲累，她的心头沉甸甸的，有很重的失落感，很多的疑惑。活了三十多年，在情场上起起伏伏，如果连空气中飘荡着的异样都嗅不出来的话，那是当真白活了。

她们是同学，是朋友，是姐妹，是知己，她的确不该怀疑梁晶晶的，只是她的理智和感情都无法说服自己。如今的资讯发达，太多不堪的故事使得“放火、防盗、防闺蜜”已经成了现代人的流行调侃。

当郭庭辉扔下一桌子的人，不顾一切地冲出去追梁晶晶的那一刻，她从他的眼中看到的不只是朋友间的关切，而是一个男人对一个女人的在意。梁晶晶的离去令他害怕、紧张，他急于要向梁晶晶表达、解释，以至于忘了另外三个人。

他们消失了很久，久得早就忘了时间的流逝，忘了餐厅里还有三个人在等待他们的出现。

这些，只有在恋人间才会发生……

回来的路上梁晶晶神情落寞，一直低头不语，心事重重，更是增加了她的疑心。梁晶晶有事瞒着她，她不再像以前那样与自己谈天说地。尤其，她们已经很久没有谈起过郭庭辉，每次自己提起郭庭辉，梁晶晶或是沉默，或是淡笑，一笔带过。

林兰觉得很心慌，走到衣橱前，打开橱柜的夹层，拿出一本封面印满粉红色玫瑰花的相册。

手心贴在相册上的那一瞬，她已经热泪盈眶。

翻开那尘封已久的相册，一张张青春、美丽、浪漫的照片跃入眼帘。照片上的自己笑得那么甜美幸福，依偎在郭庭辉的怀里，而郭庭辉亲吻着她的发丝。

他的侧脸是那样的帅气，乌亮的头发，细翘的睫毛，挺直的鼻梁和嘴角那一抹迷人的微笑。

林兰的手指轻轻滑过相片上的人影，心中一阵阵地抽疼。

与高咏分手后，她彻底地将与高咏之间的一切删除丢弃了，但是她却舍不得丢弃这本小小的相册。这是她最美的青春，最美的爱情。

受不了已愈合的伤口再次被揭开，林兰赶紧合上相册，把它紧紧抱在怀里，像是要用这本相册堵住心上的那个鲜血不停喷涌的伤口。

她默默地祈祷，祈祷自己今晚对梁晶晶和郭庭辉的所有猜测都是错的，是自己多心。因为她无法接受被闺蜜夺走挚爱的事情发生在自己的身上。

或许自己和郭庭辉再也没有复合的机会，但是无论取代自己的人是谁，也不能是自己最好的朋友啊。

林兰侧卧在床上，轻抚着相册。朦朦胧胧中扪心自问，自己这样的心态是自私吗？是狭隘吗？是恶毒吗？万一，万一郭庭辉和梁晶晶之间是真心相爱呢？

“不！”她扑在相册上发出坚定的声音，是谁也不能是梁晶晶，不能！

第四部分

The Fourth Part

林兰的生活依然规律得犹如定时闹钟，朝九晚五，准时上班，准时下班，周末回父母家听父母唠叨，或者按照父母的安排相亲。

即使心里依然想着与郭庭辉再续前缘，但是现实中却不得不妥协，差不多条件的对象，她都会去看看。只不过，合眼缘的实在太难得，现在她也不求对方有多帅，多有钱，只希望对方能够说服自己与之走进婚姻。

让林兰意想不到的是肖志明的突然调职。

调职前，肖志明请林兰吃了一顿饭。

老样子，本帮菜，糖醋小排、干煎小黄鱼、油爆虾、炒鳝丝，他记得所有她爱吃的菜，为她斟上一小杯黄酒，两人边吃边酌，却相对无言。

肖志明依然是眼角带笑，温柔体贴的样子，白皙修长的手指，将他多情文艺的性格显露无遗，脖子上仍然挂着当年的那两个小葫芦。

自从上次在滨江大道逛了一次之后，林兰就再也没有和他见过面，只是偶尔在微信上聊几句。毕竟，他是有家室的人，林兰本能地排斥与他太过亲密。

而肖志明同样和她保持距离，没有再进一步的举动。他的望而止步与林兰的自我约束不同，他只是想独自品尝这一段无疾而终，似有若无的情感。淡淡袅袅，如烟似雾的感觉让他平淡如水，平凡如蚁的中年人生有了波澜，有了秘密。

很多男人会把这种波澜变成滔天巨浪，把这种秘密变成满城风雨。在肖志明眼里，那些男人既没脑又没品，他们根本不懂什么是情调。他不会把林兰变成自己的情人，那样太没意思了，更不想把自己美满幸福的小家弄得鸡犬不宁，毕竟他是两个孩子的父亲。

“怎么突然调职了？调去哪儿？”她问。

“调去宝山区的分公司。”他微笑着回答了她的半个问题。

林兰没有追问，因为她并没有兴趣知道，如今的她对爱情、对男人都有种倦怠感，提不起兴趣。

“我将不再负责你公司的业务了。所以……”他顿了下，喝了一口酒，眉头蹙了起来说，“今后，我都不能借公事的由头来看你了。”

他的声音突然低沉下去，这让林兰心头一动。她轻抬睫毛，有些意外地见到肖志明的嘴弓微微地向下一拉，神情有些忧伤。

但是很快他又扬起淡淡的微笑，用那双漂亮的桃花眼望着她。

“待会儿吃完饭，陪我去中山公园走走好吗？”他轻柔地问，恳求的口吻。

她犹豫了片刻，点点头，“嗯。”

接着两人在一种诀别的气氛中吃完了这顿饭。

虽然林兰对肖志明早就没有了爱意，但是一想到他俩之间总是擦肩而过的缘分，也颇为唏嘘。

如果，只是如果，他俩晚几年认识或者早几年重逢，又如果，她没有爱上郭庭辉，他也没有另娶他人，或许故事的结局就不会是如今这般，然而，生活中没有如果……

两人在公园里逛了一圈，找寻着年少时的懵懂情怀。他双手插在裤袋里，她双手拎着包，都默默地低着头，踩着小径上的砖块。

“林兰，我有一个小小的请求……”

“什么？”

“我想……抱抱你，为我俩今生的缘分画一个句号。”他停下脚步，转身看她。

林兰抬头迎着他的目光，风儿轻轻吹动着她的发丝，他的容颜已然有了中年人的样子。世界上唯一对所有人都公平的可能就只有时间了，不知不觉中我们一个个在时间的长河中变得现实，理智，市侩，势利，虚伪，衰老。

现实得太久，伪装得太久，林兰也累了，不如就让肖志明为自己曾经的青春画一个句号吧。

她点点头，他轻轻拉起她的手走进一旁的树林里。

凝视她良久，他拨开她被风吹乱的发丝，手指滑过她的脸庞，还是有悸动的。

她不讨厌他，只是因为心有所属，时机不对。

肖志明第一次也是最后一次将林兰——他的青春之梦拥进了怀里……

而这个拥抱却让林兰有种告别青春的感觉……

林兰与肖志明的故事就这样落幕了。当听到林兰唏嘘着向自己叙述着这个故事的结局时，梁晶晶的心里是佩服、喜爱林兰的。

她知道林兰过着平凡平静的生活，她的感情世界是空虚寂寞的。世上很多人走上歧路，只是敌不过内心的软弱，无法抗拒诱惑。

林兰和梁晶晶头靠头依偎在一起，一齐看着窗外的阳光。

“晶晶，有郭庭辉的消息吗？”

“我现在替他工作，多少是知道些的。”

“他怎么样？”

“很好，好得不能再好了。”梁晶晶苦涩地笑笑，仰头叹了口气，“他这次是和李婷一起去的美国。”

“呵呵，原来如此。”林兰也唏嘘地叹了口气，“唉，看来是没希望了。”

“兰，如果有机会，我会撮合你们的。”梁晶晶真诚地看着林兰，下定决心泯灭掉自己心中的情愫。

林兰笑道：“顺其自然吧，有机会固然好，如果他真的有了新欢，我也没兴趣去拆散别人。”

顿了顿，林兰缓缓敛住笑容，蠕动了几下嘴唇说道：“晶晶，我现在对很多事情都看淡了，只有一样……”

“什么？”

“就是我们的友情。想想当年的同学，无论是合得来的还是合不来的，毕业后也就散了，什么临别赠言、毕业照，不过是留个念想。去年的同学聚会，每个人明显都变了，有了不同的生活，交集越来越少。勉强凑一起做生意或者彼此利用的，最后大多是不欢而散，像我们这般纯净、亲密的友情当真难得呢。”

“那是！”梁晶晶微抬下巴，骄傲地笑着。

“所以晶晶，我们千万不能辜负彼此。”林兰握住梁晶晶的手。

“那是当然的啊。”梁晶晶开心地笑，完全没有察觉到林兰这些话的深层意思。

林兰的话说得很含蓄，是故意给自己和梁晶晶都留有一个余地，在她内心深处非常恐惧自己深信不疑的友情有一天会变成令自己作呕的背叛。

林兰长叹一声，自嘲着换了个话题：“唉，我又踏上我的相亲之路了。前天我舅妈又给我介绍了一个，德国留学回来的工程师。”

“有照片吗？看看。”梁晶晶抬抬眉毛，飞了个八卦的眼神。

林兰笑着，神秘兮兮地拿出手机，翻开相片给梁晶晶看。

“哟，面相还不错哦，额头宽广，看上去挺憨厚的。”

“可是我喜欢长脸啊！”林兰摇头，微噘嘴。

“那我去给你找一匹马好了。”梁晶晶脱口而出。

两人相视一愣，顿时哈哈笑着滚做一团。

她们好像又回到了从前，谈天说地，吃着零嘴，说着八卦，消磨着午后阳光。一切似乎又恢复原状。

清明节来临，林兰休了带薪假期，陪着父母去外地郊游踏青。梁晶晶的父母也去了老家扫墓，梁晶晶一个人在电脑前噼里啪啦地敲着键盘，早把现实世界给抛到了脑后。

雨丝敲打着玻璃窗，这个时节的天气忽冷忽热，忽阴忽晴，加上梁晶晶日夜颠倒，作息没有规律，前天开始就有点发烧，吃了退烧药片，稍稍好些，又继续强撑着码字。

她如此努力，一方面是为了生活，一方面是为了梦想，还有一方面是因为如今她为郭庭辉工作，从心底里有一种不可思议的动力和热情，她想以出色的工作为他分忧。

郭庭辉去美国两个多星期了，工作非常忙碌，加上时差，两人大多情况下是用邮件谈工作。每天临睡前，郭庭辉都会挤出一点时间来关心一下梁晶晶生活上的情况，但是梁晶晶总是寥寥数语，匆匆忙忙地结束对话。

她已说服自己将他埋在心底，成为自己的一个秘密。

可能是因为自己冰冷的态度再次挫伤了郭庭辉的自尊心，郭庭辉已经三天没有联系她了，连工作上的邮件都没有回应。

梁晶晶有些奇怪，便用微信敲了他两下。

“在吗？”她问。

依然石沉大海，没有回应。

梁晶晶没有办法，稿子卡在了一些专业术语上，只得尝试上网搜资料。

整整一个半小时后，微信才“叮咚”响了一下。

梁晶晶赶紧打开，对方发过来一个生病的小黄脸表情。

“生病了？”梁晶晶不由自主地关心。

“嗯。”

“要紧吗？什么病？看医生了吗？”

果然是关心则乱，梁晶晶一向是看不起那些对男人热情似火的女人的，却没想到此时此刻的自己竟然也不能免俗。

“感冒，吃药了，没事。”

梁晶晶心头稍安，又如那些女人般叮嘱着多喝水、多休息之类的话。

屏幕那边只是淡淡地“嗯”了一声。

梁晶晶想着结束谈话，但是心中还是有些放心不下地问：“你身边有人照顾你吗？”

对方停顿了将近有三分多钟，一条信息写了删，删了写。梁晶晶觉得很是奇怪。

终于，对方发来：“我会照顾他的。”

哐当，梁晶晶心头传来一阵碎裂的声响，那样的清脆，那样的惊人，那样的……疼痛……

“你是？”虽然已有预感，但是她还是要问，她不要猜测，她要确凿的回答。

可是对方不再回答。等了一会儿，梁晶晶又发了个问号过去，却发现自己已经被对方删除了。

几乎可以肯定刚才与自己对话的是个女人，而且几乎可以肯定这个女人就是李婷！她竟然……哦，不，是他竟然！是郭庭辉！这个该死的郭庭辉，一个星期前他还在向自己大诉衷肠，一副情痴爱魔的样子，一转头就和李婷双宿双飞，居然已经好到可以随意翻看手机的地步了，真是不可思议。

果然是江山易改本性难移，没想到当年林兰遭受到的背叛，自己也遭受到了。

凭什么?！梁晶晶胸中燃起熊熊怒火！立刻用网络电话软件拨通了郭庭辉的手机号码。

电话响了，一声，两声，三声，每一声都在撕扯梁晶晶的神经，每一声都让她心跳加速，不是因为羞涩爱意，而是因为愤怒激动！郭庭辉将自己和林兰玩弄于股掌之间，她一定要骂他一通出出气。

电话接通了，传来的却是一个女声。

“我就知道你会追着打电话过来。”她的声音淡定又傲气。

“你是李婷?”

“是的。”

“我找郭庭辉，把电话给他。”梁晶晶吸了口气，充满战斗的勇气。

“他正在睡觉，我说了，他生病了，需要休息。”

“我不信。”

“呵，”李婷冷笑，“你不信我也没办法，事实就是如此，他此时正在卧室里睡觉，我待会儿就要进去看看他有什么需要。”

“你凭什么拉黑我?这是他的手机，他的微信，你有什么权利这么做?”梁晶晶火力十足地质问。

李婷严肃下来，“因为我不喜欢你，我讨厌你。我和庭辉很快就会订婚，等他病好了，我就会带他去见我的亲朋好友，所以请你以后不要再联系他了。”

停顿了一下，李婷又说：“哦，对了，你的工作也并非什么不可取代，我看过你的稿子，不过如此，等他病好了，我自然会给他安排最好的文案人员。”

“你也真可笑，你把我删了，等郭庭辉醒来发现这件事，你要怎么解释?何苦搬起石头砸自己的脚?”梁晶晶突然间对爱情中的女人的智商极度地鄙视。

李婷愣了几秒，生硬地说：“我可以给你介绍工作，一份比这份好得多的工作，工资是你现在的三倍，如何?条件就是你要彻底从庭辉的生活中消失。”

“李小姐，我知道你很有钱，我认识你的父亲，可是我的感情无法物化，所以我不知道你给出的条件是否足够收买我的人格。”

李婷吸了口气说：“我不是什么邪恶的女人，我只是想要保卫自己的爱情。请你离开！”

“如果他爱你，你用得着这样做吗?如果他不爱你，你这样做有用吗?”

梁晶晶无奈地摇头，女人为了爱情还有什么做不出来的?

“你觉得他不爱我?”李婷笑了两声道，“你以为我怎么会出现在他的家里?我怎么会知道他手机的密码?我怎么可以日夜不断，二十四小时地贴身照顾他？”

梁晶晶顿时语结，是的，为什么？

“你们？”

“我们已经同居了。明白了吗？就算他不愿意结婚也并不能阻止我们相爱。我愿意和他同居一辈子。”

晶晶的心一沉再沉，沉到无底深渊里，怔怔无言。

李婷接着说：“还有一件事，我也告诉你好了，他这次来美国不会再回去了，总部已经敲定了他调回美国的决议。所以你还是打消所有的妄想吧。再见！”

李婷挂了电话，只剩下梁晶晶呆呆地拿着手机，愣愣地看着雨丝敲打着玻璃窗，然后变成一条条的水纹滑落，就如她眼角渗出的两行热泪……

这个世界是多么的难以揣摩？人心是多么的复杂善变？梁晶晶觉得自己完全无力招架变幻莫测的人事变迁。

我们早就不是在那个遵守秩序，自我约束的年代了，窗外处处喊着个性张扬，自由万岁。包括梁晶晶她自己不也是个打破传统，我行我素的人吗？

世界旋转得太快，快得有时候我们连对方的相貌都没看清，缘分就已消失。

这让梁晶晶更加珍惜与林兰之间的友情。说真的，这种情谊是难得的，尤其在如今这个浮躁、人人自危、保持距离的时代。有一个人能与你亲密无间、坦诚相对，是难能可贵的。

梁晶晶走到钢琴旁，敲了几个音符。她想弹奏一曲，却因为已经深夜而放弃了。

李婷果然是聪明人，很快就又把梁晶晶加回了郭庭辉的好友列表里，并将两人的交谈记录清除了。看着床上熟睡的漂亮男人，她情不自禁地想要占有他。

她能进入他的住所是因为郭庭辉的男助理临时有事，她能打开他的手机是因为她趁他熟睡，用他的指纹解开了密码。

因为爱，她像着了魔一般，渴望探知他的一切。她打开了他的私人聊天记录，像私家侦探般寻找着蛛丝马迹，很快她就发现了他对梁晶晶的情愫。

嫉妒，像潮水般吞没了她。

怪不得这个梁晶晶会在餐桌上与自己针锋相对。

可是她想不明白，也不相信，自己怎么会输给梁晶晶？

她将手机放在床头柜上，坐在郭庭辉的床沿边，俯身亲吻他的脸颊，还是有点烧。她怜爱地轻抚他，忍不住弯下腰紧紧抱住他。

“庭辉，我喜欢你，我会照顾你、帮你的。那个梁晶晶什么都给不了你，而我可以给你一个帝国……”李婷对着昏睡不醒的郭庭辉轻声表白着。

郭庭辉迷糊中只是哼哼了几声，完全不知道天地已然变色。

熬了一晚上的梁晶晶，用邮件将刚写的几份稿件发过去之后，又发了一封辞职信，告知郭庭辉自己将不再为他工作，而二十万的支票也会找机会还给他。

她再次切断了和他的联系，一个人坐在窗台上望着远处被一栋栋高楼大厦切割成块的朝阳，心中隐隐作痛。

因为心情低落加上之前的病没好彻底，当天夜里梁晶晶就又烧到三十九度，吃了退烧药躺在床上昏睡。

头很晕，浑身酸痛，很渴，人真的不能病，一病就会有种接近死亡的感觉。

她的心里很沮丧，真的有想死的念头，但是她也知道这是不可能的，一大把年纪，还不至于为了个男人去寻死。既然不能死，那就得想办法活下去，总不能任由自己的脑袋这么烧下去。

她想打电话给自己的另一个好朋友，但是一打开手机，就看到那个朋友的签名已经改成“清明小长假，黄山一游”。

得，不是所有人都和自己一样天天宅在家里的。假期是大家走亲访友、出门游玩的时候，去找谁？做人不能不知趣。

梁晶晶挣扎着起床，扶着床头柜，踉踉跄跄，一步三摇地走到厨房给自己倒了一杯水，连拿杯子的手都在发颤，喝了水，稍稍好些，正打算回房里躺着。

“叮咚！”门铃声起。

梁晶晶心头一颤，第一反应竟然希望门外站着的是郭庭辉，但是立马打消了自己荒唐的念头，头重脚轻地开了门，甚至连从猫眼里看一眼都忘了。

“晶晶！”

她抬起沉重的眼皮，眼前恍恍惚惚地站着个男人，人影都有些重叠。

但是他的声音传入耳里，她立刻确认了他的身份，是卫蓝。

卫蓝一把将她摇摇晃晃、几将晕倒的身躯牢牢抱住。

“天，你怎么烧得那么厉害，为什么不告诉我？我这就带你去医院。”

他心疼且紧张地将她抱进卧室，帮她换了衣服。曾经是夫妻，没有什么忌讳的，她的身体他熟悉也怀念，一切都和以前一样。

他开车送她去了医院，陪她打吊针，让她依偎在自己的肩头。

输完液，他送她回家，小心翼翼地将她放在床上。梁晶晶昏睡着，他坐在床沿边凝视她，忍不住伸手抚摸着她依然还有些烫的脸颊，心中却是千头万绪。

父母几乎是每天都在用孝道给他洗脑，他不忍心看着双亲难过，很想孝顺他们，但是他就是喜欢和梁晶晶在一起。只有在梁晶晶身边，他才觉得开心，觉得安心，但是梁晶晶的不孕和混乱的生活作息时间令他无法向父母和自己交代。

梁晶晶再次醒来时，已经不知道睡了多久，卧室里亮着一盏可调节式小台灯，灯光被调到了最弱那一挡，幽黄的灯光让屋子里温馨又温暖，屋子外有着轻微的电视机的声响。

烧已减退，头脑也清明起来，只是全身虚弱得像一片风中的枯叶。

她迷迷糊糊地回忆着昏睡前的事，是的，想起来了，是卫蓝。

梁晶晶心头是感激的，如果不是他及时赶到，或许自己已经晕倒在冰冷的地板上，没人理会，或许就这么死了也不一定。

她想出去谢谢他，也想顺便去上个厕所。

她轻轻打开房门，就听到卫蓝在讲电话。

“妈——”卫蓝烦躁地拖长了尾音，“我知道的，现在晶晶病得很重，我不能离开她。今晚我不回去了。”

“好了好了，我知道了，改天再约吧。我现在没心思见任何人。妈，你别逼我了。”

“好好好，我说错话了。我明天回去。”

卫蓝急急忙忙地挂了电话。

虽然只是三句话，梁晶晶就已经明白他们在说什么。

无非就是卫蓝想要在这里留宿照顾自己，但是他的母亲害怕儿子和自己再擦出火花，所以极力反对，并安排好了相亲活动。

“你回去吧。”梁晶晶说。

卫蓝转身一惊，赶紧上前扶住她，“你怎么起来了？”

“我去下厕所。没事的。”

卫蓝急忙从沙发上拿起一条毯子披在她身上，“别给我逞英雄，你烧还没退干净呢。”

梁晶晶感激地看他一眼，苦笑，“你真婆妈，快回去吧。不然你妈又要唠叨你了。再说你明天还要上班，从这里过去太远了。”

“我已经请了三天假，加上周末，我可以照顾到你全好。哦，你快去厕所，我煮了粥，还买了肉松，你待会儿吃点，然后吃药、睡觉。”他搂着她的肩膀送她到卫生间门口。

梁晶晶暗叹，心中也是奇怪，离婚前也没见他如此殷勤体贴，当年推她去看医生，打针，吃药，折腾她的他也是其中一分子，现在像是突然变成了通情达理的绝世好男人了。

唉，没办法，生病还是需要有个人照顾的，梁晶晶也不再多说什么。

接下来的几天，卫蓝当真是全心全意地照顾着梁晶晶的饮食起居，洗衣做饭，打扫屋子，购物，归置，忙得乐在其中。

三天后梁晶晶的烧总算是全部退清了，只是还是虚弱，躺在床上看着卫蓝穿着围裙在客厅里吸尘，心中一片迷茫，说不出是该开心还是该难过。

这些事离婚前卫蓝是从来不做的，因为住的是父母的房子，父母有钥匙可以自由进出,所以都是卫蓝的母亲陈宝梅包揽了家务。并不是梁晶晶不想做，只是每次梁晶晶做点家务，就会被陈宝梅抱怨这也不对，那也不对，次数多了梁晶晶也就不想再出力不讨好了。

毕竟当时年轻，梁晶晶抱着尊重长辈、父母有经验的想法，也就唯唯诺诺地接受了婆婆对所有事情的干预。

在这个过程中梁晶晶不知道忍受了多少委屈，卫蓝却像没事人一般，甚至还抱怨梁晶晶太作，不懂得感恩……

所以说，人不能往回想，一想起这些细节，再看看眼前这个绝世好男人，心头已然凉了半截。

夜晚，他在她身边轻轻躺下，她犹豫着要不要把他赶出去睡沙发，但是这几天，他对她有照顾之恩，而且卫蓝已经睡了三个晚上的沙发，他是疲倦的，她一时间开不了口。

她眨着眼睛看他，他也看着她，温柔地笑着。

“今天气色好多了。”

“多谢你这几天的照顾。”

“老夫老妻的，这么客气。”卫蓝笑笑，握住她的手说，“晶晶，我们以后也这样生活好不好？你看我已经学会做家务了，我会好好照顾你的。”

梁晶晶苦笑，如果是五年前他这么做，她可能会感动得热泪盈眶，可是如今听他说这话，只觉得有些事不关已。

卫蓝继续说道："我们就住在你的小公寓里，房贷我来还。然后我们做个试管婴儿，爸妈就再也不会说什么了。孩子生出来后，爸妈会带的，我们还可以像以前一样出去玩。"

他兀自说着，眼睛闪着光芒，这是他的理想生活，也是梁晶晶五年前的理想生活，只是梁晶晶已经走过了这五年，而他依然停留在五年前。

梁晶晶看着他的脸，心中想的却是另一张脸，默然不语。

卫蓝以为她有了回转的意思，一只手搭上了她的腰际，身子凑了过来，将她搂进怀里，亲吻她。

梁晶晶一皱眉，下意识地用力将他推开。

顿时，两人都愣在了那儿。

曾经她是那样享受他的拥抱亲吻，新婚那阵几乎天天连体婴似的分都分不开。她迷恋他的气息，喜爱他的身体，哪怕是离婚后的这些年里，她也并非没有动过和他保持肉体关系的念头，只不过，她怕他越陷越深，所以一直抗拒着与他有肌肤之亲。

可是今晚，她第一次厌恶与他那么亲近。

看着他吃惊尴尬的样子，梁晶晶有些愧疚，毕竟这几天他对自己真的是无微不至。

"对不起卫蓝，我……我不能。"

"你不能？"卫蓝盯着她，冷笑两声，"是因为心里有人了吧？"

"没有，你别胡思乱想，我……我就是不想。"她低声说，叹了口气转过身去，"这几天辛苦你了，你睡床，我去睡沙发。哦，还有，我已经好了，明天你就回去吧。"

梁晶晶坐起身来披了件开衫，就去抓枕头。

一只大手一把抓住她的手腕，梁晶晶吃惊，转头看他。卫蓝的脸上一扫刚才的柔情蜜意，已然被一团怒火取代，咬着牙，他一把将她又拉回到床上，压在自己身下。

"你做什么啊！卫蓝？"梁晶晶惊呼。

"你给过别人？你和他睡过？"

梁晶晶觉得很烦躁、又恐惧，"什么别人？我没有。"

他不信，他怎么能相信？

"你喜欢郭庭辉，和他睡过是不是？"

"我没有！"她瞪大眼睛反抗。

他不理会她的回应，抓住她的手，低下头强行亲吻她。梁晶晶害怕地反抗着，这两天来对他的感动、愧疚顿时消失得无影无踪。

脑海里翻腾的唯一想法是郭庭辉能够来拯救自己，但是一念至此，她又立刻绝望，怎么可能，他现在正在美国发展着事业，发展着爱情，怎么可能来拯救自己？

我们既不是生活在小说里，又不是生活在充满信仰的岁月里，我们生存在一个钢筋水泥、人情淡漠、现实功利的年代里，和谁交往都得谈利益、友情、爱情，甚至是亲情。

结婚得谈房子，离婚得谈财产，交友远近要看利益大小，甚至家人间也在考量谁对自己的贡献更大。

为了不被别人算计，大家都是泛泛之交，合则来，不合则散，友情如此，爱情如此，有时甚至亲情也如此，更何况是那个不过和自己暧昧了几次的郭庭辉？

自己有什么条件让郭庭辉飞回来拯救自己？只要是个智商正常的男人都会选择李婷那样的白富美，怎么会选自己这个穷得叮当响的无名小作家？

梁晶晶心中沮丧，又是病体初愈，根本没什么体力反抗，很快就被卫蓝控制了。

怎么会变成这样？梁晶晶喘着气，用力推他，想把他的手从自己的胸上拿开。

“你以为我不知道吗？你抽屉里那二十万支票是怎么回事？”卫蓝一边在她身上放肆，一边气吁吁地质问。

“你翻我抽屉？”梁晶晶惊怒。

“怎么？被抓现行，无法辩驳了吧？如果不是你和他有一腿，他干吗给你那么多钱？”

“那是他给我的工资，只不过是预付了一年而已，这和你有什么关系？”

“工资？呵，自欺欺人！”

卫蓝停了下来，因为他心里不好受，这并不是他想要的情形，他是想要和梁晶晶重温旧梦。他并不是色情狂，也不是暴力狂，更不是强奸犯，他不喜欢，甚至讨厌看着她在自己身下挣扎，顿时兴致索然，痛苦地坐在一旁，垂头不语。

梁晶晶喘着气，将自己的衣服拉好，也坐了起来，看着他的背影，心中也很酸涩。有些事已经随风而逝，再也无法挽回了，她正想着说些什么安抚他的情绪。

突然床头柜上自己的手机响了起来，晶晶伸手去抓，卫蓝却抢先一步夺了过去。

一看，来电显示是一个来自美国的陌生号码。

卫蓝呵呵冷笑两声，眼角锐利地瞪了梁晶晶一眼。

梁晶晶顿时整个人坐了起来，扑上来抢手机，恐惧，一千一万个恐惧，她从卫蓝的眼神中就已经知道这个电话是谁打来的。

“给我，快给我！！！”梁晶晶用力拉着卫蓝的衣领，一手伸手去抓，全身激动地发颤。

卫蓝一甩手将她推开，站起身来，划开了手机接听。

梁晶晶咬着嘴唇，惊恐犹豫地看着卫蓝走出房门。惊恐是因为她不知道卫蓝会和郭庭辉胡说八道些什么，犹豫是因为她觉得这是个彻底让郭庭辉死心的好办法。

郭庭辉对自己死心就能解除自己与林兰之间的友情危机。想到这儿，梁晶晶放弃了要去争抢手机的念头，而是任由卫蓝去和郭庭辉胡说八道。

一晚上的折腾，让原本就还虚弱的她已经体力不支，倒在了枕头上，看着窗帘外的一抹月色发呆。

耳旁隐约听见卫蓝断断续续的话语：“呵呵”“是啊……”“我会照顾她……”“我和她的感情……”

唉，再也听不下去了，估计这会儿郭庭辉已经认定自己和卫蓝重修旧好、破镜重圆了吧……

算了，算了，就让他这么认为吧！这样一来，一切就都可以结束了！梁晶晶拉起被子蒙住自己的头，捂住自己的耳朵，想把这些乱七八糟、理不清的情事都隔断在被窝之外。

卫蓝回到卧室，以为梁晶晶要问什么，却只见梁晶晶已经蒙头大睡。

他涩涩笑了两声，讥讽道：“你的前夫接了你情人的电话，你就没兴趣问问我们都说了些什么？”

梁晶晶掀开被子，露出脑袋，“没兴趣，我和你已经结束，我和他没有关系，你俩爱说什么就说什么。我只是希望你别妨碍我的工作和生活。”

卫蓝顿了顿说：“他说他收到你的辞职邮件很意外，希望你重新考虑一下。”

停顿一下，卫蓝又问道：“你为什么要辞职？”

梁晶晶烦躁地坐起身来瞪他，“你到底要我怎么样？我替他工作你不高兴，我辞职不干了你还是不高兴。他是林兰的前男友，我不会和他有什么关系的。我现在既不想结婚也不想恋爱，对你和其他男人都没兴趣。明白了吗？你再逼我，我就只能削发为尼了。”

卫蓝听到她这一番说辞，心中不是滋味，知道再逼问、强求下去也毫无意义。

两人当晚还是同睡在了一张床上，背对背，一夜无话。

不知道是不是情绪激动、心情低落的缘故，第二天梁晶晶又发烧起来，卫蓝就继续留下照顾她。

在医院输了液，已快傍晚，两人在道上买了些蔬菜回到家中。卫蓝让梁晶晶躺在沙发上休息，自己围上了围裙在厨房里洗菜做饭。

梁晶晶迷迷蒙蒙地看着他在厨房里忙碌的背影，心中很是感慨，自己不婚不育的想法是不是真的该改变一下？这次生病让她体会到，总有一天，父母会离开自己，朋友们也会有各自的生活，而自己孤独一人是否能够面对所有的困境？自己现在还算年轻力壮，但如果有一天自己垂垂老矣，将怎么去面对老迈、疾病、死亡？

到底应不应该再给自己和卫蓝一个机会？虽然他有缺点，但是他对自己的一片痴心，是别人怎么都比不了的。

或许这就是林兰为了结婚屡战屡败，却又屡败屡战的原因吧。人迟早都是需要一个伴侣、一个归宿的。是吗？梁晶晶尝试思索，找出一个结论。

“很快就有的吃了。”卫蓝在围裙上擦了擦手，走到沙发边上，把手搁在梁晶晶的额头上探了探体温。

“好点了，待会儿就有鱼片粥吃了。”他笑笑。

梁晶晶凝视他的脸庞，伸手从他的脸颊上摘下一片鱼鳞，淡淡笑了，“你变能干了。”

卫蓝一愣，这么久以来，这还是她第一次那么温柔的，带着一丝情意和他说话。

“变”，往往是因为需要向现实妥协，为自己找寻一个更为稳妥的生存状态。卫蓝“变”是为了讨好梁晶晶，回到从前的美好日子；梁晶晶此时想要“变”，是为了生活，爱与不爱也就不那么重要了。

“晶晶……”他有些激动又有些疑惑地看着她。

或许是命中注定，或许是缘分使然？

梁晶晶微笑着，犹豫要不要答应和卫蓝重新开始。一阵急促的门铃声像几万伏的电流冲进两人的耳朵里，打断了梁晶晶的思考。

两人都是一震，卫蓝起身去开门。

门一开，一个中年女人铁青着脸就往屋子里来。

“妈！”卫蓝失声喊出口。

梁晶晶看着气势汹汹走进自己小天地的陈宝梅，心中一沉，从沙发上坐了起来。

“伯母……”

陈宝梅打量了一下儿子，视线在他身前的围裙上停留了两秒，抬头瞪了卫蓝一眼。

卫蓝知道母亲不高兴，因为从小到大母亲都是不让自己做家务的。

陈宝梅又转头看看梁晶晶，突然脸上堆起笑容，坐到了沙发边上，拉起梁晶晶的手，眼珠子在梁晶晶的脸上转了一圈，摇头道：“啧啧，脸色是不好呀，是怪可怜的。你爸妈呢？”

“他们去老家扫墓了，后天回来。”梁晶晶答。她是深知陈宝梅那张比川剧绝活变脸还要变得快的脸。

“唔，你倒是挺孝顺的。”说着眼角朝儿子卫蓝瞟了一眼，言外之意就是“你怕你爸妈累着，就不怕我儿子累着了？”

三人沉默了一阵，也都心知肚明陈宝梅这样直截了当地冲上来，定是准备了一场剧要上演。

果然，几秒后，陈宝梅突然拍了下大腿，重重叹了口气道：“你们两个到底打算怎么样嘛？当初好好的，坚持要离婚，现在婚离了，两人又住到了一起，到底是怎么回事？你们也跟我这个当妈的说个明白啊！”

“晶晶，过去呢，我们婆媳之间是有些不愉快，但是你也想想，你在我们家，过的可是衣来伸手饭来张口的日子，我有让你做一点家务吗？你还有什么不满意的？我和你爸年纪大了，想要抱个孙子，心急，话说重了，你也不用那么强硬地非要离婚吧。你看看，把我们卫蓝耽误成什么样子了？”

陈宝梅又是叹气又是摇头，不满道：“卫蓝对你的一片痴心，你不会不知道吧？如果你不喜欢我们家卫蓝，你就干脆点拒绝他，不要给他希望，怎么兜来转去的，又住到一起了呢？”

梁晶晶不知道要说什么，她知道在这个问题上自己是有错的，是因为自己这几年来的不够冷酷决绝造成今天这个局面。

“伯母，其实事情不是你想的这样的……”梁晶晶想解释，可是才一开口，陈宝梅就截断了她的话。

“好了好了，晶晶，你们年轻人的事啊，我们是搞不懂的了。如果你们要复婚，我们大人是不会管的，只要卫蓝开心就好。我们呢，也不用你多生，只要生一个就够了。所以，我看你们就先同居吧。”

梁晶晶愣住了，瞪大眼看着陈宝梅，奇怪到了极点，居然一时也想不出要说什么。

陈宝梅站起身来，在屋子里晃了一圈，点头道：“这房子还不错。首期是你父母出的吧？这样吧，反正我们家的拆迁房也不知道什么时候才能落实……你们就先住在这儿，房贷呢就由我们家来付，你在房产证上写上卫蓝的名字，你俩一人一半。等生了孩子就结婚。哦，照顾孩子的事你放心，你不是喜欢写东西吗，你就安安心心地写，孩子交给我，我保证带得妥妥帖帖的。”

这是一场表演吗？梁晶晶看着好似在唱独角戏的陈宝梅，眼珠都无法转动了。还没反应过来，突然卫蓝又扑到自己跟前。

“晶晶，我们先试试要个孩子，如果半年还怀不上，我们就去做试管婴儿。以后我们一家人在一起，开开心心的。爸妈有了孩子就满足了，家里的事什么都不用你操心。”

陈宝梅在一旁叹气，“是啊，现在科学发达了嘛。晶晶啊，妈以前对你说的一些过分的话，那不过是因为急着抱孙子，你就体谅一下我们老人家。你俩从大学就谈恋爱，世界上有几对夫妻能有你们这样好的感情基础啊？”

梁晶晶只觉可笑，这母子俩一唱一搭，瞬间将她才冒出来的那一缕回心转意的念头，吹得烟消云散。

支着昏昏沉沉的脑袋，梁晶晶自知体温又上去了，没力气想，也没力气说话，只想休息。梁晶晶躺回沙发里，闭目养神。

耳旁却传来陈宝梅的声音：“晶晶啊，你倒是说个话呀！如果你答应，卫蓝就搬来住，我就每隔两天过来给你打扫一下，做饭……”

梁晶晶面朝里，皱着眉，嘴中却嗤笑出来，如果当真如她所说，那一切就都又回到了从前，自己当初坚持离婚是为了什么？

卫蓝拉了下母亲，“妈，晶晶生病呢？这些话我会慢慢和她说的。你先回去，我留在这儿照顾。”

“哎哟，你自己都照顾不过来，还照顾别人呢。来来来，快把围裙脱下来，大男人围着围裙像什么样子？”

陈宝梅将儿子身上的围裙解下，系到自己的腰间，走到厨房里去忙活了。

梁晶晶听在耳朵里，心中只是哀叹，只怪自己当年太年轻了，被爱情蒙蔽双眼，居然完全都意识不到这样的婚姻潜伏着多大的隐患，当初甚至还庆幸自己有一个事无巨细、面面俱到的好婆婆，向林兰炫耀自己衣来伸手饭来张口的“好日子”。如今想来真是愚不可及。

她头痛欲裂，挣扎着起来。卫蓝在一旁扶着。

“你要做什么？一会儿就吃饭了。”

梁晶晶摇摇头，一个字都不想和他说，只是往卧室里走，一进卧室，反手就把卫蓝给推了出去。

“和你妈离开这儿，我想休息。”说完，梁晶晶就把门关了，爬上床沉沉睡去。

昏睡之际，隐约听到门外陈宝梅母子嘀嘀咕咕地说着些什么，再后来梁晶晶就睡沉了。

再次醒来时，屋内一片漆黑，没有了温暖的灯光，也没有了关怀的柔情，客厅里也同样。

开了灯，屋子里早已没有了陈宝梅和卫蓝的身影，梁晶晶觉得自己很可笑，竟然会因为卫蓝这儿大的体贴表现而动了破镜重圆的念头，真是好了伤疤忘了疼，两勺蜜糖进嘴就忘了曾经的苦难。

小饭桌上放着饭菜，鱼片粥和酱菜，梁晶晶嘴角抽动一下，现实中的人事远比小说里要复杂得多。她不知道陈宝梅和卫蓝说了些什么，但是因为母亲的几句话而改变初衷早已不是卫蓝的偶尔作为，梁晶晶已经习以为常。

两天后，父母从老家回来，知道了发生的事，纷纷摇头。

母亲叹气说：“其实卫蓝那孩子不错，就是他妈太强势了，我们晶晶斗不过。”

父亲有些生气道：“这个陈宝梅倒是说得出口，把我们家晶晶欺负成这样，现在还想晶晶和她儿子复婚？还要房产证上写她儿子的名字，真是痴人说梦。”

“就是，我们当初给晶晶的嫁妆也都被他们花光了。”

父亲道：“晶晶啊，你别管他们怎么说，如果你愿意和卫蓝复婚，我们没意见，只要你们小两口能过好就行。如果你不想复婚，那就再找一个，那也行，只要你开心怎么都好。”

母亲也立刻点头，心疼地看着女儿，“你这孩子，真是倔，怎么生病也不告诉我们？”

“不过就是感冒发烧罢了，没什么。不过，爸妈，我不想再婚了，我就想一个人过。”梁晶晶正色道。

梁家父母你看我，我看你，以前梁晶晶也说过同样的话，但是当时是刚离婚，两人都以为梁晶晶说的不过是气话，才三十多岁的人，怎么可能一辈子不嫁人？

母亲忧心道："你这是小孩子话，不过是受点挫折，怎么就说这种话。我们也不催你，但是你迟早还是要找归宿的。"

"妈，你别劝我了，除非遇到让我爱得脑子坏掉的男人，不然我再也不想结婚了，晚年生活我也想好了，四十岁开始物色养老院，存一笔钱。嗯，为了防止通货膨胀，我直接买黄金存起来。如果能活到六十五岁，我就去五星级养老院生活，身体好就到处吃吃、喝喝、玩玩，身体不好也有人照顾我，不用操心。"梁晶晶平静的语气就好像是在说"今天天气不错"一样。

但是梁家夫妇听着女儿的话，心里五味杂陈，虽然把养老院作为最后归宿已经是社会的普遍话题，但是这样的话从自己三十岁出头的女儿嘴里说出来，做父母的心头自然是不好受的。

夫妻俩蹙着眉沉默着。梁晶晶倒是没有什么所谓地笑道："老爸，老妈，你们愁什么啊，我现在过得自由自在，不知道有多开心，结婚找个人来管头管脚的有什么意思？我自己都不愁，你们愁什么？再说就算你们替我愁，也愁不出什么结果来的。所以还不如好好享受你们的晚年生活，去吃吃、喝喝、玩玩。"

梁晶晶边说边在父母脸颊上各亲了一口，起身去厨房泡茶，刚走进厨房，就听到客厅里父母开始争执起来。

"想当年……""早知道……""那时候……"一听这些话，梁晶晶索性躲在厨房里不出去了。这些都是废话，人生如果能够预知未来，哪里还会有"后悔"二字？

父母越说越激动，说的无非就是后悔当年没有阻止梁晶晶与卫蓝结婚，抱怨卫家太过刻薄贪心，又烦恼可预见的女儿将来孤独的人生路。

其实梁晶晶并没有后悔与卫蓝相知相爱，走入婚姻。她当年的确爱他，就算当时有神仙告诉她，日后会有如此结局，她也不会相信，还是会坚持与卫蓝走上这条路。

恋爱中的男女谁不是不到黄河心不死？

梁晶晶知道父母是看得开的人，他们不会强迫女儿做她不愿意做的事，所以虽然担心女儿的将来，但彼此埋怨了几句也就算了。不久，梁爸爸就给女儿买了好几份保险，用他自己的方式爱护女儿。

“做你想做的事，过你想过的生活，爸爸支持你，一辈子不结婚，爸爸就养你一辈子！”

当看到父亲的这条短信，梁晶晶瞬间泪流满面，世间最爱自己的男人就只有爸爸。

也许是因为陈宝梅的施压，卫蓝总算是没有再来纠缠，只是短信问候了一下梁晶晶的病情。梁晶晶感谢他的照顾与关心之后也就没有再多说什么。

她是真心希望卫蓝能够早日走出阴霾，找到那个可以陪他走完这一生的女人。

一个星期后，梁晶晶收到一个从美国寄来的快递包裹，里面是精装版的斯蒂芬·金的《写作这回事》。是的，这是郭庭辉寄来的，顿时，一股异样的暖流涌进她的心里，让她孤寂的“心城”长满绿叶、盛开出红花来。

只是一本书，却让她莫名的热泪盈眶；只是一本书，却让她思念泛滥；只是一本书，却让她不得不向自己的爱情低头。

她将书紧紧地压在胸口上，仿佛是在拥抱那个寄书的人。

翻开硬皮封面，空白页上是两行潇洒的字迹：

如果爱情还能让我们哭泣，那至少我们还是活生生的人。

纵然知道自己终将惨败，我依然执着一战。纵然你将自己放逐天际，我依然无悔追随。

——郭庭辉

梁晶晶的心脏好似被人紧紧抓着，眼泪扑簌而下，她索性扑到沙发上号啕大哭起来，宣泄着一年多来被自己残忍压抑着的爱情。

世上最为无奈、痛苦的爱情，莫过于爱上不该爱的人。

年过三十与十几、二十几岁的人心态大不相同，哭完，抹干眼泪继续戴着面具生活，有些事即便心里明白，却也只能与现实妥协。

很快梁晶晶就从朋友那里得到一个意外的消息，郭庭辉突然从美国回来了，伴随着这个消息降临的是一张美得令人晕眩的相片。

“公司里都传遍啦，都说是关董事夫妇撮合的，我们的‘郭大帅’就要和‘李公主’结婚了，唉——看来又一个钻石王老五要被人收藏了。”

朋友在电话里头叹息着。

梁晶晶把照片放大到全屏，怔怔地看着红地毯上的那对金童玉女。

他也曾经带着自己走过红地毯，去年他拉着自己参加画展时，他也曾经要求自己这样地挽着他的手臂。

李婷一身华贵的小礼服，微扬下巴，笑靥如花地望着身旁的郭庭辉，是人都能看出她的眼中溢于言表的爱慕与柔情。而让梁晶晶心中抽痛的是，郭庭辉也正对她微笑着，嘴角是一个好看的弧度，眼中露出欢喜之色。

不用说了，一切都明了了。梁晶晶转头看着书架上的斯蒂芬·金的《写作这回事》，只有苦笑，自己如此小心竟然还是着了这个花花公子的道。

苦涩玩味着自己失败的同时，梁晶晶庆幸自己没有过多地将自己的感情流露出来，如今的惨败不过是化成了内心的伤痛，不至于让别人看出来，算是保住了颜面，保住了与林兰的友谊，所以，就让一切随风而逝吧。

梁晶晶将郭庭辉回国，即将与李婷订婚的消息和照片传给了林兰，深吸了口气，独自一人在家慢慢消化着心中的伤痛。

林兰看到照片后，心情低落，思虑再三，终于拨通了郭庭辉的电话。

“喂。”电话那头传来低沉磁性的声音。

“是我，林兰。”

“我知道，有什么事吗？”

“听说你要结婚了，我想单独见你一面。”她的声音几乎颤抖。

电话那头传来一声叹息，沉默良久道：“你怎么知道我要结婚的？”

“晶晶告诉我的，而且我也看到了你和李婷的照片。庭辉，我想见你一面……你知道我从来都……不会主动的……”

“好。”郭庭辉立刻答应。他知道林兰被动矜持，就算是当年两人谈恋爱时，林兰也极少主动联系他，抬手看看手表道：“我晚上和美国有个会议，会议结束可能要到十点半了，如果你还没睡，我就去接你，一起吃点宵夜。”

“好。”林兰心情好起来，“哦，我已经从父母的家里搬出来住了，你还不知道我新家的地址，我发给你。”

“好。你发吧，我现在要见客。晚上联系。再见。”

“再见。”

林兰挂了电话，立马给梁晶晶发了条短信：“我约了郭庭辉今晚见面。祝福我吧，我要再努力一把。”

梁晶晶回了个笑脸：“祝福你，一定要打败那个李婷，把你的白马王子抢回来哦！”

林兰体内的血液在血管里快速奔流，再次打开那本珍藏的相册，轻抚着那一张张柔情蜜意的照片，心脏“咚咚咚”地狂跳。

最美丽的衣服，最精致的妆容，最昂贵的首饰，她把自己妆点得几乎倾国倾城。看着镜子中的自己，她充满自信。

除了家世，镜子中的自己哪一样都不比李婷差，而她知道郭庭辉虽然为人稳重圆滑，却不是趋炎附势的人。

这或许是她的最后一战，她想最后努力一把，让自己无悔。

坐在郭庭辉的车子里，林兰既兴奋又紧张，眼睛直视前方，两旁路灯投射下来的黄色灯光在挡风玻璃上映出两人淡淡的身影。

郭庭辉打开轻音乐，缓解两人中间尴尬的气氛，也为了舒缓一下自己依然沉浸在工作节奏里紧绷的神经。

他很忙也很累，晚饭也只是让助手买了一个汉堡充饥。这个世界上，除非是口含金汤匙出生，靠自己的勤奋努力打江山的人，事业繁花似锦的背后到处都淌着血汗。

郭庭辉看得出她的精心装扮，也知道她的用意，只是他的心事又能去说给谁听？

男人不能像女人般找人喋喋不休地唠叨芝麻绿豆的心事，打落牙齿和血吞，最好的倾诉伙伴可能就是烟酒了。然而郭庭辉对这两样东西都排斥，他活得精致，音乐和书本是他倾诉与聆听的伴侣。

他已经对包装精美的女人没什么兴趣了，一个将自己全身心地抛进工作中，每天累到沾床就能睡熟的男人，哪里有精力和女人打情骂俏？可是这个世界上不是男人就是女人，他必须和女人们打交道，无论是为了工作还是为生活。

他心底对女人的唯一期待就是能够遇到一个懂他、爱他、信任他，有趣、有智慧，能够让他保持无穷探索欲望的女人，只是，这样的女人可遇不可求。

梁晶晶或许是一个，可惜他俩之间有着林兰和卫蓝这两座大山。

自从收到梁晶晶的辞职信，再次被拉黑之后，郭庭辉心就凉了一大半，而后来自己深夜打电话找她想问清楚情况，没想到接电话的是卫蓝，这下顿时让他的心沉到湖底。

看来自己终究是看错了人，梁晶晶终究不过是个平凡的女子。

自那以后郭庭辉就将自己的心锁进了保险柜里，除了不得已地和李婷逢场作戏外，连笑都懒得笑，每天就是工作、工作、工作。

他并不想和林兰见面，只不过他亏欠她太多，也可怜她。从重逢的第一眼，他就知道她对自己余情未了，他没想到自己会把她伤到如此地步，甚至改变了她曾经对爱情的憧憬，自己是有罪的，年少时的轻率鲁莽，完全不知道自己可以改变另一个人的人生轨迹。

他带她走进一家很有情调的酒吧里，点了鸡尾酒和点心，两人轻酌浅谈。

林兰面上平静，实际上手心里都是汗，咫尺之遥，这张熟悉的漂亮脸庞，她曾经吻过他的额头、他的眉、他的眼、他的鼻尖、他的唇，曾经，他完全属于她，一想到他就要与别人结婚，她的心中就很不是滋味。

“你……真的要结婚了吗？”她问。

他咧嘴“呵”了一声摇头道：“我没有结婚的打算。”他这句话其实是一语双关，一面回答了林兰的问题，一面也是在向她重申自己的不婚主义。

“那你和李婷……”

“子虚乌有。我也不知道是谁编造出来的谣言。”郭庭辉两根修长的手指夹起一片薯片，塞到嘴里，喝了口酒。

“你是真的打算一辈子不结婚，还是只是因为没有遇到合适的结婚对象？”

“一辈子。”他回答得干脆。

“为什么？你爸妈不着急吗？”林兰眨着眼问，在她的观念里结婚生子依然是人生正途。

郭庭辉淡笑着摇头不语，因为在这个问题上，自己的确和父母之间有了很大的分歧，但是他不想和林兰谈论这些，连父母都无法改变他的想法，其他人就更无能为力了。

“你和晶晶都是怪人。”林兰就着杯沿抿了口酒，顺口感叹，却没看到郭庭辉眼底忽然闪出一个小火星般的光芒。

“哦？”他故作镇定，“我不觉得，前两天晚上我打电话给她，问她工作上的事，接电话的是卫蓝。我猜……他们会复婚吧。”

“呵呵，说不准。其实她和卫蓝的感情很深厚，就如我们当年一样。还记得我们四个一起去旅游吗？”林兰开始提起过往的甜蜜时光。

郭庭辉微微蹙了下眉，并不愿提起过往的事。因为他讨厌想起梁晶晶当时对卫蓝一往情深的模样，她的眼睛里只有卫蓝，事事以卫蓝为先。虽然当时自己对她无意，但是现在他俩的关系已经不同，梁晶晶与卫蓝的过往已经成为他心中的一瓶醋。

他就是本能地嫉妒，为什么梁晶晶当时可以那么爱卫蓝，而现在对自己却那么的冷酷，自己到底有什么地方比不上卫蓝，真是岂有此理！

林兰还在讲述着他们两人过往的快乐时光，因为在她心里，那些是最宝贵的回忆，那时候的她是那样的满足，一心做着有一天披上婚纱成为他的新娘的美梦。

看到郭庭辉沉默不语，脸上写着不耐烦，林兰无奈地结束了怀旧。

“庭辉，如果……如果我接受不结婚……我们……还有没有可能？”她的声音细弱蚊蝇，脸上飞起红晕。这是她这辈子第一次如此卑微地乞求、退让、妥协，而这个让步简直就是彻底粉碎她人生的准则。

郭庭辉斜靠在椅子里，手指放在唇上，凝视着眼前这个曾经爱过的女子，心中却毫无波澜。那些对于林兰来说刻骨铭心的时光，对于他而言不过是一场青春之梦，不是他忘记当初的美好，而是如今他的心中进驻了另一个人。虽然那个人像风中的飞絮般难以捕捉，令他失望，但是他的心房已经容不下其他人。林兰也好，李婷也好，他只能让她们失望。

半晌，他缓缓开启双唇：“抱歉，我已经爱上了别人。”

“谁？”林兰下意识地追问。

他的眼睛变得深邃如渊，迟疑了两秒，无奈地摇摇头，“林兰，你不是世界上唯一失意的人，或许你眼下得不到你要的爱情，可是你要知道，有千千万万的人和你一样，爱而不得，求而不得，茫然不知所措。”

“是李婷？”林兰皱眉问出一个自己都觉得很蠢的问题，问完立刻轻咬下唇。因为瞎子都看得出李婷简直就是迷恋着郭庭辉，如果郭庭辉爱上的人真的是李婷，那么他如今应该是兴高采烈的表情，而不是一脸忧愁，说出爱而不得的话来。

果然，郭庭辉嘴角勾出一个苦涩的笑意，摇摇头，也不多做解释，却悠悠说了一句：“你不会想知道她是谁的。”

顿时，林兰的后脑像是被人捶打了一下，懵了，他的这句话简直就像一记重锤敲得她几乎魂飞魄散，脸色煞白，死死盯住他。

她牙关不停地颤抖着，问道：“我认识她？”

郭庭辉一愣，知道说错话了。他并不怕向林兰坦诚自己的心事，也不在意林兰和梁晶晶翻脸断交，人生本来就是人来人往，缘起缘灭的过程，失去友情得到爱情，不过是有得有失。可是他在意梁晶晶的感受，所以即使要向林兰坦白一切，也得先得到梁晶晶的同意。

郭庭辉摇摇头，并不回答林兰的问题，而是又把话题拉回到他俩之间。

“林兰，你是个‘需要家’，需要人呵护的人，而我给不了你想要的。或许，我会做一辈子的浪子。”郭庭辉喝着杯中的鸡尾酒。

“可是……可是……”林兰心里有一肚子的话想说，却不知道要怎么措辞。正在酝酿之际，郭庭辉的电话铃声响起。

郭庭辉看看手机，脸色微沉，接听起来：“喂，嗯，我今晚有事，你早点睡吧。”

“嗯，和朋友在喝东西。”

“女的。”

郭庭辉双眉在眉心绞得更紧，冷冷地说了声“晚安”就把手机给挂了。

简简单单几句话，林兰已经可以将对方的对白自行补充完整了。

“是李婷？”她问。

“是。”他答。

两人沉默，转头看着窗外繁华如梦的申城夜景，各怀心事。

这次短暂的约会就如迟了六年的“回光返照”，尴尬，陌生，牵强。两人虽然坐得那么近，心却那么远，熟悉的面容下是一个完全陌生的人，再多的不甘心，也无法让林兰自欺欺人，他俩的缘分已尽，注定不能执子之手。

今年的生日，林兰过的是心潮起伏，踏进办公室，就看到自己的桌子上堆放着鲜花和礼物，有同事送的，有朋友送的，法国老板亲自走出来送了一瓶包装精美的香奈儿香水给她。

林兰既不感动也不惊讶，因为这是公司文化的一部分，每位员工过生日的时候都能收到礼物，而他们的部门领导也会准备礼物。这是不成文的规定，而这个规定的背后无非是希望员工对公司有归属感，更加死心塌地地为公司贡献自己的价值。

人人平等，人人有份，那么就失去了远近亲疏、好坏奖惩的区别，也就变得没有意义。尤其是礼物，如果没有心意和情感包含在内，那就变成了一种伪善。

自然的，也是习惯的，林兰也伪善地给送礼物的同事和老板回复了感谢信。

发完感谢信，前台的妹子捧了一束蓝白相间的花束进来。

“林姐，有人送花给你哟！”妹子狡黠地笑道，眨眨大眼睛，将花束送到林兰怀里，就出去了。

芬芳的紫罗兰，夹杂着清丽的小雏菊和小巧秀丽的勿忘我，蓝白主色中，点点黄色的花蕊为缀，清雅脱俗。而这些花的花语又是那样的富有内涵：紫罗兰代表美德，雏菊代表纯洁，而勿忘我代表永志不忘，送花的人了解林兰，也赞美着她。

林兰心中突突直跳，下意识的，她希望这束花是郭庭辉送的，然而她清醒地意识到这个假设是不可能成立的。打开夹在花束中的卡片，果然，与她理智中的那个名字吻合，花是肖志明送的。

这个浪漫细致、温柔体贴的巨蟹座男人，让林兰既感动又无奈。她望着花束发呆，怀疑肖志明的老婆上辈子是不是拯救了全人类，居然能够轻而易举拥有这么好的老公，而自己是做了多少缺德事，此生才会与他擦肩而过，人到中年依然孑然一身。

她爱肖志明吗？只能算是有好感，情感上她更喜欢高咏、郭庭辉这一类的霸道总裁型男人，甚至有点腹黑。但是理智上，她知道和霸道总裁生活在一起绝非易事。高咏也好，郭庭辉也罢，都是主观意识很强烈，不会迁就女方的人。他们喜欢掌握全局，又因为自身条件好，对女方的要求也会极高，在一起生活就是一场永无止境的脑力博弈。你输了，他就会嫌弃你，你赢了，他就会想着下次赢你，要赢得他们的爱情就必须经历一场又一场的输赢较量，这样的生活也并非林兰这样性情平和的女性吃得消的。所以肖志明这样的经济适用男是林兰结婚对象的首选，只可惜，时不与我，两人终究是差了缘分。

林兰轻叹一声，将花束放在一旁，投入工作之中。毕竟，工作和金钱比男人要可靠得多。

原本以为和往年一样，形式主义地走走过场就完事了，但是今年不知道怎么回事，人事部缺心眼似的，竟然大张旗鼓地为她举办庆生会。

酒店包房里，大大的横幅写着“祝林兰三十二岁生日快乐”，林兰顿时有种上去将横幅撕烂当众烧掉的冲动。

于是，全公司都知道了林兰的年龄，也知道了她是剩女。林兰压制着自己的心火，全程面带微笑，极为大度优雅地应酬完毕。庆生会结束，她才找到组织这场庆生会的人事部经理刘珊，笑着调侃道：“你们可真是有心了，为我举办了如此温馨的庆生会，我实在太感动了，现在全公司都知道我几岁了。”

刘珊立刻听出弦外之音，连忙堆笑着指着一旁一个年轻的女孩说：“哦，是邱美芯提议的，说林姐你是我们公司的女一号，一定要好好帮你庆祝。”

林兰上下打量了下那个叫邱美芯的女孩，年轻的脸上堆着青涩的笑容，一双明亮澄清的眼睛带着几分恐惧和局促不安，脸上晕染着淡淡的红云。

这是她踏出校园大门，第一次进入纷繁复杂的社会，第一次组织庆生会，也是第一次被人当作替罪羊推到职场暗战中。

阅历是人生最宝贵的财富，当你看多了各色各样的人，也就更能轻松地判断真伪善恶，林兰自然知道这其中的道道。

刘珊在公司里是个出了名的“挑事精”，喜欢拉帮结派，讲是非，传谣言。这种人几乎是每个公司的标配，并不是什么新鲜事。让林兰觉得奇怪的是，自己与刘珊并没有过节，而且自己在这个公司已经有六七年的资历，地位都已经到了不容挑战的地步，这个刘珊欺负新人也就罢了，怎么还挑战到自己的头上来了。

林兰看着抿着嘴唇、一脸惊慌的小女孩，心中暗叹人心险恶，上前轻拍了下她的手臂笑道：“没事，我是开玩笑的。生日会办得很好。你刚出社会，世界上各色各样的人都有，今后要多加观察，明辨是非，远离陷阱。”

邱美芯带着感激的眼神点点头，笑了。

虽然自己的职场生涯还算顺利，但是这种欺负新人的小阴谋、小冷箭也是尝过不少的。邱美芯固然可能因为刚进公司不懂事，想要努力地表现一下，但是人事部里那群“千年狐狸”难道会不知道这里面的利害？

林兰没有兴趣和她们争斗，上次相亲会上被钱风泼了一身的柠檬茶，她就成了公司的热门话题。风波才过去没多久，自己不想再成为话题女王。

回到办公室，她整理了一下办公桌上的文件，准备下午的工作。手机“滴滴滴”地响起，林兰低头一看，是一个陌生号码发来的短信：“林兰，三十二岁生日快乐啊，哈哈，我知道你不想见我，也不会接我的电话，不过我还是要给你送上一份生日大礼，一个天大的好消息——我今天结婚了！为了记住你，我故意拖了一个多月，在你生日的今天领了结婚证，以后每年你的生日就是我的结婚纪念日，哈哈，这样一来我就永远也不会忘记你了。我说过你会后悔的，除了我，没人会娶你的。放心，以后我每年的今日都会问候你一声。看你有没有嫁出去，哈哈哈哈……哦，忘了说，我老婆不但没要礼金，还带了一套房子过来。我现在就住在我老婆的房子里。怎么样？羡慕吗？等我老婆生了儿子我还会告诉你的。哈哈。”

即使没有署名，林兰也知道这是出自钱风之手。

钱风的短信就像是一条蛆钻入林兰的骨髓，成功地令她恶心起来。

回想当初两人交往的一年里，即便林兰没怎么走心，却也没有什么仇怨。林兰看不惯他的斤斤计较，小气抠门，埋怨了几次，见无法改变对方，就提出了分手。不过是因为彼此观念不和而分道扬镳，却不想会被钱风当做仇人般穷追猛打。

这就是小人。他们以恶心他人为乐趣，丝毫不知“廉耻”二字的含义。

她能做的只有再次拉黑钱风的电话，心中是无比的委屈，自己的生日不但变成了人生警报器，变成了别人的笑柄，还成了小人复仇的时机。

更让她戳心的是钱风的婚讯，连钱风这样人品卑劣的人都结婚了，而自己却依然是孤家寡人，这简直就是对她山崩地裂般的打击，一时心中怨念四起，甚至想学学电影里用银针扎小人，报复钱风。

终于熬到下班，林兰急不可耐地奔赴与梁晶晶约好的地铁站相会。如往年般，晚上约了梁晶晶在家里和父母一起庆生，两人一见面，林兰便像倒豆子般将今天一天发生的事说给了梁晶晶听。

“呵，看不出肖志明还真的挺懂女人心。”梁晶晶笑道。

“是啊，怪不得说结婚要趁早呢，你看好男人就像好苹果，下手要快，先到先得。不然啊，剩下的就都是歪瓜裂枣了，哦，还有钱风这样的有病人士。”

“那也不见得。”梁晶晶轻叹。

林兰看她一眼，想起她和卫蓝，咂了下嘴，“哎，你和卫蓝是特例，我现在是后悔，当初不该去法国进修的，应该和你一样，大学毕业就嫁人。”

“嫁谁？你在大学里的时候整个一个三好学生，清心寡欲的，我以为你打算毕业后就出家做尼姑呢。”梁晶晶打趣她。

两人笑成一团。林兰一向喜欢梁晶晶的幽默犀利，总是能轻易地将她从负面情绪中拉拔出来。

“你当时说，外地的不考虑，太丑的不考虑，太矮的不考虑，太瘦的不考虑，太胖的不考虑，太穷的不考虑，太富的不考虑，不修边幅的不考虑。几项考核下来也没人给你嫁了。”

“噗，难道我的要求太高了吗？不考虑外地，是因为怕生活习惯不同造成麻烦，而且我也不会嫁去外地的；太丑太矮是为了下一代的基因考虑；太瘦太胖是从健康角度考虑；太穷的，我又没疯，我只是想嫁人过日子，又不想扶贫；太富的，我也有自知之明，不想早早就成为深宫怨妇；不修边幅是因为我要脸面好吗，总不能带着个邋里邋遢的男人出去见人，和我的品位也不配啊。”

“嗯嗯嗯，你都有理的，早知道当初就该把卫蓝让给你。”

“卫蓝啊，是不错，不过我不喜欢他没有上进心，就知道吃喝玩乐。你俩当时在学校可是走到哪儿，‘狗粮’撒到哪儿，我可没少吃你们的‘狗粮’，一起逃课，一起不及格，一起补考，哈哈，你俩也是很有意思的。”

梁晶晶想起当初的青涩美好，也不禁笑起来，心头却是感慨。

“晶晶，其实我最后悔的是当初没有飞去美国找庭辉。”林兰苦笑着摇头，叹了口气。

梁晶晶脸上的笑容隐去，深看了一眼苦涩的林兰，咬了下嘴唇，不再说话。

三十二岁，不是大生日，对于大龄剩女来说更不是一个值得庆祝的生日。传统的父母虽然烧了很多美味佳肴为女儿庆祝，几杯酒下肚，却依然忍不住在饭桌上叨唠起女儿的终身大事来。

“上次介绍给你的小马不是挺好的吗？人家很满意你，而且我和他妈妈是中学同学，夫妻俩都是老老实实的本地人，家里有两套房，浦东一套，浦西一套，说是浦东那套给你们作新房。我去看过，在金桥，远是远点，但是有地铁。他妈妈还说了，如果觉得太远，那他们老两口搬去浦东，把浦西的房子给你们住。”林妈妈说。

林兰在脑袋里搜索了一圈，才想起母亲嘴里说的小马是半个多月前见了一面的相亲男，恍然道：“哦，他啊，好像比我矮哦……”

林妈妈截断林兰的话头：“矮有什么啊，我们家又不缺‘丫杈头’，人家在银行工作，工资和你差不多，你们两个人加起来一个月四万多块收入，不是蛮好的。房子也不用愁，将来孩子读书什么的，问题不大的。”

“是啊，”林爸爸附和道，“那孩子照片我看过，长得还是蛮端正的，看上去也蛮老实。”

“爸，妈，你们就不怕将来的外孙都是矮子啊？以前是你们让我注意遗传基因的。”

“唉，遗传基因这种事不过是概率问题，有的是隔代遗传。小马的爸爸又不矮，再说你的基因好就好了啊。兰兰啊，我看小马不错，可以考虑的，要不这个周末就两家人约了见见面。”林妈妈迫切地说。

林兰吃惊道：“妈！我和他才见过一次面！再说他也没约我啊，你怎么知道人家就看上我了？”

“他和他妈说的啊，他自己比较内向腼腆，所以不太敢开口约你。我就和他妈妈商量了，这个周末两家人吃个饭。哎哟，你也别紧张，我们大人吃我们大人的，你们小年轻吃了饭就出去逛逛。”

林兰还想推托，林爸爸微沉下脸来，“就这么定了，这个周末你就算有天大的事也给我推了。”

林兰不再说话，朝身旁的梁晶晶投去求助的目光。梁晶晶轻咬着筷子尖，只有苦笑，自己纵然有天大的主意也没办法当面否决林兰父母的一番苦心。

“哦，对了，晶晶啊，要不要阿姨也给你介绍一个？你和林兰同年，也不能一直这么单过啊。”林妈妈夹了块鸡肉到梁晶晶碗里，叹道，“你们这两个孩子也不知道怎么回事，长得漂漂亮亮的，怎么情路那么坎坷。”

“谢谢阿姨关心，不用了，我一个人过得挺好的。”梁晶晶赶紧婉拒。

“你现在年轻是觉得挺好的，等你年纪大了就知道不好了。”

“阿姨，你和我妈说的话都是一样的，改天让你和我妈一起喝下午茶。”梁晶晶笑着说，想转移转移话题。

林爸爸在一旁说道：“我们大人的心思都是一样的，都是希望你们小辈能够好好过日子。”

林妈妈摇头，“不行，等我把林兰的事敲定了，就帮你也找一个。”

生日宴变成了洗脑会，梁晶晶和林兰也只得乖乖受教。饭后，林兰告别了父母，拉了梁晶晶匆匆回到自己的小公寓来。

“今晚陪我哦，我有好多话要和你说呢。”林兰边开门边说。

“好——今天你是寿星，你要怎样都行，我连换洗衣服都带来了呢。”

“唉，对不起了，今天白白让你陪着我听说教。”林兰说。

“没关系，我左耳进右耳出，只顾着吃菜呢。你妈的手艺真不错，尤其是那糖醋小排。如果天天有那么好的伙食，就算被唠叨一辈子我也愿意的。”

“呵呵，你想得简单，他们可不只是唠叨，没看到我被逼着去相亲吗？”

梁晶晶笑道：“话说，反正你也是要结婚的，如果对方真的还可以，你不讨厌，不如处处看。”

林兰一边换衣服一边说：“处处看？你看我妈那架势，是让我和人家处处看的样子吗？我才和人家见过一次，她就把人家工作、工资、房子、车子全都打听清楚了，还直接安排了两家人见面，这分明就是直接送入洞房的节奏好吗？”

梁晶晶被逗得咯咯笑，想想也的确是。

两人看看电视，洗漱一番，就歪在床上聊天。

林兰把最近发生的事说了一遍，看着桌子上那束蓝白相间的鲜花，清浅地叹气。

“肖志明还真懂你。”梁晶晶托着下巴看着那束鲜花，想起之前郭庭辉送给自己的香槟玫瑰，唉，都是无缘之人，花再美也只能换来一声叹息。

林兰从柜子里拿出那本珍藏的相册，靠在梁晶晶身旁，缓缓翻开，说道：“你说，为什么美好的时光总是那么的短暂，一去不复返。你看，那时候我们四个人多么开心啊！”

梁晶晶吃惊林兰会把这么多的照片都冲洗出来。看着相册里一张张染上岁月之色的相片，梁晶晶心头五味杂陈，尤其是郭庭辉和林兰的那几张经过特殊处理，放大的特写照，美得令梁晶晶心头泛起酸涩。

“你看，这是我们四人一起去黄山旅行时候照的……你看你，居然让卫蓝背着你，你啊，就是恃宠生娇……卫蓝是那样的爱你。”林兰看着照片，嘴角带着一丝意犹未尽的笑容，她是真的希望时光能够倒流，“如果庭辉也能像卫蓝爱你那般爱我，那该多好。唉——”

梁晶晶不语，侧头默默地看着她。

林兰依然翻着相册说：“晶晶，其实我很羡慕你，甚至有些嫉妒你。”

梁晶晶一愣，茫然笑问：“羡慕我？嫉妒我？为什么？我一个一无所有的离婚女人，有什么可羡慕嫉妒的？”

“你离婚是因为家庭因素，你无法融入卫蓝的家庭，但是卫蓝对你的一片痴情，当真天地可鉴、世间难得，尤其是在现在这个年代，卫蓝这样的男人真的很少了。”林兰说着，缓缓合起相册，紧紧抱在胸膛。

“可是我俩并不合适。又或许我们只是中国式婚姻的牺牲品。”梁晶晶嘴角浮出一个无奈的笑容。

“那你觉得什么样的男人适合你呢？”林兰转过头来，带着一丝审视看着梁晶晶。

“不知道。”梁晶晶叹了一声，张开双臂，将手放在脑后，靠在床头板上。

“……郭庭辉这样的……你觉得怎么样？”林兰突然用细弱的声量问了出来。

“唰”的一声，梁晶晶条件反射地坐直身子，林兰的问题令她错愕，怔怔地看着林兰的脸，脑海里犹如千军万马奔腾，极力想要找到林兰发问的出发点。

她知道了什么吗？抑或她猜到了什么？是自己哪里露出了马脚吗？抑或是郭庭辉大嘴巴胡说八道了些什么？

梁晶晶不知道自己的苍白而严肃的脸色已经出卖了她。

林兰的脸色也渐渐变得惨白，梁晶晶的反应令她震惊，自己的猜测难道是真的？

梁晶晶缓过神来，忙正色道："你又来了，怎么老把我和郭庭辉扯一块？我早和你说过，他是你的男人，我没兴趣。又不是男人都死绝了，我就算真的要找，也有大把给我挑，非要他么？"说着生气地拉起被子盖在身上，转过身去。

林兰说："哎呀，你做什么那么大火气嘛？我不过随口一问而已。"

"你就是故意试探我，我又不傻。我生气了，哄不好的那种！"

林兰推她一把，笑道："喂，不会真生气了吧？"

"真的。"

林兰笑着伸出手指头，慢吞吞地说："那——我——就要用绝招咯！"说着手指在梁晶晶的腰间一戳。

梁晶晶立刻蜷缩成虾米，翻过身来，咯咯笑道："你这小妞，越来越过分了。"

推开林兰的手，梁晶晶收起笑，深看她一眼，突然违心地说道："放心吧，说不准哪天我就和卫蓝复婚了。"

两人看了彼此一眼。林兰心中不是滋味，一方面希望梁晶晶说的是真的；另一方面直觉告诉她，梁晶晶是在刻意隐藏、回避，甚至想要自我牺牲。

梁晶晶从林兰眼中看到了不信任，这是她第一次看到林兰有这种眼神。她的内心是愧疚的，虽然嘴上说得响亮，但是她抱过郭庭辉，吻过郭庭辉，内心深处的那座城池早就被郭庭辉占领，自己所说的一切都是谎言。虚伪至此，她也没有颜面再面对林兰，只得再次转过身去假寐。

夜深了，窗外的些许嘈杂声在两人的耳朵里却隆隆作响，谁也睡不着，背对着背，各怀心事。

一整天的会议，令人筋疲力尽，晕头转向。郭庭辉从会议室出来，走过助手莫莉的桌子时，敲了下桌面。

"倒杯浓咖啡来。"

回到办公室，整个人倒进老板椅中，用手指捏着眼角，闭目养神。

过了一会儿，莫莉端了咖啡进来，顺便又带了一堆文件进来，让郭庭辉签字。

郭庭辉快速地浏览签字完毕，只想给自己挤出一些私人时间。

"还有什么事吗？"他问。

"没有了，美国的会议取消了，今晚老板可以放松一下了。"莫莉露出一个甜甜的微笑。

郭庭辉笑着点点头，见她还不走，抬头看了她一眼。小姑娘年轻貌美，而且看自己的眼神也时时飘出些异样的光芒。他不是没察觉，只不过他不在乎，他对办公室恋情没兴趣，对她没兴趣，好似对女人都没兴趣了。

其实莫莉有男朋友，也知道郭庭辉对自己不感兴趣，只不过，郭庭辉这样的男老板太诱人，所以忍不住幻想一下成为总裁小说的女主角也是人之常情。

郭庭辉见她愣在那儿对自己傻笑，有点烦，蹙蹙眉，指了指房门，“没事就出去吧。”

莫莉赶紧拿起文件夹，红着脸仓皇地快步离开，走到门口，突然想起什么来，停住脚步，转身道：“啊，郭总，忘了和你说，梁晶晶小姐来了。”

像是被高压电电击般，郭庭辉“噌”的从椅子上弹了起来，全身突然充满了精神。

“在哪儿？！”

“啊，不知道，她五点多钟来的，你正在开会，我也正好有事，所以就让她在小会议室等。对不起，今天事太多……我……后来就忘了……不知道她现在还在不在……”莫莉的声音渐弱。

郭庭辉抬手一看，已经快八点半了，生气道：“忘了？你让她等了足足三个多小时？！如果是重要客户呢？你也这样吗？”

莫莉被训得百口莫辩。郭庭辉冷哼一声，已经一阵风似的从她身边刮过，冲了出去。

推开小会议室的门，他的一颗心顿时像是被注进活力，重新迸发出爱情的音符。一颗小小的黑色脑袋，枕在手臂上，手边是一沓过期的杂志和报纸，她趴在桌子上睡着了。

他小心翼翼地坐到她身边，一手支着下巴端详着她，淡淡的妆容，朴素的衣着，一如既往地刻意隐藏着自己的美好，她想用自己的才华赢得世人的认可，而不是容貌，他懂。她抗拒世俗肤浅的以貌取人，与浮躁的社会格格不入，他也懂。

看看手表，已经八点半，她竟然坐在这儿傻等了自己三个多小时，他的心是喜悦的，他知道她想见到自己，就如自己想见她一样。但是她三番四次地拒他于千里之外，在他生病的时候辞职，删除他，拉黑他，这让他生气，无比的生气。

轻轻地，轻轻地，他蹙着眉，拍了一下她的手。

梁晶晶缓缓醒来，睁开眼睛看他，两人静默无语。

良久，他淡淡问道："找我有事？"

"嗯，我想单独和你谈谈。"她脸色凝重地说。

"说吧。"他深坐在椅子里，两条大长腿潇洒地上下叠着。

他冰冷的态度，令她觉得尴尬失望。她以为他想见到她的，却没想到竟然会是一副公事公办、谈判的架势。

看看四周冷色调的装修，理智到刺骨，毫无情调，在这种氛围里怎么谈与感情有关的话题？

梁晶晶舔了下嘴唇，"换个地方，我想和你谈私事。"

郭庭辉抬手看看手表说："那就先去吃饭吧，我不想待会儿被你气饱。"说着一把抓起她的手，拉着她出了会议室。不想正撞上莫莉和另一个女同事下班。

一阵尴尬，只有郭庭辉无所谓。梁晶晶赶紧用力缩回手，没想到郭庭辉笑着和两个同事打招呼，一手已经绕上了梁晶晶的腰间，按下了电梯按钮。

梁晶晶顿时脸上烧得发烫，但是又不能当着别人的面，和他拉拉扯扯、推推搡搡的，只得尴尬地朝莫莉二人点头招呼了一声。

到了停车场，梁晶晶赶紧拉下他的手。

"这里是公司……你注意点形象。"她快步往前走去。

"这里是我的公司，我都不怕你怕什么？"他嘴角勾起一个傲气的冷笑，"是你来找我的，受点委屈也不为过。"

郭庭辉为她开了车门，梁晶晶无奈地坐了进去。的确是自己要找他摊牌的，想想还是先不计较这些了，等待会儿把事情都讲清楚了，了结了，自己就可以彻底退出了。

原以为郭庭辉会将车子开到附近某个饭店门口，没想到车子一路朝前开着，路过一个又一个富丽堂皇的大饭店却毫无停车的意思。

"哎哎哎，这家不错啊，就这家吧。"晶晶指着窗外的一家海鲜酒楼说。

郭庭辉不理她，拉了一把方向盘，车子已经转入一个岔道里去了。

"你这是要带我去哪儿啊？"

他还是不理她，打开了音乐，拿出一颗薄荷糖放进嘴里，"来一颗？"

梁晶晶睁大眼睛看着他，"不要，我问你，你是要带我去哪儿？"

"问那么多做什么，如果不相信我，你现在可以报警抓我。"

"呃，那倒不至于。"梁晶晶转回头望着前方的路。

郭庭辉快速地侧头看了她一眼，笑道："你相信我，信任我，也喜欢我。"

“别自作多情，我相信你是因为毕竟我们认识那么多年了，而且你也不是那种需要挟持女人的人。”

“哈哈，那可不一定，人面兽心的人多了。”

梁晶晶瞪他一眼，“说得也是，有人一边给我写情诗、寄书，一边和别人订婚。一脚踏几船，的确够人面兽心的。”

郭庭辉的嘴角笑意渐深，“吃醋？”

“没有。”她心虚地转过头去，朝车窗外看去，“你又不是我的什么人，我吃什么醋？”

“嗯，是啊，我花心得很，最好别靠近我。不过，也不知道谁一边和我卿卿我我，一边和前夫藕断丝连，半夜还留前夫在家里过夜。”

“你！”梁晶晶猛然回头盯着他，“胡说八道什么？”

“我胡说吗？凌晨一点，你的前夫拿了你手机接我的电话，呵，你不会是要告诉我，那是我的幻觉吧？”他讥讽地说。

“那也不关你的事。”她低声道。

车子一路驶向近郊，在本城出名的豪华别墅区门口缓缓停了下来，刷了下门卡，栏杆升起，车子缓缓驶了进去。

“这是哪儿？”

“猜！”

梁晶晶看着小区里高雅、优美、幽静的环境发愣，两旁一栋栋带花园的尖顶欧式的洋房，气派典雅，加上小区里出自专业园艺师设计的花、草、石、池，在路灯的照明中，浪漫而美好。

“不会是……你家吧……”

话音未落，郭庭辉已经将车停在一栋两层楼高的白色小洋房前，用遥控器开了大门，车子缓缓开进了车库。

车子停稳了，郭庭辉解开安全带，这才侧过身来说道：“是的，这是我家，确切地说，这只是一栋房子而已，我睡觉的地方。”

梁晶晶侧过脸来看他，眼中透着一丝怜悯。她明白他话里的意思，没有家人的房子只是一栋房子而已，冰冷的、没有感情、没有欢笑、没有人气的房子。

有情人之间似乎有种难以解释的魔力，怎么也看不够彼此，她忘了自己来找他的目的，他也忘了之前有多生她的气。

他被她的幽香吸引，她被他的气息麻醉，两人不知不觉中竟然越靠越近……

他的大手托着她的脸庞，她不自觉地将脸依偎进他的手心里，他的鼻尖抵触到她的头发，带着薄荷清香。他再次提议："搬过来和我一起住。"

她抬起睫毛，被他俊美的五官迷得七荤八素，非常非常想要再次亲吻他带着薄荷味的双唇，往上凑了一下。他却往后一缩，蹙眉道："先答应我，和卫蓝彻底断了联系，然后搬过来和我一起住。"

他的要求，令她的理智慢慢恢复，渐渐想起自己来找他的目的。

就在此时，梁晶晶的手机铃声大作，又将两人震回到了现实中。

"是林兰，你别出声。"梁晶晶严肃地关照郭庭辉。郭庭辉一脸不屑，轻叹一声，转身下了车。

"兰，怎么了？"

"晶晶，你在哪儿？我告诉你啊，刚才高咏找我了。"

"啥？他又诈尸了？"梁晶晶发出这样的疑问是有原因的，因为林兰和高咏纠缠的三四年间，分分合合不下十次，最长的一次两人冷战了三个月。

而这次又是将近五个月，梁晶晶不快，问道："他说什么了？"

"他约我去看电影，我去还是不去啊？"林兰在电话那头既兴奋又担心地问着。

"别去啊，你怎么又动摇了？高咏城府太深了，你不是他的对手的。"

"可是，晶晶，我和他都到谈婚论嫁的地步了啊。"

"你，你是要气死我是吧？好了伤疤忘了疼！你有失忆症吗？"梁晶晶一想到林兰要再次跳入火坑，就气急败坏，心火上升。

"你别生气啊，我打电话给你就是让你陪我一起去的，有你在场，帮我把关挡驾，我就不会被他哄晕了。"

"你，真是气死我了，你到底还要不要郭庭辉？"

"郭庭辉？"林兰愣了，不知道梁晶晶怎么突然又扯上了郭庭辉。

"你那天夜里拿着你们以前的照片给我看，一副念念不忘的样子，怎么今天高咏一个电话来，你又改主意了？"

"可是晶晶，我和庭辉已经见过面了，他态度很坚决，他说已经有心上人了，我总不能强行扑上去献身吧？"林兰道，"晶晶，高咏说他这几个月来并没有其他女人，一直都在处理工作上的事情。他想见见我，如果感觉好，就继续。"

梁晶晶长叹，摁了下太阳穴道："兰，他已经不是第一次骗你了，拜托你也长长脑子好吗？你不是笨人，为什么一碰到高咏就犯傻呢？"

"我真的不该给他一次机会吗？可是……我的年纪……我不想做高龄产妇啊。"

"我知道你恨嫁，但是高咏他是不会和你结婚的。他不会的。"

"你为什么说得那么肯定？"

"我在街上见到他和小姑娘一起逛街。"已到千钧一发的时刻，梁晶晶再也顾不得了，索性和盘托出。

"是吗？或许……是同事呢？"

"兰！你是要气死我吗？"

"不是，晶晶，他优秀，女孩子喜欢他，倒贴他也不是什么稀奇的事啊。他现在回来找我，我们肯定会继续往结婚的方向走的，说明那些花花草草并不得他的心啊。"

"我真的要被你气死了。好，我再告诉你件事，我亲眼见到他和他的前妻一起出席宴会，他的前妻压根就没有打算放了他。"

"那又如何，毕竟他们已经离婚了。"

"林兰，她的前妻是房地产开发商的女儿，以我对高咏的了解，他是不会轻易斩断这条线的。"

林兰顿了下道："我想不会的，如果他真的舍不得荣华富贵，就不用离婚了……"

梁晶晶再也不知道要说什么才好，很明显，林兰已经做好了再次跳坑的准备，自己再说什么都是多余。叹了口气，梁晶晶只得说："你的意思是，你彻底放弃郭庭辉了是吗？"

"晶晶，不是我想放弃庭辉，是我不知道要如何继续，如果他能主动约我追求我，我当然愿意放弃高咏和他在一起。可是，唉，他的态度实在让我无法有任何的奢望。我总不能干等着他回心转意，我已经三十二岁了呀，我总得嫁人啊……"

梁晶晶已经无话可说，到底要怎么办？郭庭辉不肯追求林兰，自己也没法强迫他啊……难道这一切就是命运吗？

梁晶晶又叹了口气，怅然道："好吧，那你就先和他见见吧。我就不去做电灯泡了。我今晚有事。"

挂了电话，梁晶晶心上犹如压了块巨石，而脑海里更是一片迷茫，自己今天找郭庭辉就是想尝试说服他再和林兰试试重温旧梦的。可是，一路上自己与郭庭辉之间强烈的吸引力，已经让她后悔，而林兰的这个电话更是让梁晶晶失去了行动的支撑点，自己到底是为了什么，为了谁跑来和郭庭辉摊牌？

梁晶晶心烦意乱地坐在车里，大脑里毫无头绪。

“笃笃笃”，车窗被敲响，郭庭辉打开车门。他已经换了居家装，T恤外套了件开衫，下身是一条宽宽松松的运动裤。

梁晶晶只觉眼前一亮，仿佛看到六七年前，刚从校园走进社会，青春阳光的郭庭辉。记忆的相册被翻动，翻到了她第一次见到他，那次是林兰带了他来，与她和卫蓝一起吃饭。

“做什么？不认识我？虽然你不喜欢我，但也不至于突然不认识我吧。”郭庭辉奇怪地看她，伸手将她拉出车子，“打算在车子里坐一晚上啊？呆头呆脑的。”

梁晶晶在他的牵引下走出车子，略略浏览了一下他的花园，草地被修剪得很齐整，却没有种花，只在围栏旁种了两盆仙人球。

“你的花园都没有花。”

“你觉得我有时间种花吗？”他拉了她进入自己的小天地。

客厅宽敞、整洁、明亮，整个一面墙都是落地玻璃。厅里家具很少，却很气派，中央是一张大大的斑马纹地毯，上面是一张大大的宝蓝色沙发，设计极为精巧，好似杂志上的某位名设计师的作品。

沙发前是一个玻璃茶几，对面的墙上是大大的嵌入式平面电视，简直就像是一个小电影院。

其他几面墙上挂着几幅大的抽象派画作，其中一幅以红色为主色调，尤其抓人眼球。

另一边窗前是一架白色的三角钢琴，屋子里还有几个抽象派的雕塑。

“怎么样？”他从身后将她圈进怀里。

“不怎么样。”她说，“简约、理智、文艺，有品位却没有一丝感情。”她从他的怀里挣脱出来。

“哦？”郭庭辉挑挑眉毛，看了看自己的小天地，还真是，干净整洁，高雅简约之外，有种冰冷的感觉。

“从这房子的装修来看，你是个很冷静甚至冷酷的人。我不喜欢。”她直言不讳，因为她本来就不是来讨他开心的。

“唔……或许是吧。”他蹙蹙眉，“或许是我还没有找到点燃我内心火焰的那个人。”

“你找不到的。”她进一步奚落他，看他一脸好奇，说道，“火焰只能点燃心中有火种的人。请问你有吗？”

“你怎么知道我没有？”

他一边问一边拉着她往厨房走。

“从我认识你开始，你和林兰在一起，其实就是她爱你比你爱她多得多，你一去美国就将她抛弃，转而和不同的女性交往。回国后呢？又整天对着我胡说八道。好，把我弄晕了，然后又去追求李婷。说实话，郭庭辉，你的真心在哪儿？你的心里真的有爱情的火种吗？”

她咄咄逼人的发问，还真的把他给问住了，难道自己天生薄情？心中真的没有火种吗？

微波炉“叮”了一声，郭庭辉从微波炉里拿出解冻了的牛排。

梁晶晶继续说：“正常人如果有了爱情，就自然而然会想到结婚，与自己心爱的人一生一世，你有过这样的感觉吗？天天嚷着自己的不婚主义，你知不知道婚姻就是男人能给女人最大的承诺、最好的礼物。你愿意给吗？No，你不愿意，因为你对任何一个女人都是一样的浅薄，并不是她们不值得你爱，而是你压根就不知道什么是爱！”

郭庭辉看看她，扬起一抹不在意的笑，抬了抬下巴，往一旁的衣钩上看去，“帮我把围裙系上，再去冰箱里拿两个鸡蛋出来。”

梁晶晶沉浸在自己的语境里，脑子不停地想着如何打击他、批评他。

她一边给他系上围裙，拿出鸡蛋，一边嘴里不停地说：“自私、花心，一边说着爱我，一边却和李婷在美国同居订婚……”

“去外面的橱柜里，拿盘子和杯子，刀叉餐巾在抽屉里，自己找。”他说。

梁晶晶一面喋喋不休，一面翻找着杯盘刀叉，“你的伎俩就只能骗骗林兰那傻子，骗不到我，你和李婷……哎，餐巾在哪儿？……”

“自己找！”

厨房里发出“滋滋滋”的声响，飘出的香气顿时让梁晶晶五脏六腑唱起了空城计。饥肠辘辘之下，她已没有力气继续开批判大会了。

摆放好了餐桌，顺着饭菜香走进厨房，只见郭庭辉一面翻煎着牛排，一面往沙拉上洒了些盐粒，一面又在锅子里搅拌着酱料。他的手势熟练利落，当真是让梁晶晶看傻了眼，标准的大厨范。

“好香啊！”

唉，再伟大的人也无法和自己的肚子过不去，骨气在面对饥饿时，真是不值一谈。

郭庭辉喷了些醋，浇了些橄榄油在沙拉里，一把将沙拉盆塞到梁晶晶怀里，“搅拌均匀，端到桌子上去。”

“哦。”他的声音充满权威，让梁晶晶心甘情愿地服从。

很快，一桌精美佳肴已经完成。郭庭辉很绅士地为梁晶晶拉开椅子，伸手请她坐下。

他点燃蜡烛，开了一瓶红酒，嗅了下橡木酒塞，倒了些许出来在自己的杯子里，在灯光下晃了几下，让红酒中的芬芳散发开来。他又深深嗅了一下，品了一口，回味片刻，点点头，这才将红酒倒入梁晶晶的酒杯中。

“显摆完没？可以吃了吗？我饿了。”梁晶晶不太领情，又煞风景地说。

郭庭辉嘴角一扬，坐了下来，“是不是我做任何事在你眼中都是阴谋诡计？”

梁晶晶有些理亏地垂下睫毛，其实有很多事就算她不停地给自己洗脑，依然无法否定自己女人的直觉。她的确是吹毛求疵给他扣了一堆没有证据的罪名。

两人默默地吃着美味的晚餐。郭庭辉拿起遥控器，打开音乐，优美浪漫的钢琴曲总算是让气氛缓解了许多。

如水的音乐，如星的烛光，如玉的男人，她偷偷看他，他低着头，眉间轻蹙，安静地吃着他的晚餐。

她不知道他在想什么，却下意识地为自己进门后的那一通没凭没据的狂轰滥炸感到惶恐。

他生气了？难过了？他是不是要彻底离开自己了？看着他的脸，梁晶晶心中的恐惧像乌云般笼上心头。

“你……”她紧紧握住刀叉，微动嘴唇，想要说些什么。

他好似完全没有察觉到她的犹疑紧张。

梁晶晶壮着胆子，快速地问：“生气了？”

郭庭辉依然有条不紊地切着牛排，嘴角一个冷笑，“你在乎？”

梁晶晶抿了口红酒，无言以对。

她好想开口说我在乎，我很在乎，可是她并没有忘记自己今天找他的目的。

“你的厨艺很棒，上门来的女性客人都有口福。”

他用修长的手指捏着高脚杯的杯脚，轻轻摇晃了两下杯中酒，放到唇边轻酌一口，拿起餐巾抹了下嘴角，面无表情地说道：“我喜爱烹饪，留学的时候，有空就会自己做饭吃，但是至今除了我父母，我还没有为别人做过，随你相不相信，你是第一个。”

一股暖流涌进心房，汇入血液，在梁晶晶的血管里沸腾起来，不知道是因为感动还是因为烛光的热力，让她的眼眶里热泪凝聚。

“你是说……连……”

“是的，连你的好闺蜜、好姐妹也没有过这样的待遇。”他直截了当地回答了她卡在咽喉，问不出来的问题。

“很意外？不相信？”他依然没有看她，边说边继续着他的晚餐。

“是的，不相信。”梁晶晶毫无底气地回答。

“呵。”他冷呵一声，轻轻摇头，“我在你的心里到底有多坏、多渣、多糟糕？”

他沮丧地叹息，“如果你一定要说我每天约会不同的女人，每天花 16 个小时勾搭全世界的女人，我也可以认。我已经不想再为自己辩解什么，你就按照你自己的想象去认知吧。我不在乎！”

郭庭辉用餐巾擦了擦嘴角，站起身来，颇为用力地将餐巾扔在桌面上，关掉了音乐，转身朝钢琴走去。

梁晶晶被他充满怒气的举止吓了一跳，转瞬觉得自己实在太过分了，对他的所有指控，没有一样是有真凭实据、站得住脚的，自己只是为了抹黑他而抹黑他，给他扣上一个又一个莫须有的罪名，自己到底是为了什么？

不要说自己深爱着他，哪怕是个陌生人，如此行径也是卑鄙的。

梁晶晶惭愧地低下头，咬着下唇。

耳旁突然响起贝多芬的 D 小调钢琴曲《暴风雨》，乐曲流畅、激烈地迸发，每一个音符，每一个音节，都敲打进她的灵魂深处。

修长的手指在黑白相间的琴键上飞舞，时而优雅节制，时而热烈震撼，他用乐曲表达着他内心的情感、激情、愤怒与抗辩。

梁晶晶被他吸引到了钢琴边，凝视他脸上跟着乐曲起伏变化着的神情，陶醉在他弹奏的琴声中，被他的情绪感染着。她没想到他弹得那么好，简直就是演奏级别的。

他令她惊奇，令她热爱，令她沉醉，但也令她无所适从。听着他弹奏的《暴风雨》，不用任何言语文字，她已经知道他想要表达的一切，心海在他弹奏的音符中翻腾起滔天巨浪，将她所有的虚伪面具吞噬干净。

他一气呵成地弹奏毕，缓缓放下双手，情绪依然凝结在胸间，胸口微微起伏，两条浓眉虬结在眉心。他抬头，静静地看着她泪水盈盈的眸子，心中更是触动极深，她听懂了他的琴声。

人生得一知己，死而无憾啊！他站起身来，拉了她到琴凳前。

同样的，不用言语，她立刻明白他的意思，点了点头，稍稍平复了下自己的情绪，双手轻放在琴键上，缓缓弹奏起《夜的钢琴曲五》，浪漫深情又带着忧郁悲伤的曲调，娓娓倾诉着她的心结。他站在一旁看着边弹奏边落泪的她，心中大痛，原来她压抑着那么多的感情，痛苦，挣扎，而自己就是她痛苦的源泉。

梁晶晶一曲弹毕，坐在琴凳上垂头不语。他彻底将她内心的柔软打开，他彻底攻陷了她的心城，她也彻底向他打开了心门。

他上前拉起她，牵引着她来到二楼的卧室。

没有开灯，两人站在落地窗前，银白色月光洒落在两人的身上，增添了童话般的浪漫气息。

他将她拥进怀里，她终于顺从地依偎进他的怀里，紧紧环住他的腰。

他将她的长发散开，捧起她这张熟悉姣好的脸庞，轻柔地吻下去，唇的贴合，舌尖的缠绕，让他俩愈发地想要进一步了解彼此。

他伸手按了下墙上的按钮，电子窗帘瞬间将卧室与世界隔离，同时屋内亮起迷蒙微弱的柔光。

两人的情绪依然沉浸在《夜的钢琴曲五》里，她攀住他的颈项，像是要附着在他身上的牵牛花。他一把将她与自己的身体贴合，让她感受到他的健美与欲望。

她被他男性的美与力量点燃了。在他渐渐沉浊、剧烈的喘息中，她缓缓将自己解禁……

宽大舒适的床，温暖光滑的胴体，烈焰般火热的亲吻与融合，将两人推至人间欢乐的巅峰……

那一夜，钢琴声一直在两人的脑海中回旋，那忽而激烈、忽而深沉、忽而热情、忽而喜悦、忽而忧郁的乐曲在两人的心田中流淌，谱写成只属于他们两人的爱曲。那一夜，他们睡得好沉，好甜……

第二天一早，梁晶晶是在无数个亲吻中苏醒的，电子窗已经打开，阳光温暖地投射进来。她以为一切都会像小说情节一样浪漫甜蜜，却没想到，郭庭辉那磁性、令人酥麻的声音传入她耳朵的第一句话竟然是：

“宝贝，昨晚完美极了，我好喜欢，开心得都忘了用套套了，待会儿我送你到地铁站，记得买药吃知道吗？我上午有两个重要会议，下午直接飞泰国，所以没时间送你回家了。”

像是一大盆冰水当头泼下，梁晶晶整个人猛地弹了起来，转身睁圆了双眼，不可思议地瞪着他，旋即猛地推开他，坐起身来，抬手想扇他一耳光，却下不去手。是，他是该打，可是更该打的人不是自己吗？是自己主动送上门的，是自己犯贱，是自己发花痴，不是吗？如今被人玩弄，被人当作不知廉耻的玩物，活该啊！报应啊！梁晶晶，你居然睡了自己闺蜜的男人，你活该有此报应啊！

一咬牙，梁晶晶一巴掌打在自己脸上，让疼痛感清醒自己的头脑，转身用最快的速度穿着衣服。

而她突如其来的举动，却让郭庭辉懵了。他完全不知道自己说错了什么，做错了什么，怔怔地看着怒气腾腾、忙乱地穿着衣服的梁晶晶，讷讷地问："你怎么了？"

"呵，怎么了？我犯贱，我活该呗，你不用害怕我会怀孕，我和卫蓝离婚就是因为我不会生孩子！你放一百二十个心吧！"

梁晶晶说完不再看他，匆匆忙忙跑下楼，抓起挎包就要冲出门外。可是没想到，门锁是指纹锁，梁晶晶手忙脚乱的，又是推又是拉的，却毫无用处。

"郭庭辉！！！"她全身颤抖着，厉声大嚷。

郭庭辉套了条睡裤急匆匆地跑下来，见到梁晶晶气急败坏的样子，很是不解。

"你为什么这么生气？"

"开门！"梁晶晶气呼呼地指着门锁。

"你先把话说清楚，我不明白你为什么这么生气？为什么？是因为……我让你买避孕药吃？"

"我让你开门听到没有？开门！"梁晶晶像一头被激怒的母狮般咆哮，全身不停地颤抖。

"晶晶，告诉我是不是因为这个？如果是的话，你大可不必这样，你知道我不想结婚，也不想要孩子的。或许有一天我会想要当父亲，但是眼下我并不想。"

"我不要听，我不要听！你要不要当父亲不关我的事！就算你想我也生不出，就算我能生也不会和你生！明白吗？我和你结束了！我永远也不要看到你。"

郭庭辉被她的突变弄懵了，只得撸了把脸，捏了下额头道："晶晶，如果你坚持想要和我结束，我不勉强你，可是我不希望我俩变成仇人……"

他的话不中听，很不中听，像一把利刃又插进了她的心房。哦，是的，如果她要结束，他也不会勉强，多么的潇洒，多么的顺理成章，多么的顺水推舟，只因为他原本也没打算和她天长地久。

梁晶晶，你是有多愚蠢才会认为他就是难觅的知音人？是有多愚蠢才会因为卫蓝一顿饭、一首曲子就放下所有的坚持和原则？

她不想哭，可是眼泪却不停往下流。他看得很心酸，想要安慰她却不知道从何安慰起。

梁晶晶拉开挎包的拉链，从里面拿出那张二十万的支票，朝他扔了过去。

郭庭辉更是吃惊，愣愣地看着支票在两人之间缓缓飘落。

“这是你给我的钱，我不要，我为你做的工作就当是我们相识一场，朋友间的帮助。我不收你钱。”

他眉头锁得更紧，浓眉低沉地压在眼廓上，像两片乌云，嗓音低沉干涩，充满怒气：“你昨天来就是为了还我支票？”

“是的。”梁晶晶用手背擦去不争气的眼泪，挺了下背脊道，“还有就是，我是想来说服你和林兰重归旧好的。但是……没想到，我做出了对不起林兰的事。”

梁晶晶吸了口气，痛苦地继续说道：“昨晚的事就当没发生过，我警告你，不准向任何人提一个字，尤其是林兰。我不会再见你，如果你再找到我家里来，我会叫保安上来把你赶出去。或者……我，我会消失……总之……总之我一辈子都不会见你……”

“警告我？叫保安？一辈子不见我？”他的自尊心被她刺痛了，“你以为我郭庭辉是什么人？你以为我会死皮赖脸纠缠你？如果不是你昨天来找我，我是不会再主动找你的。你这个虚伪冷酷的女人！”

“你居然骂我虚伪冷酷？！”她瞪他。

“对！你就是虚伪！就是冷酷！”郭庭辉提高嗓门，“而且还胆小如鼠！你摸着你的良心说，你不喜欢我吗？”

“我……”梁晶晶哑然，睫毛不停地扑簌着，嘴微张着却说不出话来。

“喜欢我又不敢承认，还想做圣母，把我让给自己的朋友。你敢说，如果我真的和别的女人在一起，你不吃醋？”

她的眼眶突然发热，咬着下唇良久，再一次违心地说：“那不关我的事……”

“算了吧！”他突然嚷起来，狠狠地甩了下手臂，“那次在望江楼，我不过是把原本要送你的花转送给了李婷，你就差点和李婷在饭桌上吵起来，难道我是傻子？当时林兰在场，你都已经压制不住自己心中的忌妒。你还说你不喜欢我？”

梁晶晶再也无法否认什么，只有瑟瑟地垂下头去。而郭庭辉却情绪激动起来，“好，既然你说昨天来找我是为了私事，那我们就把所有的私事都说开了，然后各走各路，从此相忘江湖。”

他生气了，吸了口气怨道：“我就不明白为什么让你承认喜欢我、爱我这么困难？三番四次地删除我、拉黑我，说我冷血没感情，欺骗你，可是我却成天想着你的钱够不够花，开不开心。我犯贱吗？我找不到女人吗？”

他顿了下又道：“为了让你安心，我每天都坚持联系你，联系不到你，我急得差点报警。知道你事业不顺，我就希望你为我工作。你需要写作方面的书，我就挤出时间去逛书店。而你呢，梁小姐，请问你为我做过些什么？我工作压力大得要死的时候，你安慰过我一句吗？我在美国病得昏昏沉沉，你有问候过我一句吗？你除了躲避我、冤枉我、删除我、拉黑我，还做过些什么？”

她鼻尖泛酸，眼中滚动着热泪。是的，她什么都没做过，除了伤害他、怀疑他、冤枉他，她什么都没为他做过。

郭庭辉接着道：“还有，你总是把林兰放在我俩中间，我真的想不明白，我和林兰是有过过去，但是事情已经过去了那么久，我没有想要玩弄你，只不过是被你吸引，自然而然地喜欢你。好，你说你无法接受，那我就识相地离开，再也不找你了。可是昨天，你又来了。晶晶，你到底想要怎么样？”

“现在我们已经好上了，才一个晚上，你又翻脸不认人？你当我是什么？一夜情？我知道你对男人有很多的负面评价，但是恕我直言，你根本就不了解男人。你不用威胁我，也不用警告我，我从今往后再也不找你就是了。你放心，我说到做到。”

他怒气冲冲地走上前，将拇指在门把上按了下，指纹锁开了。

“请便，梁小姐，不过我建议你等我穿好衣服送你出去，这里打车不太方便……”

“不用，我自己可以想办法……”她轻轻地说，全身战栗着，暗吸一口气，走出门外，又转过头来深深地看他一眼，用力地将他的样子刻进脑海里。她要记住他的样子，她不能像林兰那样拥有他的照片，她只能靠记忆。两秒，她甩开卷发，转身匆匆离去。

那天，她浑浑噩噩地回到家；那天，他魂不守舍地来到公司；那天，她关了手机，断了与外界的一切联系；那天，他取消了飞往泰国的行程……

郭庭辉第一次天没黑就回到家里，将自己抛进残留着她的幽香的大床里。

看着那张二十万的支票，他无奈地叹气，这还是他感情路上第一次受到如此重创。他想来想去，依然不明白梁晶晶为什么会突然翻脸。

难道就为了自己让她去买避孕药吃？可是，大家都是成年人，都知道这事情的后果有多严重，他不过是好心提醒了一句。

捏了下鼻梁，他懊悔昨晚实在太冲动、太美好。他已经很久没有过如此和谐完美的亲密行为了，此时令他慌乱的不是梁晶晶会不会怀孕，而是梁晶晶的离去。

他第一次觉得工作失去了意义，第一次觉得心中像是压了一座大山似的，压抑又空洞。

难道自己真的爱上了梁晶晶？难道梁晶晶就是那个自己寻觅良久的人？他抱着她枕过的枕头，上面有一根长长微卷的发丝。他愣愣地盯着这根发丝，想着昨晚她为他娇美绽放的样子，竟然舍不得丢弃。

他叹了口气，翻了个身，抓起手机拨通了她的电话。因为他想她，想妥协，没有她的世界，他觉得索然寡味，难道这就是传说中的爱情？他有些心惊，也不太确定，活了三十多年，从来也没有过这样挠心挠肺的感觉，从来也没有为了一个女人连班都不想上。而这次，他却像足了琼瑶剧里的男主角。

“您拨打的用户已关机，请稍后再拨！”电话那头传来礼貌客气又令人讨厌的提示音。

他的心再一次坠入谷底，长叹一声。翻到林兰的电话，他犹豫着要不要给林兰打电话问问，可是一想到自己与林兰之间的尴尬关系，还是算了，别这个山头火没熄，又点燃另一个山头。

就这样，他抱着留有梁晶晶的发丝的枕头缓缓睡去……

郭庭辉没有太过在意这个事，现代人离了手机怎么活？他认为梁晶晶第二天一定会开手机。

然而，事情的发展完全出乎他的意料，梁晶晶似乎是铁了心不接电话。

他每天只要一有空就会尝试联系她，可是怎么也接不通电话，而他自己没过几天就又再次被派往美国总部工作。

忙忙碌碌的工作像一块巨大的海绵，将他的时间和精力全部吸光了，疲劳中他也无法再将儿女情长放在首位，毕竟他有他的责任。

而他再一次得到梁晶晶的消息是在一个多月后的一个下午，他正在美国陪着一群达官贵人在高尔夫球场上消磨时光。有钱人的世界，连消遣娱乐也会掺杂着各种商业交流，所以即使是绿草如茵的广阔天地，对于郭庭辉来说依然是工作。

他身边围绕着娇俏可人的李婷，遮阳帽，运动短裙，晒成小麦色的肌肤，健康靓丽。

李婷很能入乡随俗，在美国就是美国妹子的打扮，回到中国又会换上符合中国人审美的衣着。

从上次自己在美国生病，李婷日夜陪伴照顾的那一刻起，郭庭辉在感动之余也对李婷产生了一些好感。所以回国后他一直也没去找梁晶晶，也没去澄清公司里流传的他要与李婷订婚的流言。他清楚地知道李婷是更好的选择，也的确想过放弃梁晶晶，因为梁晶晶就像生满了尖刺的仙人球，令他无所适从。

可是奇怪的是，虽然比来比去梁晶晶都不够好，但她就像生了根一样牢牢扎在了他的心里，他也只能暗叹。

陪着几个大老板尽兴后，众人一齐回到华丽气派的俱乐部里喝东西。

郭庭辉才刚坐下，李婷就挨着他坐了下来，喝了一口冰咖啡，凑到郭庭辉耳旁道："天热，今晚去我别墅游泳吧。"

郭庭辉看着她因为热气蒸腾而红扑扑的脸蛋和胸前的深沟，自然是明白她的意思的，她是在邀请自己与她再进一步，甚至是一步到位。

"哎，你们看看，这就叫女生外向啊，有了男朋友，就不理老爸了。"李万看着女儿与郭庭辉亲昵交谈很是高兴。

郭庭辉正在想怎么拒绝李婷的邀请，听李万这么一说，一阵尴尬。他的心里塞满了梁晶晶的影子，根本没法和李婷有什么实质性的进展。而且他知道李婷这样的豪门千金，一旦沾上手，就是要往结婚的方向走的，而他还没有结婚的意愿，如果莽撞行事，那将来真的是后患无穷。

李婷娇笑，一歪头靠在他的肩头。郭庭辉歪了歪嘴角，斜扬起一个不置可否的笑容。

"老李，最近两场拍卖会怎么没见你出手啊？"关国栋喝了口饮料笑眯眯地问。

李万蹙蹙眉叹气道："乔氏出事连累了我在非洲的生意，忙了一阵子。"

"嗯，我听说被查了？"

"唔，也怪我太相信老谭了，老谭在我这儿挂了快十年，我看他做事还算老成，就信了他的邪，让乔氏也加了进来。"李万摇摇头说，"我也是看中乔氏在货运物流这一块的实力，想着合作可以减少成本，没想到肯尼亚的盘子刚开，他就被查了，资金全部被封，我那头只能是赶紧和他撇清关系，亡羊补牢，所以在非洲待了快一个月，又在国内运作一下，才把事态稳住。”

“乔氏突然被查，事前一点风声都没有，也是奇怪。我有个子公司和他们也有点联系，不过好在往来不密。”关国栋倒在椅子里拿起一支雪茄烟。郭庭辉赶忙拿出打火机，为他点燃烟头。

“我后来派人暗中查了一下，乔氏是不太干净，不过问题不大，罚点钱的事，只不过要上市就不太可能咯。”

“乔振邦没找你出手帮忙？”关国栋继续问。

“呵呵，怎么可能？第二天就跑来找我了。”李万冷笑两声，“你是知道的，我这人最不喜欢和黑道搅和在一起，我做我的正经生意，跟那些人搅和什么？”

“这倒是，我也有耳闻乔振邦和黑道有些瓜葛。”

“所以，我已经让律师借题发挥和乔氏切割干净了。说句俗的，自己的屁股自己擦！”李万笑笑，喝了口饮料说道，“不说这些了，对了，上次我看上的两个宋代官窑花瓶，庭辉说来路不正，可能有麻烦？”

“哎，这个你放心，有关文件快弄完了，庭辉会亲自帮你操作的。”关国栋笑眯眯地看了郭庭辉一眼。

郭庭辉道：“是的，李董，您放心，一有消息我立刻通知您。”

李万微笑着看向郭庭辉，真是越看越喜欢，“庭辉啊，以后我就把收藏这一块全权委托给你来做。”

关国栋一听立刻喜形于色，“哎呀，太好了，老李你说真的？”

“当然是真的，不过必须庭辉来负责我才交给你们做。他最知我心。”李万眯着眼睛看着女儿和郭庭辉。

“当然，当然！哎呀，庭辉真的是我的一员福将啊！真的很感谢你当初把他介绍给我，这几年多亏了他。他真是一个不可多得的人才啊。”关国栋极尽奉承赞美之词。

傻子都看得出李万是想把郭庭辉变成乘龙快婿的，别说郭庭辉本来就出类拔萃，就算是个笨蛋蠢材，此时也得把他捧成星星、月亮。

李婷笑意更浓，坐到父亲身旁娇滴滴地说道：“有关伯伯和庭辉坐镇，爸爸你一定大赚特赚。对了，不如让二叔、徐伯伯、王叔叔、张伯伯还有舅舅他们都委托庭辉来操作吧。”

“哟！还是侄女脑子转得快。”关国栋赶紧趁热打铁。

李万笑意更深，“你这丫头，还没结婚就这么帮他。”

郭庭辉心头一颤，只感觉事情的走向已经到了自己无法掌控的地步。

这时，手机铃声响起，郭庭辉接起来一看，竟然是林兰打来的电话，忙站起身来走到一旁角落里去接听。

“庭辉，你最近和晶晶有联系吗？”电话里头传来林兰焦急、微颤的声音。

“没有啊，我已经来美国一个多月了。晶晶怎么了？她出了什么事吗？”他的心突然一阵抽搐，预感有事发生。

“就是不知道出了什么事，我已经好久都联系不上她了。前天晚上，她突然给我留言说她把房子卖了，要去流浪，让我不要担心，不要找她，等她找到属于她的那片宁静，她就会联系我的。我当时睡了，第二天看到留言后再去找她，就怎么也找不到了。我快急死了。”林兰的声音里带了哭腔，“我找了晶晶的爸妈，他们却很淡定地说他们知道她的决定，却不知道她去哪儿了。”

郭庭辉脑子里一阵轰鸣，内心世界像是在经历了十级地震。

“后来我去找了卫蓝，卫蓝的反应就更怪了，一直盯着我看，却不说话，最后叹了口气说什么或许晶晶离开是让所有人得以解脱吧，就再也没话了。”

“庭辉，怎么办？我很担心她啊，她会跑去哪儿啊？对了，她不是替你工作吗？你赶紧查查你的邮箱和聊天软件有没有留言。如果她有和你联系，你赶紧让她回个电话给我。”

“好，我知道了。我尽快回国。”

挂断电话，郭庭辉不自觉地紧紧抓住身边的窗框，全身不由自主地微颤，咬着下唇，却一个字也说不出来。他赶紧查看了一遍所有梁晶晶有可能找自己的通道……可是，如他所料，什么都没有。

他心中郁郁地望着窗外开阔的高尔夫球场发呆，脑海里回旋着《夜的钢琴曲五》的旋律，久久不散。

他转头看了看在那说笑的李万父女和美国栋，心头郁结，有些事已经到了不得不抉择、解决的份上了。

林兰靠在椅背里，兴致索然地盯着眼前那杯绿色的奇异果汁发呆。桌子对面坐着一脸沉着、眉间轻蹙的高咏，正用一根小茶匙搅动着杯子里的咖啡。

“最近你经常发呆,怎么了？”抿了一口苦涩带甜味的咖啡,高咏悠悠问道。

林兰叹了口气，“我在想晶晶，她最喜欢这种绿色了。”

“还没有消息吗？”

林兰摇摇头，拿起奇异果汁，用吸管吸了一口。

“不用担心，既然她父母都没有要报警，说明她和家人是有联系的，只不过……她想避开你罢了。”高咏淡淡地说。

林兰睁大眼睛，“避开我？为什么？”

“你啊，还是和以前一样天真。不过，我就喜欢你这份天真。”高咏说着伸手过来握住了林兰的手。

林兰嘴角一撇，收回手来，“你是说我傻吧。”

“傻得可爱啊。”高咏倾了上身，一脸情深的笑意。

林兰只是淡淡地笑了下。高咏这次回来，林兰的心境已经大变，或许是心凉了，对高咏的甜言蜜语、殷勤体贴都有了本能的抵抗力。

但是她还是接受了高咏的约会，这只是迫不得已的一种选择。郭庭辉的拒绝再次打破了她追求爱情的梦想，不再相信自己还会拥有爱情，但是她需要婚姻，一个像样的、体面的婚姻。

“我送给你的戒指喜欢吗？”

“喜欢。”林兰依然淡淡的。当高咏拿着戒指回来找她时，她以为他是准备向她正式求婚的，但是，高咏只是给了她一个戒指，没有任何求婚的言语。

于是，这枚漂亮的戒指也就只是一枚戒指而已，她既无法高兴雀跃，也无法对高咏和颜悦色。

高咏摇头道：“看来，你的心已经回到你的旧情人身上去了，我是没戏了。”他边说边接着喝咖啡。

林兰看他一眼，高咏依然是精明利落、神采奕奕的样子。论长相，高咏和郭庭辉各有千秋。高咏帅气稳重，莫测高深；郭庭辉则是俊朗儒雅，聪明果敢。不可否认，自己的眼光是不错的，只不过恋爱运差了点。

既然爱情已不可得，那就把心思集中到如何找个合适的人组建家庭上吧。高咏仍然是她生活圈子里最好的结婚人选，而且两人已经磨合了三四年的光景，比重新认识新人，一切从头开始，要容易得多。

其实梁晶晶曾经和林兰说过，很多婚姻不幸福的女人都有一种共性，就是婚前并不是不知道另一半的种种劣性，却都输在一个“懒”字上。

但是此时的林兰已经想不起这些话，重重压力之下，她只想速战速决，背水一战。

“我只是很不习惯没有晶晶的日子，不知道她现在在哪儿，书写得怎么样，到底为了什么要离开我？还有我总觉得她和卫蓝之间发生了什么。卫蓝的态度也变得很奇怪，以前晶晶发烧感冒，他都会紧张得像世界末日般，可是现在晶晶失踪了那么久，他却毫不作为。”

高咏眼中闪出一道神秘的光芒，笑道：“人是会变的，梁晶晶并不是你看上去的那么简单的，或许她有什么事情瞒着你呢？傻瓜。”

林兰直起身子，瞪起眼睛，“你这么说是什么意思？”

她本能的要维护梁晶晶，任何人说梁晶晶的坏话都不行。

“哎，别那么紧张。”高咏挥挥手，“我知道梁晶晶在你心里神圣不可侵犯，我是说她和卫蓝之间的事或许并不像你想的那么简单。”

林兰这才松下身子，蹙着眉点头，“是啊。”

两人沉默片刻，高咏轻笑了两声说道：“我爸妈请你去吃饭。”

一听这话，林兰来了精神头，暂时把梁晶晶的事抛开了。

脸上的平静遮掩着心中的雀跃，林兰揶揄问：“怎么？你也转性了？”

“是啊，我爸妈希望我能安定下来，他们很喜欢你。”高咏笑道。

“什么时候？”

“这个星期六晚上，我妈知道你喜欢吃糖醋小排，特意买了菜谱学，我爸已经吃了一个星期的糖醋小排了。”

她“扑哧”笑了，用手轻轻掩住嘴，却再也掩饰不住她内心的喜悦。

高咏趁势坐到她旁边的位子上，拉起她的手放在唇边吻了下。

“好啦，别生气了，过去都是我的错，行了吧。”

“你知道就好。”林兰白了他一眼，唇边的笑容已经出卖了她回心转意的决心。

于是，一切又都回到了从前。而这次复合，高咏好似对结婚上心了许多，每天都会和林兰保持密切的联系，不再消失，不再冷漠。

更让林兰欣慰的是，高咏开始主动提起婚后的一些安排，带着林兰去看了父母名下的那套婚房，虽然面积不大，在老城区，但是地段很不错，处处方便。林兰还是挺满意的，心中又计划起结婚的事。

很快，两家人坐在了一起吃饭，谈论婚事。林家父母虽然对高咏之前的表现不满意，但是看到女儿的终身大事有了着落，加上高咏的父母态度和善，高咏自身又是风度翩翩，再想想，之前女儿与肖志明纠缠不清，也是有错的地方，也就完全地接受了高咏。

婚期定在了十月，林兰很是兴奋喜悦，习惯性的第一时间想要给梁晶晶报喜，可是打开手机才想起，梁晶晶的电话已停机，心中很是唏嘘，失落冲淡了她的喜悦。

对着窗外渐沉的夕阳，林兰拨打了梁晶晶妈妈的电话，将自己的喜讯告诉了梁家父母。

高咏从身后环抱住她，陪着她一起看夕阳。依偎在高咏的怀里的那一刻，林兰似乎又找到了恋爱的感觉。

“高兴吗？一切都如你的意了。”

“什么话，如我的意，难道你不愿意吗？”林兰斜眼白了他一眼。

高咏在她耳边呵呵笑了两声，“不是这意思，如果我不愿意我就不回来了。”

他的甜言蜜语总是很受用的，说得她的心花怒放，她甜甜地笑了。

“唉，对了。”林兰突然想起什么来，转头问，“你以前不是说过在陆家嘴有房子吗？”

高咏脸色微变，又立刻堆上漂亮的笑容道：“给我前妻了，为了自由，我净身出户。”

林兰点点头，可是一想又不对了，“那你现在住哪儿呢？上次去你父母家，你爸妈说难得见你一次，那你肯定不是住家里的。”

“哦……我在外面租房住啊，在我公司附近。”他敷衍地说，脸上有一丝心虚。

“租房？”林兰疑惑，“那一个月要多少钱啊？你公司附近那一片是寸土万金的地方，你又是个讲究的人，每月没有五六千租金的房子你是住不下去的。”

高咏有些丧气地松开林兰，倒在床上，闭上眼睛，不再说话。

林兰上前坐在他身边道：“我们要结婚了，钱上面还是要有些节制的。将来要花钱的地方多了。这样，你把你那边租的房退了，搬到我这里来住，等新房子装修好了，再一起搬过去。”

高咏只是装作没听到，翻了个身，继续闭目养神。

林兰推了他一把，“哎，我和你商量事情呢。还有，婚后家里的经济怎么支配呢，是你管，还是我管？我好几个朋友都是女方管钱的，我知道你要面子的，所以也不强求你，不如我们就按照收入比例分担家里的开销吧……”

话未说完，高咏眯着眼转身，手臂一伸，将她搂到床上，自己挪动起身子压在林兰身上，亲吻了下来，手探进了林兰的上衣里，熟练地解开她的内衣扣子。

他是聪明的，知道爱情是能让女人变糊涂的万能药，无论是精神上的爱情，还是肉体上的爱情，对女人都有绝对的催眠麻醉作用。

于是，一场酣畅淋漓的床上运动之后，林兰真的也就将自己心中的疑惑和计划，甚至是梁晶晶的忠告都抛到脑后了。

第五部分

The Fifth Part

梁晶晶从房管所走出来，和买家握手告别，抬头看了看乌云密布的天空，后悔忘记带雨伞出门。她走到路边望着来往的车辆，寻找着空出租车。

只不过还没等她截到出租车，天空已经飘下雨珠，滴滴答答地滴在她的脸颊上，速度越来越快。她再次看了一眼天上灰黑浓厚的云层，看来是一场大暴雨的前奏。梁晶晶心里着急起来，不管三七二十一在路旁不停地挥着手。

不到一分钟，雨点急刷刷地坠落，在疾风的加速下，变成了一颗颗子弹打得脸颊生疼。

这就是生活在大城市的苦恼，一旦下雨，街上原本多如牛毛的空出租车就会突然像同一时间被人占领了一样，全都满客。

没办法，她只得又退回到了房管所门口的屋檐下，和一群同样没有雨伞又没有交通工具的人一起躲雨。

手机“滴滴滴”地发出留言提示，梁晶晶划开屏幕，原来是母亲的留言：“林兰打来电话，再次询问你的下落，并说和高咏已经决定国庆节结婚，希望你能参加婚礼，你怎么说？”

梁晶晶对着屏幕摇摇头，林兰终究还是逃不过恨嫁的魔咒。

眼前的雨丝变成雨幕，狠狠冲刷着大地，梁晶晶真希望大雨能把林兰的头脑也冲刷一遍。自己已无颜再见林兰，既不愿意撒谎又不能诚实，她能做的就是彻底消失，暗自祈祷。

“哇，快看，这保时捷跑车真漂亮！”突然身边的一对小夫妻讨论起来。

“的确赞啊，将来有钱了买一辆来开。”

“呵呵，这种车是有钱人开来泡妞的，你买来想干吗？有那钱，我宁可买一辆家用七座房车，以后一家人就能一起出去旅游了。”妹子甜甜地半嗔半笑，娇美可人，依偎在丈夫的肩头。男方憨憨地笑，眼中充满了对名车的艳羡目光，却一个回头轻轻吻在妻子的额头上。

梁晶晶的视线不由自主地凝视在他们身上。这是一对普通的夫妻，拥有普通的工作，普通的收入，普通的婚姻和普通的人生，刚结婚不久，买了一套小小的二手房，两人脸上满是喜悦的笑容，眼中是对未来的憧憬。

这让她想起自己和卫蓝曾经也是如此，那时的自己没有野心，没有梦想，只想拥有自己的小家，只想与自己心爱的人长相厮守。

或许贪婪是人类的天性，拥有平凡的时候，羡慕着别人的不凡，但当自己走上不凡的路时又回头羡慕他人的平凡。

梁晶晶怔怔地看着这对小夫妻兀自天马行空的胡思乱想。

就在此时，那年轻的妻子突然抬起手来指着那辆保时捷跑车惊呼：“哎，快看，停下来了耶。不会也是来买卖房子的吧。”

梁晶晶顺着她的手指的方向看去，那辆深灰色的保时捷跑车停在了路旁。果然，有钱就是任性，想停哪儿就停哪儿，梁晶晶不屑地瞥了保时捷跑车一眼。

车门打开，驾驶座上走下一个身材修长，西装革履的男人，冲进雨里，快步跑了过来。

雨幕中，梁晶晶几乎不敢相信自己的眼睛，不，不可能，不会是真的，怎么可能？她脑袋嗡嗡作响，眼睛越睁越大。

他冲到屋檐下，头发湿了，脸上满是水珠，一双眼睛却燃烧着炯炯火焰，牢牢盯住她的脸。

梁晶晶惊了，傻了，呆了，半张着嘴，像被人施了定身法般一动不能动地看着眼前的这个男人。

还没反应过来，已经被他一把扣进怀里，嘴唇被他的嘴唇封印。

不等梁晶晶反应过来，他已经停止了亲吻，将她拉进雨里，塞进了副驾驶的位子，自己快速钻进驾驶座，发动车子，绝尘而去。

大雨还在极力地洗刷着大地，屋檐下，众人一脸震惊。

“老公，我刚才是不是看到了霸道总裁小说的情节了？”那年轻妻子闪着大眼睛问。

“呃……难道是在拍电影？……”年轻丈夫回答。

一路上，车内只有雨点“噼里啪啦”敲打车窗的声响，两人都知道此时开口，除了争吵、大吼大叫，不会有任何建设性的结论。

良久，梁晶晶倒在椅背上有气无力地说：“我不去你家。”

“你想去我也不会带你去。”他针锋相对。

她看了他一眼，他的脸上满是愠色，他在生气。

两人来到了一家五星级酒店华丽浪漫的房间里，才算暂时到了目的地。

进了房间，梁晶晶发现角落里有两个小行李箱。

“你住这里？”她问。

“是，明天一早要和一位收藏家在这里吃早餐，然后飞纽约。”

郭庭辉边说边脱了西装，解开衬衣扣子，深深地瞥了她一眼，发现她的左脸颊上有瘀青，正想上前查看，梁晶晶后退一步，全身戒备。

“你干吗？”梁晶晶问。

被她刺痛自尊心，郭庭辉冷笑着摇头，“还是那么虚伪。干吗？怕我强奸你？”

梁晶晶转过身去，走到落地窗前，外面大雨停了，梁晶晶呆呆地看着雨过天晴后大上海的暮色。

“卖房子，消失，流浪，你还有什么做不出来的？”

“不关你的事。”她环住自己的手臂吸了口气。

“是，是不关我的事，是我犯贱，就喜欢多管闲事！”他生气地嚷道，压抑得太久，终于爆发了。

对于郭庭辉的反应，梁晶晶是有心理准备的，自己换了电话卡，消失得连林兰都找不到，郭庭辉现在能找到她必然是费了一番苦心的。

“你是怎么找到我的？”她依然淡淡地问。

“嗯，问得好，你知不知道我为了找你，一个月里从美国飞回来两次。上个星期从朋友那里知道你预约了今天交易房子，所以我又傻子似的飞回来找你。”

他气冲冲地上前一把将她扳过来面对自己。

她甩开他的手，“你说你是为了我才飞回上海？呵，我有那么伟大吗？你不是明天要见客吗？”

郭庭辉摇摇头，皱起眉气愤地说：“我发现你不但虚伪，而且愚蠢！客户原本订的就是明天飞美国的机票，我还不至于闲到从美国飞回来见他一面，然后再和他一起飞回去。”

梁晶晶立刻发现了自己的错误，低下头咬住下唇。

其实郭庭辉也觉得自己昏了头了，甚至怀疑自己是不是精神错乱了，怎么会为了个女人不辞辛劳，煞费苦心地飞来飞去，忙前忙后，这种狗血剧情不是只有在言情小说里才会有的吗？怎么会由自己来演绎？

他气闷地走到一旁的吧台，从冰箱里拿了一罐冰啤酒，他真的是需要降降火，还需要清醒一下头脑了。

两人沉默良久，房间里只有郭庭辉“咕嘟咕嘟”喝啤酒的声音。梁晶晶还是忍不住转头看他，在昏黄的光线下，他的肌肤被覆了一层淡淡的金黄色，微仰的头，滑动的喉结和若隐若现的胸肌，性感而美好。她像欣赏一尊雕塑般欣赏着他，心里是无法形容、自相矛盾的感觉——沉重又愉悦。

他不知道她发生了什么，他什么都不知道。

喝完啤酒，他用力将易拉罐捏扁，“卡啦卡啦”的响声，就好像是在形容两人不和谐的关系。

“你打算怎么样？”郭庭辉合了下眼皮，低沉地问，极为严肃。

梁晶晶刚要开口，郭庭辉突然大声吼道：“别再说和我没关系！”

“咚——”他一把将手中的易拉罐扔到了地上，冲上来，紧紧抓住她的肩头，浓眉颤抖着，下巴绷得紧紧的，吼道：“我告诉你，这是我第一次也是最后一次这么疯狂，因为我不喜欢，非常不喜欢这样的状态。说，说你爱我，要和我在一起，说啊！别让我觉得自己脑袋有问题。”

他用力地摇晃她，冰啤酒没有用，此时此刻，哪怕搬一座冰山来也无法浇灭他胸中的怒火，因为他实在很累、很气，也很怕，不知道为什么自己要飞回来，不知道为什么自己会变得如此冲动愤怒，他从来都没有过如此失控的状态。

她的脑袋被他晃得发晕，正当以为自己要被他晃死的时候，又被他牢牢地拥进了怀里。

他吻她，雨点般的吻散落在她的脸上、唇上。

迷迷蒙蒙之中，她张开嘴，颤抖着声线说道：“我们坐下来好好谈谈吧。”

“不要，我只要你承认你爱我，你要我。”他像个执拗的孩子般不讲理。

一阵心酸，想抱抱他，可是她知道不能，只要自己有一点点的心软，有一点点的妥协，一切努力都将付之东流。

她尽力想他不好的地方，花心、善变、自私，她想起那天早上他让她去买避孕药，心头就又凉了下来。

男人不明白女人的心，有些话，哪怕是理所应当，道理千通百通，但是一不小心说出来，就会变成一把利刃扎进女人的心里。

梁晶晶知道自己有不孕症，也知道郭庭辉不想要孩子，更知道成年人之间的游戏规则，只是话从郭庭辉的嘴里说出来，依然有种强烈的被人玩弄、嫌弃、不被人爱的感觉。原本就觉得自己做错了，他这么一说更让梁晶晶觉得自己下贱，无法立足。

因为……在她内心深处，有一个来自原始本能的欲望：她是想为他生孩子的，而他却是那样冰冷坚决地不要他们的结晶。

“我不爱你。”她冷冰冰地说，肌肉僵硬地站在那儿，牢牢地握着自己的双拳，害怕自己一丝心软之下，扑进他怀里投降。

他拉开她，目不转睛地瞪着她，“你说什么？”

“我说我不爱你。”梁晶晶用清冷的声音重复。

他愣住了，自己从高中开始就是女生的梦中情人，被女生倒追，写情书、送礼物，在情场上他还从来没有如此狼狈过。

梁晶晶吸了口气，皱着眉说：“我打算和卫蓝复婚。”

“什么？！”他无法相信自己的耳朵，他承认卫蓝是各方面条件都还不错的男人，但是……和自己比，自己还是有绝对优势的啊。

“有那么吃惊吗？我和他本来就是夫妻，我们这么多年来一直藕断丝连，就是因为我俩是有感情的。”她转向窗外，平静地说着。

“那我呢？”他眼中显出一丝痛楚。

“我从来就没爱过你，我早和你说过，是你自作多情。”

“我哪点比不上他？”

梁晶晶觉得自己快要晕厥，脚下虚浮地走到一旁的沙发旁坐下，“你哪点都比他好，但是我爱他，他也爱我。就这么简单。”

“呵呵”，郭庭辉苦笑，走到梁晶晶对面的沙发里坐下，仰头长叹，“你爱他？好，也就是说我与你不过是一夜情。好极了。”

她看到他的眼眶红了，他也看到她的鼻头红了。

“我们不合适，也不应该在一起。”她依然极力保持着冰冷的嗓音。

“这三个月来，我白天工作，一到晚上就在想你，想我俩之间的事，我知道我俩之间有很多问题，就算分手也是意料之中，但是有一件事我始终都相信，也有自信，就是你爱我。我还不至于笨到连女人爱不爱我都分辨不出来……”

“那是你的错觉，因为你自我感觉太好了。我早就听林兰说过，你在学校的时候就有很多女生围绕着你，当年林兰对你的迷恋我是看在眼里的。甚至，你抛弃了她那么多年，她现在依然爱着你……”梁晶晶停了下来，眼眸闪了闪，舔了下嘴唇，“如果……如果……有可能的话……帮帮林兰，她说十月份要和高咏结婚，可是高咏不是好人……”

“呵。”郭庭辉不屑地斜睨她，“你怎么知道高咏不是好人，就因为上次在饭局上他和他前妻与你针锋相对？”

“我没那么小气，再说上次是我故意要让他难堪的。他离婚了还和他的前妻出双入对，这里头肯定有问题，还有……他威胁过我……说要把我和你的事告诉林兰。”

“你怕？怕什么？你不是压根就不爱我吗？大不了也就是我自作多情、单相思，你是无辜的，就算林兰知道又如何？就算我们睡过一晚又如何？我俩根本就没事……”他尖酸刻薄得几乎失去本性。

“你能不能好好说话？”梁晶晶打断他，吸了口气说，“你到底明不明白，高咏一面追求林兰，一面和他前妻藕断丝连，这里面一定有猫腻的，一定有问题的……”

“你想多了吧！”他也打断她，“你不也一面和你前夫藕断丝连，一面和我上床吗？再说，我和你说实话，男人在这个社会上混不容易，就算高咏利用他前妻或者前岳父的资源更好地发展，也无可厚非。感情是感情，利益是利益，有什么大惊小怪的！”

“你！”梁晶晶站起身来，气道，“简直就是三观不正！”

郭庭辉也站起来，怒道：“是，我是三观不正，我和高咏是一丘之貉，所以你省点心，别让我去拯救你的好闺蜜了吧。就算我把她追到手我也不会珍惜，你别忘了，除了你，我还有李婷，还有莫莉，还有数不清的女人。林兰想要把她们一一打败，就要看她有没有那个本事了。”

梁晶晶的脸色惨白，居然反驳不出来，只是有些微微地摇晃。

他看着她脸色煞白，竟然有些开心，至少自己还可以打击她："再说，你怎么知道高咏不是真心要娶林兰？你不是一直希望林兰幸福吗？你不祝福她，却想要让我去拆散他们？"郭庭辉真是豁出去了，又是讥讽又是嘲笑，心中却觉得畅快淋漓。

梁晶晶摇头道："如果那个人是你，或者是别人，我一定会祝福她。可是我不相信高咏，直觉告诉我，他一定有事瞒着林兰。"

"奇怪了，自相矛盾，你不也一直说我花心、自私、渣男吗？"

"可是……我相信你会是个好丈夫。"

他愣了，她无心流露出的这句话给他打了一剂强心针，"晶晶。"他踏上一步，就要揽她，她却连退三步，与他拉开距离。

"别这样，既然我们决心结束一切，就干脆点吧。你不缺女人，我也打算复婚。我感谢你这一年多来的照顾和青睐，如果你能帮林兰走出火坑，与她重温旧梦是最好的。我祝福你们，如果你不能帮她，那就远离她，因为，她心里始终都在爱着你。"

"呵。"他再次苦涩地冷笑，"这是结束感言吗？"

"随便你怎么想，总之我要走了，我要离开这儿……"她又转身看向着窗外，看着星光般点点生辉的灯光。上海，繁华的不夜城，美不胜收，只不过，不符合她眼下的心境。

他注视着她的背影，不胖不瘦，不高不矮，恰到好处，就如她身上那股既浪漫又现实的混合气质，平衡得很好，散发着令人迷惑、欲罢不能的魅力。

"你要去哪儿？"他茫然地问了一个愚蠢的问题。

"去旅行结婚。反正也已经是二婚了，什么排场都不需要，直接领个证就完事。"她对着大大的落地玻璃窗说，眼睛却透过玻璃反光，悄悄地看着身后的他。是的，她下意识地想多看他几眼，这次是诀别，这辈子她都不会再见他了。

"好了，够了！晶晶，你闹够没有？我知道你喜欢写小说，但是我们并不是活在小说里，这是现实世界，你醒醒，你爱的人是我，为什么去和卫蓝复婚呢？再说你不是一直都不想再婚的吗？"

环着双臂，梁晶晶凝视着玻璃窗中的他，沉默片刻，用极微弱，几乎只有她自己才能听到声音问："如果我想结婚……你会娶我吗？"

玻璃窗上的人影模糊不清，她看到他的轮廓，却看不清他的五官，不知道他是何表情，也没有勇气去看。

他没有动，也没有回答，好似没有听见。不，其实他是听到的，只是他无法回答，所以只能装着没听到罢了。

一股怆恻的情绪涌了上来，酸酸楚楚地压在晶晶的心上。她对着玻璃窗艰难地叹了口气，又深吸了口气，调整好自己的心态，一个转身，拿起沙发上的挎包，“没什么事的话，我先走了，祝你有个美好的未来。”

是，她是虚伪的。过了可以恣意任性的年龄，走进了需要顾及颜面的年纪。如果是十年前，她会不顾一切地与他抱头痛哭，演一场相爱不能相守，梁山伯祝英台式催人泪下的告别剧目。而如今，她既不会嚎啕大哭，也不会苦苦哀求，说到底，年轻人的爱情像一场舞台剧，演给对方看，演给自己看，演给大家看。而到了三十多岁，男女之间的爱情更似一场博弈，输赢结局大家都心知肚明，又何必弄得哭哭啼啼，哀哀怨怨？大家都要脸的，不是么？

她深看他一眼，从他身边走过……

突然手腕被人紧紧扣住，他做出了出乎她意料的回应。他不放她走，用力将她拉回来，力气大得使她重心不稳，朝后跌去。而他顺势将她圈入怀里。

“我不相信你爱卫蓝，更不相信你是真心要和他复婚，你在撒谎，你骗我，也在骗你自己。”

她睁大眼睛看着他，慌张地看着他，谎言被拆穿，但是那又如何，她已决心离去，谁也无法阻拦。

她用力推开他，稍稍整理了一下衣服道：“你不相信是因为你没有想过会有人不爱你。你以为只要你郭庭辉勾勾小指头，全世界女人都会俯首称臣。今天我就告诉你，你错了……我不爱你，我要离开你，我会和卫蓝复婚……”

她顿了一下，眼睛一亮，好似想起什么来，将视线从他脸上挪开，低下头打开挎包，拿出手机，划开屏幕，点了几下，将手机送到他的面前。

郭庭辉接过一看，赫然是两个星期前杭州某酒店的网上预订单，住客信息清清楚楚，明明白白地写着两个令他刺目的名字：卫蓝和梁晶晶。

“你和他开房？”他不可思议地瞪着她，睫毛不停地颤动，原本苦闷的表情里又掺加了震惊和愤怒。

“你和他开房？！！！”不等她点头，他已经咆哮起来。

“很稀奇吗？他原本就是我的丈夫。”

“是前夫！！”他吼她，一把将她的手机摔到沙发里，“我找了你三个月，担心了你三个月，每天忙成狗，还要想着怎样才能与你和解，怎么和你走下去，你却在这里和他开房？！”

他红着眼眶将她推到床上，指指她又指指门，“你滚，我不要再见到你，如你所愿，我们完了！完了！！！”

她发丝散乱地撑起身子看着他，知道自己是戳到了他的底线。哪怕他的涵养再好，脾气再好，他也是个男人，无法忍受自己心爱的女人和别的男人上床。

她脸色苍白地从床上坐起来，五指成梳简单地梳了几下头发，默默地拿起包，走出了房门。

她需要尽快结束这一切，需要呼吸新鲜空气，再纠缠下去，她就要窒息。快步走到电梯前，按下按钮，电梯门开了，她像逃命似的赶紧躲了进去，按下关门键，才要舒一口气，一个鲜艳明媚的人影从隔壁的电梯里走出，在眼前一晃而过，妖妖娆娆地朝郭庭辉房间的方向走去。

李婷?！梁晶晶心头“咯噔”一下，下意识地想要去按开门键，然而，手指停在空中停顿了一秒，还是缓缓收回了。这就是我们这代人的真实爱情，你走了，马上会有人来接棒，谁都不会是谁的唯一。

电梯门关拢的那一刻，梁晶晶几近虚脱地靠在边上，脑袋轰轰作响。从下午大雨中他像小说里的霸道总裁般冲上来，一语不发地拥吻他，到刚才两人的针锋相对，彼此伤害，再到他赶她离开，一幕幕，一字字，一句句，就如煮沸了的豆子，在她心里上下翻腾，忍了整整一个下午的眼泪终于从眼角流了出来。

坐在公交车上，吹着清凉的晚风，梁晶晶的眼前一片迷糊。车窗外的迷人夜色根本就没有映入她的脑海，眼前是郭庭辉和卫蓝来回交替的身影……

脸颊上的瘀伤依然隐约作痛，痛到心底……

有些伤痛真的可以成为一个故事的终结。

她没有告诉郭庭辉这个伤是怎么来的，因为这个伤彻彻底底地为她少女时的纯美爱情画上了极为丑陋的句号。

这个伤是卫蓝打的，在他们曾经度蜜月的杭州某酒店里。

两个星期前，梁晶晶突然接到卫蓝发来的这张酒店预订单，说想要和梁晶晶重度蜜月。梁晶晶当即拒绝，卫蓝的无法自拔，令她深深地内疚。这么多年来的藕断丝连其实是害了两个人，她下定了决心要和卫蓝来个彻底切割。

两天后，梁晶晶接到前婆婆陈宝梅的电话，说卫蓝离家出走，哭哭啼啼地哀求晶晶去当说客。梁晶晶没法，只得打电话给卫蓝。

没想到，卫蓝在酒店房间里一个人喝得酩酊大醉，在电话里又哭、又笑、又唱，最后开了视频，一把打开了酒店的阳台门，对着梁晶晶叫嚷，如果梁晶晶不出现，他就从阳台跳下去。

梁晶晶被吓得不轻，只得好言安抚，立刻动身朝杭州赶去。

梁晶晶和卫家二老从上海赶到杭州。到了酒店，卫蓝将梁晶晶一把拉进房间，将父母隔在了房门外。

他喝醉了，很醉很醉。

他抢过她的背包，强行翻看她的手机，用郭庭辉的留言记录逼问她。她的沉默令他疯狂，粗暴地撕扯她的衣服。她奋力反抗，想夺门而逃，却被他用力拽了回来。于是，她看见他高高举起的手，之后，她的脸上就传来了阵阵火辣辣的痛觉，耳朵嗡嗡轰鸣，他连着打了她三个耳光。

她眼冒金星地倒在了床上。他惊呆了，看着自己的手，瞬间酒醒，扑了上去紧紧拥吻着她，哭着向她忏悔……

然而，这三个巴掌注定成了他们的故事的终点。梁晶晶失魂落魄地离开了他们曾经度蜜月时的酒店，离开了迷人的西子湖畔。

无论他跪在地上大声地哭喊、忏悔，她都听不到了。因为从那一刻起，卫蓝和曾经所有的美好都已经成了废墟、幻影和笑话。

梁晶晶原本以为和卫蓝即使不能白头偕老，也能友爱一生，却没想到两人的关系最终会以暴力终结。

一阵夜风吹来，梁晶晶长叹一声，总认为自己早已勘破情关，总认为自己能够游刃有余，没想到两段感情都结束得如此狼狈。

浑浑噩噩地回到家，才踏进家门，母亲就拿着手机快步迎了上来。

“哎哟，你总算回来了，发生了什么事啊？我快急死了。刚才打电话给你，奇怪了，接电话的竟然是郭庭辉。你的电话怎么会在郭庭辉那里？”

她全身一震，神智稍稍回归，一摸挎包，该死，自己给郭庭辉看订房信息，却被他一把将手机扔在沙发里，忘记拿回了。

母亲脸上疑惑重重，“郭庭辉不是林兰以前的男朋友吗？那年你生日的时候，林兰带着他来我们旧房子那里给你过过生日的。那个孩子长得跟明星似的，我一眼就记住他了。记得你说他去了美国，后来甩了林兰，你把林兰带回家里安慰的时候，林兰哭得泪人似的，你还把他骂得狗血淋头的。”

梁晶晶哭笑不得，母亲没什么特长，就是记性好，尤其是记这些情情爱爱的八卦。

“是他。”梁晶晶有气无力地走进自己房里，母亲跟了进来。

“你的手机怎么会在他那里？”

梁晶晶看着母亲一脸好奇忧心，欲言又止。

知女莫若母，虽然梁晶晶拼命掩饰，可是母亲依然从她的脸上捕捉到了悲伤，关了房门，拉了女儿到床沿上坐下，摸了下女儿消瘦的脸庞，顿时有些吃惊，温柔地问道：“晶晶，你哭过？”

“没，没有。”梁晶晶挤出一个笑容撒娇道，“可以吃饭了吗？我饿了。”她尝试转移母亲的注意力。

“你不说清楚，我们全家都不吃饭。告诉妈妈，到底发生了什么事？”

“没事——”

梁晶晶执拗地拒绝倾诉，她从来都不是个喜欢躲在妈妈怀里哭诉苦难的孩子，从小她就非常独立坚强，很少和父母说自己感情上的事。

报喜不报忧是她的一番孝心，也是自尊心作怪，她不想让父母知道她现在有多惨。

“没事？刚才郭庭辉在电话里一直不停叹气，我问他你的手机怎么在他那儿，他莫名其妙地说什么他会好好保存的。我问他你是不是和他在一起，他又答非所问地说什么，不会在一起的。我都听不懂了。”

母亲拨开女儿散落的发丝，审视她的表情，突然领悟到了什么，轻声道：“你……和郭庭辉？”

梁晶晶沉默着不停地抿着薄薄的嘴唇，眼中蒙上一层水雾，答案不言而喻。母亲“哎哟”一声，将女儿搂进怀里。

母亲的这个拥抱瞬间就像是一颗温柔的炸弹将梁晶晶心中的堤坝轰然炸开，泪水奔腾宣泄。

至此，母亲才明白了女儿卖房子、逃避好友的原因，只是她没想到梁晶晶会用那么激烈的方式结束这段感情，而越是激烈就意味着越是深刻。女儿在爱情和友情的漩涡中挣扎，几近窒息。

“妈，我做得对不对？对不对？对不对？……”梁晶晶缩在母亲的怀里不停地重复着这个令她几乎精神崩溃的问题。

母亲沉默了，紧锁双眉，她无法为女儿解答，因为事情太突然、太猛烈、太矛盾、太复杂……

年纪越大就越觉得时间过得快，忙碌的工作，繁复的生活，时不时冒出来的各种意外，让人在恍惚匆忙中惊觉时光飞逝。

林兰现在大部分的时间和精力都耗费在了准备和高咏的结婚事务上，高咏工作繁忙，大小事宜都由林兰来负责，装修、家具、婚庆、婚纱等。

林兰时不时地会感叹梁晶晶的不告而别，十多年的友情，就这样突然地戛然而止，但是生活还在继续，日子还得过下去，她只能关注自己眼前最重要的事——结婚！

高咏依然行踪诡秘，林兰问过很多次都被他搪塞过去，但是他的表现的确比以前好了很多，事事上心，一有空就会来陪伴林兰。两人一起逛商场，选家具，甚至高咏有时也会亲自监督装修施工的细节。

一切看似都很合理，却又不太合理，因为高咏并不是每晚都回到林兰的小公寓住，一个星期里总会有两三天，他会回他的租房，却从来也没有邀请过林兰去看看或者小住。

林兰没有太过于纠结这个问题，两个月后就要举行婚礼，她不想再横生枝节。她要结婚，她就是要结婚，她要披上婚纱，她要完成自己的人生规划，她不想再被人叫作剩女，不想再被安排相亲，也不想再羡慕别人有家有娃，更不想被钱风讥笑。她不比别人差，为什么别人有的她没有？

她已经将对爱情的希冀深深埋藏了起来，她只是要一段婚姻，她不想再出任何的纰漏，即使心里有疑问，她也克制着，不想有任何事情破坏她的人生大事。

她现在铆足了劲只为了这一件事，甚至觉得梁晶晶不在或许是件好事，因为梁晶晶总是不看好她和高咏在一起，经常泼冷水。俗话说得好，女人发昏才能成婚，头脑太过清醒，洞察了婚姻所有弊端的女人又怎么会走进婚姻呢？

所以林兰宁可睁一眼，闭一眼，只要能够顺利领到结婚证书，只要婚礼能够顺利举行，她什么都能忍。

但是忍耐到了自欺欺人的程度，就意味着危险即将到来。

很快，老套的剧情就在林兰毫无准备的状态下发生了。那天林兰接到了一个陌生女人打来的电话。

“林兰小姐吗？”

“是，你是？”

“我叫谢琴，你不认识我，可是我认识你，因为我们爱着同一个男人，高咏。”那女子开门见山，语气淡定。

“咚！”林兰的心突然坠入万丈深渊，胸腔里犹如被灌入了铅汁，沉闷得无法形容，同时自觉一股闷气从胸口直冲脑门，令她的脑袋发胀，像是要立时爆炸。

“你想说什么？”她每说一个字都觉得胸口闷痛。

“我知道他一直在玩弄我，也知道他要和你结婚了。你放心，我不是来拆散你们的。我有自知之明，我是小地方来的，他看不上我，就算没有你，他也一样不会娶我，是我一厢情愿跟着他的……”

“你到底要说什么？”林兰急急打断她，不想继续听她那些烂大街的故事，她要知道这个叫谢琴的女孩的目的，还有她能提供的信息。

“呵呵，我只是想让你在结婚前看清楚这个男人。林小姐，你就从来也没有怀疑过他每个星期总有几天不在你那里睡的原因吗？”

林兰握着手机的手不停地发颤，紧紧地咬着牙关，嘴唇因为紧张而不停地颤动。

“说下去。”她从牙缝里挤出这三个字。

“你只是他结婚的对象而已，却不是他唯一的女人，他在荣利花园有一套租房，而我就住在这里。”

林兰只觉耳朵轰鸣，脑袋晕眩，可是对方没有给她喘息的机会，又说道：“你也不用妒忌我、仇恨我，因为他一个星期也就在我这儿待一晚上而已，除去在你那儿的三个晚上，那么剩下的三个晚上他去了哪儿呢？”

“哪儿？”

“呵呵，”谢琴冷笑，“你难道不知道他在陆家嘴有一套豪华公寓吗？”

“不是给了他的前妻吗？”

“哈，我以为我是最傻的，原来你比我更傻。林小姐，他根本就没有离开那套公寓，因为他和她前妻有离婚协议，无论谁再婚，就必须卖掉这套房子，房款三七分，再婚方三，未婚方七。听明白了吗？”

明白了吗？怎么会不明白呢？真相永远都比想象的要残忍。林兰的脑袋里犹如有一口大钟在“咣咣咣”地敲打，震得她的世界天崩地裂。

林兰努力想要让自己冷静下来，却怎么都理不清这里面的逻辑，如果谢琴说的是真的，那么之前高咏不想结婚，就是为了不想损失房款。那既然如此，为什么突然他又同意结婚了呢？是真的因为爱上了自己不在乎损失房款了？显然不是，如果爱，那又怎么会有谢琴的存在？又怎么会有谭文丽的牵扯？那么自己到底是什么角色？高咏到底打着什么样的算盘？

“林小姐，我不会和你争高太太这个名分的，我只是希望你能清清楚楚、明明白白地嫁给他。而我也不会将时间浪费在一个有老婆的男人身上，我也是要嫁人的。好了,话我已经说完了,以后我不会打扰你了,就这样吧。拜拜。”

谢琴挂了电话，林兰却拿着手机发怔，痛苦、迷茫、愤怒如惊涛骇浪般席卷而来，将她打成碎片。

她随即按下高咏的电话，但瞬间又取消了，她的手指在颤抖，嘴唇被咬出血痕，她的脑海里涌现的是十月份的婚礼。

是的，这个时候她绝对不能冲动，不能鲁莽，必须，必须保持冷静，冷静，再冷静!

可是再怎么劝说自己冷静，也无法让自己的头脑冷却下来，习惯性地拨打电话给梁晶晶，传来的还是那句令人讨厌的话:“您拨打的电话已关机……”

“晶晶,晶晶,你到底在哪儿?我需要你啊!”林兰对着电话喊,突然好怀念,好怀念梁晶晶往日睿智的劝诫。

那天晚上，林兰收到高咏的短信，说自己有事不过来了。呵，有事，不知道是去见谢琴了，还是去会谭文丽了，自己当真像个傻子。

坐在小饭桌前，手中的筷子无力地挑动着饭粒，林兰第一次对母亲精心烹饪的糖醋小排失去了胃口。扔下筷子，盖上饭盒盖子，她将饭菜推到一边，支起手肘将脸埋在掌心里，难过地哭起来。

庭辉，郭庭辉!她的心中突然响起这个刻骨的名字。说到底，十多年来，只有与郭庭辉的那一段恋情才是她真正意义上的恋爱，没有防备，没有伪装，没有条件，没有欺骗，有的只是欢乐甜蜜。

想想自己的确是可怜的，似乎都没有好好地被人爱过。正自怜自艾之际，“滴滴滴滴——”手机铃声响了，林兰的第一反应是梁晶晶终于要回来拯救自己了。她一把拿起手机，来电显示上却是郭庭辉的名字。

“天使”般的名字啊!林兰心中一阵喜悦，赶紧划开电话，带着哭音“喂”了一声。

“是我。”郭庭辉磁性的嗓音传入她的耳内，像是一股暖流流过心田，很是受用。

“庭辉……”她几乎就想对着电话哭泣，好歹是忍住了。

“嗯，今晚有空吗?”

她一愣，赶忙应道:“有的。”

“一起吃个饭吧。”

“你怎么想起来约我?”

“我有事要和你说。”

“好的，我换下衣服。”

“好，二十分钟后，我到你楼下。”郭庭辉挂了电话。

林兰有些懵，高咏的事还没解决，怎么郭庭辉突然冒了出来？

但她还是心情愉快地起身穿衣打扮，还特意戴上了多年前郭庭辉送给她的一串手链。

二十分钟后，她坐上了郭庭辉的车子。

郭庭辉看上去心情不太好，虽然收拾得干净利落，但是整个人被迷茫焦躁的气场包裹着。

车子朝市中心开去。

郭庭辉瞥了一眼林兰道：“眼睛有点肿，哭过？”

林兰下意识地掏出包里的镜子照了一下，为自己完美容颜的缺失感到一阵慌张。

郭庭辉笑笑，“没事，还是很漂亮。”

林兰心头一甜，同样的话高咏也说过很多次，却从来也没有这种沁人心脾的感觉。

两人在西餐厅里共进晚餐，全程郭庭辉都绅士体贴地照顾着林兰，让林兰激动之余又有些奇怪。

“听说你就要结婚了？”郭庭辉举起酒杯。

没想到郭庭辉的开场白竟然是自己的婚事，这顿时让林兰有些尴尬难堪。难道他今晚约自己出来吃饭就是为了恭喜自己要结婚？

林兰苦涩地笑笑，迟缓地举了举杯子，下午谢琴的一通电话就如一个魔鬼牢牢占据着她的心脏，而自己的懦弱更是让她鄙视自己。

“怎么了？我怎么在你脸上完全看不到新娘子的喜悦呢？”

她勉强挤出个笑容，“谢谢。”

“我并没打算恭喜你。你看上去一点都不快乐，确定真的要嫁高咏么？”他喝了口红酒，靠在椅背上打量她。

“不知道。”她下意识地脱口而出。

“既然不确定，那就别嫁了。”他说。

她惊愕地抬起头来看他，他说什么？他让她别嫁？郭庭辉，她心中的烙印，她的王子，竟然在她结婚前让他不要嫁给别人。

她的眼睛睁得老大，却一个字都说不出来，她在等他把话说圆满。

郭庭辉缓缓说道：“我虽然和高咏不太熟悉，但是对他的为人也略有耳闻。”

说着拿出手机，翻了几下，递到林兰面前。

林兰茫然地拿起手机看了一下，上面是一则财经新闻报道：“乔氏集团被曝空手套白狼，资本大佬为所欲为，证监会正式展开调查。”

林兰快速地浏览了一遍新闻，蹙起眉头，将手机还给郭庭辉。

“乔氏是高咏的雇主，这事会对高咏有什么影响吗？”林兰疑惑地问。

郭庭辉嘴角一扬，摇摇头，“你这问题问反了。第一，高咏今年年初就辞职了，乔氏已经不是他的雇主了；第二，乔氏这次被查是因为有人举报，而举报的人很有可能就是高咏。”

“什么？！”林兰整个人坐直起来，不可置信地看着郭庭辉。

“看来你对你要嫁的男人几乎是一无所知。”郭庭辉悠悠地叹气。

林兰惭愧得心头发慌，高咏辞职了？那他现在在哪儿工作？又为了什么要和老东家翻脸呢？还有谢琴所说的离婚协议书和高咏神秘的行踪，所有的一切，都像是重重迷雾。天，自己真的对高咏一无所知！

她的心突突狂跳，知道事情已经到了不得不弄清楚的地步了，自己再怎么恨嫁，也不能嫁给一个自己一无所知的男人啊。

“告诉我，到底是怎么回事？”她颤抖着嗓音问。

郭庭辉说道：“具体是怎么回事我并不清楚，我只知道高咏虽然是辞职，却不是自愿的。乔振邦为了让自己的儿子接班，借题发挥把高咏给辞退了，之后高咏就记了仇。这次乔氏在房地产上栽了个跟头，就是他落井下石把乔振邦给告发了。大致的事情就是如此。”

顿了下，他继续说：“我的圈子里有些风言风语，说乔振邦有黑道势力，如今高咏得罪了他，我怕他会惹上麻烦，最主要的是怕你会被牵连。”

“你关心我？”林兰问。

郭庭辉浅笑，“我不希望你出事。”

他的笑容像甜酒一般丝丝渗入她的心里，不过她并没有表现出什么来。

“那他现在没有工作吗？”

“他离开乔氏后就去了他前岳父谭建中的房地产开发公司了。难道这些你都不知道吗？”郭庭辉有些吃惊地看着林兰。

林兰脸上红一阵，白一阵，自己为了要结婚已经自欺欺人到了盲目愚蠢的程度了。

郭庭辉见她脸色苍白，眉宇间已经有了一种不堪负荷的神情，更是疑惑。他不知道林兰为了与高咏结婚付出了多大的心力，忍了多少难以下咽的委屈。

“林兰，你是不是有什么委屈？”

林兰听着他温柔的话语，更是有哭泣的冲动，压抑得太久，忍耐得太久，期待得太久。她再也无法承受，尤其是来自郭庭辉的丝丝关怀。

“我要怎么办？……”

郭庭辉见她哭势越来越明显，怕她大庭广众之下彻底崩溃，赶紧叫来服务员结账。

“好好好，没事的，我们找个清静的地方聊聊。”

郭庭辉见她楚楚可怜的样子，也是心有不忍，将她从座位上搀扶起来。

“庭辉，只有你能救我，真的，只有你……”林兰已经控制不住自己内心的情潮，啜泣着靠在了郭庭辉的肩头。

两人匆匆离开餐厅。郭庭辉开车到了黄浦江边。

是的，又是黄浦江。在这座繁华大都市里，这条长江入东海之前最后的支流是唯一的自然景观，滔滔江水亘古不变地聆听着世人的故事，冲刷着世人的烦恼。也只有在这江畔，世人才会暂时抛开尘世喧嚣，亲近自然，舒展心胸。

“你知道的，我不太会安慰人，如果你想倾诉，我可以做一个聆听者。”他递上纸巾。

林兰接过纸巾，哽咽着，干笑一声，“是啊，从前也都是我顺着你、迁就你、安慰你。是不是你们男人都不太喜欢我这样的女人？”

“怎么会？如果不喜欢，我当初怎么会追求你？”郭庭辉尽量安慰她。

林兰淡淡地笑了，虽然睫毛上依然挂着泪珠。

“是不是因为我对你们太好了，所以你们才会离开我？”

郭庭辉“呵呵”干笑两声，叹气道：“或许吧，男人都是贱骨头。”

“其实，我一直都怀疑高咏有事情欺瞒我，却从来没有勇气去质问，我就是一只鸵鸟。对当初的你和现在的高咏，我都是如此。我选择相信你们，爱你们，想嫁给你们，最后却……唉。”

林兰苦涩地笑了笑，继续道：“我知道我很平凡，甚至懦弱。我只想要一个平凡的婚姻，平凡的人生。和自己喜欢的人结婚生子，生活比上不足，比下有余即可，我不明白为什么结局总是如此凄惨？”

林兰擦干了眼泪，仰望星空，夏日的风卷着黄浦江的气息，微微吹来，带来一丝凉意，让她的脑袋有些清醒过来了。

“你知道吗，我认识高咏的时候，是把他当作你的替身来交往的。因为他和你一样，事业心强，野心勃勃。其实我早就发现了高咏有问题，只是我一直没有勇气去承认，我也不想去承认。哪怕晶晶和我说过很多次，要小心高咏，我还是一意孤行，希望他能取代你，能让我忘记你。只不过，我现在才发现，根本就没有人能够取代你在我心里的位置。虽然你抛弃过我，伤害过我，可是我还是放不下你……”林兰苦涩地笑笑，长长地叹了一口气。

她的一长篇自我剖白，令他感慨又觉得突兀，让他心脏多跳一拍的只有“晶晶”那两个字。他的两条整齐的剑眉又聚拢起来。

谁说男人没有心事，只不过他们比女人更会掩藏内心的真实。

两人沉默许久，郭庭辉忍不住试探地问道：“你……有晶晶的消息吗？”

林兰摇头，“没有，说起晶晶，我真是纳闷，都不知道她搞什么鬼，自从上次给我发了那条说要去流浪的短信后就再也找不到她了。我打了无数个电话到她家里去，她爸妈总是支支吾吾，一会儿说她去旅行了，一会儿说去亲戚家了，最近一次又说她去了西双版纳了。”

“西双版纳？有说什么时候回来吗？”

“没有，反正一看就知道是故意要躲我的，我也识相点别问了。只是我想不通，她为什么要这么做？我有得罪她吗？”

“她不是要和卫蓝复婚吗？”

林兰摇头，“呵，不会的，是卫蓝追着她要复婚，可是晶晶从来也没想过。她总和我说，复婚就等于是打自己的脸，能复婚还离什么婚，离了婚还复什么婚？”

“哦，可是我看她对卫蓝好像还是挺有情意的。”

“情意是肯定有的，当初他俩好成什么样，你也是亲眼所见，但是复婚晶晶是不会的。不过我倒是希望她能和卫蓝在一起。”

“为什么？”他问。

“卫蓝是真心爱她的啊，你看看这个世界上，还剩下多少真心实意？再看看我，要找一个真爱自己，真心想娶自己的有多难？”

“又不是只有卫蓝会爱她……”

郭庭辉此话一出，林兰一愣，转头注视他。郭庭辉立刻意识到自己的话有些露骨了，赶忙描补道：“我是说，你和晶晶都是很可爱的女性，不会只有一两个人喜欢的。”

“可也得我们喜欢啊。”

夜色如水，白天的喧嚣和热浪已经退却，因为天热，小情侣们纷纷来到江边吹风谈情。曾经他俩也是如此，手牵着手，看完电影就在江边闲逛，说着有的没的、肉麻兮兮的情话。

郭庭辉看着那一对对的情侣回忆着往昔，又转头回来看看林兰，心中有些奇怪，为什么林兰会对自己如此的念念不忘。而如今的自己，看着林兰竟然心中毫无波澜，曾经的爱恋似乎并没有给自己留下什么痕迹。

看来自己的确是个薄情寡幸的人，梁晶晶对自己的指责是有道理的。或许再过一阵子自己会把梁晶晶也忘记，所以自己坚持不婚是正确的，要不然一生一世，悠悠几十年对着一个女人，没有爱情的支持，就如现在对着林兰，那将是多么的了无生趣。

爱情，终究敌不过时间。

郭庭辉迎着微风，任由风儿吹动自己的发丝，希望江风吹去梁晶晶的影子。因为现在的他只要一碰触到与爱情有关的话题，就会条件反射般地想起与梁晶晶的那个美妙的夜晚，这并不令他觉得快乐，而是觉得深深的失落。而这种低迷的情绪已经缠绕着他很久了，他不喜欢这样的自己。

他想念她的琴声，她的温度，她的柔软，她的气息，还有她的虚伪，她的无奈，她的坚持，她的固执，甚至是她对他的指责。

他从来没有因为一个女人的消失而如此心慌，虽然他不想承认，但是他的确就是害怕的，他怕这辈子再也见不到她了，又怕见到她之后，两人的感情终有一天会变得平淡，甚至会变得像如今面对林兰这般，只剩下心猿意马。

他今晚打电话给林兰，是因为林兰现在是他与梁晶晶之间唯一的桥梁。他知道，梁晶晶能够为了林兰放弃自己，是因为她爱林兰，她珍视与林兰的友情，所以终有一天她会联系林兰，只要自己和林兰保持联系，就有可能从林兰那里得到梁晶晶的消息。

而帮助林兰认清高咏的为人，只不过是他附带的目的或者说是借口罢了。

“庭辉。”林兰柔腻的嗓音将他从浮光掠影般的思绪中唤醒。

“什么？”

她的眼中柔情漫漫，没有说话，柔软白皙的手臂穿过他的身侧缠绕住了他的手臂。

她缠得颇为用力，想要缠回他的人，缠回他的心。

他不知道该不该把手臂抽出来，如果动作太过明显，会不会在她的伤口上撒盐？

过了一会儿，林兰突然坚定地说道：“我不嫁高咏了，我想和你在一起。”

郭庭辉心惊，诧异地看她，“我曾经有负于你，你不恨我？”

林兰摇头，“我只是伤心，很伤心，却一点也没有恨过你。我后悔当年没有飞去美国找你，如果我去了，或许一切就不一样了。”

林兰大胆的表白在郭庭辉听来并不觉得感动，反而觉得有些奇怪。

“你真的不嫁高咏了？”

林兰摇摇头，“他令我失望透了，而我也发现自己并没有想象的那么爱他。习惯了他的来去如风，习惯了他的喜怒无常，习惯了他的挑剔埋怨，所有的一切不过是习惯和恨嫁的结果。”

“看来你并不糊涂。”

“我心中有你，身边有晶晶，想糊涂都糊涂不起来。”

郭庭辉淡笑不语。

两人又站了一会儿，继续在江畔漫步。

不一会儿林兰的手机响了，呵呵，真是奇怪，平日里少有电话的高咏，今晚却突然打电话来了。

“你在哪儿？”高咏开口就像是发了一颗炮弹过来。

“外面。”林兰冷冷地回应。有郭庭辉在身边，她觉得底气十足。

“呵，晚上十一点在外面？有你的。和谁？”

“和朋友，怎么，你有什么事吗？”林兰第一次硬气地回应高咏。

郭庭辉并不打算参与他们的战争，缓步走到一旁，燃起一支烟对着江面喷吐着烟雾。

过了一会儿，只听到林兰突然提高了嗓门：“今天下午谢琴已经给我打过电话了，在你指责我之前，还是先把自己的屁股擦干净吧。你和谢琴是怎么回事？和谭文丽是怎么回事？你还在这里和我谈婚论嫁？是何居心？”

高咏一阵沉默，气焰低下来，“林兰，你真傻，别人一句话你就信。我如果不是真心想和你结婚，就根本不会回来找你。我和谭文丽的事原本是可以告诉你的，可是你太单纯，太天真，眼里不容沙子，所以我没法告诉你。而谢琴，完全是个心机女孩，她想要赶走你，想要取代你，你明不明白？你还真的中了她的圈套。”

“是，我是单纯天真，说白了我就是傻，就是瞎，三年时间我竟然对你还是一无所知。高咏，我累了，也受够了，你太复杂，我看不清，你让我害怕！我们分手吧。”

高咏倒吸一口冷气，这是三年来林兰第一次提出分手，尤其是目前离他俩的婚期只剩下两个月的时间，他怎么都没想到一直急于结婚的林兰会突然提出分手。

他是震惊的，但是震惊归震惊，职场上的常年磨炼，让他拥有一个二十四小时都能够保持冷静的头脑。他了解林兰，能让一个简单平和、循规蹈矩、急于结婚的乖乖女毅然决然地提出分手，一定是有一股更为强大的力量在支撑她。于是，他立刻精准地找到了答案。

他平静地问道："你是不是有男人了？是不是郭庭辉？"

这下子轮到林兰吃惊了，她没想到高咏竟然会猜得那么快，那么准，她的沉默已经给了高咏最好的答案。

"呵呵，有你的，林兰，如果是郭庭辉，我承认我没他混得好，甘拜下风。人往高处走，我也不阻拦着你钓金龟婿。只不过，我要告诉你，我这次是真心想和你结婚的，婚房快要完工了，下个星期我们就可以去拍婚纱照了，你自己考虑吧。"高咏语气凝重地说，"林兰，我提醒你一句，虽然我算不上什么光明磊落，但是郭庭辉也绝不是什么坦坦荡荡，能混到今天这个位置，没有头脑、算计、机变、城府是不可能的。有些事，你自己多留个心眼，细细地观察分析就能知道其中的奥妙了。言尽于此，我们的婚事就暂且搁置吧。再联系。拜拜。"

高咏挂了电话，林兰也缓缓地收起了手机，一时间头脑里掠过很多疑问和感触，像一团乱麻纠结在一起。高咏的反应令她意外，高咏的话更是令她茫然。

是的，高咏是对她不怎么好，反反复复，分分合合，但是他这次是真的拿出了实际行动要和她结婚的啊。再过两个月，自己就可以披上婚纱，成为新嫁娘，走进自己梦寐以求的婚姻生活。

自己这几年来的忍耐妥协不就是为了这一刻吗？怎么就要在这最后时刻放弃呢？

林兰抬起头看着不远处，俯身在栏杆上，眺望着江面的郭庭辉，刚才的热情和勇气突然被现实的利弊蒙上一层迷雾。郭庭辉的身影第一次让她觉得遥远而陌生。

高咏最后的那句提醒，也似乎敲响了林兰心底深处的一个警钟，郭庭辉为什么会突然出现？自从一年前他俩在梁晶晶的小公寓里重逢，她就一直期望他能联系自己，但是他始终没有，而后的几次联系，似乎……似乎都是与梁晶晶有关……她不敢再想下去。

江风吹来，林兰打了个寒战，手臂上起了一层鸡皮疙瘩，她依然选择不信，不可能的，一定是自己想多了。她安慰自己，脑海里却忍不住回想刚才与郭庭辉的谈话。他说了些什么？哦，天，他并没有对自己的表白做出任何回应，他……再一次问了梁晶晶的下落……她脑袋轰响。

不，不可能，绝对不可能，如果是真的，她的世界将会崩塌，她的人生将会被摧毁！

林兰赶紧有意识地抑制住所有的回想和分析，再一次像鸵鸟般将头埋进了沙子里。

郭庭辉转过头来看她，对于刚才她和高咏的谈话，他一个字都没问，只是淡淡地说了一句："很晚了，我送你回去吧。"

回家的路上，林兰的心情很低落，郭庭辉也全程心不在焉。

直到林兰的楼下，告别的那一刻，郭庭辉突然开口说："这个周末我有空，想去书城逛逛，你有兴趣一起去吗？"

"有。"她几乎是条件反射地回答。

"好，早上十点我来接你。"

林兰下了车，目送他的保时捷跑车离开，才缓步上楼，回到自己的小公寓。

那天晚上，林兰躺在床上辗转反侧，想了很多。

其实很无谓，女人在婚恋中的选择几乎都是清一色的感情制胜，理智不过是考量的砝码，却很难会战胜情感。

林兰原本感情就是倾向郭庭辉的，再加上高咏的行径已经超出了她的底线，结论自然显而易见。

没有爱情的婚姻从来都不在少数，这类婚姻大多屈从现实需求或者现实利益，但如果爱情和现实都无法达到当事人的期待值，那就值得斟酌了。

林兰的婚事在临门一脚之时戛然而止，这是谁都没有想到的事。

同样在权衡婚姻利弊的还有卫蓝，他已经三十三岁了。和高咏、郭庭辉这样的男人不同，他没有野心，只想要一个快乐的小家。身边的同事、朋友的孩子很多都已经上小学了。

他虽然对传宗接代没有什么紧迫感，但是他背负不起父母失望的眼神和揪心的唠叨，他是孝子。

情感上他依然怀念着梁晶晶，可是现实中他不得不考虑再婚的事宜，他的心始终都是沉甸甸的。相亲了好几个对象，几乎都是女方看上他，而他看不上对方。

在父母的催促下，总算是定下了一个，比他小两岁，小白领，长得也有几分姿色，各方面都算匹配。姑娘对卫蓝几乎是一见钟情。卫蓝也就有一搭没一搭地约她出去，按部就班地吃饭、看电影、压马路。

他发现除了梁晶晶，其他女人对他来说几乎没什么区别。他可以和任何一个约会，说些有的没的废话，甚至可以让她们牵自己的手，亲吻自己，甚至是上床，对她们的青睐他安之若素，只是他心底始终都记挂着梁晶晶。

他学会了抽烟，抽得很凶，不为别的，只为了用尼古丁稍稍麻痹下神经，逃避现实。

光着上身，穿着一条平角裤，胡子拉碴，眉头皱拢，布满血丝的双眼牢牢盯着电脑屏幕，在快闪如电、五颜六色、刺激神经的画面里寻找着解脱。

床上一片狼藉，烟灰缸、手机、香烟、打火机、衣服、袜子，还有乱糟糟堆在一旁的被褥。

一场游戏团战结束，输了，卫蓝心情更坏，在键盘上敲打着字句，抱怨队友配合得不好，甚至用上了粗鄙的字眼。

房门被打开，陈宝梅满脸笑意地拿着手机进来，却被屋内的烟雾给熏得不得不掩鼻而入。

“哎哟，卫蓝啊，你怎么在屋子里抽烟啊？快点把空调关了，把窗门打开。”

卫蓝充耳不闻，继续着自己的网络大战，任由母亲关了空调，开了窗子，从他嘴里抽掉香烟，摁灭在烟灰缸里。

“你怎么搞的，戚妍说给你打电话你一直不接，只好打到我这儿来了，你快点打个电话给人家啊。”

“你问她有什么事。”卫蓝随意地说，是他故意把电话设置了静音。

“你这孩子，谈恋爱还要妈帮你谈啊，人家姑娘打电话给你，肯定是想你咯，快点给人家打回去。我觉得这姑娘不错，你俩认识快两个月了吧，我看可以定下来了。”

陈宝梅一屁股坐在床沿上，似乎有话要说。

卫蓝装作没看见，继续玩游戏，嘴里敷衍道：“过阵子吧。”

“什么过阵子？你不要那么笃定好吗？你已经三十三岁了，就算现在结婚生孩子，你也得到三十五岁才能当爸爸。你想想看，等到孩子二十岁，你都五十五岁了，一大把年纪孩子大学还没毕业，多累啊。还不抓紧点。”

卫蓝对于这些话早就听出了耳茧，全身心的麻木。

看到儿子一脸的不屑和叛逆，陈宝梅不由得心中有气，猛地站起身来，喝道：“我知道你在想什么，你还在想梁晶晶是不是？”

一听到梁晶晶的名字，卫蓝心头一阵痉挛，再也玩不下去游戏，转头迎着母亲愤怒的目光大声嚷：“是，我是想她，我就是喜欢她。”

陈宝梅气得发抖，不单气，而且急，甚至恨。她恨梁晶晶把自己的儿子弄得五迷三道，丧失理智，不要说现在梁晶晶不肯回来，就算梁晶晶愿意回来她也不会接纳她。

一个宠爱儿子的母亲，最讨厌的就是那个把她的儿子弄得颓废痛苦的女人。她不觉得卫蓝的痛苦是来自于她这个母亲，她把所有的过错都归结于梁晶晶的刁蛮任性、不守本分。

总之都是梁晶晶的错，是梁晶晶让卫蓝如此的痛苦！

陈宝梅生气道：“你喜欢她，她喜不喜欢你呢？你这个傻子，或许人家早就和别的男人好上了，你还在这里痴情不改！你傻啊？！我告诉你卫蓝，我不喜欢梁晶晶，她不回来还好说，如果她回来，我就搬出去，跟你断绝母子关系！”

卫蓝打了个寒噤，带着恐惧看着母亲。他是孝子，深爱着他的父母，顺从着他的父母，也依赖着他的父母。他习惯了和父母生活在一起，他从小的生活就是如此的简单，受到的教育也是如此的简单，和爸爸妈妈生活在一起，孝顺父母，娶妻生子，一家人和和美美地生活在一起。

他从来没想过，命运会给他如此沉重的打击。他的确想走出和梁晶晶的情网，重新生活，他也的确在努力，可是感情并非能够随心支配，他就是喜欢梁晶晶，爱着梁晶晶，哪怕梁晶晶已经离去，他强迫自己与别人约会也无法改变他对梁晶晶的情思。

然而，他又不愿意母亲伤心，父亲难过，他有为人子的责任和义务，所以他痛苦、沉沦、逃避，无法面对这身不由己的生活。

“妈，我不是已经在照你说的做了吗？我会和戚妍结婚的，我也会和她生孩子的，我只不过是说再给我点时间……”他的声音越来越弱，妥协了……

但是陈宝梅还怕自己的决心表达得不够坚定，继续高声斥责：“你看看你，为了个不会下蛋的女人整天唉声叹气，你是要我们卫家绝后吗？我告诉你，我和你爸已经下了决心，绝对不会让梁晶晶再进卫家的门的！你死了这条心，好好和戚妍培养感情，早点把婚事敲定。哦对了，这次你可得拉她去做婚前检查，一定要能生养才行。”

卫蓝捏了下额头，无奈地点点头。

陈宝梅见儿子服软，又换上了温情脉脉、满是母性光辉的表情，叹道：“儿子啊，这结婚就是过日子，平平安安，和和顺顺的。娶老婆就是要娶性格好、脾气好、能生养、会做家务的女人。你看看那个梁晶晶符合哪一条？任性倔强、性格古怪、日夜颠倒、不会做家务，这些就算了，一个女人连孩子都不会生，要来做啥……”

“妈——”卫蓝痛苦地打断母亲对梁晶晶的批判，他不想听，一个字都不想听，“我已经说了，我会和戚妍结婚的，你也一定能抱上孙子的，但是求求你，别再说晶晶的坏话了，她已经走了，再也不会要我了，你担心什么呢？这辈子我也只有在心底想想她，并不会妨碍你什么。如果你再逼我，我只能去做和尚了！”

陈宝梅还想说什么，但是被儿子眼中的伤痛给刺痛了一下心脏，毕竟她是母亲，她爱着自己的儿子，她虽然不能理解儿子对梁晶晶的一片深情，但是她并不想把儿子逼疯。

于是她叹了口气，转身离开了卧室。

卫蓝关了电脑屏幕，走到梳妆台前，拉开小抽屉，拿出一个首饰盒，打开了，里面静静地躺着他和梁晶晶的结婚戒指。他注视了良久，直到眼睛酸疼湿润，“吧嗒”一声将首饰盒重重地关上。

时光慢慢地流淌着，一天又一天，人们机械地重复着同样的生活，工作、学习、恋爱、吃饭、睡觉……有所区别的是和谁，何种心情。

逛书城，看画展，听音乐会，林兰快活得像是回到了二十五岁。

那年，她刚回国踏进职场，就遇见了令她眼前一亮的郭庭辉。那时的他也是职场新人，初出茅庐，却已经展露出过人的才气和情商。人的成功一部分是来自学识，一部分是来自运气，一部分是来自修养。

林兰最佩服他的是他再忙碌也会兼顾私生活，看书、健身、听音乐、和朋友小酌，还有就是和女朋友保持联系，他总是能用最合理的时间和人事安排来出色地完成烦琐艰难的工作。

郭庭辉抬起眼皮看看对面正盯着自己发呆，嘴角带着一丝笑意的林兰，淡淡笑问：“怎么？是不是觉得这里太沉闷了？”

他带了林兰到书城，在书城咖啡吧里，边喝咖啡边看书，享受着宁静。

“不是，我只是觉得你看的书涉猎面很广。”

“职业需要吧。”

“你的职业连女性杂志也要看么？”林兰娇笑着指了指他手边的那几本《蔷薇故事》《爱人世界》《女性》杂志。

郭庭辉一愣，有些吃惊，因为当时拿这几本杂志的时候几乎没有多想，此时一看，这几本都是曾经刊登过梁晶晶文章的杂志，难道是自己下意识里正在努力寻找她的踪迹？

心头有些涩然，已没了阅读的雅兴，他轻笑道：“是啊，女人对于男人来说就像个谜，我的确想多了解一些的。”

他看到林兰脸上也有些倦腻之色，便合起了书本，看了看手表建议道：“去吃点东西吧，吃完陪我去买点东西，后天去瑞士，需要买点中国特色的小礼物，然后买些衣服裤袜什么的。”

“好，你的尺寸我都还记得的。”林兰甜蜜地笑。她擅长购物，品位高，对各种品牌的衣物质地、款式、设计风格，都了如指掌。以前恋爱时，郭庭辉的衣物有很多就都是林兰买的，在这点上她比梁晶晶强太多。梁晶晶喜欢宅在家里，既不喜欢逛街，也不喜欢网购，有些时候林兰甚至连梁晶晶的衣物都包办了。

郭庭辉笑笑，心里想着梁晶晶的确不是个过日子的女人，或许自己很快就会忘了她的。

两人并肩流连在商场内，林兰自然而然地挽住了他的手臂，就如身边的情侣一样。

郭庭辉没什么所谓，他在国外待的时间久了，与女士出去，搀一下、扶一下、让一下都是很正常的礼节，而且他在感情中一向都是随意宽容的浪子风格，并不会太过拘泥于小节。

而林兰却不是，虽然曾经留学，但是她的思想依然很传统。郭庭辉的顺势而为，让她觉得是他对她情感上的接受，心中很是甜蜜，心情大好。

没多久两人就买了不少东西，林兰兴致很高，那是自然的，为自己心爱的男人挑东西、买东西，会让女人有种占有归属心理，她占有他，他属于她。

她拉着他来到一家品牌服饰店的橱窗前驻足，谈论着一套剪裁精致的西服。

郭庭辉有些心不在焉，因为自己并没有打算买西服，视线恍恍惚惚地看着橱窗反射出来的身后的影像。

刹那间！一个身影！一个他朝思暮想的身影出现在橱窗上。

他整个身子不由自主地挺直了起来，瞪大眼睛盯着橱窗里的影像，嘴唇艰涩颤动：“晶晶……？”猛一转身，朝后看去，人潮涌动，哪里有梁晶晶？

林兰一愣，跟着他转身，疑惑地问："你说什么？晶晶？"

"是的，是晶晶，我不会看错的，刚才在橱窗上反射出来的人影，一定是她！"他焦急起来，整张脸变得动容，眼中闪烁着光芒。不等林兰回神，他已经独自穿过廊道，朝刚才人影的方向跑去。

这是个超级大商场，筒状结构，中间是广场，两边是扶梯。他转了几转，来到那层楼的中心，顿时被人头攒动的人潮给弄丢了目标。

他像热锅上的蚂蚁，不停踱步，尝试从不同的角度观看人群，找寻她的身影。在哪儿？在哪儿？他一向是个有条不紊的人，这是他第一次如此慌张。

终于，终于，在他不懈的搜索下，他又远远地找到了人群中那个小小的身影。她一点都不出众，不是因为她不美，而是她不屑外表的美，所以总是刻意掩盖她的美。可是他还是精准地找出了她的位置。

"晶晶！"他大喊，完全忘了场合、形象。他只想阻止她离开，阻止她再一次消失。

很多人都朝他投来了好奇的眼光，但是那个小小的身影并没有停步，而是加快了脚步往大门外走去。这让他更加确信她就是梁晶晶。

"晶晶！！"他边喊边挤上扶梯，快步往下走，嘴里一会儿喊着"晶晶"，一会儿朝扶梯上的人抱歉道："对不起，请让一下……"

扶梯上人太多，一时让不出道，一旁有不耐烦的刻薄人讥讽道："挤什么呢？老婆跟人跑了？"

郭庭辉急中生智，伸手指着正在往大门口走去的背影，道："对！那个女人！她是我老婆，她要跟人跑了！我要抓她回来！"

一听到有如此香艳的剧情，人群抱着各种看热闹的心态倒真让出了一条通道。郭庭辉快步冲下扶梯。可是就这一会儿工夫，到了楼下广场中心，又是一大堆的人，大门口进进出出的人更是多得无法分辨。

"晶晶！"他对着大门喊，直接追出了大门外。

大上海的周末，加上商场又在搞什么促销活动，发传单的、喊喇叭的，人山人海，连走路都时不时地碰撞到他人，更不要说找人了。

最终他还是失去了她的身影，站在茫茫人海之中，任由人潮将他推搡得左右摇摆。

林兰拎着大包小包，喘着气跟了出来，拉他到街边，摇晃着他，"你当真看到晶晶了？"

郭庭辉一脸失落地点点头，蹙眉道："我可以肯定是她，橱窗里的脸，我不会认错的。"

"可是，她妈妈告诉我说她去了云南啊。"林兰既疑惑又着急。她也是想要尽快找到梁晶晶的，没有了这个好朋友，她的生活始终都像是缺了一块，快乐没人分享，悲伤没人聆听，疑问没人商量。她总觉得没有梁晶晶的生活虽然也能过下去，但是是不完整的，不完美的。

她的话提醒了他，是啊，自己怎么从来没想过，她很有可能会躲在家里呢？

他的眼睛亮了，心活了，强压着自己的激动，用尽可能平静的语气说："你打个电话给她妈妈，再问她晶晶在哪儿，我们现在就开车过去，直接上去找她去。她妈妈家还在五角场那里吗？"

林兰轻轻地摇了摇头，喃喃道："不……他们搬过一次家，已经搬到浦东去了。"

"浦东哪里？"

林兰张嘴想说，却突然如鲠在喉，不再往下说。他的表现已经远远超出了一个朋友应有的反应，她觉得过头了，她不开心了。

郭庭辉见林兰脸色沉了下来，也知道自己刚才的表现已经让林兰不快，只得安慰道："算了，我想我是看花眼了，你有空就打电话问问吧。"

经过这么一闹，两人都已经没了谈情说爱的心情。郭庭辉借口第二天要去瑞士出差，就将林兰送回了家。

到了林兰楼下，林兰依旧不想下车，她心中有很多疑问，很多说不清道不明的情绪，还有很多想问却问不出口的问题。

"你有话要问我？"郭庭辉显然已经看出她的心事。

"唔……"她点点头，犹豫着，显得扭扭捏捏。

郭庭辉摇摇头，"你还是老样子，总喜欢什么事都闷在肚子里。其实如果你有什么想法，或者有什么问题都可以开诚布公地和我说。"

"我……"林兰还是纠结着要不要把心里的问题问出口。

郭庭辉虽然心中已经不耐烦，却也没有太过显露出痕迹。他比高咏要有风度得多，不会对女性甩脸子或者大呼小叫，唯一一次发怒是在酒店里对着梁晶晶。

一想到梁晶晶把自己和卫蓝开房的记录给他看，他就醋海翻腾。说真的，那也是他第一次尝到忌妒和愤怒的滋味，他完全像一个被戴了绿帽子的丈夫般发怒，因为他本能地觉得梁晶晶是他的女人。

“我想问……”林兰嗫嚅着，咬咬嘴唇说道，“如果我也消失，你会不会这么紧张地找我？”

林兰的问题把郭庭辉的思绪拉回到眼下，想了想道：“林兰，我不能对你保证什么。或许我们能找回往日的恋情，或许我们找不回，你要知道我们分开太久了，我们都有了变化。”

他答非所问，她惴惴点头。

“我知道，我太矜持，不够主动，当年你就说我总给人冷冷的感觉……其实我并不是那么冷的啊。”每每面对郭庭辉，林兰就觉得自己稚嫩得犹如情窦初开的少女，笨嘴拙舌又词不达意。

“我知道你内心热情如火，我很感谢这么多年你还依然记得我，甚至原谅了我当年的离去。”他说得很温和，很得体，很客气，也很生疏。这样的词句并不能令林兰觉得高兴，这不是恋爱中男女的交谈。

“但是……”他轻咬了下下唇，“我刚失恋没多久，还没准备好开始新的恋情，我希望你多多谅解。当然，如果你觉得我枯燥乏味，也可以选择离开我，那是你的自由。”

他越说越冰冷，林兰觉得很不舒服。

“失恋？你是指和李婷？”

“我和你说过我有心上人，不过……已经成为过去式了。”

“你心里难过，所以找我作替代品？”

郭庭辉看了她一眼，叹了口气，已经不知道谈话要怎么继续下去了。

“不是。我只是想或许我们可以从朋友做起。”他知道再说下去只会没完没了，甚至有说漏嘴的可能。

车内一片沉默，两人牛头不对马嘴的谈话就这样暂停了。他没有回答她的问题，因为他心里知道答案，他并没有他外表看上去的那么多情，甚至他的感情又少又挑剔，而且常年的职场生涯，早就让他懂得理智才能保证判断的正确，感情用事是不可取的。

林兰最终还是没有问出那句会让她绝望的话。

夜幕低垂，陆家嘴豪华江景公寓里却灯火通明，高级精美的装修、气派时尚的家具都无法调和屋子里紧张压抑的气氛。

谭建中坐在沙发椅中，嘴里叼着烟嘴，眼神犀利地盯着对面沙发里，驼着背、微搓着双手、嘴唇抿得发白的高咏。

难得见到高咏如此谦卑狼狈的样子，谭建中知道他惹上大麻烦了。

朝烟灰缸里弹了下烟灰，谭建中坐正身子问：“怎么？捅娄子了？”

高咏一言不发，只是垂着头，目光盯着自己的两根大拇指。

“平日里看你精明能干，头脑很是拎得清，怎么会做出这样愚蠢的事来？乔振邦你也敢得罪，真是老虎头上拍苍蝇。”

坐在一旁的谭文丽有些怨尤地站起来道：“爸，你就别说高咏了，快想办法帮帮他吧。我不想他出事。”说着又一屁股坐到了高咏身边缠住他的手臂，紧紧依偎在他身边。

谭建中看了一眼女儿，只是无奈：“你知不知道他做了些什么，他跑去举报乔振邦偷税漏税，现在乔氏已经被税务部门稽查了，生意也没法做了，上市的审核也被卡了，乔振邦不弄死他会甘心吗？”

“不是我举报的。”高咏轻声说。

“哼，事到如今还不认，你当别人都是傻子吗？他借机炒你鱿鱼，没有给你四百万遣散费，你怀恨在心，有脑子的人稍稍做点联想就知道是你干的。”

“……这么说并没证据。”事到如今，高咏只能死咬住不是自己举报的，或许能逃脱一劫。

“是啊，乔叔并没有证据，怎么就硬说是高咏举报的呢？再说，如果乔叔真的犯了法，本来就该接受法律制裁的嘛。就算是高咏举报，那高咏做的也是对的。乔叔怎么可以威胁要让人打死高咏呢？乔叔这是在恐吓，威胁高咏的人身安全，我们可以报警啊。”

谭文丽糊里糊涂地为高咏辩护，听得谭建中和高咏都哭笑不得，都在心里叹道她是个不谙世事、只知任性妄为的女人。

谭建中摇摇头，“文丽，如果法律可以制裁一切，警察可以抓住所有坏人，这个世界上就不会有那么多人莫名其妙地死掉了。报警？呵呵，警察能管你二十四小时吗？这世界有的是为了钱铤而走险的人。”

“我真的没举报他。”高咏抬头说道，“所以还想请爸出面和乔老板解释一下。”

谭建中喷出一口烟雾，看看高咏，说真的他是喜欢这个女婿的，聪明能干，一表人才，包括他的心思毒辣、心机深沉。在商场上搏斗有心机、有城府，并不是什么缺点，而是必要素质，而且女儿谭文丽对高咏的心思，他也是看得出来的。

但是，这次高咏真的捅了大娄子了，他的过分阴狠，把自己和谭建中都拖下了水。乔振邦在黑道上指名道姓要高咏的命，高咏已经到了不得不低头求饶的地步。

谭建中生气地说道：“你知不知道，你这么做把我也害惨了，还妄想我帮你，哼！我是乔氏的股东，你知不知道你这么一闹我损失多少？还有这下把李老板也得罪了，我现在天天想尽办法去给人负荆请罪呢。你真是不知好歹。”

高咏依然低着头，眼珠子却在眼眶里来回游移，头脑在飞快地运转。

他在乔振邦手下做了七八年的事，深知乔振邦的为人，既然他放话出来要收拾自己，那必然不会只是吓唬下自己。

自己的确是写了匿名举报信，想让乔振邦吃个大亏，却没想到乔振邦会用黑道势力，又是恐吓信，又是恐吓电话。最可怕的一次，他居然在自己的西装口袋里发现了带血的恐吓字条。这真的是把他吓得够呛，恐怖的气氛时刻笼罩在自己周围，压得他胆战心惊，连出门、吃饭、睡觉都怕被人暗算了。没多久他就支撑不住了，想来想去只得找到谭文丽，连哄带骗，答应事情解决后就与谭文丽复婚。这才终于再次把谭文丽的一波春心撩拨开了。

谭文丽成了高咏的护身符，而谭建中为了女儿的幸福自然是要成为高咏的保护伞的。

“我呢，就文丽一个女儿，最大的心愿就是希望她能够快乐，所以当初你们结婚，我也并没有对你和你家里有过多的要求。后来也不知道你俩到底闹什么就闹成了离婚……高咏啊，我心里是不高兴的。”谭建中淡定地往后靠在椅背上，注视着高咏。

“我知道，爸，我和文丽之前都年轻不懂事。如果我不喜欢文丽，当年就不会追求她，追她的时候我也并不知道她是您的女儿。”

高咏一口一声的“爸”喊得谭建中是相当的舒服。曾经的谭建中是有考虑过再过几年让高咏接自己班的，只是小两口一直没有孩子，所以他不放心。

“文丽的确是被我宠坏了，刁蛮任性，不过她对你可是实心实意的。你要知道，追求她的人可不少，当初她偏偏就选中了你这个没有家世背景的穷小子，可见她是多爱你。”

“哎呀，爸——”谭文丽又坐到了父亲身边撒娇，噘着嘴摇晃着父亲的手臂娇声道，“你的批判大会还要开多久啊？你快去给乔叔打个电话，把事情解决了，让高咏安下心来，我才能和他复婚啊。这次我俩打算去地中海去度蜜月，我想去——”

谭文丽环住父亲的肩膀，用脸蹭着父亲的脸，把谭建中哄得开心地没办法拒绝。

“你呀，真是女生外向，我帮他可以，但是我有条件：一是你俩明天就去民政局登记复婚；二是这套房子归到我名下，你们搬到我的别墅里去住；三是一年内必须让我抱上孙子。等你们婚姻稳定，生完孩子，我就把我那套别墅的产权过户到你们的名下。怎么样？”

高咏和谭文丽都愣了，其他两条都好说，但是这第二条……连谭文丽都有点没法接受了。

“爸……这是为什么呀？这套房子是你送给我的结婚礼物啊。”

“哎，这房子啊，我找人看过了，风水不好。你看看，你们小夫妻一住进来感情就不好，最后还离婚了，高咏又惹上了这么大的麻烦。算命的说了，你俩的八字都不适合住在这房子里，只有过户到爸爸名下你们才能住。”

谭文丽想想觉得有道理，抬头再看看这套房子，似乎是有一丝阴森之气，立刻叫着：“爸爸，我不要住这里了。”

作为一个女儿，她自然是相信自己的父亲的，骨肉至亲怎么会坑害自己呢？

然而高咏已经领会到其中的奥妙了，忍不住嘴角勾起一个隐晦又不屑的笑。

谭建中并不关心女儿是不是要和高咏复婚，他关心的是这套市值两千多万的房子！高咏这才明白为什么谭建中会那么轻易地答应救自己，什么父女情深、什么风水大师，都是扯淡。

这次乔振邦被稽查，谭建中作为股东怎么会没有影响？没有跟着乔振邦弄死自己已经算是不错的了，怎么会出手搭救自己？

这才是真相，这就是谭建中开出的价码，谭文丽这样的娇娇女是听不出这里面的玄机的，但高咏是何等心机的人，立刻就听懂了。

谭建中前几年的官司如今还在收尾还债的阶段，虽然跟着李万混了几年，但是基本也就是个持平的局面，加入乔氏是想去非洲捞一票，弄个咸鱼翻身，却没想到乔振邦被高咏背后捅了一刀，李万立刻将他二人踢出了局。

资金链断了，生意做不下去了，但是债还是得还，这已经不是咸鱼翻不翻得了身的问题了，而是会不会下十八层地狱的问题。正好高咏通过谭文丽来找自己向乔振邦说情，他的脑子立马就转到了这套房子上，只要把这套房子卖了，自己就又有了运作的本钱了。

高咏知道，如果自己不同意，谭建中是不会出手相救的，命重要还是房子重要？答案显而易见。

高咏抬眼道：“爸，我怕我走出这扇门就要死在街头上，我不想文丽做寡妇……”

“你放心，有我在，乔振邦不会对你下手的。明天你就和文丽搬去我的别墅里住，进出都跟着我。”

命悬一线还有什么可说的，强中自有强中手，能在商场上打拼几十年的，基本都不会是什么简单人物。

“老狐狸！”高咏在心里狠狠地骂，脸上却是一副乖巧模样。

夜里，高咏侧卧着凝望窗帘外的朦胧月色，被一大片灰蒙蒙的乌云遮蔽了一大半的月亮，有种让人呼吸困难、心志难伸的压抑感。

他是难以入睡的。一想到自己从口袋里掏出的染满血迹的恐吓信，他就倒吸口冷气，因为他根本就没发现身边有什么异样的人或情况。也就是说，他的生命正遭到威胁，但是威胁从何而来，什么时候会来，他都不知道，他们躲在暗处，或许他们不至于真的对他下手，但是这种精神上的折磨远比肉体上的摧残更为恐怖。

他可以选择报警，但是几张打印出来的字条和几条恐吓短信能说明什么？虽然对方如今还不想对他有什么实质性的肉体伤害，但是万一对方知道自己报警之后，又会做出什么事来？谁知道？

他不敢轻举妄动，他知道最好的办法就是和解，由谭建中出面从中斡旋。

一只柔软有弹性的手臂从身后环住了他的腰，将他的思绪打断，却又立刻笼上了另一层烦躁。自己还是向谭文丽低头了，她胜了，她成功地再次得到了他。

谭文丽的脸贴在他的背脊上，随之而来的是一阵浓郁的脂粉香。高咏不喜欢这香味，觉得太俗气，他喜欢林兰身上的淡雅芬芳。

啊，林兰……高咏心头微微一揪，一阵唏嘘。是的，林兰，好像是个梦境，她走了，离开他了，因为她始终爱的都是郭庭辉，而自己也的确比不上郭庭辉。

他算不上一个好人，然而谁也没料到，他放走林兰的重要原因是不想林兰也卷进自己的危机中。这可能是他的良知未泯吧，他本能地想保护她，让她远离危险。

他不知道自己是不是真爱上了林兰，他原本就是个没什么情感的男人，现实、功利、自私自利，他很了解自己。

加上他情场、职场上的经历，令他对感情这回事麻木了，甚至不屑，但是他真的不希望林兰惹上麻烦，毕竟林兰只是个简单的女人，拥有简单的人生，简单的经历，简单的头脑。

是的，在他眼里，林兰就是这么个形象，她是真心实意想要嫁给他，和他好好过日子的女人，温和平顺，安静内敛，是很好的老婆人选，可是……高咏知道，自己并非可托之人，想想还是放了她算了。

云层中那抹压抑的月色，让他唏嘘不已。如果是十年前，如果是在认识谭文丽之前，如果是自己还未被功名利禄侵蚀，或许自己已经和林兰结婚了。只不过，还是那句话，世上没有“如果”……

闭上眼，鼻子里呼出一口气，高咏将心底残存的一丝伤感埋藏起来，明天，后天，以后的每一天，他都必须生活在弱肉强食的世界里。

说来也巧，正当高咏面临前程和自由的选择时，郭庭辉也面临着同样的处境，而李万抛出的橄榄枝更是令人难以抗拒。

李万的生意遍布世界各地，远比谭建中、乔振邦这些人的生意大的多，是真正意义上的富豪。有钱人也有自己的烦恼，例如，儿女婚姻就比普通人要斟酌更多，家世配得上的，子女不一定配得上；子女配得上的，家世不一定配得上。从女儿李婷上大学开始，李万就已经在物色未来女婿的人选了。

钱对于他来说已经只是一个不停增长的天文数字，除了投资，他的业余爱好就是收藏古董名画。

因为这个爱好，六年前在美国一家著名的画廊里，认识了当时在那儿做实习生的郭庭辉。那天是他的一个美国生意伙伴带了他来到这家画廊，老板知道李万是个大老板，不敢怠慢，亲自接待并让郭庭辉跟随在一旁翻译讲解。

看了一圈现代艺术之后，郭庭辉发现李万并不感兴趣。第二天，郭庭辉给李万打电话，带李万来到一家传统艺术画廊。李万很是高兴，对这个温文尔雅、风度翩翩的年轻人很有好感，从此两人变成了忘年交。

郭庭辉很会察言观色，很快就知道了李万的品位和欣赏倾向，成了李万在艺术品收藏方面的私人顾问。郭庭辉一毕业，李万立刻通过自己的人脉关系，将他介绍进入一家拍卖行实习。因为郭庭辉的确才学出众，又极为善于处理人际关系，再加上有李万朋友圈里的实力客户作为后台，他很快就进入了拍卖行里的管理层。

自身的才华和努力加上运气，郭庭辉牢牢地与李万这个富豪连在一起。在事业上郭庭辉不得不说是极为幸运的。然而任何事都有两面性，郭庭辉的事业基础来自于李万的强大实力，自然的也就注定了他欠了李万一份难以报答的知遇之恩！

几年下来，李万对郭庭辉从欣赏到了喜爱的程度，心中也就动了把他招为女婿的心思。之所以没有行动，是因为女儿李婷当时在大学里谈了个家世不错的男朋友，李万不敢硬拆。待到李婷与大学男友分手，李万再动这个心思时，却不想那次在锦江饭店的宴会上，郭庭辉神采飞扬地带了梁晶晶来到自己面前。

他虽然觉得梁晶晶各方面都配不上郭庭辉，但是明眼人都看得出郭庭辉对梁晶晶的关注和喜爱，之后李万也就不再强求。没想到的是，一次聚会上，刚回国的李婷见到了一表人才、谈吐潇洒的郭庭辉，顿时就一见钟情，李万就又起了撮合女儿和郭庭辉的心思。

李万的这番苦心，郭庭辉自然是十分明白的。一年来，他都尽量与李婷保持着朋友之上，恋人未满的关系。他不是不喜欢李婷，只是，李婷的好，李婷的美，李婷的财富，虽然诱人，却无法让他有激情澎湃的感觉，如果选择李婷，就等于选择了平凡，选择了世俗，选择了“理所应当”。

他不愿意，一万个不愿意，他要找到那个能让他热爱、好奇、探索一生的女人，李婷？她做不到，她的人生太平顺、太幸运，除了能给他一个更为富有的未来，她还能给他什么？他虽然追求功名，却还不至于贪得无厌，他有他自己的职业规划，不需要出卖自己的肉体和情感去换取更大的成功。

但是，功名可以抛开，人情却无法不顾，尤其是恩情。郭庭辉坐在李家豪华别墅里的真皮沙发上，望着李婷坐在阳光里弹奏钢琴。莫扎特的作品，很有难度，她却弹得非常好。从技巧上来说她比梁晶晶弹得好得多，只不过，李婷的琴声中没有情感，她的幸运让她无法感悟到作曲者的悲剧人生。

郭庭辉听着钢琴曲，脑子里想的却是那个与梁晶晶以琴诉情的夜晚。

李婷一曲完毕，郭庭辉、李万和李万的夫人鼓掌赞美。

李婷略带羞涩，娇笑着跑向父亲，依偎了一下，转头又在母亲的脸颊上亲了一口，然后就像一只快活的小鸟般跳到了郭庭辉身边，挽住了郭庭辉的手臂。

李太太笑着说：“你这孩子怎么转性了，以前每年生日，你都是要开个隆重的聚会的，怎么今年只邀请庭辉一个？就我们三个给你过生日会不会太冷清了？”

李婷嘴角扬起一个娇美的笑容，睫毛跟着闪动了两下，十分动人，说道：“我想明白了，过生日是要和自己挚爱的人一起过的，要那么多无谓的人来捧场做什么？又不是拍电影。”

李万点头笑道："看来我们的婷婷真的是长大了，爸爸很高兴。"

李婷的话的确让李万夫妇开怀，却同时也让郭庭辉不安。挚爱？自己什么时候成了她的挚爱了？为什么？哦，是的，他想起来，在美国的那次，他烧糊涂了，她细心照顾了他好几天，他很感动。康复后，他发现梁晶晶又把他拉黑了，还给他写了辞职信，他很生气，打电话给她，接电话的却是卫蓝，他的自尊心被挫败，李婷安慰他，陪他喝闷酒。于是他喝醉了，她也醉了，他不记得自己到底说了些什么，只是隐约地记得当时眼前的人分明是梁晶晶啊，他抱了她，吻了她……

哦，还有那次，与梁晶晶在酒店争吵分手，梁晶晶说不要他、不爱他，说要和卫蓝复婚，居然还给他看了他们的开房记录！这是他第一次在感情上受到如此大的重创，他失去了理智，赶走了梁晶晶，李婷却来了。当时的他，将满腔的怒火、满腔的痛苦，再一次地发泄在了李婷身上，怀着报复的心理，他激烈地拥吻了李婷。

天，自己都做了些什么？虽然两次他都在关键时刻刹住了车，但是这些都已经足够让李婷误会的了。他不禁自责、懊悔，悄悄捏了下眼角。

虽然只有四个人，晚餐却豪华丰盛之极。李婷就像一个公主般，在父母和一群仆佣的围绕中，显得精致、美好，不止她，还有她的父母和整个家。

她穿着一套在法国定制的小礼服，高贵娇美。这又让郭庭辉想起了梁晶晶的朴素甚至寒酸，心中一阵异样的酸涩。但是一想起她给他看她和卫蓝的开房记录，他又不由自主地蹙起眉头。

男人或许可以忍受女人的坏脾气，但是只要是个心智正常的男人，无论古今中外，都无法忍受"绿帽子"。

"庭辉？庭辉？"李婷拍拍他的手，将他从那苦闷的思绪中唤了出来。

"哦！？"

李婷指了指身边女佣捧着的大餐盘，郭庭辉才反应过来，自己该从盘子里拿食物了。

刀叉杯碟，叮当脆响，李万喝了一口红酒道："庭辉，有一件事，我很早就想和你说了。"

郭庭辉赶忙停下手中的刀叉，拿餐巾擦了擦嘴角，郑重地问："什么事？李董。"

李万笑笑，"不必拘谨，这么多年，我早就把你当自己的孩子了，况且现在是在餐桌上，不用那么客套。"

郭庭辉微笑颔首，“这些年多亏李董的提携，我才有今天，如有吩咐，我莫不从命。”

李万欣赏地深看了郭庭辉一眼，心中更是喜爱。他在商界驰骋几十年，青年才俊也见得不少，但是，眼下的很多年轻人都不太懂甚至不屑中国传统文化，只有郭庭辉不同，他虽然接受西方教育，言行却依然有着浓厚的中国味，尤其是注意细节、懂尊卑、知进退，比那些张扬狂傲、恃才傲物的后生不知道要强多少倍。

“我希望你到 RH 集团来帮我忙，做我的私人助理。”李万盯着郭庭辉。

李万的这个提议对于郭庭辉来说并不突然，这一年来，李万已经好几次流露出希望郭庭辉到 RH 工作的想法了，只是都没有正式地提出。

郭庭辉想了想，谨慎地说：“李董，我知道您这是抬爱我，但是您也知道我的专业和 RH 的业务实在是相差太远，我怕我是难以胜任的。”

李万微一抬手道：“哎，我需要的是你的管理才能、眼光和魄力，并不需要你懂怎么造房子，怎么炒股票，那些事会有人做的，我只需要你帮我管住那些会做事的人就行了。”

“这……李董，您是了解我的，我是因为喜爱艺术收藏才入的这一行……”

“庭辉啊，我自然是知道你的志向的，这并不是什么难事，我本身也想涉猎这个领域，我出钱在美国开个艺术画廊由你和婷婷来经营。”

“这……”郭庭辉一时找不出什么借口来拒绝。

李婷在一旁眉开眼笑道：“这个生意好，比房地产、股票那些有品位多了，我喜欢。”

郭庭辉不再说话，只是赔笑。

李万倒是兴致勃勃继续说道：“将来你们小两口要住哪儿都行，随你们喜欢。”

郭庭辉心里“咯噔”一下，虽然知道李万想要撮合自己和李婷，但是他没想到李万会那么直接面对面地提出来，一点缓冲的余地都不给他，甚至连让他求婚的步骤都免了。

比起李婷的情迷心窍、李万的求婿若渴，李万的夫人静静地坐在一旁倒是耳聪目明、头脑冷静，已经从郭庭辉脸上的细微表情里看出了门道。

饭后四人在花园里散步闲聊，李太太找了个机会，和郭庭辉走在后头。

“庭辉啊，你是不是有什么难处？”

郭庭辉一愣，抿了下嘴唇，叹了口气。

“你喜欢婷婷吗？”

“当然，婷婷是难得的才貌双全的姑娘。”

“想娶她？”李太太和蔼温柔地问道。

“我和李婷说过，我是不婚主义者。所以……”郭庭辉不知道如何把话说得圆满。

李太太停下脚步，引着郭庭辉上到花亭里坐下。

打开檀香扇扇了几下，李太太笑道：“你不用说下去了，从你进门，我就已经看明白了。”

郭庭辉有些错愕地看着李太太，这中年女子雍容华贵的外表背后深藏着的是毫不张扬的睿智，语气温和，目光却锐利，直看入郭庭辉的内心里。

和明白人说话自然没必要再拐弯抹角，郭庭辉坐直身子，恭敬而诚挚地说：“对不起，夫人，我不想欺骗您和李董。李董对我有大恩，我是万死不敢欺骗他的，但是我和李婷真的没有到那个地步。”

用人端上茶水，李太太吩咐道：“和老爷小姐说，我和郭先生喝杯茶聊几句就过来，让他们在小客厅里等我们。”

用人点头应是，正要为二人斟茶，李太太抬手：“不用了，你下去吧。”

待用人下去后，李太太放下手中的檀香扇，亲自端起精美的茶壶，为郭庭辉斟茶。郭庭辉赶紧端起杯子。

李太太笑道：“婷婷是我们的掌上明珠，她的婚姻和幸福是我们最关注的事。就我们家的条件，呵呵，不怕郭先生见笑，并不需要再去攀龙附凤。当然，能够找到门当户对的人家自然是好的，但如果找不到，只要婷婷喜欢的，人品可靠，我们都能接受。”

李太太优雅地端起茶杯，啜了一口茶水，继续说道：“我先生是一心只想挑一个才貌双全、他喜欢的年轻人做女婿，他认为只要男方才貌双全就能给婷婷幸福。殊不知，女人的幸福来自爱情。没有爱情的婚姻是无法产生幸福感的。我不希望婷婷嫁给一个不爱她的男人。”

郭庭辉静静地聆听着，从心底对李太太生出一份敬意。

李太太看了看郭庭辉，淡淡一笑道：“你的确是个出类拔萃的年轻人。说真的，我和我先生都很喜欢你，很希望你能成为我们家庭的一份子。”

李太太悠然地放下茶杯，继续说：“成为我们家庭的一份子可以给你带来什么，我想你是很清楚的。但是，如果你不爱婷婷，不能给她带来幸福，对不起，我不赞成你娶她。”

多么的犀利、睿智、清晰、坦诚！郭庭辉对眼前的这位贵妇人肃然起敬。

“你需要考虑考虑吗？”李太太用审视的目光投向郭庭辉。

郭庭辉吸了口气，挺直背脊道：“不用，因为我知道我不能给李婷幸福。我会用其他方式报答李董的知遇之恩。”

李太太叹了口气，虽然她是失望的，然而，眼角却隐约闪出一抹欣赏的光芒。

“好，爽快。今天是婷婷的生日，你尽量让她开心，过后找个机会把话和她说清楚，我也会疏导安抚她的。不过有一件事我要提醒你，我先生对婷婷是万分珍爱的，你和婷婷分手，我先生可能会对你有所打击，你能承受吗？”

郭庭辉自然明白她的意思，点点头道：“当然，我原本就是普通人家的孩子，今天拥有的一切都是因为李董的抬爱，李董若要收回，也是情理之中。我绝无半点怨恨，夫人放心。”

李太太点头道：“那就好，我先生虽然是个惜才之人，却也是个有仇必报的人，其他的事倒还好商量，但婷婷是他的心头肉，我想你以后的日子不会很好过，你有心理准备就好。”

“多谢夫人提醒，无论将来的路有多难走，李董对我的大恩，我绝不敢忘的。另外，我也真心希望李婷找到那个可以让她幸福的人。”

李太太点点头，又喝了口茶，突然转了话锋：“我听我先生说过，你曾经带过一个女朋友参加宴会，如今怎么样了？”

郭庭辉心头一颤，眼睛睁大了，眉宇间不由自主地蹙了起来，“她叫梁晶晶，我不知道她在哪儿，我找不到她了……”他的声音渐弱。

“哦？”

“是我不好，是我赶她走的，我没有留她……”郭庭辉下意识地捏了下眼角。

他也不知道为什么，竟然非常自然地对着李太太倾吐起心声来。

李太太点点头，“难得在这物欲横流、人情淡漠的世道，还有一份真情。我想我明白你的心境了。你很矛盾。”

“是的。”郭庭辉直言不讳。

“你不该把李婷拉下水。”

“我错了，对不起，夫人。”

“算了，至少你给了李婷一个甜蜜的梦境，也给李婷上了一课，这个世界上不是每个人都爱她的。”

“我惭愧。”郭庭辉无奈道。

顿了一下，李太太笑道：“走吧，我们进屋子去给李婷庆祝生日，我希望今晚你能让她高兴。”

郭庭辉点头答应。

一阵夜风吹来，郭庭辉觉得心头舒坦许多，无论以后的路有多难走，至少自己不用再戴着面具、左右为难地应付李万父女俩了。李太太缓缓站起身来。两人结束了谈话，在用人的陪伴下，一起走回客厅里。

那天晚上，他尽可能地让李婷高兴，他为她演奏，为她唱生日歌，送给她一条价值不菲的项链作为生日礼物。

但是当李万话里话外询问两人的婚期定在何时时，郭庭辉只得微笑不语。好在李太太总是在关键时刻把话题岔开，才免了郭庭辉的难堪。

李太太对郭庭辉的警告很快就变成了现实，李万派了律师来让关国栋将经纪人改成了别人，而原先李万介绍过来的大客户，几乎是同一时间终止了与郭庭辉的联系。郭庭辉尝试发展其他客户，简直难如登天。

不难理解，能买得起这些艺术品的都是顶级富豪或者机构，这些人原本就只占人口比重的百分之五，如此有限的客源，还有那么多的竞争对手，要找到有实力的新客户的难度系数之高，可想而知。

不久，郭庭辉就收到了董事会的决议，让郭庭辉去南美洲主持工作，国内的工作转交给新人。后来在工作交接中，郭庭辉才知道这个新人也是李万培养的青年才俊之一。李万是在向他证明自己有能力捧上一个人也有能力踩下一个人。

斟酌再三，郭庭辉决定辞职，索性连这个李万提供的工作也不要了。

不是任性赌气，而是识时务。

那段时间里，他很压抑，直到工作交接完成，正式辞职，才松下一口气来。想想自己已经有好几年没有好好地休息过了，连父母也很少陪伴，有种彻底解放的感觉。

陪父母在国内、国外玩了一圈，他暂时搬回了家里与父母同住，让父母享受一下天伦之乐。郭庭辉的父母都是老一辈的知识分子，虽然希望他早日成婚，但是更多的是希望儿子能够找到能让他幸福的女子。

郭庭辉偶尔会和林兰见个面。知道了他的处境，林兰很感慨，既佩服他能拒绝美色财富的诱惑，又对他坚定的不婚主义感到深深的担忧。她怀疑自己是否有能力让郭庭辉改变主意。

郭庭辉搬回父母家住，对于林兰来说是件好事，她熟悉郭家父母，当年两人恋爱的时候她就是座上常客。

自己拒绝了高咏，郭庭辉拒绝了李婷，梁晶晶也已经消失无踪，他俩之间再无障碍，林兰提着一个大包坐在地铁上兀自呆想，心头“咯噔”一下，一缕愁绪升腾至脑海里，撑得太阳穴微微发胀。

晶晶，晶晶，自己怎么会把晶晶也列在了她与郭庭辉之间的障碍里？林兰不敢再想下去，赶紧吸了口气，轻甩脑袋，将那个差点涌出心头的可怕想法给甩了回去。

低头看了看大包包里的两个保鲜盒，心波微澜，这是她特意做的两个小菜，郭妈妈喜欢的粉蒸肉和郭爸爸喜欢的油爆虾。

郭家二老知道儿子和前女友林兰重逢，有复合的迹象，欣喜不已，催逼着郭庭辉把林兰请到家里来吃饭。郭庭辉没法，只得请了林兰到家里来。

其实当年二老就很是喜欢林兰，只不过与儿子的前途相比，爱情自然是要缓一缓的。儿子出国留学后与林兰分手，二老也颇为惋惜，不过他们夫妇都是搞艺术的，思想比较浪漫奔放，对儿子的感情生活不太管束，但眼看儿子三十好几的年纪，依然孑然一身，心底还是希望他早日有个家。

郭家住在老式公房里，郭庭辉发迹后几次三番要给父母买新房子，却被父母拒绝，郭庭辉只得作罢。两房一厅，七十多平方米，归置得很整齐，一架黑亮的立式钢琴是郭庭辉买给母亲的母亲节礼物。

墙上挂着很多旧照片和奖状，郭庭辉从小就是个优秀的孩子，还有很多郭爸爸的画作。这是个充满艺术气息的家庭。

屋子里有很多老上海的记忆，林兰很是喜欢。

“伯父，伯母，我做了两个菜带来。”林兰恭敬地展露她最美好的笑容。

“你看你，来吃饭还带菜来。快进来。”郭母笑着将她迎进来。

郭父是典型的上海男人，正围着围裙在厨房里掌勺，听到动静探出半个身子打招呼：“林兰来啦，快进来，快进来。”一转头对着卧室门喊：“庭辉啊，快点出来，林兰来了。”

听着房门外的父母激动欢愉的招呼声，郭庭辉是一点兴致都没有，依然躺在床上翻着杂志。他的床上堆满了杂志，清一色的女性杂志，他每一期都买，每一篇都读，生怕遗漏了梁晶晶的作品。

在父母的拍门催促下，他这才懒洋洋地起床，身上是一件宽松的T恤和一条运动裤。他随意地用手指抓了几下头发，开了门走了出来。

“哎哟，你这孩子，有客人来，也不换件衣服。”母亲埋怨道。

“不用了，又不是不认识她。”郭庭辉走出客厅，见林兰正在帮忙摆放碗筷，标准的贤妻佳媳模样。

饭桌上，郭家父母忙不迭地给林兰夹菜，嘘寒问暖，关怀备至。郭庭辉只是埋头闷吃，实在躲不过才简单地说两句。

“林兰的手艺还是那么好，味道真是好。”郭父边吃着油爆虾边赞美着。

“是啊，林兰啊，谁娶到你真的好福气的。”郭母脸上看着林兰笑，桌底下踢了儿子一脚。

郭庭辉这才抬起头半愣半呆地说：“嗯嗯，是不错，很好吃。”

“我就说林兰这样的女孩子最好，文文静静，贤惠懂事。去攀龙附凤做什么，我们家也不稀罕与那些一身铜臭的商人做亲家。庭辉拒绝那个姓李的是对的。”郭父朗声道，喝了一口啤酒，“朱门对朱门，木门对木门，不要去攀那些有钱人，这和让我们庭辉入赘有什么两样，以后整天看着他们李家人的脸色过日子，将来生了孩子没准还得跟他们姓。”

“是啊，没啥意思的，如果把李家那个千金小姐娶进门，我这个当婆婆的估计还得看她的脸色呢。”郭母跟着说。

他们的这些话其实是说给林兰听的，希望林兰不要介意郭庭辉和李婷的这段过往。

郭庭辉淡淡一笑，“事情过去了就别说了，李董对我是有恩情的，只不过我和李婷没那缘分，强求不来。”

“有恩必报是对的，这几年你尽心尽力地替他们赚钱是应该的。但是庭辉啊，他们权势太大，和这样的人相处，就如俗话说的伴君如伴虎，他们可以捧你也可以毁你，不得不防的。”郭父说。

“是啊，俗话说人心难测，你看看，你不娶他的女儿，他就立刻把你的工作都弄丢了。贵人也能变小人的。”郭母说。

郭庭辉想想父母说的的确有理，和李万这样的人在一起，只能赔小心，顺他的意，稍有差错，或逆了他的意，就肯定不会有好果子吃。

人一旦有了金钱与权力就会喜欢操纵他人的命运，通过操纵他人的命运来体验金钱与权力带来的快感。

郭庭辉轻叹：“也好，这两年我有点自己创业的想法，但是因为李董的恩情，所以一直犹豫不决，如今不用再烦恼了，人情还了，我也自由了。”

郭母看着自己出类拔萃的儿子，无比骄傲，“爸妈支持你，你从小就是聪明能干的孩子，就算不靠别人，你也一样能行的。”略停了停，眼光扫了扫一旁的林兰道：“只不过，儿子啊，事业归事业，家庭也不能落下啊。自己要把握，要珍惜啊。”

说着郭母用手轻轻拍了两下林兰的手背。

郭庭辉眼角瞥到母亲的这个举动，眉峰微微一挑，不再接话。

一顿饭下来，他和林兰没有任何交流。饭后郭庭辉就钻进了自己的房间，林兰要帮着收拾碗筷，却被郭家二老拒绝，推着她进了郭庭辉的房间。

郭庭辉叹了口气，让她坐下，不知道要和她说什么。他如今是事业感情双低迷，在父母家中是希望多陪陪父母，也是想让自己休整一段时间。

两人沉默了一会儿，郭母切了水果送进屋子里，顺便侦查了下“军情”，又躲了出去。

“吃吧。”郭庭辉用水果叉叉起一块苹果递给林兰。

林兰接过来边吃边看他，六年前，他们也曾经一起在这个小屋吃水果，当时他是抱她在腿上，用嘴喂她吃的，当吃完水果他的嘴唇就热烈地吻了下来。

他的嘴唇，她的视线不由自主地游移到他的嘴唇上，还是那么的漂亮，饱满光泽，棱角分明。她怀念这两片嘴唇的滋味。

然而，她是矜持的、文静的，投怀送抱不是她的风格。形象也是一个限制人身自由的锁链，她没法打破自己的形象，只得默默地坐在那儿吃着水果看着他。

“你……”郭庭辉咽下苹果，犹豫着，缓慢地发问，“有……晶晶的消息吗？”

他的问题让她心头一个哆嗦，从自己的回忆中醒转，有些疑惑地看他，“上个星期我有打过电话给她爸妈，他们说她还在外地亲戚家。我把我俩的事告诉了她妈妈，让她妈妈帮忙转告。”

郭庭辉的心脏像是被人重重地锤了一下，睁大眼睛，下意识地紧握住拳头，“你说了什么了？”

“就是说我已经拒绝了高咏，你也拒绝了李婷，我俩复合了。”她用审视和解析的目光看向他。

郭庭辉“噌”的一下站起身。

“你为什么要这么说，这根本不是事实，我只是说我们可以试试，但是并没有复合啊。你这样说……会让人误会的。”

“误会？我们还没复合吗？”她的眼睛瞪得更大。

“林兰，我现在的状态，你觉得我有心情谈情说爱吗？”他说的也是实情，一个正常的男人在事业陷入低谷的时候，哪还有心情风花雪月，谈婚论嫁？说到底，男人的第一生命是事业，而不是女人。

林兰一时语结，知道自己有些鲁莽了，嗫嚅着道：“晶晶一向都希望我俩复合，我知道她不希望我嫁给高咏。事实证明她是对的，高咏不是托付终身的人选，她一直告诉我说你才是可以嫁的人。我想她知道我们复合的消息，一定会很高兴的。”

林兰兀自说着：“我和她是最亲密的朋友，如果有一天我俩结婚，她一定会出席的，她答应过她会做我的伴娘的。”

结婚？伴娘？哦，是的，梁晶晶和林兰感情深厚，深厚到可以把自己拱手相让，深厚到可以假装什么都没发生，来当林兰的伴娘。是的，如果他和林兰结婚，她一定会出席，会笑靥如花地站在林兰身边，深情祝福……

而他俩之间的一切都将被她否定，被她埋葬，被她遗忘。不过是一夜情，这个时代，这个大城市，每个夜晚都有数不清的一夜情在发生，有什么了不得的，不是吗？一时冲动的人多了去了，道德沦丧的人多了去了……他脑袋里像是有个小丑在那儿表演，自说自话，吵得他脑袋里轰轰作响。

林兰见他不再说话，也站了起来，鼓起好大好大的勇气，上前从背后环抱住他，将脸紧紧地贴在他宽厚的背上，害怕他再次离开自己。

他身材保养得好极了，林兰忍不住在他的身上轻轻抚摸。

“庭辉，我们复合吧，重新来过好不好？我知道你现在事业有挫折，我可以等你，帮你……”

郭庭辉拉下她的手，转过身来看她，她的脸是那样的熟悉，不算很美，却清丽动人，六年前她的确是吸引他的，可是如今……他叹了口气道：“林兰，对不起，我不想背负任何的包袱前行，你是要结婚的女人，而我是不结婚的男人，你跟着我，你会很痛苦，我也会很自责……”

“为什么？为什么你不结婚？你看看你的父母，他们是多么希望你成家，就算为了他们，你也不考虑吗？”

他的嘴角勾起一个无奈的笑容，“他们是站在父母的角度，认为结婚会使我幸福，然而我更了解我自己，结婚并不会令我幸福。”

“我不懂，我真的不懂，你的父母是那样的恩爱，你的家庭是那样的温暖，你怎么会有这种想法？你就不怕他们伤心难过吗？”

郭庭辉正张嘴要说话，突然一阵电话铃声响起。而一听这电话铃声，林兰瞬间脸色惨白，这熟悉的铃声……是……歌曲《最初的记忆》的音乐。

思绪如闪电般穿梭到那一年，她和梁晶晶一起买了新手机，窝在梁晶晶的小公寓里，在网上搜索着好听的歌曲做手机铃声。

阳光透过浅黄色的纱窗，照射在那个大大的玩具熊上。她俩头抵头，在上百首的歌曲里为对方选着好听的歌曲，看看是否彼此心意相通。

最后梁晶晶为林兰挑了《恋风恋歌》，而林兰为梁晶晶挑了这首《最初的记忆》……

之后，这首歌，这个铃声，不知道在林兰耳边播放过多少遍，她太熟悉了……

电话铃不停地在郭庭辉的房间里响着，刺激着林兰的神经，令她心肝战栗，心头泛起一阵强烈的酸涩直冲鼻腔，紧接着红了眼圈。

郭庭辉没留意到她的反应，或者说是顾不上，转身爬上床，扒开一大堆的杂志，拿起那部粉色保护壳的手机。林兰更是全身发抖，这是谁的手机？她还能继续欺骗自己吗？她还能继续当鸵鸟吗？

郭庭辉紧张激动地盯着荧幕，手指举在半空，犹豫着要不要接起电话来，因为来电显示，来电的人是卫蓝。

待他下了决心接电话时，对方却已经挂断了。他怔怔地看着手机发呆，这是这几个月来，这部手机第一次响起。

卫蓝怎么会打这个电话？这么久，梁晶晶应该早就买了新手机和电话卡，如果他俩要复婚的话，那么是没有理由不把新的号码告诉卫蓝的。

这几个月，他一直想解开梁晶晶手机的密码，找到手机里的秘密或者是梁晶晶家里的电话，甚至想把手机拿去手机店里解密，但是又觉得自己这样做既多余又膈应，毕竟梁晶晶已经和卫蓝复合，还开了房，自己就算解开她的密码又如何？去哀求她施舍爱情？去哀求她回到自己的身边？不，她已经做过头了，他还不至于大度到去接受她和卫蓝离婚后再发生肉体关系的事实。

尤其是当他想到自己与她的那个美妙的夜，他男人的占有欲就再也不容许她背叛，既然她背叛了，那就再也不值得自己去爱她。

他呆呆地瞪着梁晶晶的手机，并不避讳林兰，因为他从来也不在乎向林兰坦诚自己爱上梁晶晶的事实，一直以来对林兰隐瞒只不过是顾虑梁晶晶的心情。

“晶晶的手机……怎么……会在……你手里？”林兰颤抖着伸出手指，惊恐地指着郭庭辉手上的那部自己熟悉得不能再熟悉的手机。

郭庭辉木然地抬起眼皮看着她，眼神好似在看她，又好似穿过了她的身体，投向了不知名的远方。

“林兰，我们回不去了。”他的嗓音沙哑而空洞，在林兰的脑海里不停回旋。

回不去了，回不去了，回不去了……

“对不起……”他垂下头。

“对不起什么？”滚烫的泪珠夺眶而出，她心底最恐惧的事实已经昭然若揭。她再也无法自欺欺人，再也无法装作毫不知情，哽咽着，颤动着嘴唇，她心碎地盯着他，“你和晶晶……是吗？”

郭庭辉长叹一声，捏了下眼角，点点头。

“什么时候的事？怎么发生的？为什么？你们到什么程度了？这就是她消失的原因吗？是她勾引的你吗？”一连串的发问，林兰泪如雨下。她问了，却不想听到他的任何答案，因为她的世界已经破碎。

天啊，被闺蜜抢了男友的事情不是只有在电视上、微博上才看得到的吗？怎么就会发生在了自己的身上？晶晶啊晶晶，自己是那样的爱她、相信她啊，十几年的友情啊，她是自己无话不谈的闺蜜啊！

她说过她不会爱上郭庭辉的，她说过她不会要自己的男人的，可是……眼前的这一切要如何解释？看看，看看郭庭辉脸上的忧愁，盯着那部手机的双眼中的柔情，对着一部手机尚且如此，若是梁晶晶此时就在他的眼前，他会用多么炽热、充满爱意的眼神看着她？

天啊！早在一年多前，在梁晶晶小公寓里的那次意外聚会上他就已经那样地看她了。是的，当时他俩肩并肩地坐在钢琴前，四手联弹着美妙的乐曲，梁晶晶的脸上闪耀着幸福的光芒，而他的眼中早已是浓浓的柔情。

自己就像一个傻瓜般，居然相信了那次重逢是梁晶晶特意为她而安排的！

眼前的郭庭辉，依然俊美挺拔，可是变得是那样的陌生遥远，甚至令她反胃。

“你爱的人是晶晶？”她哭着，咬牙切齿地问。

“是的。”

“她也爱你吗？”

郭庭辉苦笑道：“我不知道。”

“我哪里比不上她？为什么你会爱上她？为什么？为什么啊？”林兰歇斯底里地叫喊起来。

郭庭辉无法回答，怕再刺激她。

“你们什么时候开始的？难道是在我们恋爱的时候，你就已经爱上她了？”

“不，不是这样的。林兰，请你安静下来，听我说好么？”

“说！”林兰深吸了口气，强迫自己稍稍克制了一下心中的怒火。她要听他解释，她不能再做鸵鸟，不能再任人愚弄，不能再软弱无争了。

她要把事情的来龙去脉弄清楚，她要让背叛者付出代价！

郭庭辉却不知道林兰的心思，老老实实地和盘托出：“我从不想欺骗你，只是晶晶珍视你们的友情，所以一直不让我说。”

“呵，珍视友情？所以抢我的男朋友？”林兰心碎至极，对任何维护梁晶晶的言论都嗤之以鼻。

“她并没有抢你的男朋友，我早就不是你的男朋友了。”郭庭辉痛苦地摇头，“如果她要抢，也不用消失，避瘟疫似的避开我了。”

“呵呵，避瘟疫？不过是欲擒故纵的小伎俩罢了。”林兰冷笑着，全身止不住的发颤。

“林兰，她是你的朋友啊，你怎么可以这样说她？”

“别再说她是我的朋友，我没这样的朋友！她夺走了你，她背叛了我……我不会原谅她的！”她吼叫。

“你这样说并不公平，是我追求她的，甚至是我逼她和我在一起的，你如果要恨就恨我。”郭庭辉下意识地想要维护梁晶晶，却浑然不知，他的维护是在火上浇油。

林兰哭得蜷缩起身子，蹲在地上，抱着自己的双臂，将脸埋在膝上痛哭。她伤心的程度让郭庭辉吃惊，也很自责，毕竟是自己曾经爱过的女子啊。

他上前扶她起来，她扑进他的怀里，紧紧环抱住他，“庭辉，你是我唯一的爱情，你怎么可以这么对我？六年前，你离我而去，我已经死过一回了。六年后，你回来了，我心里是那样的开心啊。可是你又爱上了晶晶，要再一次地抛下我，不，不，不，你太残忍了！我不能让你再离开我了。”她执拗而疯狂地呼喊。

“对不起，我知道我不是什么好男人，对不起，对不起……”

“别再道歉了！”她喝止他，“我不想再听这三个字，我不放你走，我要和你在一起。”

她踮起脚来想要亲吻他那性感诱人的嘴唇，可是他下意识地往后一仰，用力将她的手臂从自己的身上拉开。

可是她又抱了上来，“我不放，六年前我没去美国挽回我们的爱情，已经后悔不已，这次再放弃你，我会后悔一辈子的。”

“林兰……”郭庭辉从来不知道文静的林兰会有那么大的力气，被她冲了一下，自己的膝盖撞在了床栏上，一个重心不稳倒在了床上。林兰跟着压在了他的身上，她疯了，她不要矜持了。是的，矜持内敛了三十三年，她得到了什么？还不如彻底放纵一回，牢牢抓住自己的爱人！

她捧住他的头，胡乱地亲吻他。

郭庭辉一把抓住她的手，用力将她推开，从床上跳了起来，大喝：“够了！你疯了！我受够了！你再这样我就要下逐客令了,甚至……甚至……报警了！”

逐客令？报警？她坐在他的床上，发丝散乱，神智混乱地看着他，眼前这个男人还是那些旧照片上拥紧她的人吗？

他也压抑了很久，那份爱而不得的感情，那份阻碍重重的感情。终于，他的眼圈也红了，也爆发了，大声嚷起来：“我爱晶晶！我爱晶晶！你听明白了吗？就因为你,我们爱得苦死了,你还骂她？她做错了什么？我做错了什么？如果不是顾及你的感受，我们何必偷偷摸摸，相爱而不敢爱？”

林兰被他的吼声震得灵魂出窍，震得灰飞烟灭，自己在哪儿？自己在做什么？友情是什么？爱情是什么？这个世间，人与人之间还有信任吗？还有感情吗？

两人爆发之后，屋内的空气突然凝结。郭庭辉倒在椅子里，用手指支着眉心，闭着眼睛，想要让自己混沌轰鸣的脑子冷静一下。

不知道僵持了多久，林兰才渐渐找回意识，眼睛扫到满床的杂志。她突然明白过来，随手拿起一本杂志来，翻了几页，禁不住苦涩地笑出声来，“呵呵，果然是情深似海了,《现在女性》，呵呵，我真是笨蛋，不，是白痴啊，我竟然自欺欺人到如此地步……竟然真的相信你看这些杂志是因为想要了解两性关系，哈哈……”

以前看电视的时候，看到那些悲情角色悲伤到狂笑时，林兰总觉得夸张，她不相信有人会在伤心的时候发笑，然而此时的她终于知道，世上是有悲极而笑这回事的。

她真的觉得自己可笑到极点，无法想象这种狗血剧情怎么会落在自己的身上，自己的闺蜜和自己最爱的男人……

“你是在杂志上找她的文章……你想找到她的文章，然后打电话给杂志社要她的联络方式，对吗？”林兰阴恻恻地问。

郭庭辉觉得很疲倦，但是既然事已至此，索性坦白一切，绝情一些或许对所有人都是好事。

他眼皮都没抬起，只是丧气地回应：“是的。”

"呵呵，真是苦情啊！"林兰讥讽他。他痛苦的表情再次像把利刃刺入她的心里，因为她知道他的痛苦，不是因为她知道了真相，而是因为他苦苦找寻梁晶晶的下落而不得的心力交瘁。

她是第一次见他如此痛苦颓丧，这让她觉得更加分愤怒、羞辱，因为他从来没有这样为她痛苦过。

她输了，输得彻底，因为她知道男人会更眷恋那个令他痛苦、令他伤脑筋的女人。

痛楚总是比快乐更让人记忆深刻，悲剧总是比喜剧回味绵长……

自己对他的无法忘怀不就是因为当年他狠狠地伤害了她吗？如今他对梁晶晶的沉迷追寻也同样是因为梁晶晶让他尝到了痛苦的滋味。

林兰的指甲抠进了那本杂志，眼中迸出仇恨的熔岩。

"嗤喇——"她一把将杂志中的纸张撕了下来，接着疯狂地撕起杂志来。

郭庭辉侧头，静静地看着她在床上歇斯底里地撕扯着那些杂志，看她哭着，笑着，发泄着。

他没有阻止她，因为他可怜她，看着床上的杂志被撕成碎片，心头倒有一丝轻松，至少，今后自己不用再戴着面具瞒这瞒那了。

等到最后一本杂志被撕成了碎片，她的手也已经被纸张割破了。

"你流血了……"他站起身来，想走出房门给她拿药水和创可贴。

流血了？林兰看着自己流着鲜血的双手，居然没有痛觉。天，一个人要心痛到什么程度才能忘记肉体上的疼痛？

所有小说里的情节，她今天都一一体会了，呵呵，真是可笑，不是吗？

她看到他打开房门，突然从床上跳下来，冲到门口，用力将他推开，奋力冲了出去，抓起包，直接冲出了郭家大门。

郭庭辉一脸无奈地走出房间，抬眼看了看沙发上忧心忡忡的父母。

郭家父母早就听到儿子房间里的怒吼与哭嚎，不用说什么，郭家二老已经知道儿子和林兰是缘尽了。

"你不跟去看看？会不会出事啊？"郭母担心地问。

郭庭辉自己心烦意乱，摇摇头，"我再追出去，又是没完没了。放心，林兰见过世面，不会去寻短见的。"

说完，郭庭辉回到自己的房间里，看着满床满地的碎纸屑，心情一片灰色。他必须重新整理他的房间，他的心情，他的人生。

急促、尖锐，几乎要刺破耳膜的门铃声如高压电般刺激神经，梁晶晶放下手中的书本，以为是去买菜的父母忘了拿东西又折了回来。

她开了门，顿时吓得失去了反应的能力。眼前的林兰披头散发，两眼红肿，泪水早就把她的眼影融化成了黑色泪痕，挂在她白得没有血色的脸颊上。她看上去狼狈不堪，有种支离破碎的感觉。

“林兰……”梁晶晶低呼，惊愕得一时间头脑空白。

林兰站在门口，双肩耸动，胸口剧烈地起伏，薄薄的嘴唇抿得发白，一双黑湿的眼睛充满怨愤地盯着梁晶晶。

一阵寒意过后，梁晶晶瞬间从这对眸子里读出了故事的轮廓。这几个月她躲了，她逃了，她消失了，可是有些事终究躲不过也逃不过。

她下意识地垂下头，侧开身让林兰进屋。

林兰直挺挺地走了进来，深吸了口气，突然，用力指着梁晶晶的脸，用走了腔的声线切齿道：“告诉我，告诉我真相！！”

梁晶晶紧紧咬着下唇，紧紧环抱住自己，悲伤地看着眼前已然崩溃的林兰。这就是自己一直以来担心的、害怕的、逃避的，然而，就如命中注定，自己用尽全力依然绕不过去。这个世上的事有因就有果，逃得了一时终究逃不了一世。

梁晶晶吸了口气，鼓起勇气来面对，“你问吧。”

“你和郭庭辉！”

梁晶晶难过地皱起眉，点点头。

心碎的声音像玻璃窗被敲碎一样，在林兰的心中响起，而那些碎片也将她从内到外割得鲜血淋漓。

她觉得头晕目眩，一把扶住身旁的鞋柜。

“我只问你一个问题。”林兰虚弱又清晰地说，“你们……你们……上过床吗？”

林兰的问题像一把锋利的长剑刺穿梁晶晶的心脏。梁晶晶觉得自己像是被抓奸的小三，整张脸烧得发烫，羞愧、懊悔、亏欠地抬不起头来。

“兰……”她流下愧疚的眼泪，而这些泪水她已经压抑了几个月了。

“回答我！”林兰就像一头被激怒的母狮，全身颤抖着，咆哮着，眼中的怒火，像要把梁晶晶当场火化了般。

梁晶晶从没见过林兰如此，她认识的林兰是温和、内敛、矜持、爱面子、重仪态的。

“回答我！回答我！回答我！你们有没有？有没有？！”林兰哭着，喊着，咆哮着。

梁晶晶孱弱的声音吐出事实："有……"

"啪！"

一记响亮的耳光。梁晶晶被突如其来的武力打得"腾腾腾"地连连倒退，勉强拉住沙发靠背，才没摔个四脚朝天，却也倒在了地上。

梁晶晶的嘴角被打出了血，而林兰的嘴唇也被咬出了血。两个受伤的女人，同时间品尝着鲜血的咸涩和伤口的痛楚。

"我恨你！你这个……"林兰始终骂不出"贱货"这两个字，看着蜷缩在沙发旁的梁晶晶。十多年的友情啊，怎么就会变成如此面目可憎了呢？为了一个男人，值得吗？值得吗？

林兰用手背擦了下眼泪，抓起背包，转身冲出了梁晶晶的家，冲上了大街，冲进了人群……

梁晶晶擦拭掉嘴角的鲜血，缓缓从地上爬起来。

对于林兰的这一巴掌，她是早有心理准备的。自从与郭庭辉相爱，她就知道这一巴掌迟早都是要落在自己的脸上的，如今既已发生，梁晶晶的心里倒是好过了许多。

关了大门，她下意识地抬头看了眼窗外的夕阳，被闷在厚厚的云层里。这个大城市就是这点不好，云层太厚，难得看到清澈的蓝天。

晶晶叹了一口气，更觉心头压抑。她已经厌倦了这个钢筋水泥的城市，她想要去寻找一个每天都能见到蓝天白云的地方。

林兰的巴掌让她更为坚定地走自己的路。走进卧室，梁晶晶看看角落的那两个已经收拾好了的行李箱，又转头看看梳妆台上的那张飞机票。

终于，自己在离开这座城市前，能够偿付自己的罪过。

她缓步走到窗台边，拿起那本精装版的斯蒂芬·金的《写作这回事》，翻开硬皮封面，手指在空白页上两行潇洒的字迹上轻抚：

如果爱情还能让我们哭泣，那至少我们还是活生生的人。

纵然知道自己终将惨败，我依然执着一战。纵然你将自己放逐天际，我依然无悔追随。

——郭庭辉

心头一股暖流涓涓流过，她下意识地将书合起来，紧紧抱在胸前。林兰的这一巴掌，虽然打碎了她俩的友情，却也将她打明白了——郭庭辉向林兰摊牌了。

他和自己一样，被强烈的感情、缠绵的思念煎熬着、考验着。他伪装不下去了，他揭开了一切，哪怕结果犹如原子弹爆炸，那就让它爆炸吧，毁灭意味着重生!

摸着肿痛的脸颊，梁晶晶看着梳妆镜中的自己叹息，为了这段感情，她挨了两个人的耳光……

一段爱情如何能在诅咒和愤怒中生存?她累了，好累，她需要远离，需要忘记，需要安静，把这段故事做成压花，压到心底里。

我们生活在这个真情真爱已成为沙漠中难得一见的绿洲的时代，即使近在咫尺，却依然因为怀疑那只是海市蜃楼而止步。

很快，轰鸣的引擎声载着梁晶晶与她那无法与世俗妥协的梦想飞向蓝天……

三十三岁的她，看懂了自己，看懂了爱情，看懂了人生……做自己，做自己想做的事，无论结局如何，她都无怨无悔。

故事随着梁晶晶的远去而渐渐落幕，所有人都回归了自己的轨道。林兰伤痛过后，继续过着她一成不变朝九晚五的日子。她变得孤寂、沉默，却学会了埋藏伤痕。与梁晶晶翻脸的第二天，她依然衣着光鲜、精致优雅地回到公司，如往常般处理着烦琐的工作。

晚上，她将所有与梁晶晶的合影或烧或删了，只保留了自己与郭庭辉的合影，却将相册锁进了抽屉里，然后把钥匙扔进了黄浦江。

黄浦江滚滚的江水，流淌千年，翻涌着，诉说着数不尽的人间故事奔向大海……

两个月后，公司传出她与肖志明的谣言，有鼻子有眼，轰轰烈烈，说肖志明正在与妻子闹离婚。林兰吃了一惊，这才明白肖志明的调职原来是与自己有关。

谣言传得连关联公司，甚至个别不相干的公司都知道了。很快她被法国老板叫到了办公室，很快林兰递交了辞呈，很快一个“女秘书因为破坏他人家庭而被辞退”的谣言又散布开来。

林兰收拾着桌子上的私人物品，嘴角挂着一丝苦笑，因为事实是法国老板万般挽留，说不相信流言，坚信她的为人，希望她能继续为公司服务。

要去和那些看笑话、传谣言的人理论吗？当然不需要，也做不到，林兰还不至于蠢到去越描越黑。

经历了这一场友情和爱情翻天覆地的巨变，林兰的整个世界都变了色。她辞职不只是为了逃避谣言，更多的是想换个环境，换个角色，换个人生。

林兰离开公司的那天，只有当初生日会上，她安慰过的那个人事部新同事邱美芯来送她，并帮她拿东西。

“林姐，你一点都不留恋吗？”邱美芯问，一双清澈眸子还未被这浑浊的尘世污染。

“我留恋了七八年了，是时候换一个环境了。”林兰笑笑。

“你为什么不反击那些谣言呢？”

林兰笑道：“大多数人过得太平凡、太无趣，他们日复一日，年复一年地做着同样的事，所以他们盼望着、期待着身边出些什么事，看热闹总比无所事事要有趣，不是吗？”

邱美芯抬起头来，一脸崇拜，“林姐，你好有智慧，好有深度，我想和你做朋友。”

智慧？深度？林兰轻叹。刚才的那句话是梁晶晶曾经和她说的，她不过是复述了一遍而已。梁晶晶，一个睿智通透的朋友，哦不，她不再是朋友，永不再是……林兰皱起眉头停止了对梁晶晶的思索。

“林姐……”邱美芯抿着嘴唇，有些欲言又止。

“嗯？”

邱美芯吸了口气，转身过来面对着林兰，似鼓足了勇气，开口道：“刘珊的妹妹是钱风的老婆。”

哨！林兰的脑袋里好像有口大钟被人敲了一下，钱风的老婆？刘珊的妹妹？

邱美芯紧张地看着林兰点点头，接着道：“还记得那次相亲大会吗？就是那次刘珊把她的妹妹介绍给了钱风，后来钱风又和你发生了矛盾，用饮料把你泼湿了。我当时也在场，我都看到了。”

林兰惊讶地看着眼前这个小姑娘。邱美芯又说：“我当时并不知道你和钱风有什么瓜葛，可是，就是在你生日的那天，刘珊突然在部门里告诉我们说她的妹妹和钱风领证结婚了。我当时也没怎么多想，只是觉得很凑巧。没过几天，刘珊的电脑出了问题，让我帮着看看。我操作了几下，突然看到她 QQ 号上弹出一个信息，是她妹妹发给她的。我快速地扫了一眼，写的是：姐，帮我把林兰的名声搞臭了，让她待不下去。后来部门里就开始传你和钱风的事，说你当初因为他没钱没房子所以甩了他……”

“呵！”林兰冷笑。

“过了一阵子又开始传你和馨兰公司的肖志明有婚外情……你也知道的，那些人吃饱了没事做，就喜欢瞎说别人家的是非，所以就越传越离谱了……哦对了，你生日那天的事，也是刘珊策划的，并不是我。我当时在部门里质疑，说了句‘这样把年龄写在横幅上不太好’，所以她们就冤枉我……林姐，我觉得社会真可怕，人心真可怕。”

林兰仰头朝天重重地呼了口气，是啊，真可怕，几个月的工夫，林兰就把职场、爱情、友情里所有的阴暗面经历了个遍。

阳光灿烂，却永远无法照亮人心的阴暗面。

告别了邱美芯，林兰坐进出租车里，舒了口气。邱美芯加了林兰微信好友，从此两人便成了朋友，泛泛之交的朋友。

夏去秋来，时光匆匆，过了三十岁就会有种时间加速的错觉。又或许是因为忙碌的工作生活，让人忘记了时间。

一抬头，郭庭辉发现已经是凌晨两点了。他直了直僵硬的背脊，转动了下酸疼的脖子，甩了两下手臂，关了电脑，准备洗漱睡觉。

他没有想到自己的事业要在三十三岁的年纪从头来过，不过他倒不灰心，反而觉得这是一番刺激的历练。他打算自己干，仔细地草拟着商业计划书，计算着各种成本利润，厚着脸皮联络同学、朋友和旧客户。

别墅抵押给了银行，奔驰和保时捷跑车都卖了套现，换了一辆二手的本田车，他倒也甘之如饴。

爱情婚姻？自然是被抛在了脑后，没有事业的男人是没有资格也没有心情谈爱情的。

他订阅了好几本女性杂志，偶尔翻翻，希望找到梁晶晶的文章，可是，似乎梁晶晶已经中断了写作，销声匿迹了。

洗完澡，郭庭辉躺在床上看着梁晶晶的手机发愣，眼前是“请输入密码”的提示。他叹息一声，将手机放在枕头边，闭着眼睛渐渐入睡。

睡意很快占据了他的大脑，正要进入梦乡，突然，枕边的手机铃声悠然响起。睡意蒙眬的郭庭辉，昏昏沉沉中摸到了手机，眯着眼睛划开接听画面。

“喂？”

“嗯？你……是谁？”对面传来一个错愕的男声。

“嗯？什么？”郭庭辉伸手打开床头灯，迷迷糊糊地支起身子。

“你……郭……”

“哦，我是郭庭辉，您是？”因为必须克服时差与世界各地的客户保持联系。他已经习惯了半夜被手机吵醒。

对方显然愣住了，过了两秒突然干笑两声道：“我是卫蓝。”

“卫蓝？！”郭庭辉顿时清醒了大半，从被窝里坐直起来。原来，他迷迷糊糊之中还以为是自己的手机响了，却不想这半夜响起的竟然是梁晶晶的手机。

“怎么，很意外吗？”卫蓝冷哼一声。

“……是。”

“晶晶和你在一起？”

卫蓝问了句令郭庭辉无法理解的话，郭庭辉强迫自己保持清醒的神智与卫蓝对话。

“晶晶和我？怎么可能？她不是和你复婚了吗？”

“复婚？你拿着她的手机，问我是不是和她复婚了？你是在讥讽我吗？”

郭庭辉哑然，缓了两秒说道：“不，不，我没有任何讥讽的意思，我只是不明白……她亲口告诉我说要和你复合的，所以我才放她走。难道……难道你们没有复婚？”

“你放她走？呵呵，也就是说你们的确在一起过？”

郭庭辉叹了一声承认道：“我觉得这事不用再隐瞒了。是的，我是追求过晶晶。”

“好极了，你终于说出来了。”卫蓝的语气透着丝丝苦涩。

“我想你早就猜到了，对吗？”

“是的，自从接到你从美国打来的电话，我就已经猜到了。”卫蓝顿了下问，“林兰知道了吗？”

“……知道了……我和林兰彻底完了。”郭庭辉捏着眼角说。

“呵呵，迟早的事，纸是包不住火的。”卫蓝冷笑，“郭庭辉，你知不知道你把所有人的生活都毁了？你是个混蛋！”

郭庭辉沉默不语，心中似乎早就意料到自己被唾骂的下场。

“如果没有你，林兰会嫁给高咏，晶晶会和我复婚，你为什么要从美国滚回来？为什么要破坏我们的生活？为什么？！”卫蓝愤恨地质问郭庭辉。

“卫蓝，我出国的六年时间里，我并没有出现在你们的生活里，然而晶晶也并没有和你复婚。是，我是追求了晶晶，那又如何？我们男未婚女未嫁，到底得罪了谁？”

“放屁！”卫蓝怒吼，“你这个自私自利、卑鄙无耻的小人，还在这里放屁！你忘了林兰是怎么被你抛弃的了？你忘了你还有个姓李的白富美吗？你就是个人渣！你有什么资格追求晶晶？她是我的老婆！一直都是我的！”

郭庭辉不由深蹙眉头，他不喜欢和不讲道理的人谈话，“卫蓝，你喝多了吧，如果你打电话来就是为了说这些废话的，我就不奉陪了。”

正要挂掉电话，卫蓝突然在电话里喊道：“郭庭辉！我不是找你的！快说，晶晶在哪儿？”

郭庭辉不得已再次将电话放到耳边，说道：“我不知道，真的不知道，如果我知道，我现在已经去找她了。”

果然卫蓝是喝多了，突然在电话那头哭起来。

男儿有泪不轻弹，只是未到伤心时。

卫蓝这一哭，顿时让郭庭辉心中一酸。唉，他们也算是朋友啊，曾经他们四人是那样的亲密，一起过节，一起旅行，一起玩笑，一起欢乐。

安静地听着卫蓝呜呜咽咽地哭泣着，郭庭辉倒是有了一种同是天涯沦落人的感觉。

“卫蓝，对不起，你说得对，我是混蛋，是我把所有人的生活都搅乱了。可是，我想我这次是真的陷进去了，抱歉，卫蓝，我对晶晶是认真的。”

“认真？你有我认真吗？我和她是彼此的初恋，我们十多年的感情啊，混蛋……你比得了吗？”卫蓝哽咽着嚷道。

“我并没有妨碍你们的婚姻，我并不是第三者，你是很清楚的。难道她和你离婚了就再也不能恋爱了吗？”

“不能！”卫蓝执拗地吼叫。他口齿已经开始不清楚，接着是一路玻璃瓶碰撞破碎的声音。

郭庭辉担心他出事，赶紧说：“卫蓝，你在哪儿？我过来接你。”

卫蓝只是啜泣，郭庭辉只能隔着手机默然陪伴他。

过了五六分钟，卫蓝突然大吸了口气，止住了哭泣，哽咽道：“我明天就要结婚了。”

“你要结婚了？”郭庭辉吃惊道。

“放心，我不是和晶晶结婚。我打电话给晶晶只是想向她道歉。”

郭庭辉心中稍安，却又不明所以，“道歉？为什么？”

“是的……不过这不关你的事。”卫蓝吸了下鼻子，长长叹了口气，沉默了两分钟，突然开口道，“郭庭辉，你这个混蛋，你毁了我对一生一世爱情的梦想……她爱你，爱得我都怀疑她到底有没有真正爱过我……你这个混蛋，该死的……如果找到她就好好爱她吧……”

“什——”郭庭辉还要再问，“嘟嘟嘟嘟……”

卫蓝挂断了电话，郭庭辉再要打回去，手机又要求输入密码，才意识到这是梁晶晶的手机。

郭庭辉放下手机，倒回枕头上，却已睡意全消。

卫蓝的话不停地在他的脑海里旋转，卫蓝要再婚了，梁晶晶消失了，他三番四次地打电话给梁晶晶，是想要找梁晶晶道歉？为什么要道歉？卫蓝和梁晶晶之间到底发生了什么？

梁晶晶给自己看的开房记录又是怎么回事？

郭庭辉摇摇脑袋，侧转身子，强迫自己放下儿女私情。他现在连工作都没有，想什么情情爱爱？

爱情？就算现在梁晶晶站在自己面前，自己要拿什么去爱她？就靠空口白牙，甜言蜜语？早过了有情饮水饱的年纪了，还不至于那么虚幻，不切实际。

“理智”在他的脑袋里不停做着演说，而他的心却跳动着另一种节拍。

卫蓝的话模糊不清又耐人寻味，卫蓝说梁晶晶爱自己，甚至让他怀疑梁晶晶是否真的爱过他。这真是一句鼓舞人心的话呢，令他的心脏“咚咚”猛跳。是的，自己的感觉是不会错的，他知道，他知道梁晶晶是爱自己的，她的眼神、她的挣扎、她的逃避、她的钢琴曲，还有那个完美的夜晚。

她柔情似水地缠绕着他，紧紧地拥抱他，亲吻他。光洁细腻的肌肤，清幽天然的香味，柔软诱人的身躯……顿时郭庭辉的内心像是被火煎熬般，血液在血管里奔腾，直冲小腹而去，浑身发烫。

他这几年在国外一直忙于事业，每天累到瘫，偶尔也会交个女朋友满足下生理和心理的需要，但是都很短暂。可是自从开始追求梁晶晶，好像就有些不同了，他狭小的感情世界里好像被梁晶晶给填满了，挤不进任何一个人。

而经历了那个灵欲结合的夜晚，他好像过分挑剔起来，这种感觉对他来说既神奇又美妙。

唉，想太多了，他赶紧打消了自己的想法，“单身狗”还是老老实实睡觉来得好，郭庭辉赶紧关了灯，闭上眼睛睡觉。

可是也不知道怎的，脑袋就像不听指挥般，不停地播放着梁晶晶、林兰、卫蓝这几个人的脸和彼此间的感情纠葛。一会儿是现在，一会儿是过去，纷繁复杂，说不清道不明，有理的，没理的，哭啊，笑啊，乱七八糟，大杂烩似的在他的脑袋里沸腾。

突然间，也不知道从记忆的哪一页里蹦出一个画面来，那是一次郭庭辉与林兰去上海近郊的森林公园里野餐。四周花红柳绿，春意盎然，林兰娇笑地依偎在他的身旁，拿着崭新的手机说道："我和晶晶一起买的新手机，好不好看？"

"好看。"年轻的郭庭辉笑着躺在草地上张嘴吃了一颗林兰塞过来的剥了皮的葡萄。

"壳上面的粘纸是晶晶选的，好不好看？"

"好看。"

"我的密码是她的生日，她的密码是我的生日，是永远都不会变的。没用你的生日，你不生气吧？"

"这有什么好生气的？傻……"

记忆像一道闪电，将卧室里的黑暗驱散，郭庭辉猛地睁开双眼，睡意再次一扫而光。他打开床头灯，一把抓起梁晶晶的手机，想了想，将林兰的生日输入进了密码栏里。

"叮！"果然，手机画面亮起来，密码被解开了。

一时间，他的心狂跳，血液在血管里几乎要沸腾。

点开了微信，发现这部手机里只有八个号码，她的父母、卫蓝，还有就是几个房屋中介的电话号码。

而卫蓝发来的上百条留言牢牢地吸引了郭庭辉的注意力。点开记录，郭庭辉这才从这些留言中了解了整个故事，而这个故事让他震惊之余更是心痛不已。

卫蓝：晶晶，我们复合吧，我不能没有你。爸妈已经答应我搬出来和你先同居，半年后如果你还怀不上孩子，爸妈会拿钱出来给我们去做试管婴儿的。

晶晶：对不起，卫蓝，我很烦、很乱，我不想再去考虑这些问题了，求你，放了我吧。

卫蓝：你别倔了好吗？我会对你好的，我会把你不喜欢的缺点都改掉的，哦对了，我们搬出来住，我会把工资卡交给你的。

晶晶：别说了，我累了，想休息。

卫蓝：等一下，我还有话说……我给你电话……

卫蓝：为什么不接电话？

卫蓝：睡着了？

卫蓝：明天我买菜到你那儿去。

晶晶：不，你别来。我不想见你，我谁都不想见！

卫蓝：哼，如果换成是郭庭辉呢？你就不会不想见了吧！

晶晶：拜托你，放了我吧，我真的谁都不想见。晚安！

中间是一堆卫蓝追问梁晶晶在哪儿的无聊留言，几天后……

晶晶：我已经决定把房子卖了，然后离开这里，你不要再找我了，卫蓝，我们彻底分手吧，过往的恩恩怨怨就一笔勾销。我承认我变心了，我不爱你了，对不起，这个不是我能够控制主宰的。我希望你过得比我好，我只想平平静静地过下半生。对不起，卫蓝，我要拉黑你，删除你了。再见。

又过了几天……

晶晶：（一个愤怒的表情）卫蓝！你太过分了，你为什么要跑来骚扰我爸妈？！难道我和你说得还不够清楚吗？

卫蓝：我不过是去给你爸妈送中秋节礼物，你爸妈看到我不也很高兴吗？是你把气氛弄糟的。

晶晶：你凭什么翻我的东西？

卫蓝：我不过是无聊，拿了那本书翻了几下，却没想到原来是郭庭辉送你的。真是情意绵绵啊。

卫蓝：但是我也没说什么，是你自己反应过激。

晶晶：卫蓝，我们已经离婚了，我的事和你再无关系，请你退出我的生活。

卫蓝：果然女人变了心就回不来了。

卫蓝：你和我说实话，你和他睡过没？

卫蓝：说话啊！怎么？敢做不敢认？

晶晶：你无权干涉我的隐私！

卫蓝：隐私？呵呵，明白了，看来是睡过了，怪不得如此绝情。

卫蓝：我等了你那么多年，因为爱你，尊重你，始终也没有冒犯你，我以为你是圣洁的，我们都是彼此的第一次，也是唯一的。

卫蓝：看来你的确变了，变得放荡，下贱！

晶晶:好好好，随你怎么说，我不想再纠缠下去了，是，我放荡，我下贱，不配做你们卫家的媳妇了，所以请你行行好，放过我行吗？我们既然无法保留曾经的美好记忆，就从此相忘江湖吧。

卫蓝：没那么容易！我爱了你十几年，等了你这么多年，你说走就走？

晶晶：你想怎么样？

卫蓝：我要你最后和我再做一次！！！听到没有！你既然可以和郭庭辉睡，就可以和我睡！你是我的女人！

晶晶：不可能！你疯了！

卫蓝：是的，我是疯了！你下贱，你不要脸，你可以和他睡怎么就不可以和我睡？他是你闺蜜的男人，你都可以睡，我是你的丈夫，怎么就不可以？！

卫蓝：晶晶，我答应你，这是最后一次，就当作我们的告别仪式吧！之后我不再纠缠你，放你走！怎么样？答不答应？

晶晶：你疯了，你有病！

卫蓝：你别逼我，如果你不答应，还有一条路你可以选，就是把你和郭庭辉的一切都告诉林兰！

晶晶：你！

卫蓝：呵呵，你可以慢慢考虑，在此期间，我还是会纠缠你的，还会上门去拜访我的岳父岳母。

梁晶晶不再回复他了，又隔了两天，卫蓝发了一张酒店预定单的截图给梁晶晶，也就是梁晶晶给郭庭辉看的那张。

卫蓝：这是酒店预订单，我们度蜜月时的酒店，你还记得吗？杭州西湖畔……

晶晶：卫蓝，拜托你别再发疯了，你这样做一点意义都没有。你妈刚才又打电话到我家里来了，你还是早点回家吧。

卫蓝：明天晚上 12 点，如果你不来或者你带其他人来，我保证这个世界上再不会有卫蓝这个人！

晶晶：你要做什么？你别做傻事，我打电话给你。

卫蓝：不用了，我现在就关机。

郭庭辉看着这些聊天记录，简直肺都要气炸了，没想到卫蓝斯文儒雅的外表下竟然会是如此的疯狂偏执，也没想到梁晶晶竟然受到了如此这般的胁迫，更想不到原来那张酒店预订单是这样来的。

他全身震颤，滑动着屏幕，继续看下去，但是记录就都变成了卫蓝的单方面留言，再也没有梁晶晶的回复。

仔细一看日期，原来后续的留言都是在梁晶晶和自己在酒店最后一次会面之后发的，那时手机已经落在自己手中。

卫蓝：对不起，晶晶，对不起，我挣扎了很久，才敢给你发信息道歉，我不该动手的。

卫蓝：可是你那样地拒绝我，你推开我，我在你眼里看到了你对我的厌恶。我气疯了！

卫蓝：我是那么的爱你，那么想要和你一辈子在一起，我怎么舍得打你，怎么舍得伤害你？

卫蓝：可是……我居然打了你……我错了，我不是人。

卫蓝：晶晶，你的伤怎么样了？还疼吗？我想上你家看你，但是我怕面对你和伯父伯母。

郭庭辉这才想起，那天在酒店，自己发现梁晶晶的左脸颊上有瘀伤，叹了一声，郭庭辉继续看卫蓝的留言。

卫蓝：晶晶，对不起，我对你下这么重的手，没脸再纠缠你，更没脸让你和我复婚了。

卫蓝：我想我俩的缘分真的尽了。对不起。如果你想要报警，我甘愿接受法律的制裁。

卫蓝：晶晶，如果你肯原谅我，就给我回个短信吧……

至此，留言就结束了，郭庭辉放下手机，静静地靠在床头，用拇指和中指摁了下太阳穴。

原来梁晶晶经历了那么可怕的事，而自己却一无所知，只是一味地怪她太过冷漠无情，从未站在她的立场替她想过。

她与林兰十多年的友情，与卫蓝十多年的感情，都与她和郭庭辉之间的爱情矛盾重重。她在这些激烈冲突的“情”字里打转，在漩涡里沉溺，而自己却只是一味自私地想要和她恋爱，完全不顾及她的感受和困境。

于是她只能逃，只能远离，只能消失，抛下所有的“情”，孤单地离去。

郭庭辉长叹一声，自己就如卫蓝所说，是罪魁祸首，破坏了所有人的平静，林兰与高咏分手了，梁晶晶与卫蓝结束了，林兰因为爱自己而伤心欲绝，梁晶晶因为爱自己而消失无踪。

郭庭辉翻身起床，将梁晶晶父母家的电话、地址、手机号码全部记录下来，小心保存好。他现在不会去找梁晶晶，没有事业的男人就如丧家之犬，他不喜欢自己现在这个样子。

若是有缘，总有一天他们会再次重逢相爱……他会，也相信她会等到那一天的来临！

郭庭辉一咬牙，将梁晶晶的手机关机，锁进了抽屉里，同时，也将自己的儿女情长锁了进去……

第六部分

The Sixth Part

卫蓝再婚了，娶了个平凡的女子，过着平凡的日子，婚后依然生活在父母的羽翼之下，隔年生了个女儿，孩子还没满月，家里的长辈就又盘算着让小两口生二胎。

陈宝梅总算是抱上了孙辈，卫家总算是有了后，新媳妇也算和顺，只是卫蓝的脸上始终没有欢笑。曾经喜欢拉着梁晶晶看电影、逛街、嬉闹的他，如今更多的是坐在电脑前沉浸在游戏世界里。

肖志明并没有与妻子离婚，风波过后，妻子余瑾逼着他删除了林兰所有的联系方式，肖志明照做了，生活依然平静，围着柴米油盐孩子打转。过了一段时间，肖志明悄悄地注册了一个小号加了林兰，两人之后偶尔会聊两句，交流下生活，感慨下人生，却也没有了暧昧的情怀。肖志明解下了小葫芦项链，收在抽屉里，却被小女儿发现，偷偷拿去玩了，最后不见了踪迹。

钱风和他的新婚妻子过着现实功利主义的人生。两人真是气味相投，抠门，抠到一块；算计，算到一块；

自私，自私到一块。他们不在乎别人的眼光，只在乎自己过得好就行。而他们所谓的好，就是钱越来越多。最后连曾经帮他们赶走林兰的姐姐刘珊都嫌了他们。物质生活渐渐丰足，进进出出的也算是人模狗样，只不过再多的钱也抹不去他们身上的那股子俗气。

李婷去了美国，走之前找过郭庭辉，两人喝了个下午茶。李婷对郭庭辉如今的境遇感到难过，郭庭辉劝她不要放在心上。李婷叹息，依然希望郭庭辉能给两人一个机会，郭庭辉只是给了她一个抱歉的微笑。最终李婷劝说父亲李万停止打压郭庭辉的举动。李太太因为欣赏郭庭辉的为人，出资扶持郭庭辉事业的发展，成为郭庭辉公司的股东。

高咏在陆家嘴的滨江豪宅最终落入了谭建中的手里，好在谭建中看在女儿的面上并未食言，总算是说服了乔振邦，放了高咏一码，却不想高咏又悄悄在谭建中的公司里找到了谭建中的一些违法犯罪记录作为要挟，拒绝与谭文丽复婚，并讹了谭建中两百万。谭家父女是哑巴吃黄连，谭文丽从此断了与高咏复婚的念头。

林兰从没想过自己和高咏恋情故事的结尾竟然会是谢琴的一个电话。

电话里头谢琴哭得肝肠寸断，诅咒着高咏冷血无情，连自己的亲生骨肉都不要。林兰只觉得可笑又可悲，她知道这个孤身在外打工的小姑娘怀孕了，无处可去，也无人可倾诉，所以惊慌无措之余，只能把电话打到她这里来了。

从谢琴断断续续的叙述中，林兰嘴角带着一丝冷笑听完了整个狗血故事。谢琴为了抓住这个看起来光鲜亮丽，又颇有身家的男人也算是下了血本了。

林兰知道高咏是非常小心谨慎的男人，避孕套都是选最安全的款，林兰的生理期他记得比林兰还清楚。有时候林兰因为身体原因迟了几天经期，他都会大为紧张，张罗着让林兰去验孕。

所以林兰几乎不用想就知道谢琴的怀孕必然是用了些下三烂的招数的，迷药？针扎避孕套？呵呵，有些女人为了达到自己的目的是毫无底线的。

她以为赢了，因为她终于怀上了高咏的孩子，然而她很快又输了，因为高咏坚决不要。

高咏骂她心机阴毒下贱，两人为了这事翻了脸。高咏说她肚子里的孩子不是他的。谢琴怒了，说一定要把孩子生下来，做 DNA 检测，打官司让他支付高昂抚养费！

高咏索性来了个人间蒸发，销声匿迹，彻底没了踪影。谢琴彻底慌了神，走投无路之下打电话找到林兰。

林兰对她没有同情，不是圣母装不出伟大。对谢琴的遭遇，林兰本能地觉得她自食其果,因果报应。但是出于人道主义,她还是给了谢琴一句忠告:“就我对高咏的了解，如果没有后招，他是不会和你撕破脸的。”

“什么意思？”谢琴哽咽着问。

“意思就是他和你翻脸，坚决不承认这个孩子，必然是已经有了应对方法。谢小姐，恕我直言，你还年轻，如果还想好好过日子，就考虑一下放弃孩子，如果你想要用孩子绑住高咏，恐怕你的希望会落空。”

“不，不，不，不可能的，这真的是他的孩子啊！你是不是知道他的联系方式？你行行好，告诉我，就是积了大德了。”

林兰知道再说下去也没有意义了。在谢琴一连串歇斯底里的“我要怎么办？”“他怎么这样？”“他还有可能在哪儿？”的哭喊声中，林兰无情地挂掉了电话，并把谢琴的号码给拉黑删掉了。

谢琴到底是生下了孩子还是没生，不在她的关心范围内。每个成年人都需要为自己的言行负责，承担后果，旁人没有义务去替你烦恼，代你痛苦。

删掉谢琴的电话后，林兰呼了口气，将杯子里剩余的咖啡喝完，拎起挎包，走进人群，走进温暖的冬阳中，轻松地逛街去了。

她对高咏再无留恋，也以为一辈子都不会再与高咏有交集，却不想两年后的一天，她突然接到了一个来自海外小国的电话，电话那头是高咏。

这时林兰才知道，果然，当年的高咏在举报了乔振邦之后，就已经知道国内他是待不下去了，暗地里申请了一个小国的投资移民。在谢琴和他闹得天翻地覆的时候，他不过是在拖延时间。手续一办妥，他就立刻离开了中国，并改换了国籍。

呵呵，高咏，一只狡猾的狐狸，真可谓是步步为营，狡兔三窟。

他打电话来是用的网络电话，查不到真实号码的那种。林兰很奇怪他怎么会时隔多年还给自己打电话。

高咏在电话里，带着忏悔的口吻说:“林兰，你是我这些年来唯一真心真意想要结婚的女人。你很好，是我不够好。”

“好了,别发我好人卡了。你在国外自己保重吧。”林兰淡淡地说,想收线。

“有件事，我犹豫了很久，我觉得还是应该告诉你。”

“什么事？”

“其实很久之前，我就知道郭庭辉和梁晶晶在交往，我一直没告诉你，是怕你伤心。”

“哦？！”林兰不由自主地蹙起眉头。

“我知道你喜欢郭庭辉，我不知道你现在和他怎么样了，但是总觉得应该告诉你这件事。”

林兰吸了口气，看着窗外难得晴朗的夜空，“如果你想八卦，那我就告诉你，我和你分手后没多久，郭庭辉就承认了，我俩吹了。至于梁晶晶……已经上了我的黑名单。”

“原来是这样，唉，这种事迟早是纸包不住火的。林兰，你真的受苦了。”

“是啊，受苦了，受骗了，也成长了。”

“听得出来，你的确是变了，你以前很温柔乖巧，可爱单纯得像一只小兔子。”

“呵呵，所以被你们这群狐狸给咬死了，撕碎了。不过我也感谢你们，拜你们所赐，至少现在的我不再是小兔子了。”

“林兰，你这么说我很难过……”

“好了好了，虚伪的话我听得太多，从今往后各自安好吧。”

电话那头也沉默了一会儿，说道：“林兰，我不会再回中国了。我在这里一切都好，开了个小贸易公司，赚得不多，但也算是自给自足。这或许就是我想要的生活。只是，夜深人静之时，我还是会想起你。我知道，我不是什么好男人，我更适合一个人生活，但是这几年里，唯一让我上心在意的女人，就是你。”

如果是两年前听到这番话，或许林兰会感动得痛哭流涕，扑进他的怀里，感谢他的表白与恩赐。只不过，时过境迁，如今的林兰，心如冰窖，漠视一切情感话题。

林兰冷笑了两声，翕动双唇：“说完了？很完美的结案陈词，从今往后我们可以老死不相往来了。就这样吧，你自己保重。”

不等高咏道别，林兰就掐断了电话。

是的，她变了，变得冷漠、孤傲、现实、尖刻，甚至有些恶毒。因为她发现在这个世上做好人太难了，曾经单纯简单、甘于平凡的自己，得到的却是谎言、欺骗和背叛。

她换了新工作，不再交朋友，和谁都是泛泛之交，也不再去相亲，和谁都是泛泛之恋，遇到有兴趣的异性就随便聊聊，暧昧来暧昧去，你撩我我撩你，没有目的，也没有期待。她游走在好几个异性中，倒也轻松自如。她已经无所谓婚姻，自己赚钱自己花，自由自在，节假日要么陪父母，要么就是四处旅行，享受着一个人的孤独。

她想起梁晶晶曾经说过：当人懂得享受孤独，也就开始成熟了。

是啊，而懂得享受孤独的前提估计就是看破世间繁华背后的虚浮。

这两年里，林兰学了很多技艺，茶艺、插花、古筝、做西点，虽然到哪儿都是一个人，生活倒也丰富多彩。

渐渐的，她也习惯了独来独往，自我消化心事。

也是奇怪了，当林兰过完三十四岁生日后，对结婚的热情突然大不如前了，一种颓惰的情绪在心底滋长。

肖志明、钱风、高咏、郭庭辉、梁晶晶、卫蓝这些人似乎都变成了一阵风，消失在了林兰的生命里，日子过得平静安定。

真不知道人长大，变成熟是一件好事还是坏事。

又是一个没有爱情、没有友情、无所事事的周末，林兰躺在床上与生物钟做斗争，大脑醒了，却依然强迫自己闭着眼睛补觉，心里想的是，待会儿是去父母家吃饭，还是自己一个人在家追剧？

昏昏沉沉地睡到十点半，再也睡不下去了，她索性起床梳洗，吃早饭。

早饭还没吃完，母亲就打来电话让她回家吃午饭。林兰想想也好，爱情、友情都是空窗，好在还有亲情，趁父母健在，还是多陪陪他们吧。

梳洗穿戴好，林兰就悠闲地信步出门下楼，走到楼下信箱，习惯性地开了锁，拿出里面的邮件。

有了网络和电子邮箱后，信箱里基本就只剩下账单和广告了，林兰快速地将手中的信件看了一遍，视线停留在夹在账单和广告中的一张明信片上。

明信片，又是明信片，林兰皱起眉头，不看也知道这是谁寄来的。

这已经是梁晶晶寄来的第四张明信片了，前三张都已经被她扔进了垃圾桶。

明信片上的景致是意大利佛罗伦萨的圣母百花大教堂。林兰在法国进修的时候，假期曾经去过意大利旅行。

将明信片翻转过来，上面是三行娟秀的字迹：

蓝天，鸽子，教堂，谱成一首最美的咏叹调……

在这儿我找到了心之宁静……

远方的友人，请宽恕我过往的罪过，愿你拥有最美好的人生……

晶晶

林兰心情复杂地拿着明信片走到小区里的一个垃圾桶旁，正要投进去，又有些不忍，咬了下嘴唇，纠结半晌，轻叹一声还是将卡片塞进了背包里。

大约是一年半前，林兰收到了梁晶晶的第一张明信片，是泰国的玛哈泰寺；两个月后，又收到第二张，是印度的泰姬陵；又过了两个月，收到第三张，是土耳其的苏丹艾哈迈德清真寺，随后就再也没有了音讯。

她居然去了意大利？林兰边走边想着，似乎心中的愤恨也没以前那么强烈了。

两年了，爱也好，恨也罢，都如梦似烟地渐渐散去了，平凡的人在平凡的世界里过着平凡的日子，岁月就这样一点点地过去了，直到几天后林兰意外地接到了郭庭辉的电话。郭庭辉邀她到自己的咖啡店里喝咖啡，她去了。

她依然对他有留恋，却不再有期待。

郭庭辉的确是有能力和实力的，两年的时间，已经东山再起，开了一家画廊和一家咖啡厅。铺垫了一年多，这小半年里已经开始赚钱。前两个月又得到了李万太太的注资，打算在收藏界开拓出一片天地。

这对旧情人再次面对面地坐下，林兰环顾四周，墨绿色的墙上挂着一幅幅精美的古典画风的西洋画，环境优雅静谧，除了咖啡、画，这里还有书和轻音乐，桌椅也都是十九世纪英式风格。

“这里环境真是‘老嗲’的。”林兰由衷地赞美。

因为环境优美，咖啡地道，小资青年络绎不绝地来这里享受喧闹外的一片宁静，生意很不错。

“谢谢，刚到美国的时候，就在学校附近的一家咖啡馆里打工，做了有一年呢。第二年我才在导师的介绍下，去了一家画廊实习。咖啡、画、书、音乐是我的爱好。”

“能把爱好变成事业的人都是幸运的。”林兰啜了一口浓郁的咖啡道。

郭庭辉笑笑，他在事业上的运气的确是不错，而且总是贵人连连。

“咖啡店原本是副业，想让在画廊看画看累了的人在这里小憩，喝杯咖啡提提神。没想到无心插柳柳成荫，咖啡店现在竟然成了我的主要收入来源。呵呵，人生总是这样的。”

林兰注视着他，“你又成熟了许多，能谈人生哲理的人，必然是有一番醒悟的。”

郭庭辉嘴角一扬，“你也是，不再是单纯天真的小姑娘了。”

“是啊，只不过成长的过程就是不停地跌倒，摔痛了才知道人世间的复杂。”林兰淡淡地说着，视线转向窗外，从容的表情里夹杂着几分落寞。

“林兰，我感谢你原谅了我。”

林兰将视线又转了回来，停留在他的脸上好一阵，“我也不知道有没有原谅你……还有晶晶，我只是觉得没必要再让这些事缠绕着我的人生，使得自己不开心。不值得。”

郭庭辉垂下睫毛，轻咬了下嘴唇，犹豫着要怎么接话。

林兰审视着他的表情，顿时明白过来，他约自己出来是有事找自己，顿时心头一沉。

“你是有话要问我吗？”她问。

“是的。”郭庭辉放下手中的咖啡杯，握了下拳头，张开嘴，正要说话。

突然，林兰抢先一步发问：“问晶晶的下落是吗？”

郭庭辉一愣，点点头，“我打过电话给她妈妈。她家里人依然是完全地封锁消息。”

“呵。”林兰冷笑一声，用充满讥讽的语气说，“我从不知道你还是个痴情种子，两年了你竟然还对她念念不忘。而当年你去了美国还不到半年就移情别恋，抛弃我了！我到底哪里比不上她？”

“你并没有比不上她，甚至很多地方你比晶晶强得多。我不知道要怎么解释我对她的执着。”郭庭辉尝试解释，却完全找不到合适的词句来表达。

“我不知道，我也不想知道。”林兰抓起包起身要走，郭庭辉伸手抓住她的手腕。

“林兰，我想和你谈谈，我们必须把这个结打开。”

林兰冷漠地调转头来冷笑道：“你有结吗？又或者是你们有结？但我没有。”

林兰这才发现，有些伤痛、有些仇恨是时间抹不去的。

“你没有结吗？如果你没有结，就不会变得如此尖酸冷漠！”

“我尖酸冷漠？郭庭辉，你摸摸你的良心，你对得起我吗？”

林兰提高了声量，引得四周客人纷纷投来好奇的目光。

郭庭辉拉了她到自己的办公室里，关了门。

“林兰，我知道是因为我，你才变成今天这样。你麻木地生活着，我甚至可以说，这两年里你连一个正儿八经的男朋友都没有。所以我今天一定要和你把心结解开，为了你，为了我，为了所有人。”

林兰倒在沙发里，痛苦地支着头，没有反驳是因为她知道他说的是事实，两年前的伤痕太深，以至于彻底地改变了她的人生观。她麻木地活着，像台机器，强迫自己不去想那不堪的往事，也强迫自己积极地生活，可是那些都是刻意的伪装。

郭庭辉叹了口气，摇摇头道：“这两年来，你变了那么多，难道就从来没有想过是为什么吗？”

“呵，拜你们所赐。”林兰轻笑。

“不，是因为你在意，你放不下的并不是我不爱你，因为我们早在很多年前就分开了，而你后来依然可以和高咏谈恋爱，谈婚论嫁。你心里明白，我们的故事早在我们二十六岁那年就结束了，所以我并不是你不能重新振作的原因。”

林兰缓缓抬起头来注视他。

郭庭辉接着说：“你尖刻，你冷漠，你逃避，是因为你爱晶晶，你矛盾，所以你痛苦，你对晶晶的信任、友爱远远超过对我的爱意。”

他吸了口气，接着说：“你一方面爱着她，思念着她；另一方面又恨着她，嫉妒着她。你怎么会过得好？林兰，一个人是不可能背负着仇恨去寻找幸福的。”

“她不该骗我的。”林兰直愣愣地瞪着地板。

“她没有要骗你，她是真的不要我，是真的要撮合我和你。是我纠缠她。”

“不要告诉我你有多爱她。我不想听！那会让我觉得自己很失败！”林兰站起身来，眼中泛起泪光。

“失败？得到我就是胜利，失去我就是失败？”郭庭辉摇头，“你太抬举我了。我并不是什么霸道总裁、风流少帅，我只是一个普通人，甚至还不如普通人，被我爱上并不是什么幸运的事，你是经历过的。”

林兰沉默不语。

郭庭辉又道：“其实你是知道的，晶晶并没有抢你的男人，因为当时我并不是你的男人。我说这些并不是要替晶晶说话，而是希望你能跨过这个坎，好好生活。”

良久，屋子里一片安静。郭庭辉燃起一根烟，深吸了一口，喷出一股烟雾。

“你今天约我出来，是为了打探她的下落是吗？”林兰走上前，看着烟雾后面的这张漂亮脸孔。

“是，也不全是，都已经两年了，我和晶晶也已经结束了，再浓烈的感情也会被时间冲淡的。我们又不是生活在小说里，或许她已经有新的男朋友了。”

郭庭辉转身朝烟灰缸里弹了几下烟灰。

“那你呢？是不是也已经有了新女友？”林兰问。

“呵。”他轻笑，摇摇头，“还真没有，这两年只顾着工作，能睡足六个小时，我就心满意足了，哪里还有精力去泡妞？”

“你竟然熬得住。”林兰斜睨了他一眼。

“呵呵，我一向定力很好的。”

林兰暗叹，就这一点郭庭辉就比当下大多数的男人要好不知道多少倍。

郭庭辉摁灭烟头说：“今天约你，也是因为我想和你好好谈谈，我对你一直有亏欠感，八年前我欠你一个道歉，两年前我欠你一个交代，所以我想在我离开前化解我们之间的恩怨。”

“离开？去哪儿？”林兰惊讶道。

“好几个国家，去找一些合适的作品和画家，可能要去半年左右。”

“半年？！那你的咖啡店和画廊怎么办？”

“咖啡店由我表姐暂时打理，她是个很可靠的人，非常有头脑。画廊……李婷和她母亲会帮我照看，她们是股东。”郭庭辉抬眼看了看林兰。

“哦——原来如此，我还当真忘了还有一位李小姐。”林兰冷笑着耸了耸肩头，觉得自己待着也是多余，背起背包就告辞，“看来你的生活越过越好了，事业顺利，财运亨通，还有美人相伴。多谢你还记得有我这么个前女友的存在，哦，你看我多蠢，我忘了你找我来并不是为了纪念我俩的过去，而是为了要打听晶晶的下落。”

林兰拉开背包，从包里拿出那张明信片扔在办公桌上，“拿去吧，她在意大利，但是具体在哪儿我不知道。你有本事就去意大利找她吧，我不想再夹杂在你们的破事中间。”

林兰转身要走，郭庭辉站起身，快速上前挡在门前。

“林兰，原谅我，原谅晶晶吧！”他终于说出自己邀她来的真正目的。

“原谅你，原谅晶晶？为什么？有必要吗？”

“当然有，你恨我，恨晶晶，你不会快乐，我会一直心有愧疚，而晶晶会一直消失下去。”

郭庭辉再次尝试劝说。林兰咬着唇望着他良久，这张脸，英俊如故，随着时光的推移，更增添了几分成熟的魅力，清澈的眼眸，光滑的肌肤，分明的轮廓，曾经，她是一心一意想要嫁给他的啊，怎么就会变成今天这样不伦不类的局面了？

“我们……还有机会吗？”她轻声问。

他叹气，无奈地摇头，“林兰，你需要婚姻，而我没有……”

“好了好了，别说了。”林兰打断他，“你们男人拒绝的时候总喜欢拐弯抹角，自以为仁慈，其实女人只想听一句实话而已。你直接说不爱我不就行了么？”

郭庭辉看着眼前一脸烦躁的林兰，只觉陌生，曾经温顺乖巧，有点小性子的可爱小女生，不知道什么时候已经变成了老辣尖刻的大女主。

想想还是算了，自己的一番好意可能是被曲解了，再说下去也只能是越描越黑。

他泄气地松开了林兰的手臂。林兰却没走。

两人沉默片刻，林兰吸了口气，略有些颤抖地问：“你是真爱晶晶吗？我要听实话，不要敷衍我。”

郭庭辉抬起头，眼中燃起一小撮火焰，却又很快地垂下眼皮。

“我……不知道，这两年里我一心扑在事业上，几乎没有时间去考虑感情问题，但是我也不知道什么时候开始就养成了买杂志的习惯了。”

他踱步到办公桌前抓起一本女性杂志翻了翻，自嘲地说：“我们这代人生活在善变的时代，对感情都是敏感多疑，小心谨慎，甚至是麻木唾弃的也大有人在。爱情是奢侈品，对我而言高不可攀，从不敢轻易将一段感情关系定义为这个神圣的名词。”

林兰不屑地呵笑一声，“郭庭辉，你真好笑，简直就像是琼瑶戏的男主角，满口说的都是电视剧里的对白。我从不知道你是个这么多情的人。我也爱看电视剧，但是从来不会把戏和现实混淆在一起。”

走到他面前，林兰一把夺下他手中的杂志，扔在桌子上，又拿起桌上的那张明信片，塞到他手中。

“好好看看这张明信片，把你的那套浪漫主义丢一边去吧。你若是爱她，就鼓起勇气来去找她；你若是不爱她，就趁早拉倒，谁没了谁还活不下去？”

郭庭辉懵了，看着手中的明信片和那秀丽的字迹，心中一阵阵暗潮涌动。

“好好想想吧，如果你决心要去找她，就打电话给我，我帮你们一次，算还了她当初帮着撮合我们的情，也还了我打她的那一巴掌的债，从此两不相欠。我再也不要见到你们。如果你想不明白，那就拜托你放了我们，过你自己的快活日子去吧。”

林兰大踏步地离开了，郭庭辉拿着明信片踱步到窗边，叹了口气，抬头朝窗外看去……窗外是热闹喧嚣的大马路，行人匆匆，车流滚滚，店铺林立，高楼指天，这些都是现实的，物质的，几乎所有人都在为这些生不带来死不带去的东西忙碌着，包括他自己。

爱情，还存在吗？就如林兰所说，自己骨子里其实是一个浪漫主义者，不结婚的根本原因就是看了太多分分合合的故事，不再相信有天长地久，白首偕老，即使有，也是买彩票中奖的概率，而他就是这么一个笃信一生一世却不信幸运会降临到自己头上的人。

所以还是不结婚保平安吧……

郭庭辉长叹一声，下意识地将明信片轻轻地放在唇上……

十二月的欧洲已经有了浓浓的节日气氛，喜欢聚会的意大利人更是提前进入过节的状态，大街小巷、大小店铺都开始挂起圣诞节的装饰品。

佛罗伦萨附近一个小镇上的语言学校里也忙着布置圣诞树，几个来自不同国家的学生和学校工作人员一起往圣诞树上挂各种饰品，时不时发出阵阵笑声。

这所学校不单教授各种语言课程，因为附近有世界著名的佛罗伦萨国立美术学院，有很多留学生打算通过了语言课程后，进入这所学院攻读绘画、设计类的专业，所以学校还推出了绘画班，为这些留学生提供一个修习美术的地方。

教室前方坐着一位男性模特，十几个学生齐刷刷地拿着画笔在画板上画着素描，老师在一旁指点着。

这个国家，这个城市，这个小教室里，处处充满了艺术的气息，似乎连空气里的微生物都是有艺术细胞似的。

这里是和大上海完全不同的世界，上海属于摩登、繁华、高速、名利的，而这里，节奏缓慢而宁静，只属于艺术和美。

梁晶晶站在教室靠窗的位置，一身宽松随意的衣服，手中的铅笔在画纸上快速地打着阴影，嘴上还衔着一支铅笔，耳朵里塞着耳机，一缕微卷的刘海垂在前额，明亮的眼睛全神贯注地盯着画纸。

她画得很认真，全身心地沉醉在画纸上，只不过……她的眉头轻蹙，压根就没有抬头看那个模特。

阳光从窗外打在她的身上，让她看上去如梦似幻，她本身就是一幅画。

她太专注了，以至于完全没有留意到教室里来了陌生人，没有注意到那个陌生人在与校长和老师一番交流后，悄悄地让周围的同学都退出了教室。

不知过了多久，她才感觉到身后好像站了一个人，还能是谁？肯定是老师吧，她想，摘下了耳机，眼睛依然注视着自己的画作。

“对不起，我想我画得很糟糕……”她轻笑着用有些生硬的意大利语说。

身后的人吸了口气，用中文回答：“的确是很糟糕，完全不像。”

这声音，这深沉磁性的男声，这温柔熟悉的嗓音！

这在她脑海中回旋了两年多的声音，像是从天堂中传来，怎么可能？怎么可能？怎么可能？

手中的铅笔掉在了地上，她猛地回头看，眼睛睁得大得不能再大，连呼吸都暂停了……

郭庭辉？！郭庭辉？！！郭庭辉？！！！她的脑子里充满问号，又充满惊喜……

“晶晶……”他声音微颤，伸出手掌轻轻地放在她的脸颊上。

瞬间，他掌心的温度、他身上的香气让她明白，一切都是真的，他来了，他来找她了，不用任何的言语解释，他已经用行动证明了一切。

滚烫的泪珠从她的眼睛里滚落出来，他用拇指轻轻拭去她的眼泪，一把将她搂在怀里，将她的脑袋摁在胸前。她顺从地依偎进他的怀抱，紧紧抱着他。

于是，她在他怀抱里泣不成声。于是，他拥着她，揉着她，吻着她，一切尽在无言中……

他捧起她被泪水浸泽的脸，火热的嘴唇亲吻着她的，这是他自己都没预料到的场景，一切都是那样的自然，发自内心。

她回应他，感觉自己像是回到了港湾，轻啄，变成了轻碾，变成了深吻。

此时他们才正视起这两年来心底对彼此的呼唤……

他们沉浸在只属于他俩的世界里，忘了身在何处，忘了矛盾痛苦，忘了教室外还有一个人正用冰冷的眼神看着他们。

林兰，她是陪着郭庭辉来意大利找梁晶晶的，一来她心底里还残存着一丝与郭庭辉复合的希望，另一方面她也想见见曾经亲密无间的好友是否安好？

说到底，一句话，不到黄河心不死。

可是一路上她都没有能够从郭庭辉的眼睛里找到一丝的情愫，一切都变了，她知道，他即使看着她，眼中也没有她。

下了飞机，林兰在失望的情绪下，说服了自己放弃郭庭辉。

她原本以为既然自己已经放弃，或许和梁晶晶的友情还能再续，可是当她面对眼前的画面，心中虽然有种释然，却依然无法上去面对梁晶晶。

她知道，郭庭辉和梁晶晶是真心相爱，自己和郭庭辉已经彻底结束了，今生今世再不会有故事，或许有一天她会原谅梁晶晶，她俩还能做朋友，但是伤痕太深，要再恢复到原来的亲密程度是不太可能的了。

在教室门口站了一会儿，她悄然离去……

屋里的两只爱鸟依然沉醉在爱河之中，早就忘了天地日月……

“我爱你，晶晶，我爱你。”他在她耳边低吟，“我不知道我这是怎么了，两年了，两年了，怎么会这样？我从来不知道爱情到底是什么样的，但是这么长的时间，我都无法忘记你、放下你，如果这还不是爱情，那么我想这个世界上就根本没有爱情了。”

梁晶晶止不住地哭，泪水将他胸前的衣服染湿一大片。她一边哽咽，一边结结巴巴地说：“我以为我早就放下了的，我以为就算你脱光了站在我面前，我都不会动心了。”

郭庭辉嗤笑，将她拥得更紧，手指插进她蓬松的发丝里，在她额头上一吻，“你知不知道你画得太糟糕了，一个意大利男模，你居然会画成我的样子。”

梁晶晶依偎在他的怀里，转头看着画板上自己的素描作品，可不是么，自己全神贯注之下，竟然将心中郭庭辉的样子画在了纸上。

“扑哧——”她破涕为笑，娇羞地贴在他的胸膛，“家里更多……”

“傻子，这么想我为什么不给我打电话，让我苦苦找了你两年？你知不知道你爸妈的电话都快被我打爆了，我被你爸妈训了不知道多少次，但是他们死活不肯告诉我你在哪儿。”

“我知道，是我让他们别说的。”

他曲起手指，用指关节轻轻在她头上敲了两下，“你可真够狠心，这么折磨我，考验我。”

“对了，你是怎么找到这儿的？”她疑惑地抬头问。

“这事还得感谢林兰……啊，对了，林兰……”郭庭辉一惊，赶忙拉了梁晶晶出了教室，却已不见了林兰的踪影。

“林兰？林兰也来了？”梁晶晶愕然，下意识地要甩开郭庭辉的手。郭庭辉却将她抓得更紧。

“晶晶，我和林兰已经冰释前嫌，我们不用再逃避她了……不过，有些事，我们还是需要找个安静的地方好好谈谈的。走，带我去你住的地方看看。”

“可是……可是……”重逢的激动和狂喜渐渐平静下来，很多问题又浮上脑海。

郭庭辉回到教室，拿起梁晶晶的背包，两人往门口走去。

梁晶晶的绘画课老师马克上前来，拍了拍郭庭辉的肩膀笑道：“恭喜你们重逢啊，说真的我可是追求过她的，但是她拒绝了我。”马克无奈地耸耸肩。

郭庭辉转头笑着瞪了梁晶晶一眼。梁晶晶是一头雾水，怎么马克和郭庭辉熟悉得像是老朋友一样？

郭庭辉也拍了一下马克的手臂，“如果她被你追走了，我会和你决斗的，哈哈。”

“哈哈，不敢。”

“过两天，我请你吃饭。”

“好。”

“你俩认识？”梁晶晶问。

郭庭辉神秘地眨了眨眼，“待会儿告诉你。”

两人说笑了一阵，郭庭辉便带了梁晶晶离开了。

来到梁晶晶住的小租屋，开了大门，梁晶晶先探了半个脑袋进屋，看到大厅里没有人，才赶紧拉了郭庭辉进屋，往自己的小卧室里跑去。

郭庭辉哭笑不得，“我们又不是偷情，我有那么见不得人么？”

“嘘——”梁晶晶紧张兮兮地拉了郭庭辉走进自己的小卧室，赶紧把门关起来。

“这里住了四个妹子，我不想她们看见你。”

“干吗？怕我被人抢跑了？”他脱了外套，笑着坐在床上，一把将她拉到自己的腿上。

“她们都是十八九岁的小姑娘，我这半老徐娘可争不过她们。”梁晶晶微噘着嘴。

“哈哈哈哈，你可真逗，之前把我晾在中国一晾就是两年，不怕我跟别人跑了，现在怎么紧张起来了？”

梁晶晶没有笑，只是深情地看着他，主动地吻他的唇，抚摸他的脸颊、颈项。

“因为你找到了我，因为你占领了我的心城，因为你让我相信你爱我……因为……我爱你……”

像是听见了绝美的诗句，像是听到了天使的歌声，他心头激荡，心海翻涌起万丈巨浪，原来这就是爱情，这就是爱情……他第一次那样希望能够与一个女人长相厮守。

猛地一把将梁晶晶抱起，转了个身，将她压在床上，不再需要言语，他们需要的是把内心那炙热的爱情用行动表达出来，他们想要再一次地结合在一起。

他的亲吻使她全身滚烫，就如两年多前的那个激情的夜晚，他的手灵巧地深入她的衣物里，在她的柔软弹性的肌肤上揉抚。

“晶晶，你让我疯狂，两年了，我对其他女人一点兴趣都没有，我都怀疑自己是不是有病了。可是一碰到你，我就无法控制，你是怎么做到的？你对我施咒了吗？”

梁晶晶却隔着衣服握住了他的手。

“庭辉，有些事我必须弄清楚，不然我心里总是有根刺。”她坚持。

郭庭辉吸了口气，伏在她身上，爱怜地抚摸她的脸庞，这是一张现在很少能看见的纯天然、清秀干净的脸，淡淡的妆容，已经足够让她赏心悦目了。她看上去像纯净的山泉，却拥有顽石般的意志和勇气。这令他佩服她，迷恋她。

亲吻了一下她的下巴，他拉着她一起坐了起来。

“告诉我，我走后发生了什么？林兰怎么了，她还好吗？她也来意大利吗？”

郭庭辉圈她在怀里说道：“你走后我一心投在事业上，并没有任何花边新闻，除了李婷有找过我。她去了美国半年，后来知道我因为她的缘故，事业被他父亲打压，所以决心回国帮我创业……”

“她还是爱你。”梁晶晶酸溜溜地说。

“呵呵，谁叫你不要我？”

梁晶晶一挑眉峰，“哎，这是我俩待会儿要算的账，你先把你那边的事说完。”

郭庭辉爱透她的小辣椒性格，捏了下她的鼻子继续说道：“她的确帮了我很多，后来她母亲也觉得李万做得太过分，所以也出手帮了我一把。所以我的公司起步很顺利。我开了一家咖啡店和一家画廊，这次出国原本是要先去美国和东南亚，然后再到欧洲收购一批画作，并签一批年轻画家的。出国前，我约了林兰到我的咖啡店，一来想打听你的消息，二来是想和她解开心结。她给我看了你寄给她的明信片，一番口舌之下，她有了些让步，说让我想清楚，如果是真的爱你，就打电话给她，她尝试帮我找你，如果不是真爱你，就趁早拉倒。”

“所以……你想了多久？”梁晶晶将头偎在他的颈窝里。

“一个星期。”郭庭辉吻了一下她的额头，“我一边工作一边考虑我对你的感情，我发现我根本就放不下你，除了工作，我的心里都是你。”

“肉麻！”

“是啊，你要我说实话，我只能肉麻了。”他笑了笑，“我打了电话告诉林兰，我对你是认真的。”

梁晶晶坐直身子，皱起眉头轻叹，“你怎么可以这样告诉林兰？她会很伤心的……”

“不，晶晶，你错了。”郭庭辉打断她，“这两年我想了很多，我觉得解开心结的唯一方法就是对她坦诚。就像开刀动手术，必须把皮肉划开，取出坏死的组织，然后才能愈合。这个过程虽然痛苦，总好过一直隐忍忽视，任由坏死组织继续腐烂。而且我也希望林兰能够放下心中的嫉恨，好好地去生活。”

梁晶晶从床上站起来，走到窗边眺望着窗外意大利的冬日，“后来呢？”

“后来她答应了帮我，就去了你家，亲自拜访了你的父母，可是你父母依然不肯透露你的地址。”

“是的，我妈和我说了，我不想再掉回原来的泥沼里，所以让他们不要说。”

“可是你妈妈最终还是说了你在佛罗伦萨国立美术学院附近的一家私立语言学校学习语言。我立刻和林兰一起上网找了学院附近所有的语言学校的电话和地址，分头给这些学校打电话，找了大半个月，最终是林兰找到了这家学校。

“也是天意，为了找你，我联系上了我在意大利的一个画家朋友，呵呵，就是马克，他一听到我要找你，大吃一惊，说你是他的学生，真是皇天不负有心人。于是我和马克约定让他先不要让你知道我在找你，因为……我怕你会再次逃跑。”

他走上前从身后拥住她，耳语道：“我真的怕你再次人间蒸发。”

她微笑着偎进他的怀抱，伸手轻轻摩挲他的脸颊。

郭庭辉接着说：“后来我就和林兰一起从上海飞来意大利找你。”

阳光打在梁晶晶的脸上，在她白皙的肌肤上笼上一层光亮，说不出的圣洁清冷，然而在她的内心却是波涛汹涌，是什么样的缘分，是什么样的努力，是什么样的感情，让他花费如此多的精力寻找自己？在这个浮躁虚荣的年代，在这个爱情被轻视、被物化的年代，他竟然能做到这样，实属难能可贵了，自己还能要求什么？

郭庭辉将她拥紧，“怎么不说话了？”

她微笑道：“我感动了，为你和林兰。庭辉，我想见见林兰。只有和她化解了矛盾，我才能敞开心扉地去爱你。不然，我始终无法坦然面对你。”

“好，我打电话给她，今晚我们一起吃顿饭，把所有的恩怨情仇都了结了。

不过……”

“不过什么？”梁晶晶转过身来看他。

他嘴角勾起一个极魅惑的笑容，“你先亲亲我。”

她脸上一阵红晕，耳朵发热，举起拳头轻捶了他一下。原来女人无论多少岁，在心爱的男人面前都会娇羞心跳的。

攀住他的脖子，她踮起脚尖，亲吻他的嘴唇……

那天晚些时候，郭庭辉正要给林兰打电话的时候，接到了林兰发来的短信：

“你们终于重逢了，我知道你们相爱，相信你们会善待对方，希望你们不要再弄丢了彼此。我知道这个时候我应该给你们祝福，但是恕我平凡，我做不到。所以，我选择离去，放心，我不会再歇斯底里地哭笑，更不会去寻死，我只想放下一切，去寻找自己的人生路。你们请自珍重，或许有一天我找到了属于我的爱情会再回来向你们炫耀我的幸福，但是现在，我这只‘单身狗’并不想吃你们的狗粮。再见了，我会在欧洲转一圈，然后回国，勿念！”

看完林兰的短信，梁晶晶还是难过地落下泪来。郭庭辉坐在她身边，紧紧搂住她的肩膀。

良久，梁晶晶长叹一声道：“她还是不原谅我，还是不愿意见我……”

“她帮我找到你，就已经原谅我们了，只不过是心情还不能完全平静。”

梁晶晶抬头看他，叹了口气，“你真是‘红颜祸水’，妖孽。”

郭庭辉哭笑不得，“好好好，我是妖孽，我知道你会算命，要不大师就把我给收了吧，省得我四处害人。”

梁晶晶“扑哧”一声，破涕为笑，“本大师法力低微，降不住你这个千年男妖。”

郭庭辉哈哈大笑，抱紧她亲了又亲，“我给你一个能降服我的法器，你要不要？”

“法器？什么法器？”梁晶晶睁着水汪汪的眼睛好奇地盯着他。

他拿出纸巾，怜惜地捧着她的脸，帮她拭去泪痕，卖关子道：“不告诉你。哈哈。”

“快告诉我。”她逼问。

“不行。”他笑，“除非你跟我走。”

“去哪儿？”

“我可不想在女生宿舍里和你重温旧梦，我要一切都完美。”他看了看她这间小得像豆腐块似的卧室直摇头。

她不明白他在说什么，懵懂地望着他。

“打电话给房东，说你要退房。”

“什么？那我住哪儿？”梁晶晶站起身来，“我找了好久才找到的房子。你看位置好，离学校近，离我打工的地方也近，房租还便宜……”她急促地解释着。

“你怕我让你露宿街头？”他拉她到身边。

“庭辉，我想考美术学院，一年要三万五千欧元的学费，四年下来就是十四万欧元，一百零五万人民币，还没算现在语言课的费用。我上海的房子卖了六十多万，还差好多好多……我现在打工的钱刚好能负担我的生活费……我没有多余的钱租更好的房子了。”

“晶晶，晶晶……”他轻柔地唤住她，揽过她的腰，让她坐在自己的腿上，认真地凝视她，“我们分开那么久才决心在一起，我不希望因为金钱而把我们分开。”

“我知道，我不会因为钱而离开你的，但是……”她忧愁地说，“但是我们也不是生活在童话世界啊。”

“我还不至于浪漫到有情饮水饱，虽然我没有以前那么富有了，但是一两百万还是拿得出来的。”

“不！”梁晶晶惊愕地从他的腿上弹起来，脑袋摇得跟拨浪鼓似的，“我不能花你的钱，哪怕我们是男女朋友，我也不能受你如此大的恩惠。这不行。”

郭庭辉又把她拉到自己的腿上，双臂圈住她，深切地凝视她，“知道我为什么一定要找到你吗？知道为什么在那么多诱惑围绕之下，我还是独独钟情于你吗？”

这还真是她想知道的问题，自己比不上林兰的时尚优雅、莫莉的年轻漂亮，更比不上李婷的美丽富有，三十三岁的自己简直是一无所有。她真的不知道郭庭辉到底看上自己什么了？

郭庭辉轻笑两声道：“因为你是第一个把支票摔在我脸上的女人。”

啊？！梁晶晶愣住了，眨巴眨巴眼睛，想起了之前那二十万的支票，突然忍俊不禁，紧紧拥住他。

“庭辉，我爱你，我好爱你。”

他用力回抱她，“我也是，我交往了那么多个女性，每一个都是那样心安理得地花我的钱，包括林兰在内。可是我却要想尽办法给你塞钱，最后还被你把钱摔在脸上。你可真是让我大开眼界。”

两人不禁一起感慨地笑起来。

“对不起，对不起，我有时候脾气不太好。你会不会觉得我太粗鲁了？”

郭庭辉摇头，吻她的耳朵，“不，是我太迟钝、太自私，完全没有考虑到你的困境和立场。”

她突然觉得他的怀抱好温暖、好安全，有种可以完完全全把自己交付给他的冲动。

郭庭辉说道：“晶晶，如果你爱一个男人，就要给他机会来照顾你，给他机会来表达他对你的爱。这里面除了关心体贴，还包括金钱，知道吗？我给你钱，不是想要显摆我的财富，或者想要花钱包养你，我只是希望通过金钱给我的女人更好的生活条件，我不希望你住在这破旧的地方，我不希望你为了金钱而烦恼，这些是我作为一个男人需要为你做的。如果你不给我这个机会，我会觉得你是在拒绝我的爱情。”

她被他说得一时间无法接话了，其实从她在教室里再次见到他，她的脑子就是迷糊的，像是被灌入了爱情的糖浆。

“晶晶，相信我，我不是一个轻易做出承诺的人，但是如果我承诺了，我就一定会做到。安心地做我的女人，开开心心地做你想做的事，不要为钱发愁。”

“可是……你不是也不太宽裕吗？”

他笑了，“终于为我想了？”

她羞愧地低下头，是的，这么多年来她一直躲着他，从来没有为他想过。

“庭辉，我以后都为你想，事事以你为先，你相信我吗？”

“当然，当年你对卫蓝的迷恋，我是亲眼所见。我想你对我不会比对他差的，是么？”

她的脸更红了，圈住他的脖子不停摇头，“不不不，我会对你很好很好的。我和卫蓝的爱情太青涩、太幼稚了，如果我当初爱卫蓝一百分，那么我现在爱你就是一千分，一万分。”

“我相信。”他亲吻她的鼻尖，“哦，对了，你知道卫蓝结婚了吗？”

“知道，他有天晚上喝醉了，打电话给我妈……唉……”

“好了，我们不说这些了。”他打断她痛苦的记忆，微笑道，“我们要谈的是未来，不是么？”

她深情地望着他，从心底里发出最真诚的声音：“是的。”

托斯卡纳的阳光和煦温柔地照耀在这对历经波折的情侣身上，光圈层层叠叠地围绕着他们，像是天堂的圣光。

郭庭辉让梁晶晶陪着自己参观各地画院，并参加与画家的合作谈判，收购画作的行动。梁晶晶快乐地跟随他，他打开了她的眼界，让她看到了一个崭新的世界。

郭庭辉是有意让她进入自己的事业圈里，他希望她能完全融入他的世界里来。

果然，梁晶晶没有令他失望。她一边学习，一边跟着郭庭辉做起鉴画、收画的生意来。很快，她决定放弃报考美术学院的计划。

“我真是傻，怎么忘了你爸爸不就是美院的教授吗？而你更是美院的高才生，想学画画让你教我不就行了。”

郭庭辉笑道：“是啊，除了不能给你一张正式的文凭，我自信还是能教会你这个笨学生的。”

“哼，你居然说我笨？”梁晶晶攀上他的肩头轻咬了一口他的耳朵，“信不信我把你咬成一只耳？”

郭庭辉哈哈大笑。

这就是他们私下里的甜蜜生活。

郭庭辉渊博的知识、温文尔雅的谈吐，当然，还有他出众的外表，令她对他眷恋日深。

梁晶晶为他写文案，为他料理生活琐事，他工作之余就教她画画。

夜晚更是无尽缠绵诉相思……

只是有一件事让梁晶晶觉得奇怪……

夜里，抱着他大汗淋漓、才刚激情释放的身躯，她亲吻着他的额发。

“庭辉，你怎么不再提避孕的事了？”她轻问。

他喘息着，伏在她起伏的胸口上说：“不知道为什么，我现在觉得有孩子也不错。”

他累了，从她身上翻下来，又拉了她到怀里，心情舒畅地进入了梦想。他们的重逢令他太愉快、太幸福，完完全全忘记了梁晶晶生理上的问题。

梁晶晶再也睡不着，一颗心沉入湖底，难过地抱紧他，将脸紧紧贴在他的胸口。

天，他想要孩子了……她曾经因为他要她买避孕药，不想要孩子而伤心难过，可是如今，他要孩子了，自己依然伤心难过。

爱情再伟大也没有资格剥夺一个女人成为母亲，一个男人成为父亲的权力啊！

接下来的日子，她变得寡言少语，常常看着郭庭辉发呆。

郭庭辉忙着各种业务洽谈，并没有留意到她的变化。

在意大利逗留了一个多月，郭庭辉收获很丰富，一些画作只是用邮件形式发了照片到上海和美国，就已经有买家下了定金。当然他知道这是得益于李家的帮助。

带着成功的喜悦，郭庭辉举起双臂大大地伸了个懒腰，仰天呼出一口气，当真是舒畅。这是自然的，对于男人来说有什么比事业感情双丰收来得更快活？

“晶晶，晶晶——”他唤她。

她端了一个水果盘来到他身边。他一把将她揽到腿上，重重地亲了她一口，略带得意之色道：“一切都安排妥当了，第一批货已经启运，网站也搞定了。第一笔定金五十万已经到账了。”

“那么多啊？！”晶晶惊问。

“哈哈，这是少的，还不到我以前一票的零头，因为我们画廊才刚成立，公司的名气、声誉都是要靠时间累积的。不过这是一个良好的开端。我有信心越做越大。”他的眼中满是对事业的追求。“不过，我有一件事要告诉你，听过之后你别生气好吗？”

“什么事啊？”

“这次能够这么顺利地把画卖出去，李婷出了很大的力，回去后我得好好谢谢她，你会不会吃醋？”他弯着眼睛，意味深长地审视她。

“哦？怎么谢？要以身相许么？”

“你同意吗？”他笑意更深。

“你！你这妖孽，去死！”梁晶晶推了他一把，站起身来。

郭庭辉哈哈大笑，起身从背后抱住她，“逗你玩的，你这醋劲真够猛的。”

梁晶晶却完全笑不出来，她的心情沉重已经不是一天两天了。醋劲过去，她觉得还是应该把话讲清楚得好。

“庭辉，刚才是我一时吃醋，不过我是认真的，我觉得……李婷比我更适合你，有她帮你，你可以少奋斗二三十年……”

“喂！”他把她调转过来，沉下脸，“你如果是吃醋，我很高兴；你如果是开玩笑，我也可以原谅你；但是如果你是说真的，拜托你还是省口气吧。”

“可是……”

“可是什么？我是傻子吗？我不知道李婷的家世吗？我不知道李婷能让我

少奋斗几十年吗？她爸妈都已经明码标价了，我还不知道自己如果娶了李婷能有多大的利益吗？我需要你来告诉我？”郭庭辉生气地嚷道，“我的话还没说完你就打算把我送人了？之前是送你闺蜜，白白浪费了两年多的时间，现在又想把我送给李婷？”

“哎哟，你这么生气做什么啦？我是在替你想啊……”

“好了好了，拜托你还是替你自己想想吧，我也是中了邪了，怎么就不变心呢？也是怪事。我原本心情老好的，现在被你搞砸了，开心了吧？我去洗澡了。”

郭庭辉气呼呼地跑去浴室洗澡。梁晶晶站在卧室里有点丈二和尚摸不着头脑，自己也没说什么，他怎么那么大的火气。

那天晚上，他完全没有了之前的恩爱，背对着梁晶晶沉沉睡去。而梁晶晶也是心事重重，没有心思郎情妾意，在他耳后根轻轻吻了一下，便也转过身去睡了。

第二天一早，梁晶晶是在一阵极为轻柔、悠扬的钢琴声中缓缓醒来的。迷蒙着眼，她看到落地窗纱帘后是一片淡淡的晨雾，朦胧中，远处薄薄的云层已经被即将跃出地平线的太阳染成了朝霞……

她的耳朵里溢满了《晨曦》美妙的音符。这首曲子是他第一次接她去看画展的路上，在他车里播放的，她从此爱上了这首曲子，爱上了他……

美景、美乐……还有一个美男子，穿着一件白色的衬衣，随意地敞着领子，下身是一条裁剪精致的黑色西裤，修长挺拔的身子轻靠在窗边，一手插在裤袋里，一手拿着一朵娇艳欲滴的红玫瑰，放在鼻子下。他正侧着脸看着窗外的美景，晨曦之光照耀在他身上，让他看上去像一幅画。

“庭辉？”她轻柔地唤道，虽然郭庭辉看上去俊美英挺，但是一大早就穿得那么讲究实在有点奇怪。

郭庭辉转身对她笑，缓步走过来在她的额头上印上一吻，温柔地说：“快去梳洗，今天带你去个好地方。”

“你不生气了吗？”

他微笑摇头，“永远不会。”

梁晶晶揽着他的脖子在他脸上亲了一下，就起身跑去浴室梳洗。

待她再出来时，不禁大吃一惊。

郭庭辉已经不见了踪影，床中央是一张卡片和适才在郭庭辉手中的那朵红玫瑰。

梁晶晶赶紧伸手抓起卡片，打开一看，里面写着：“找到能够封印我的法器，将我永远封印在你的心城中。”

这个郭庭辉搞什么鬼，梁晶晶一边埋怨，一边却兴致勃勃地在酒店房间里搜索起来。

法器？难道是佛珠？木鱼？八卦镜？桃木剑？梁晶晶在房间里转了一圈也没见到有什么法器。

回到床前愣愣发呆，视线落在床上的玫瑰花上，她灵光一现，顺着玫瑰花花朵所指的方向望去，只见在纱窗背后隐约有一个红色的首饰盒。

首饰盒！女人天生对首饰盒的敏感与直觉，顿时令她的心“咚咚咚”地快跳起来。每向前一步，她都觉得是踩在自己的心脏上，让她觉得可能下一秒自己就要缺氧而死。

窗外的太阳已经升起，金红色的光芒，打在窗帘后那个小小的首饰盒上，就如一个梦境。

梁晶晶不得不深吸一口气，按住自己的胸口好一会儿，才有勇气拿起那个小首饰盒。

打开盒子的那一瞬，呃？！不应该是一枚闪瞎眼的钻石戒指吗？可是，并没有！没有戒指！

梁晶晶眼睛睁得老大，一脸疑惑地从盒子里拿出一张小纸条。

“行李箱，穿上，酒店后花园宴会厅！”

怀揣着一肚子的狐疑，她打开自己的行李箱，惊讶地发现，里面躺着一条美得令人陶醉的简约风薄纱蕾丝小礼服。

她好似明白了，可是，她又不甚明白，他说过不结婚的，他是不婚主义者啊，难道是自己搞错了吗？难道这一切只是一场游戏？

当酒店侍者拉开宴会厅的门时，梁晶晶几乎被眼前的一切美得窒息。一撮撮的粉红色心形气球在空中轻轻摇摆，铺着洁白桌布的餐桌上，是精美闪亮的餐具，每一桌中央的小花瓶里都有一支香槟玫瑰。

郭庭辉穿着一身定制的深灰色西服站在餐厅中央，敞开的领口里是意大利风格的男士领带，白色的衬衣，一朵香槟玫瑰插在上衣口袋里，帅气得像个王子。

见到梁晶晶穿着礼服呆站在门口，他笑着向她伸出了手。

她走向他，将手放进他的手心里，“你搞什么鬼？不会是要向我求婚吧？”

“不行么？”

“可是你说过你不结婚的啊？”

“我改主意了。”

“那么大的事你也不和我先商量一下。你怎么知道我会嫁你啊？”

他笑着捧起她的脸，低下头来亲吻在她的唇上，笑道：“你穿上这身礼服，就已经答应了，不是么？”

“那可不一定，我昨晚话还没说完呢，我俩之间有一个很大的问题，你不知道吗？”

“什么问题？”他在她唇上轻啄。

“哎呀，你等会再吻我，我快被你吻晕了。”她边享受他的亲吻，边克制着内心的喜悦，强行将他推开一些，扬起睫毛严肃地看着他道，“我告诉过你，我不会生孩子，难道你忘了吗？”

“没忘。”

“我不是开玩笑的，我和卫蓝离婚的主要原因就是这个。”

郭庭辉摇摇头叹息道：“你和他离婚的主要原因是他不懂你，你俩生活理念不同，并不是因为你不会生孩子。”

“庭辉，现在不是辩论我和卫蓝离婚原因的时候，你也是家里一脉单传，我不想断了你家的香火，我不能这么做。而且我也不想将来你后悔了再和我闹离婚，或者偷着跑出去和别人生孩子。”

梁晶晶满脸愁容地摇头，抿得嘴唇发白。她深思了两秒，一咬牙道：“不行，不行，不行！我不能嫁给你，不能。”

她转身要走，却被郭庭辉一把拉了回来。

“梁晶晶！”他喝止她，“你能不能也听我把话讲完？”

他吸了口气，严肃地说道：“我不婚主义了那么多年，你是第一个让我下定决心要结婚的女人。不要说我冲动，这是我花了两年的时间深思熟虑、反复挣扎才做出的决定。我是很认真地向你求婚，这个是一生一世的承诺，除非有朝一日你爱上别人，不然我绝不会和你离婚，绝不会！至今你还不明白我为什么坚持了那么多年的不婚主义吗？那是因为我对现下社会不负责任的婚姻太过失望，太过害怕。在我心里，婚姻是神圣的，爱情是神圣的，是一辈子的事，我要找到那个能够让我爱一辈子、探索一辈子的女人。现在我找到了，你却要我放弃，继续单身主义？”

他的一番说辞，说得她既想哭又想笑。

“告诉我，如果我们分手，你会快乐吗？”他抓着她的肩头，双眸定定地看着她。

梁晶晶摇头，两年了，她跑了半个地球，也无法忘记他，放下他。

他的手臂紧紧将她箍在怀里，生怕她再一次跑掉、消失，“那就嫁给我吧，我不要孩子，我要你，我一直都不在乎孩子的，你是知道的。”

“你不在乎，你父母不会不在乎。再说，我知道你是想要孩子的。我不能做这种不道德的事。”

“不道德？没爱上你之前我连婚都不想结，更别提孩子了。我爸妈是开明的人，从来不会管我的私事的。你难道还不懂我吗？我和你一样，追求的是自己的感觉，我们尊重的是自己的情感。没人理解我们，我们在世俗的眼里是怪人，但是我懂你，你也应该懂我的，不是吗？”

他蹙着眉，顿了顿，用力点了下头，“好，我承认，我现在的确不排斥小孩了，但是我只想要和你的孩子，如果你不能生，那就不要也罢。别人如何我不管，我不是为了繁殖下一代而活在这个世界上的。”

“晶晶，相信我，我不会让你受委屈的，我保证我爸妈不会在意这些，如果他们因为这个排斥你，那我们就离开。”

他的一大篇说辞，说得她既感动又心酸。说真的，自从查出自己有不孕症，她并没有怎么当回事。郭庭辉说得对，他俩是世人眼中的奇葩，他们并不为了繁殖下一代而活，他们尊重自己的情感。

梁晶晶的思绪未定，郭庭辉突然单膝跪了下来，从口袋里掏出一个红色的小首饰盒，打开了，送到梁晶晶面前，“这是降服我的法器，晶晶，请嫁给我。”

虽然结过一次婚，却是第一次被求婚，当年和卫蓝的结婚过程简直如同儿戏。

她的眼前一片水雾，模糊了一切。她是这样地爱他，她无法拒绝，无法否认。她的心是那样的快活啊，简直觉得自己中了头彩。她点下了头，将他扶了起来。郭庭辉既高兴又心疼地再次将她拥进怀里。

正当梁晶晶哭得止不住泪水时，周围突然响起一阵欢呼。梁晶晶抬头一看，原来是马克和学校里的老师同学们。

意大利人热情，掌声、欢呼声绵长不绝，象征幸福的彩纸从天而降，洒落在这对相爱的人身上……

尾声

The End

梁晶晶和郭庭辉订婚后，在欧洲转了一圈，在各地的美景中享受着爱情与浪漫。郭庭辉成功地签下了好几个年轻的画家和作品，并收了几件私人收藏，可谓满载而归。

两人一个月后回到中国，通知了两家长辈，便去了民政局登记结婚。

正当两家长辈商量着要如何办酒席的时候，梁晶晶心情低落了下来。

“怎么了？”郭庭辉敏感地发觉到她脸上的变化。

“庭辉，我不想办婚礼。”

“为什么？我倒是无所谓，不过我爸妈那里还是要顾及一下的。”

梁晶晶点头，“我知道，我不能生孩子已经觉得很对不起他们了，连婚礼都不办的话，真的太说不过去了。可是……如果我的婚礼上没有林兰，我是无法感到欢乐的。我们曾经发誓一定要参加彼此的婚礼的。”

“我明白，那我们就邀请她吧。”

梁晶晶摇头，“我怕她还没解开心结呢。我们这样邀请她不是在她伤口上撒盐么？”

“我真不明白，我有什么好，值得她那么长情？”郭庭辉长叹。

梁晶晶苦笑，捏了下他的脸，“男妖精！”

“哈哈哈，我不管了，反正我已经被法师收了。法师你去处理这些麻烦吧。”

梁晶晶叹气，“其实不是她对你长情，而是她无法接受取代她的人是我。再多的理由，也无法抹杀我们隐瞒、欺骗她的罪过。”

郭庭辉吻了下她的前额说：“总之我一定配合你，支持你，需要我出面的时候就和我说一声，一定照办。”

梁晶晶感激地看了他一眼。那天夜里，她鼓起了勇气给林兰发了一条短信：

兰，我已和庭辉登记结婚，我知道有些错误一辈子都无法弥补，我只能真诚地道歉。我们曾经约定一定要参加彼此的婚礼，但是我知道你不会来，所以我和庭辉决定等你举行婚礼之后，我们再举行婚礼。我相信你一定会找到属于你的幸福的。兰，等你结婚的时候一定要通知我，我希望你能邀请我，哪怕只是作为一个普通的宾客也不要紧，请让我有机会赎罪，有机会祝福。思念你的晶晶。

短信发出去的那一瞬，梁晶晶心跳不已，不知道林兰会不会回信息……一分钟，三分钟，十分钟，一个小时……梁晶晶捧着手机坐在床上期待着林兰能够回复自己。

可是她一直呆坐到凌晨一点，依然石沉大海。

郭庭辉结束了工作从书房走出来，见她神情悲伤，上来安慰她。

“唉，我估计林兰要恨我一辈子了……”

郭庭辉将手机从她的手中拿下来放到一边，摸着她的头发道：“还说自己是法师呢，你修习佛法那么多年难道就不知缘起缘灭自有定数吗？我们都已经尽力了，如果真与林兰缘尽于此，那也只能顺其自然。毕竟林兰有她自己的意志，我们是不能左右的。”

梁晶晶抬头看他，想想也是有理，世事难料，缘分聚散也是天意，如何能够强求？

时间无声无息地流淌，转眼到了初夏时节，因为有经济实力又有贵人相助，郭庭辉的生意快速做大，把之前抵押给银行的别墅又赎了回来。

梁晶晶和郭家二老趣味相投，一会儿和郭妈妈交流弹钢琴，一会儿跟着郭爸爸学习画画。都是搞艺术的人，心意相通，对梁晶晶需要独处创作，不能受到干扰的情况十分理解，只是希望她能注意健康。

被爱又不失自由，让她觉得幸福至极，甜蜜至极。她开始注意自己的作息时间，注意自己的健康。本能的，她想用健康快乐的状态去报答郭家。

晚上，夫妻俩亲热过后，梁晶晶捧着郭庭辉的脸，认真又坚定地道："我们要给你一个孩子！"

郭庭辉眨巴两下眼睛道："怎么又提这茬？我说了一切顺其自然就好。"

"不好，不好，我有毛病，顺其自然怎么会有孩子？"

"哎呀，结婚前不就说好了的吗？有就有，没有就没有……"

"我要做试管婴儿！"她打断他，坐起身，用清亮的嗓音，坚定不移地说。

郭庭辉坐起身来定定地看着她，"晶晶，我不要你为了这个事受罪，你曾经告诉我说，你为了怀孕吃了很多药，几乎天天往医院里跑。我不要你再过这种日子。我只要你开开心心的。"

这不只是情话啊，这是发自他内心的爱怜。梁晶晶扑进他怀里，深深地吻他，感动得眼泪溢满眼眶。

"就冲你这句话，我也要为你生个孩子。别阻止我，你说过永远支持我的。"

"我是说过……可是……"

她又吻住他的唇，"别可是，我需要你帮助我。"

他深情又怜惜地望着她良久，叹了口气，将她揽进怀里，"好吧。"

郭家父母知道小夫妻俩打算做试管婴儿，又燃起了抱孙子的希望。郭妈妈赶紧给梁晶晶买了一堆补品，人参鸡、炖排骨、莲子羹、燕窝、雪蛤轮番上阵，连郭庭辉也逃不过顿顿补品的命运。

"老婆，快来。"郭庭辉把梁晶晶从卧室里拉出来。

饭桌上已经摆满了一大堆的菜肴，郭妈妈笑道："我可是看了很多书的哦，这些都是根据营养师的菜谱做的。荤素搭配，营养健康。"

"谢谢妈。"梁晶晶不知为何看到这一桌子的菜，不但没有什么食欲，还觉得头晕想吐。

但是她不想让老人家失望，坚持着往嘴里塞。

"来来来，吃块红烧肉，庭辉你也多吃点。"郭妈妈兴高采烈地给小两口夹菜。

"好啦妈，你也辛苦了，快点坐下吃吧，我们自己夹。"郭庭辉笑道，"我再吃下去就要发胖了。哎，到时晶晶会嫌弃我的，是不是啊法师？”

他边笑边用肩膀轻轻撞了一下梁晶晶。谁知这一撞，一直在隐忍肉味的梁晶晶再也忍不住，一阵恶心反胃，捂住嘴冲进卫生间不停地呕起酸水来。

饭桌上的三个人你看我，我看你，都一脸呆懵。

“奇怪。”还是郭妈妈先反应过来，“她的样子和我当年怀庭辉的时候一样，一闻到肉味就想吐。”

“可是……”郭爸爸压低嗓门道，“晶晶不是不能生吗？”

郭妈妈蹙起眉头，“是怪了，我最近给她补了那么多东西下去，她好像脸色越来越不好，越来越瘦了。不会是生病了吧？”

郭庭辉赶紧丢下饭碗跑进卫生间，紧紧搂住梁晶晶的肩头。

第二天一早，一家人急急忙忙地赶到了医院，却不知要挂什么科。一阵头脑风暴之后，郭妈妈决心一搏，坚决地挂了妇产科。郭庭辉看着梁晶晶苍白的脸，心如刀绞，只能紧紧地搂住她。

过了一个多小时，一家人拿了报告到医生那儿，紧张地看着医生。

“医生，我媳妇怎么样？”

医生看了一下报告，展开笑容道：“她没事，恭喜你们，她怀孕了。”

“啊？——”

“啊？——”

“啊？——”

郭家一家三口异口同声地发出惊疑之声，把医生吓了一跳。

晶晶也懵了，睁大眼睛问：“医生，我有不孕症啊，怎么会怀上了？不会是搞错了吧？”

为慎重起见，医生又让晶晶躺下，轻轻按了一下她的小腹，“没错的，应该两个多月了。如果你们还不相信，可以再做个 B 超。”医生又转向晶晶道：“我看看你以往的病历。”

医生翻了几下，笑道：“你为了怀孩子还真是吃了不少苦头呢。”

晶晶有些难为情地低下头去，毕竟自己的那些苦头是为了卫家吃的，不是为了郭家。

“哦，你是单侧输卵管闭塞，不过另一侧是畅通的，虽然受孕概率降低，但是并不是不会怀孕啊。加上你内分泌失调，导致月经周期紊乱，排卵期也就没有规律，所以受孕比较困难。”

“可是……”晶晶想问为什么自己之前结婚三年都怀不上，转念一想再问已没有任何意义，此时已经有了一个小生命在自己的体内茁壮成长，过去的是是非非、前因后果还有必要去计较吗？

郭庭辉高兴地将梁晶晶一把抱了起来，“晶晶，我们真的有孩子了，你个傻子，还整天说自己不会生孩子，你自己摸摸。”郭庭辉拉起梁晶晶的手，放在她的小腹上。

不知道是不是错觉，掌心好似传来了微弱的心跳，原来自己已经快要做母亲了，她痴痴地笑。

郭家父母更是喜得眉飞色舞，合不拢嘴。

郭庭辉却又担心起来，赶紧问医生道：“医生，孩子还健康吗？我们……我们新婚不久……会不会有问题？”

医生笑道：“目前看没有问题，不过今后可要小心了。”

梁晶晶看着他那紧张关切的神情，知道他又变了，他现在又期待着成为父亲了。

天意，只能说这一切都是天意了，梁晶晶哭笑着紧紧拥住了郭庭辉，心中不禁感慨有些事冥冥之中自有安排，非强求可得……

晚上七点三十分，这个繁华大都市依然热闹喧嚣，下班高峰，忙碌了一天的人们像倦鸟归巢般，急匆匆地走在归家的路上。

林兰依旧准时地踏进了自己的小公寓里，习惯性地打开电视，弄出点人声来为这个小公寓营造一些人气。

她换上居家服，卸了妆，把自己弄得清清爽爽的，从冰箱里拿出母亲下午送来的晚餐，放进微波炉热了，坐在小餐桌前用勺子把饭菜送进嘴里，眼神呆滞地看着电视剧里老套的剧情。

一切都是那样地有序、有规律，不知道已经重复了多少遍，一年三百六十五天，她就像一台机器，过着她平凡的人生。

唯一能让她觉得自己有点不平凡的就是她依然不愿意下嫁，或许她这辈子都嫁不出去了，或许命中注定她孤单一生，可是她心里依然坚持着对自己婚姻的话语权。这是她作为一个受过高等教育的现代女性不能放弃的最后尊严。

经历了这几年的风波，人事来去就如一阵风，林兰是真的看开了，领悟了，只不过快乐也似乎离她越来越远。

晶晶的短信她看了，只不过她不想回，因为无话可说。说什么？恭喜他们吗？虚伪！原谅他们吗？多余！心底的伤痕依然清晰，何必勉强自己去为他人锦上添花？各安天命，各自安好即可。

郭庭辉的变化只是再次印证了一句话：男人说不想结婚，是不想和你结婚。等到那个他想娶的女人出现了，自然就想结婚了。

吃完饭，将饭盒洗了，她咬着苹果歪在床上翻看手机里的奇葩新闻，隔着屏幕吸一下可爱的猫咪和狗狗，聊作慰藉。

她的生活就是如此平凡、平静、单调、枯燥，比上不足，比下有余。在这个都市里，与她背景相似的大龄单身女性还有很多，或未婚或离婚，她们会很好地安排自己生活中的细节，一份体面安稳的工作，该交的税，该交的金，该交的保险，一分不少。她们未雨绸缪，早早地给自己购置了一个小窝，无论将来结婚与否，离婚与否，她们都不会让自己露宿街头。她们谨慎地规划着自己的每一分钱，确保自己在保证生活质量之余，未来养老不成问题。

她们清楚地知道，男人会变心，爱情会变质，婚姻会变天……却依然在心底维护着一份浪漫的期待——嫁给爱情。

“叮咚——”微信聊天窗口弹出来消息，林兰用手指划开，是邱美芯发来的消息。世上的人各式各样，但是谢天谢地，总算是有那么一群可爱而念旧的人像天使般维系着人间的美好和纯真。而这个邱美芯就是其中之一。

林兰的一次无意解围，令她一直感恩在心。在林兰换了工作后，她还是一直和她保持联系，有时候还会约着一起出去逛个街，吃个饭。

每每与邱美芯在一起，总是让林兰想起曾经与梁晶晶无话不谈的时光，但是一想到那些美好时光，又会立刻联想起梁晶晶与郭庭辉在意大利拥吻的那一幕。即使她知道他们相爱，但是她依然伤心、难过、嫉妒。

是林兰太过小气、自私吗？不，不要期望一个失败者去宽容地赞美胜利者，毕竟，输的滋味是不好受的；毕竟，她只是个有七情六欲的凡人。

邱美芯：林姐，这个周末是我的生日，我打算在家里开个生日派对，你一定要来哦！（可爱表情）

林兰对着手机屏笑笑，这个女孩子当真可爱，回了一条：好的。把时间地址给我。

邱美芯：下午三点，你在你家楼下等着就行，我堂哥会来接你的哟！

林兰：呃？你堂哥？可是我不认识他啊！

邱美芯：他认识你啊，他已经看过你的照片了，我已经把你的电话和地址都给了他哟！

林兰：你这小鬼，怎么把我的照片、电话、地址随便给人？

邱美芯：我已经给了，我不管了哟。放心，我堂哥是好人，而且是单身汪哦！哎呀，我要走了，周末见哟（可爱表情）。

林兰摇摇头，也只能如此了。

到了周末，林兰早早地打扮妥当，等到下午三点，便拿着礼物下了楼，左看右看也没见到有什么“堂哥”出现。

正在疑惑，突然手机铃声响起，一个陌生号码，林兰接起。

“喂……啊……那个……林小姐吗？”一个低沉磁性的男声从手机里传出，瞬间像是一股电流钻进林兰的心头，使得她全身轻轻一颤，每个毛孔都兴奋了起来。这声音简直太迷人、太性感了。

“啊，是……是的。”林兰心跳加速，竟然结巴起来。

“抱歉，我这里有点堵车，请等我十分钟。”

“哦，好，好，没事，我现在出小区，在大门口等你，你就不用进小区了。”

“嗯，好，待会儿见。”

放下手机的林兰，发现自己的手心竟然在冒汗，心中突然渴望又害怕见到这位“堂哥”了，脑海中飘过一万个想法，或许他就只有声音好听，或许他长得很矮，或许他长得很丑，或许他留着长指甲？

她的无厘头猜测一直到她见到一辆漂亮的宝马跑车停在自己面前才渐渐停止。车门打开，从上面走下来一个身材挺拔、酷劲十足的男人，墨镜，紧身T恤，休闲西装，窄口休闲裤，一双休闲运动鞋。

摘下墨镜，他朝林兰抛来一个漂亮的笑容，绕过车子，走到林兰面前，用一双黑亮深邃的眸子看着她。

“你好，我叫邱涵，很高兴认识你。”那磁性的声线，再次让林兰全身发酥。

他向她伸出了手。林兰羞涩地笑了。四目相接的那一瞬，林兰再一次嗅到了恋爱的味道……

天空，是一片蔚蓝色，几朵白云悠然飘过，就如那不可触摸、不可预测的缘分一般……谁也不知道他们故事的结局，他们必须自己去经历、去体会、去经营……或许这一次林兰会收获美好的恋情，走进婚姻的殿堂，或许这又是一次不可深交的“泛泛之恋”……总之，祝福他们吧！

（全书终）

初稿完稿于 2018 年 7 月 16 日星期一，意大利阿雷佐市，科尔托纳家中。
2018 年 7 月 31 日修稿完成，并申请版权保护。
2019 年 6 月 9 日再次修正完成，意大利阿雷佐市，科尔托纳家中。